The Rise of the Novel
Studies in Defoe, Richardson and Fielding

当 代 世 界 学 术 名 著

小说的兴起
笛福、理查逊和菲尔丁研究

[英] 伊恩·瓦特（Ian Watt）/著
刘建刚　闫建华/译

中国人民大学出版社
·北京·

"当代世界学术名著"
出版说明

中华民族历来有海纳百川的宽阔胸怀，她在创造灿烂文明的同时，不断吸纳整个人类文明的精华，滋养、壮大和发展自己。当前，全球化使得人类文明之间的相互交流和影响进一步加强，互动效应更为明显。以世界眼光和开放的视野引介世界各国优秀的哲学社会科学前沿成果，服务于我国的社会主义现代化建设，服务于我国的科教兴国战略，是新中国出版工作的优良传统，也是中国当代出版工作者的重要使命。

中国人民大学出版社历来重视对国外哲学社会科学成果的译介工作，所出版的"经济科学译丛""工商管理经典译丛"等系列译丛受到社会广泛欢迎。这些译丛侧重于西方经典性教材；同时，我们又推出了这套"当代世界学术名著"系列，旨在迻译国外当代学术名著。所谓"当代"，一般指近几十年发表的著作；所谓"名著"，是指这些著作在该领域产生巨大影响并被各类文献反复引用，成为研究者的必读著作。我们希望经过不断的筛选和积累，使这套丛书成为当代的"汉译世界学术名著丛书"，成为读书人的精神殿堂。

由于本套丛书所选著作距今时日较短，未经历史的充分淘洗，加之判断标准见仁见智，以及选择视野的局限，这项工作肯定难以尽如人意。我们期待着海内外学界积极参与推荐，并对我们的工作提出宝贵的意见和建议。我们深信，经过学界同仁和出版者的共同努力，这套丛书必将日臻完善。

中国人民大学出版社

书中所使用的缩略词

ELH	Journal of English Literay History	《英国文学史期刊》
HLQ	Huntington Library Quarterly	《亨廷顿图书馆季刊》
JEGP	Journal of English and Germanic Philosophy	《英语和德语哲学期刊》
J. Comp. Psychology	Journal of Comparative Psychology	《比较心理学期刊》
MLN	Modern Language Notes	《现代语言札记》
MLR	Modern Language Review	《现代语言评论》
MP	Modern Philosophy	《现代哲学》
N&Q	Notes and Queries	《札记与探索》
PMLA	Publications of the Modern Language Association of America	《美国现代语言协会出版物》
PQ	Philosophical Quarterly	《哲学季刊》
Proc. Amer. Antiquarian Soc.	Proceedings of the American Antiquarian Society	《美国文物学会资料汇编》
RES	Review of English Studies	《英国研究评论》
SP	Studies in Philosophy	《哲学研究》

---

* 本书边码即为英文版原书页码。

序　言

　　1938年，我开始研究读者大众的成长与18世纪英国小说兴起之间的关系。到了1947年，我的研究终于成形，并以剑桥大学圣约翰学院研究员学位论文的形式面世。尽管如此，仍有两个更大的问题尚未解决。一是读者大众的变化无疑对笛福（Defoe）、理查逊（Richardson）和菲尔丁（Fielding）所处的时代产生过影响。二是这些作品更加深刻地受到作者和读者在18世纪所共同经历的社会和道德风尚的影响。因此，在没有厘清小说过去和现在显著的文学特征之前，谁也无法确定这种影响同新兴的文学形式之间有多大的关联。

　　这些正是我要探讨的问题。由于这些问题过于宽泛，我的讨论只能选择性地进行。譬如说，我并没有随意谈论早期的小说传统，也没有提及与我研究的主要作家直接相关的先驱和同时代的人。同样令人遗憾的是，相较于笛福和理查逊，我对于菲尔丁着墨要少一些。因为到了他那个时代，小说的新元素大多已经出现，所以只需分析他如何将小说新元素同古典文学传统相结合就可以了，其他赘述大可免去。最后一点，尽管我力图以一种比较系统的方式来阐明小说显著的文学特质与其赖以产生并繁荣的社会环境之间的持久关系，但是我并没有受此囿限。部分原因是，我也想对笛福、理查逊和菲尔丁进行一番总体评价。还有一部分原因是，我的研究使我直面这样一个劝告性的例子：沃尔特·项狄（Walter Shandy）这位严谨而系统的思想家竟然"通过扭曲和折磨自然界的每一样东西来支持他的假设"。

我由衷地感谢威廉姆·金柏公司（William Kimber and Co.），他们允许我引用彼得·奎奈尔①《梅休的伦敦》（*Mayhew's London*）一书中的文字。我也感谢《英国研究评论》（*Review of English Studies*）和《批评文论》（*Essays in Criticism*）的编辑和出版商，他们允许我使用最先出现在他们作品中的材料，尤其是在我的第一章、第三章和第八章中。我感谢塞西莉亚·索库菲尔德（Cecilia Scurfield）和伊丽莎白·瓦尔瑟（Elizabeth Walser），感谢她们作为熟练打字员和密码员的真诚付出。我由衷感谢纽约基金联合会和加利福尼亚大学校长对我这个剑桥大学圣约翰学院学者、研究生和研究员所提供的资金以及其他方面的支持与帮助。

我的大多数学术引用都以脚注方式标注，我希望这样做足以表达我的诚挚谢意。不过，在我开展研究之初，Q. D. 利维斯（Q. D. Leavis）的《小说与阅读大众》（*Fiction and the Reading Public*）就给我很大的启发，在此我表达诚挚的谢意。我要感谢的人还有很多。十分感谢纳瓦罗夫人（A. D. M. de Navarro）、埃里克·忐斯特（Eric Trist）和休·赛克斯·戴维斯（Hugh Sykes Davies），他们很早就对我的著作感兴趣。感谢不同领域的众多学者，感谢他们评阅我的草稿，直至这些草稿付梓成书。他们是：劳埃德·托马斯小姐（M. G. Lloyd Thomas）、霍滕斯·鲍德梅克小姐（Hortense Powdermaker）、西奥多·阿多诺（Theodore Adorno）、路易斯·莱特（Louis B. Wright）、亨利·纳什·史密斯（Henry Nash Smith）、利奥纳德·布鲁姆（Leonard Broom）、伯特兰·哈里斯·布朗森（Bertrand H. Bronson）、艾伦·麦克基洛普（Alan D. McKillop）、艾弗·理查兹（Ivor Richards）、塔尔科特·帕森

---

① 彼得·奎奈尔（Peter Quennell，1905—1993），英国传记作家、文学历史学家、编辑、散文家、诗人和批评家。——译者据维基百科注

斯（Talcott Parsons）、彼得·拉斯利特（Peter Laslett）、霍罗斯夏·哈巴库克（Hrothgar Habakkuk）和约翰·亨利·罗力（John H. Raleigh）。我非常感谢他们。我也感谢兼具官方身份和朋友身份的路易斯·卡扎米安（Louis Cazamian）和已经离世的布兰查德（F. T. Blanchard），感谢他们在不同时期、不同地方指导我的研究，只可惜我与他们共事的时间过于短暂。我尤其要感谢约翰·巴特（John Butt）、爱德华·胡克（Edward Hooker）、乔治·舍伯恩（George Sherburn），感谢他们对我审慎的鼓励和让我无言以对的批评。正是因为有他们，我才不至于误入各种歧途。

伊恩·瓦特（I. W.）
加州大学伯克利分校
1956 年 2 月

目　录

第一章　现实主义和小说形式 …………………………………………… 1
第二章　读者大众和小说的兴起 ………………………………………… 31
第三章　《鲁滨逊漂流记》、个人主义和小说 ………………………… 57
第四章　小说家笛福：《摩尔·弗兰德斯》 …………………………… 92
第五章　爱情和小说：《帕梅拉》 ……………………………………… 134
第六章　个人经历和小说 ………………………………………………… 174
第七章　小说家理查逊：《克拉丽莎》 ………………………………… 208
第八章　菲尔丁和小说的史诗理论 ……………………………………… 240
第九章　小说家菲尔丁：《汤姆·琼斯》 ……………………………… 263
第十章　现实主义和后续传统：后记 …………………………………… 294
索引 ………………………………………………………………………… 306
译后记 ……………………………………………………………………… 322

第一章 现实主义和小说形式

任何人,如果对 18 世纪早期的小说家以及他们的作品感兴趣,都会问这样一个问题:小说是一种新的文学形式吗?对于很多类似于这样的问题,目前尚无令人满意的答案。假如答案是肯定的——正如我们通常所做的那样,即小说的兴起始于笛福、理查逊和菲尔丁,那么小说与他们之前的散文小说之间有什么不同?譬如与希腊或者中世纪或者 17 世纪法国散文小说之间有什么不同?出现差异的原因是什么?出现差异的时间和地方又是什么?

这类宏观问题向来不易探讨,更不好回答,而在这里尤其困难,因为笛福、理查逊和菲尔丁并没有形成通常意义上所说的文学流派。事实上,在他们的作品中几乎看不出多少相互影响的印迹,作品之间在本质上差异也非常大。乍看起来,倘若想通过他们的小说来满足我们探究小说兴起的好奇心,大概只能勉强得到"天才之作"和"神来之笔"这样的溢美之词,可这样的溢美之词无异于文学史上双面门神式的死胡同。当然,我们的讨论离不开"天才之作"和"神来之笔",但另一方面,我们对"天才之作"和"神来之笔"也没什么可说的。鉴于此,我们的探讨只能转向另一个方向:既然这三位小说家出现在同一时代,那么很有可能他们的出现并非偶然；新的文学形式不仅仅是他们凭借天才创造出来的，除非时代给他们提供有利的条件。倘若这个假设成立，那么我们要探讨的核心问题就是：那个时代到底为他们提供了何种有利的文学条件和社会条件？笛福、理查逊和菲尔丁又是通过何种方式成为时代的受益者的？

为了方便探讨，我们首先要界定小说的基本特征。这个界定不能太宽泛，得排除先前其他类别的叙事；还不能太狭窄，要能够解释任何属于小说范畴的元素。在这里，小说家本人帮不了我们什么忙。诚然，理查逊和菲尔丁都把自己视为新的写作形式的创始人，两人都认为自己的写作是与古老的传奇故事的一种决裂，可是无论他们自己还是他们同时代的人，都未能勾画出我们所需要的新兴文学体裁的基本特征。事实上，他们甚至都没有试图改变名称，以此来宣示自己为小说所带来的实质性变化——我们今天所使用的"小说"这一术语是18世纪晚期才完全确立的。

小说史学家借助于他们更为宽广的视野和更加细致的工作来确定这种新的文学形式的独特属性。简言之，他们把"现实主义"作为区别18世纪早期及其之前的小说作品的决定性因素。在他们勾画的图谱中，即他们为那些互不相同却同样具有"现实主义"特征的作家所勾画的图谱中，他们最初肯定对这个术语持有保留意见，认为它本身有待进一步解释。原因很简单，没有厘清小说的基本特征，就无权使用"现实主义"这一术语，因为它可能会给人一种很不好的暗示——以前的作家和文学形式所追求的是一种不真实或虚幻的东西。

"现实主义"这个术语主要与法国现实主义流派相关。法语的"现实主义"（réalisme）是1835年首次作为美学描写的词语使用的，用以表达伦勃朗①绘画中"极度真实的人性"，借此表明他与新古典主义绘画中"理想主义诗性"的那种对立。后来，沃特·杜兰蒂主编的《现实

---

① 伦勃朗·哈尔曼松·范·莱因（荷兰语：Rembrandt Harmenszoon van Rijn，1606—1669）是欧洲巴洛克绘画艺术的代表人物之一，也是17世纪荷兰黄金时代绘画的主要人物，被称为荷兰历史上最伟大的画家。——译者据维基百科注

主义》于1856年创刊,"现实主义"① 才成为一个特定的文学术语。②

不幸的是,由于福楼拜及其继承者们"低端"的创作题材和据称是不道德的思潮所引发的激烈争论,"现实主义"这个术语很快就被这场论战淹没了。其结果是,"现实主义"主要被当作"理想主义"的反义词来使用。从这个意义上来讲,理想主义其实反映的是法国现实主义作家的反对者的立场,它给小说批评和历史书写蒙上了一层特有的色调。现实主义小说的雏形一般被视为早期不同小说对低端阶层生活的一种接龙式的描写:以弗所主妇的故事是"现实"的,因为它表明性欲胜过妇人之悲恸;讽刺性寓言诗或流浪汉小说是"现实"的,因为在表现人类行为方面,经济或肉欲的动机占据首要地位。基于相同的隐含前提,人们认为英国18世纪的小说家和法国的菲雷蒂埃(Furetière)、斯卡伦(Scarron)、勒萨日(Lesage)等一起,将这一传统逐渐推向高潮。笛福、理查逊和菲尔丁小说中的现实主义与这一事实密不可分:摩尔·弗兰德斯是个盗贼,帕梅拉是个伪君子,而汤姆·琼斯则是个私通者。

然而,这样使用"现实主义"有一个严重的缺陷,那便是它遮蔽了极有可能构成小说形式的最原创的特性。假如仅仅因为小说揭露生活丑陋的一面就认为它是现实主义的,那只是一种颠倒过来的浪漫。事实上,小说试图描写人类经验的方方面面,而不仅仅是描写那些适合某一文学视角的题材。小说的现实主义不在于它表现哪种生活,而在于它怎样表现生活。

这个观点当然跟法国现实主义者自身的观点很接近。他们宣称,如果说他们的小说跟很多伦理、社会和文学准则所呈现出来的更为愉悦的人性画面不同,那仅仅是因为他们的小说比以往更真实地审视生活,不带个人感情色彩,而且表现得更为科学。很显然,这种科学、客观的理想是人们喜闻乐见的,但在实践中肯定无法实现。不过,有一点极其重

---

① "现实主义"是杜兰蒂在1856年创刊的《现实主义》里首次提出的,旨在提倡风格要服务于自然的再现。——译者据维基百科注

② 原著脚注:See Bernard Weinberg, *French Realism:the Critical Reaction 1830—1870* (London,1937),p. 114.

要，小说这种新的体裁，一开始就想清醒地找到它的目标和方法，在这个持续努力的过程中，法国现实主义者让人们注意到小说能够比任何其他文学形式更为尖锐地关注一个问题——文学作品和它所模仿的现实之间的一致性问题。究其实质，这是一个认识论问题。因此，无论是在18世纪早期还是以后，小说的现实主义特征似乎可以在哲学家们的帮助下更加明晰，因为他们的职业关注的就是概念分析问题。

I

凭借一个只会让新手不知所措的悖论，哲学中的"现实主义"一词在严格意义上是指与其普通意义截然相反的一种现实观，即中世纪经院派现实主义者所持的观点，亦即真正的"现实"是一个通用的、阶级的或抽象的概念，而不是特定的、具体可感知的对象。乍看起来，这一点似乎毫无裨益，因为在小说中，普遍真理仅存在于事件之后（post res），这点比在任何其他文学类型中表现得更为明显。不过，正因为经院派现实主义的观点不为人们所熟知，它至少可以引起人们对小说特征的关注，这个特征类似于当今业已发生变化的"现实主义"的哲学意义：小说生发于现代，这个时期的理性取向与其所拒绝——至少是尝试拒绝——继承的古典的、中世纪的通用遗产绝对格格不入。①

当然，现代现实主义肇始于这样一种立场：真理可由个体的感官来发现。它起源于笛卡尔②和洛克③，并在18世纪中期由托马斯·里德④

---

① 原著脚注：See R. I. Aaron, *The Theory of Universals* (Oxford, 1952), pp. 18-41.
② 笛卡尔（René Descartes, 1596—1650），法国著名哲学家、物理学家、数学家、神学家，著有《方法论》《几何》《屈光学》《哲学原理》《形而上学的沉思》等。——译者据维基百科注
③ 约翰·洛克（John Locke, 1632—1704），英国哲学家，著有《论宽容》《政府论》《人类理解论》等。——译者据维基百科注
④ 托马斯·里德（Thomas Reid, 1710—1796），18世纪苏格兰启蒙运动时期哲学家，为苏格兰常识学派的创始人。——译者据维基百科注

第一章　现实主义和小说形式

首次完整地表述出来。① 但是，如果仅仅认为外部世界是真实的，我们的感官能够向我们真实地反映外部世界，这一观点本身显然对文学现实主义并没有多大启发。因为几乎每个人在不同年龄阶段都摆脱不了其自身经验的影响，他们都会或多或少得出关于外部世界的某种结论，文学对于世界的认识，在某种程度上也摆脱不了同样的天真；此外，由于现实主义认识论特有的原则及其所引发的相关争议在很大程度上过于专业化，也难以对文学产生深远的影响。哲学现实主义小说看重的却远非那么具体，它是现实主义思想的普遍情绪，是它所使用的调查方法，也是它所引发的各种问题。

哲学现实主义的普遍情绪向来是批判的、反传统的、革新的，它一直推崇的方法是由个体考察者来研究经验的特殊性，而个体考察者至少不受过去一系列假设和传统信仰的影响。哲学现实主义尤其重视语义学，重视词汇和现实之间的实质性对应。哲学现实主义的这些特征与小说形式的区别性特征之间有些类同，故而引起人们对于生活和文学典型对应特点的关注。自从笛福和理查逊的小说面世以来，这种特点才在散文小说中得以体现。

(a)

笛卡尔的伟大之处主要在于他的方法，在于他彻底怀疑一切的态度。他的《论方法》(1637)和《形而上学的沉思》在很大程度上催生了这一现代假设：对于真理的追求，完全是个人可以作为的事情，在逻辑上独立于过去的思想传统，而且很可能只有远离过去的思想传统，人们才能获得真理。

小说这一文学形式最充分地反映了这种个人主义的、富于革新精神的价值取向。之前的文学形式反映了它们所承载文化的总体趋势，即检验真理的标准便是它们与传统实践的一致性。例如，古典史诗和文艺复兴时期史诗的故事情节是基于过去的历史或寓言，作者处理情节的优劣

---

① 原著脚注：See S. Z. Hasan, *Realism* (Cambridge, 1928), chs. 1 and 2.

得失在很大程度上是根据正统的文学观来评判的,这种文学观是由史诗这一类型中广为接受的模型衍生而来的。这种文学传统第一次受到来自小说的巨大挑战,因为小说的主要标准是追求个人经验的真实性——个人经验永远是独特的,因而也是新颖的。因此,小说是一种文化合乎逻辑的文学载体。在过去几个世纪的时间里,小说对于独创性和新颖性①的重视是前所未有的,因此用"小说"给它命名可谓名副其实。

正因为小说强调新意,所以人们广泛认同小说所面临的一些非议和困难。当我们根据不同的文学类型来评判一部作品时,对其文学模式的认识往往极为重要,有时是必不可少的。我们的评估在很大程度上取决于作者能否巧妙地处理惯有的文学形式。另一方面,对于一部小说而言,如果它只是简单地模仿另一部文学作品,那肯定是一件非常糟糕的事情。这似乎是因为小说家的首要任务是传达对人类经验的忠诚印象,如果刻意注重任何预先建立的形式惯例,那只会有损于他的成功。人们常常认为,与悲剧或颂歌相比,小说是无形的。之所以会这样,很可能是因为小说不具备形式上的惯例,这似乎也是它必须为其现实主义立场所付出的一种代价。

但是,与拒绝采用传统情节相比,小说形式惯例的缺席就显得微不足道了。情节当然不是一件简单的事情,其原创程度或其他方面绝非轻而易举就能搞定。尽管如此,只要把小说与之前的文学形式进行广泛而简要的比较,我们就不难看出其中的一个重要区别:在文学界,笛福和理查逊是最早不从神话、历史、传说或以前文学中取材的伟大作家。就这方面而言,他们不同于乔叟、斯宾塞、莎士比亚、弥尔顿,这些作家像希腊和罗马作家一样,习惯性地使用传统的故事情节。后者之所以这样做,是因为他们接受的是他们时代的一个普遍前提:因为自然本质上是完整的、一成不变的,因此它的记录,无论是圣经、传说还是历史,都构成了人类经验的权威曲目。

直到19世纪,人们一直秉承这一观点。例如,巴尔扎克的反对者

---

① 原文此处所用 novel 本来就是"新颖""新鲜"的意思,用 novel 一词可谓一箭双雕。——译者注

第一章 现实主义和小说形式

就根据这一观点嘲笑他过于关注当代的、在他们看来转瞬即逝的现实。然而与此同时,自文艺复兴以降,个体经验却越来越倾向于取代集体传统,成为现实的最终仲裁者。这种转变似乎在小说崛起的文化大背景中占有十分重要的位置。

重要的是,在18世纪的英国,支持原创性的趋势首次得到了强有力的表现。那时候,"原创的"(original)这个词通过语义逆转获得了现代意义,与"现实主义"意义的变化同步进行。在中世纪,人们重视普遍现实,我们从这种执着的信念中可以看到,"现实主义"这个词已经开始表示个体可以通过感官来理解现实这样一种信念。同样,"原创的"这个词在中世纪意味着"自古已有的",而现在的意思却是"没有变异的、独立的、第一手的"。爱德华·杨①在他的划时代作品《论独创性作品》(1759)中称赞理查逊是"既道德又原创的天才"②,这个词在那时候便可以作为溢美之词来使用,意思是"新颖或新鲜的个性或风格"。

小说独立使用非传统的情节,表明它自肇始之初就重视原创性。例如,当笛福开始写小说时,他几乎很少理会他那个时代的主导性批评理论,当时的做法仍然倾向于使用传统的情节。相反,他只是让他的叙事按照他所理解的顺序自然地展开,交代他的主人公接下来可能会做什么。在这个过程中,笛福在小说中开创了一种重要的新趋势,他让情节完全从属于自传体回忆录的模式,宣称个体经验至高无上,宛若笛卡尔的哲学宣言"我思故我在"一样惊世骇俗。

在笛福之后,理查逊和菲尔丁各自以截然不同的方式延续了后来小说的惯常做法,即使用非传统情节,无论是完全发明的还是部分地基于一些当代的事件。要在小说的最高艺术典范中阐释情节、人物和新兴的道德主题,并不能算是纯粹的发明,也不能说当代的事件能够完全实现

---

① 爱德华·杨(Edward Young,1683—1765),英国诗人、评论家、哲学家和神学家,《夜思》是他最为人们称道的作品。——译者据维基百科注

② 原著脚注:*Works* (1773), V, 125; see also Max Scheler, *Versuche zu einer Soziologie des Wissens* (München and Leipzig, 1924), pp. 104 ff.; Elizabeth L. Mann, 'The Problem of Originality in English Criticism, 1750—1800', *PQ*, XVIII (1939), 97–118.

这一目的。然而，我们不要忘记，特别是在那个时代，既要按照既成的文学创作套路，又要在作品中表现创造性和想象力，同时还要从本身并不新颖的情节中生发出个体模式和当代意蕴，这绝不是一件容易的事情。

(b)

除了情节，小说传统中还有许多其他因素也需要改变，这样小说才能体现个体对于现实的领悟，才能像笛卡尔和洛克那样，自然地让思想在最接近事实的意识中跃然纸上。首先，情节中的主角以及他们行为的场景必须被置于一种全新的文学视角当中：情节必须由特定的人物在特定的情境中表演出来，而不是像过去那样，由一般人物根据一定的文学常规，在事先设定的背景中表演出来。

文学领域发生的这一改变类似于否定普遍性而强调特殊性，这样做所体现的正是哲学现实主义的特点。亚里士多德也许会赞同洛克的初步设想，即正是感官"首先吸收具体的想法，充实空洞的大脑"①。不过他可能会进一步坚持认为，具体案例的选择本身意义不大，人类正常的智力任务就是集中力量消除各种毫无意义的感觉，获得有关普遍性的认知，这样才能反映终极的不可改变的现实。② 正是这种对普遍性的重视，才使得 17 世纪以前的西方思想具有一种强烈的家族相似性，足以抵消其他多种多样的差异。同样，伯克利③于 1713 年在他的《费罗诺斯》(*Philonous*) 中断言"存在即特殊，这是普世准则"④。他指出了一种截然相反的现代趋势，以一种反向的方式给笛卡尔之后的现代思想提供了某种统一的世界观和方法论。

这里，无论是哲学的新趋势还是小说的相关形式特征，它们都与主

---

① 原著脚注：*Essay Concerning Human Understanding* (1690), Bk. I, ch. 2, sect. xv.
② 原著脚注：See *Posterior Analytics*, Bk. I, ch. 24; Bk. II, ch. 19.
③ 乔治·伯克利（George Berkeley, 1685—1753），英国最著名的三位经验主义者之一，另两位是约翰·洛克（John Locke）和大卫·休谟（David Hume）。——译者据维基百科注
④ 原著脚注：First *Dialogue between Hylas and Philonous*, 1713 [Berkeley, *Works*, ed. Luce and Jessop (London, 1949), II, 192].

导文学的世界观背道而驰。因为在18世纪初期，人们依然钟情于古典的大众化的普遍观点，这种强烈的偏好支配着批评传统：文学的正当目的依然是"永远遵循一种普遍的惯例"①。这在新柏拉图主义倾向中表现得尤为明显。新柏拉图主义在传奇文学中一直占有极大的比重，而且在文学批评和美学领域也日益凸显。例如，沙夫茨伯里②在1709年发表《论智慧与幽默的自由》，他对文学和艺术强调特殊性这一思想流派深恶痛绝："自然多姿多彩，凭借特殊的原始特征就可以区分她所造化的万物。假如恪守这种原始特征，那么世界上存在的任何一样东西都不会像是别的东西。然而，优秀的诗人和出色的画家却刻意避免这种效果，他们厌恶细节也惧怕特性。"③他继续说："肖像画家确实与诗人很少有共同之处，但是就像历史学家一样，画家复制他所看到的东西，并精确地追踪每一个特征和奇特的标记。"他自信地断定："除此之外，画家与从事发明和设计的人没什么两样。"

尽管沙夫茨伯里的断言很有市场，但不久却有一种与之相反的、崇尚特殊性的审美倾向开始崭露头角，这主要是由于人们使用霍布斯④和洛克的心理学方法来解决文学问题。卡姆斯勋爵⑤可能是这种倾向最直率的早期代言人，他在《批评要素》(1762)中宣称："对任何消遣性作品而言，抽象的或一般术语毫无益处，因为只有特定的对象才能形成意象。"⑥他继续声称，与一般的观点不同的是，莎士比亚作品之所以脍

---

① 原文是拉丁语 quod semper quod ubique ab omnibus creditum est，直译是"永远遵循一个被所有，他无处不认为"。——译者注

② 沙夫茨伯里伯爵三世（Anthony Ashley Cooper, the Third Earl of Shaftesbury, 1671—1713），英国哲学家，他深刻地影响了18世纪英国、法国和德国的思想。——译者据维基百科注

③ 原著脚注：See *Posterior Analytics*, Bk. I, ch. 24; Bk. II, ch. 19.

④ 托马斯·霍布斯（Thomas Hobbes, 1588—1679），英国政治哲学家，创立了机械唯物主义的完整体系，认为宇宙是所有机械地运动着的广延物体的总和。——译者据维基百科注

⑤ 亨利·休谟·卡姆斯勋爵［Henry Home (Hume), Lord Kames, 1696—1782］，法官、哲学家、作家和农业技术改良者，是苏格兰启蒙运动的倡导人之一。——译者据维基百科注

⑥ 原著脚注：1763 ed., III, 198-199.

炙人口，原因就在于"他的每部作品所描述的都是特殊的，就如自然状态一样"。

与原创性一样，在特殊性方面，早在借力于批判性理论之前，笛福和理查逊就已经确立了典型的小说形式的文学方向。并非所有人都认同卡姆斯的观点，即莎士比亚"每部作品"中的描述都是特殊的，但人们一直认为独到的描述正是《鲁滨逊漂流记》和《帕梅拉》①叙事方式的典型特征。的确，理查逊的第一位传记作者巴鲍德夫人②通过一个比方来描述了他的天才。在关于新古典主义的普遍性和现实主义的特殊性争论中，人们反复提及这个比方。例如，约书亚·雷诺兹爵士③在表达他的新古典主义正统观念时说，相对于荷兰学派随意修改自然的"字面真实及细节的精确性……"，他更倾向于意大利绘画的"伟大而普遍的观念"。④ 人们应该记得，法国现实主义者一直遵循的是伦勃朗的"人类的真理"（vérité humaine），而不是古典学派的"诗意的理想"（idéalité poétique）。巴鲍德夫人写道：理查逊"具有荷兰画家最后一道工序那样的精致……其内容足以达到精雕细琢的最佳效果"⑤。她准确地指出了理查逊在这场冲突中的立场。事实上，理查逊和笛福从不理会沙夫茨伯里的批评，他们像伦勃朗一样，仅仅满足于扮演"面孔画家和历史学家"的角色。

文学中的现实主义特殊性——这个概念本身有点过于笼统——难以进行具体的论证。如果要使这种论证成为可能，首先必须在现实主义特

---

① 《帕梅拉》（*Pamela*）是塞缪尔·理查逊的一部作品，1740 年出版。——译者注
② 巴鲍德夫人全名安娜·拉埃蒂茨娅·巴鲍德（Anna Laetitia Barbauld，1743—1825），英国诗人、散文家、文学评论家、编辑和儿童文学作家。——译者据维基百科注
③ 约书亚·雷诺兹爵士（Sir Joshua Reynolds，1723—1792），18 世纪英国著名画家、皇家学会及皇家文艺学会成员、皇家艺术学院（The Royal College of Art）创始人之一及第一任院长，以其肖像画和"雄伟风格"闻名于世。——译者据维基百科注
④ 原著脚注：*Idler*，No. 79 (1759). See also Scott Elledge, 'The Background and Development in English Criticism of the Theories of Generality and Particularity', *PMLA*, LX (1945), 161 - 174.
⑤ 原著脚注：*Correspondence of Samuel Richardson*，1804，I，cxxxvii. For similar comments by contemporary French readers, see Joseph Texte, *Jean-Jacques Rousseau and the Cosmopolitan Spirit in Literature* (London, 1899), pp. 174 - 175.

殊性与叙事技巧的某些具体方面之间建立关联。在小说中,有两个方面特别重要,即人物刻画和背景呈现。因为小说十分关注角色的个性化及其环境的细微表现,所以小说肯定有别于其他文学体裁以及之前各种形式的虚构文本。

(c)

在哲学范畴中,角色的特殊化处理实际上就是如何定义个体的问题。一旦笛卡尔为个体意识中的思想过程赋予至高无上的重要性,与个体身份相关的哲学问题自然就引起极大的关注。例如在英国,洛克、巴特勒主教①、伯克利、休谟和里德都讨论过这个问题,他们的争论甚至在《观察家》(*Spectator*)② 杂志上刊登过。

很显然,现实主义思想传统与早期小说家的形式创新之间是一种平行关系,哲学家和小说家都比以往更加注重特定的个体。但是小说尤其重视人物的特殊性,这个问题本身十分庞大,我们只能考虑其中易于理解的一个方面:通常情况下,小说家就像给日常生活中的个体命名那样给特定的人物起个名字,表示他打算将人物作为一个特定的个体来呈现。

从逻辑上讲,个体的身份问题与专有名字的认识论地位密切相关。用霍布斯的话来说,"专有名字只会让人联想起一样东西,而普通名字让人联想起许多东西中的任何一个"③。专有名字在社会生活中具有完全相同的功能,它们是每个个体的特定身份的口头表达。然而在文学中,专有名字的这种功能首先在小说中得到了充分的体现。

当然,在以前的文学形式中,人物通常都用专有名字,只不过实际使用的名字表明作者并不是完全将他笔下的人物作为个性化的实体来表现的。古典批评和文艺复兴批评的规则及其文学实践是一致的,两者更

---

① 乔瑟夫·巴特勒(Joseph Butler,1692—1752),英国圣公会主教、神学家、哲学家。——译者据维基百科注
② 原著脚注:No. 578 (1714)。
③ 原著脚注:*Leviathan* (1651), Pt. I, ch. 4.

偏爱用历史名称或类型名称给人物命名。无论是哪种情况，这些名称将角色设定在充满各种期望的语境当中，这些期望主要源自过去的文学作品，而不是当代的生活语境。即使在喜剧中，角色通常也不是历史上已有的，而是杜撰出来的。正如亚里士多德告诉我们的那样，这些角色的名字应该具有"鲜明的特色"①，且在小说兴起之后很长时间内依然如此。

在早期的散文类小说中，作者倾向于使用典型的专有名字，或者非特定的非现实的名字。这些名字要么表示特有的品质，譬如拉伯雷②、西德尼③或班扬④笔下的人名，要么富有异国情调，要么透射着一种古雅或文学的内涵，总之不会让人联想到任何真实的当代生活，就像利利⑤、阿芙拉·贝恩⑥或曼利夫人⑦作品中的名字那样。这些专有名字基本上具有文学和传统价值取向，这一点可以从这个事实中得到进一步证实：通常说来，他们笔下的人物不是班德曼先生⑧就是尤弗伊斯⑨。与日常生活中的人物不同的是，小说中的人物不会既有名又有姓。

---

① 原著脚注：*Poetics*, ch. 9.
② 弗朗索瓦·拉伯雷（François Rabelais，1493？—1553），法国文艺复兴时期伟大作家，也是人文主义的代表人物之一。——译者据维基百科注
③ 菲利普·西德尼爵士（Sir Philip Sidney，1554—1586），英国诗人、朝臣、学者、士兵，是伊丽莎白时代最杰出的人物之一，其作品包括《为诗歌辩护》（*The Defence of Poetry*）等。——译者据维基百科注
④ 约翰·班扬（John Bunyan，1628—1688），英格兰基督教作家、布道家，其代表作为《天路历程》（*The Pilgrim's Progress*）。——译者据维基百科注
⑤ 约翰·利利（John Lyly，1554？—1606），文艺复兴时期英国作家、剧作家，他于1578年发表的《尤弗伊斯：才智之剖析》（*Euphues：The Anatomy of Wit*）是一部散文传奇作品，讲究多对偶、头韵、明喻的矫饰文体"尤弗伊斯体"（euphuism）这一术语即由此而来。他还于1580年发表了《尤弗伊斯和他的英格兰》（*Euphues and His England*）。——译者据维基百科注
⑥ 阿芙拉·贝恩（Aphra Behn，1640—1689），英国王政复辟时期剧作家、诗人、翻译家和小说家。作为最早靠写作谋生的英国女性之一，她打破文化障碍，成为后代女性作家的榜样。——译者据维基百科注
⑦ 德拉里维尔·曼利（Delarivier Manley，1663 or c.1670—1724），英国作家、剧作家。——译者据维基百科注
⑧ 班德曼（Badman）意为坏蛋、亡命徒、偷牲口的贼。——译者注
⑨ 尤弗伊斯（Euphues）源自利利的同名小说《尤弗伊斯：才智之剖析》中的人物。——译者据维基百科注

第一章 现实主义和小说形式

然而，早期小说家对传统进行了极为关键的突破，他们给人物命名的方式表明，他们的人物在当代社会环境中应该被视为特定的个体。笛福使用的专有名字是随意的，有时是矛盾的，不过他很少选用传统或怪诞的名字。一个可能的例外就是罗克萨娜①，他还为这个化名给出了完整的解释。他的大多数主角，如鲁滨逊·克鲁索②或摩尔·弗兰德斯③，都有完整而真实的名字或别名。理查逊继续沿用了笛福的这种做法，但比笛福更加谨慎，他所有的主要人物，甚至大部分配角，都给出了名和姓。他在小说创作中还遇到一个小问题，但绝不是无足轻重的问题：给人物取名不仅要巧妙得体、意有所指，而且听起来还要像现实中普普通通的名字一样。因此，帕梅拉（Pamela）的浪漫内涵就用安德鲁斯（Andrews）这个平常姓氏来调节，克拉丽莎·哈洛（Clarissa Harlowe）和罗伯特·洛弗莱斯（Robert Lovelace）无论从哪方面来说，都是恰如其分的名字。事实上，几乎理查逊所有作品中的名字，从辛克莱夫人到查尔斯·格兰迪森爵士，听起来都真实可信，跟人物的个性十分吻合。

正如他同时代的一位匿名评论家所指出的那样，菲尔丁给他的人物取的"名字并不高端大气，虽然有时指涉作品人物，但却更具现代气息"④。尽管像哈特弗里⑤、奥尔沃西⑥和斯奎尔（Square）这样的名字听起来同样真实可信，但它们是类型名称的现代翻版。即便是韦斯顿

---

① 罗克萨娜是小说《罗克萨娜：幸运的女人》的女主人公的名字。《罗克萨娜：幸运的女人》（*Roxana: The Fortunate Mistress*）是丹尼尔·笛福1724年创作的小说，原书名较长，该书名为其简称。——译者据维基百科注

② 《鲁滨逊漂流记》（*Robinson Crusoe*）是丹尼尔·笛福于1719年4月25日首次出版的第一部小说，当时他已59岁。这部小说被认为是第一本用英文写成的日记体小说，享有英国第一部现实主义长篇小说的美誉。原书名过长，通常简称为上述标题。——译者据维基百科注

③ 《摩尔·弗兰德斯》是丹尼尔·笛福于1721年创作的小说，讲述奇女子摩尔的一生。——译者据维基百科注

④ 原著脚注：*Essay on the New Species of Writing Founded by Mr. Fielding*, 1751, p. 18. This whole question is treated more fully in my 'The Naming of Characters in Defoe, Richardson and Fielding', *RES*, XXV (1949), 322-338.

⑤ 哈特弗里（Heartfree）是人名，字面意思是没心没肺的。全书人名均采用音译。——译者注

⑥ 奥尔沃西（Allworthy）是人名，字面意思是可靠、厚道或憨厚的。——译者注

（Western）或汤姆·琼斯（Tom Jones）这样的名字，也强烈暗示菲尔丁不仅关注一般类型，同时也关注特定个体。然而，这与我们的观点并行不悖，因为人们肯定会赞同这样的观点：菲尔丁不仅在命名方面，实际上也在描绘人物的整套实践方面，都已脱离了传统小说的做法。正如我们在理查逊的例子中所看到的那样，并不是小说容不下适合有关人物的专有名字，而是这种专有名字绝不能损害它的主要功能——将人物作为一个特定的人而不是一种类型来表征。

事实上，在菲尔丁写他的最后一部小说《阿米莉亚》的时候，似乎已经意识到这一点。在这部作品里面，能够表现他新古典主义偏好的新类型名称，只有像斯拉舍法官（Justice Thrasher）、法警邦德姆（Bondum the bailiff）这样的次要角色的名字，而所有的主角，例如布斯一家、马修斯小姐、哈里森医生、詹姆斯上校、阿特金森中士、特伦特上尉和班内特夫人（Mrs. Gilbert Burnet），取的都是普通的当代人的名字。事实上，有证据表明，菲尔丁像一些现代小说家那样，从印有当代人名的单子里随意选取这些名字。上面给出的所有姓氏都列在吉尔伯特·班内特于1724年发表的对开本《他自己时代的历史》订阅者名单中，据信菲尔丁就有这个版本的书。①

无论事实是否如此，可以肯定的是，为作品中的人物使用当代普通名字的做法虽然始于笛福和理查逊，但真正为此做出相当大的而且是越来越大的让步的的确是菲尔丁。尽管此后18世纪的一些小说家并没有完全遵循这一做法，如斯摩莱特②和斯特恩③，但这一做法还是作为小

---

① 原著脚注：See Wilbur L. Cross, *History of Henry Fielding* (New Haven, 1918), I, 342 - 343.

② 托比亚斯·乔治·斯摩莱特（Tobias George Smollett, 1721—1771），18世纪苏格兰诗人、作家。他以创作恶汉小说出名，其代表作有《蓝登传》《匹克尔传》。他的作品影响了一批小说家，包括查尔斯·狄更斯和乔治·奥威尔。——译者据维基百科注

③ 劳伦斯·斯特恩（Laurence Sterne, 1713—1768），爱尔兰小说家、英国圣公会牧师。——译者据维基百科注

说的部分传统被保留下来。亨利·詹姆斯在谈到特罗洛普①笔下那位生殖力旺盛的牧师奎沃夫尔②先生时说③,小说家只有颠覆读者对有关人物在真正现实中的信念,才能真正打破传统。

(d)

洛克曾将个体身份定义为长期保持意识的身份,个体通过记忆过去的思想和行动不断与自己的身份保持联系。④ 休谟继承了洛克的观点,认为个体身份就是在各种记忆中确定个体的根源之位:"如果没有记忆,我们就永远不会有任何前因后果的概念,更不会有因果链的概念,正是前因后果构成了我们所说的自我或者个性。"⑤ 这种观点是小说独有的特征。由于个性被认为是人的过去和现在自我意识的相互渗透,所以从斯特恩到普鲁斯特⑥,许多小说家都把他们的主题看作对个性的探索。

要定义任何对象的个性,时间是又一个相关却更为外在的基本范畴。洛克所接受的"个性化原则"就是指存在于空间和时间的某个特定的位置,正如他所写的那样,"一旦把它从时间和地点的环境中剥离出来,观念就变成了普遍的东西"⑦。因此,只有当时间和地点是具体的,观念才有可能是特定的。同样,只有将小说中的人物设置在特定的时间和地点背景中,他们才可能是个性化的人。

希腊和罗马的哲学和文学都深受柏拉图的影响,即形式或观念是一种终

---

① 安东尼·特罗洛普(Anthony Trollope,1815—1882),维多利亚时代英国小说家,以统称为《巴斯特郡编年史》的系列小说著称,他还写过关于政治、社会和性别问题以及其他专题的小说。——译者据维基百科注

② 原文中的名字 Quiverful 这个词本身就是子嗣众多的意思。——译者注

③ 原著脚注:*Partial Portraits*(London,1888),p. 118.

④ 原著脚注:*Human Understanding*,Bk. II,ch. 27,sects. ix,x.

⑤ 原著脚注:*Treatise of Human Nature*,Bk. I,pt. 4,sect. vi.

⑥ 马塞尔·普鲁斯特(Marcel Proust,1871—1922),法国意识流作家,全名为瓦伦坦·路易·乔治·欧仁·马塞尔·普鲁斯特(Valentin Louis Georges Eugène Marcel Proust)。普鲁斯特出生于一个富有且有文化渊源的家庭,从小体弱多病,一生饱受哮喘病的折磨。他最主要的作品为1913年至1927年出版的《追忆似水年华》(*In Search of Lost Time*)。——译者据维基百科注

⑦ 原著脚注:*Human Understanding*,Bk. III,ch. 3,sect. vi.

极现实,隐藏在当下世界具体的物象后面。这些形式被认为是永恒不变的①,因此大体上反映了其文明的基本前提,即凡是发生的或者可能发生的事情,其基本含义都离不开时间的流逝。这个前提与文艺复兴以来建立的观点截然相反,后者认为时间不仅是物质世界的一个重要维度,而且还是塑造人类个体和集体历史的力量。

小说最能体现我们文化特征的一个方面,就是它反映了现代思想的特色定位。E. M. 福斯特②认为,文学自古以来是"以价值观描写生活"的,而"以时间描写生活"则是小说为文学做出的一个突出贡献。③ 斯宾格勒④认为,小说之所以能够崛起,是因为"极有历史情怀的"现代人需要有一种能够表现"生命完整性"⑤的文学形式,而就在最近,诺斯罗普·弗莱⑥也将"时间与西方人的结盟"视为小说不同于其他文学类型的定义性特征。⑦

我们已经讨论了小说为时间维度赋予的一个重要方面,即小说与早期文学传统的决裂。早期的文学传统惯于使用永恒的故事来反映一成不

---

① 原著脚注:Plato does not specifically state that the Ideas are timeless, but the notion, which dates from Aristotle (*Metaphysics*, BK. XII, ch. 6), underlies the whole system of thought with which they are associated.

② 爱德华·摩根·福斯特(Edward Morgan Forster,1879—1970),英国小说家、散文家。他的许多小说考察阶级差异和人性虚伪,包括《看得见风景的房间》(*A Room with a View*,1908)、《霍华德庄园》(*Howards End*,1910)和《印度之行》(*A Passage to India*,1924)等,后者为他带来最大的成功。他曾荣获英国最古老的文学奖詹姆斯·泰特·布莱克纪念奖,数次获诺贝尔文学奖提名,美国艺术文学院设立了 E. M. 福斯特奖以纪念这位伟大作家。——译者据维基百科注

③ 原著脚注:*Aspects of the Novel* (London, 1949), pp. 29 - 31.

④ 斯宾格勒(Oswald Arnold Gottfried Spengler,1880—1936),德国历史学家和历史哲学家,其兴趣包括数学、科学和艺术,他最出名的是1918年和1922年出版的《西方的衰落》(*The Decline of the West*,德语为 *Der Untergang des Abendlandes*)。斯宾格勒的历史模型假定,任何文化都是一种具有有限和可预测寿命的超级有机体。——译者据维基百科注

⑤ 原著脚注:*Decline of the West*, trans. Atkinson (London, 1928), I, 130 - 131.

⑥ 诺斯罗普·弗莱(Herman Northrop Frye,1912—1991),加拿大文学评论家和文学理论家,被认为是20世纪最具影响力的人物之一。弗莱以他的第一本书《恐惧对称》(*Fearful Symmetry*)获得国际声誉,这本书重新诠释了威廉·布莱克的诗歌。——译者据维基百科注

⑦ 原著脚注:'The Four Forms of Fiction', *Hudson Review*, II (1950), 596.

变的道德真理，而小说的情节也与大多数早期小说有所不同，它把过去的经验看作当下行动的原因：以时间为轴线的因果关系取代了早期叙事文学中依赖乔装和巧合的做法，从而使小说的结构更加紧凑。或许更为重要的是，因果关系也对小说在时间进程中的人格化产生了影响，一个最明显、最极端的例子就是意识流小说。这类小说声称，它们直接引用个体脑海里随着时间流而产生的一些想法。但是，小说通常与其他任何文学形式不同的是，它更感兴趣的是其角色如何随着时间的推进而变化。最后，小说能不能详细描写它对日常生活的关注，也取决于它对于时间维度的操控力量。T. H. 格林①指出，正是由于文学表现的节奏过于缓慢，因而人类的大部分生活几乎无法通过文学表现出来。② 小说是否紧贴日常经验，直接取决于它是否比以前的叙事文学更加细致地审时度势地使用时间这个维度。

时间在古代、中世纪和文艺复兴时期文学中的作用自然与小说中的作用大不相同。例如，将悲剧行为限制在 24 小时以内，推崇所谓时间的一致性，实际上否认了时间维度在人类生活中的重要性。因为根据古典世界观，现实存在于永恒的普遍性之中，这就意味着存在的真理完全可以在一天的空间里展开，跟在一生的空间里展开别无二致。同样备受推崇的有关时间的人格化形象，如飞翼战车或死神③所揭示的都是一个基本相似的观点，它们所关注的不是时间的流动，而是永恒的死亡这一终极事实，它们的作用是颠覆我们对日常生活的认知，让我们做好准备面对永恒。事实上，这两种人格化的做法都类似于时间统一学说，因为它们从根本上讲是非历史性的。因此，它们同样表明小说出现之前的大多数文学作品很少重视时间维度。

---

① 托马斯·希尔·格林（Thomas Hill Green，1836—1882），英国政治哲学家、政治激进主义者、禁酒运动改革家。与英国其他唯心主义者一样，格林也受到黑格尔形而上学历史主义的影响。他还是社会自由主义运动思想家之一。——译者据维基百科注

② 原著脚注：'Estimate of the Value and Influence of Works of Fiction in Modern Times' (1862), *Works*, ed. Nettleship (London, 1888), III, 36.

③ 原文用词为 grim reaper，意为"狰狞的收割者"，指骷髅状死神，它身披斗篷，手持长柄大镰刀。——译者注

例如，莎士比亚对历史的看法与现代人完全不同。特洛伊和罗马、金雀花王朝和都铎王朝，它们任何一个都不是太久远，还不至于与现在截然不同，或者彼此完全不同。在这一点上，莎士比亚反映了他那个时代的观点。他去世30年后，英语中才首次出现了"时代错误"① 这个词。他依然比较认同中世纪的历史概念，根据这种概念，无论在什么年代，时间的巨轮都会制造出同样永恒适用的范例。

之所以有这种非历史性的观点，主要是由于人们对以分钟和天为单位的时间设置极度不感兴趣。正因为如此，不仅莎士比亚的大部分剧作，而且还包括他之前自埃斯库罗斯②以来的大多数剧作家的作品，都让后来的编辑和评论家深感困惑。早期小说对时间的态度非常相似——将事件的顺序设置在一个非常抽象的时间和空间连续体里，很少把时间看作人际关系中的一个要素。柯勒律治③指出，《仙后》④ 缺乏真正有想象力的特定空间或时间，而且彼此毫不相关。⑤ 同样，在班扬的寓言作品或英雄罗曼司作品中，时间维度也是模糊不清，缺乏个性。

然而不久，现代意义上的时间感开始渗透到许多思想领域。17世纪后期，一种更客观的历史研究开始兴起，于是人们对过去和现在之间的差异有了更深刻的认识。⑥ 与此同时，牛顿和洛克对时间过程提出了新的观点⑦，时间被看成一种较为缓慢而且更具机械意义的持续过程，

---

① 原著脚注：See Herman J. Ebeling, 'The Word Anachronism', *MLN*，LII (1937), 120 - 121.

② 埃斯库罗斯（Aeschylus，约前523—前456），古希腊悲剧诗人，与索福克勒斯（Sophocles，前497—前406）和欧里庇得斯（Euripides，约前480—前406）一起被称为古希腊最伟大的悲剧作家，有"悲剧之父"的美誉。——译者据维基百科注

③ 柯勒律治（Samuel Taylor Coleridge，1772—1834），英国诗人、哲学家。

④ 《仙后》是英国诗人艾德蒙·斯宾塞于1590年出版的史诗，他崇尚亚瑟王传奇中的骑士精神，效仿亚瑟王传奇的手法创作了这篇史诗。仙后隐喻的是女皇伊丽莎白一世，史诗中表现的是她统治期间所发生的事件。——译者据维基百科注

⑤ 原著脚注：*Selected Works*，ed. Potter (London, 1933), p. 333.

⑥ 原著脚注：See G. N. Clark, *The Later Stuarts*，1660—1714 (Oxford, 1934), pp. 362 - 366; René Wellek, *The Rise of English Literary History* (Chapel Hill, 1941), ch. 2.

⑦ 原著脚注：See especially Ernst Cassirer, 'Raum und Zeit', *Das Erkenntnisproblem*... (Berlin, 1922 - 1923), II, 339 - 374.

第一章　现实主义和小说形式

可以加以细微区分，以便测量自由落体或是头脑思维的连续过程。

笛福的小说反映了这些新的观念。他首次为我们提供了一个个体的生活图景，将个体置于一个更为宏大的历史进程的视野中来展开这一图景，同时也在由思想和行动构成的抽象背景中近距离演绎个体生活实现的图景。在他的小说中，时间维度有时本身就是矛盾的，与虚构的历史背景不一致。这一点是不假，但仅从这些缺陷中，读者就能感觉出来人物是植根在时间维度上的。我们显然不能说西德尼的《阿卡迪亚》或班扬的《天路历程》存在这样的严重缺陷，因为没有足够的证据表明这两部作品的时间现实可能有自相矛盾的地方。笛福倒是确实为我们展示了这样的证据，在他最精彩的作品中，他让我们完全相信他的叙事是发生在特定的地点和时间里面的，他的小说带给我们的记忆主要是他通过人物表现的那些生动瞬间，这些瞬间被松散地串联在一起，形成令人信服的传记图景。这样，我们便有了一种个人身份感，这种身份感在时间的过程中存在，在经验的流动中变化。

理查逊的作品给人的这种印象更加强烈和完整。他把所有的叙述事件安排在一个细致入微的时间表里，其精妙程度前所未有。他的每一封信都题写上某一周的某一天，甚至某一天的某个时刻，这种做法本身为信件的时间细节提供了更加宏观的客观框架。例如，我们得知克拉丽莎于9月7日星期四下午6时40分去世。理查逊书信的形式能给读者一种不断参与实际行动的感觉，其完整和细致的程度也是前所未有的。正如他在《克拉丽莎》"序言"中所写的那样，他知道"关键情节……加上所谓的瞬时描述和反思"，最能引起读者的注意。在许多场景中，叙事的节奏因为细节描写而减缓，几乎到了接近实际经历的地步。在这些场景中，理查逊的小说达到了 D. W. 格里菲斯①（D. W. Griffith）电影"特写"镜头的效果，为表现现实增添了一个新的维度。

---

① 大卫·沃克·格里菲斯（David Wark Griffith, 1875—1948），美国电影导演，其代表作是备受争议的《一个国家的诞生》以及后来的《忍无可忍》，这两部影片曾分别入选1952年英国《影像与声音》杂志评出的"世界十部电影杰作"、1958年布鲁塞尔国际博览会评选的"世界电影十二部佳片"。——译者据维基百科注

菲尔丁在他的小说中从更加外在和传统的角度来探讨时间问题。他在《沙米拉》中对理查逊使用现在时态的做法大为不屑："杰维斯夫人和我正好在床上，门开了。假如我的主人回来的话——呜吱——嘭！我听到他进门了。你看，我是在用现在时态写信呢，就像帕森·威廉姆说的那样。嗯，他到了床上，躺在我们两个人中间……"他在《汤姆·琼斯》里表示，他想在处理时间维度方面比理查逊更有选择性："我们打算……借鉴那些作家的方法——他们宣称要揭示各国的巨大变迁，而不是模仿那些呕心沥血、著作等身的历史学家。哪怕人类舞台上上演最惊心动魄的剧情，哪怕面对这样波澜壮阔的时代，历史学家为了保持其系列作品的规律性，他认为自己有义务挖掘几个月甚至几年的细节写出尽可能多的文章，其中却毫无可圈可点之处。"不过，与此同时，《汤姆·琼斯》在处理虚构时间方面颇有新意。菲尔丁似乎是使用了一本年鉴，通过年鉴这一印刷媒介，客观地传播时间感的象征意义。除了少数例外，他小说中几乎所有事件都是按时间顺序排列的，不仅彼此相互关联，而且与各类角色——从西部乡下到伦敦——以及旅程中的各个阶段可能占用的实际时间相关联。更为有趣的是，这些事件还与月球的某个阶段，甚至与1745年詹姆斯叛乱计划的行动时间表等外部因素密切相关。

(e)

跟许多其他语境一样，在当下语境中，空间是时间的对应物。从逻辑上讲，个别特定的情况是通过参考空间和时间两个坐标来定义的。从心理上讲，正如柯勒律治所指出的那样，我们对时间的看法"总是与空间的概念相融合"①。事实上，这两个维度在许多实际情况下是不可分割的，"现在"（present）和"分钟"（minute）这两个词既可以指时间也可以指地点。仔细一想，我们就会发现，如果不把它设定在一个空间语境当中，我们就难以形象化任何一个特定存在的时刻。

---

① 原著脚注：*Biographia Literaria*, ed. Shawcross (London, 1907), I, 87.

第一章 现实主义和小说形式

从传统意义上来讲，悲剧、喜剧和传奇作品中的地点几乎都像时间一样笼统和模糊。正如约翰逊告诉我们的那样，莎士比亚"不区分时间和地点"①。西德尼的《阿卡迪亚》，一如伊丽莎白时期的波希米亚荒芜地带一样，毫无地标特征。确实，在流浪汉小说中，在班扬的小说中，有许多生动而细致的描述物理环境的段落，不过这些段落是偶然的、零碎的。笛福应该是第一位将整个叙事形象化的作家，就好像叙事发生在一个真实的物理环境中似的。尽管他对环境描述的关注只是断断续续的，不过偶尔生动描述的细节仍有助于强化叙事的含义，使我们更加完整地将鲁滨逊和摩尔·弗兰德斯放置到他们的环境中去理解，完全不同于以前的虚构角色。很典型的一点是，笛福在处理物理世界中可移动的物体时，将背景交代得尤其具体和明显：在《摩尔·弗兰德斯》中，有数不胜数的亚麻和黄金，而鲁滨逊在岛上有许多值得纪念的衣服和物件。

在发展现实主义叙事手法方面，理查逊再次独占鳌头，进一步推动了这一过程。在他的所有小说中，几乎没有关于自然风景的描写，但却对内景的描写予以相当的关注。帕梅拉在林肯郡和贝德福德郡的住所是不折不扣的监狱；我们可以读到他对格兰迪森厅详细备至的描述；《克拉丽莎》里面的一些描述为巴尔扎克将小说的背景变成一种无处不在的运作力量这一技巧做好了铺垫——哈洛庄园成了一个极其真实的物理和道德环境。

在这方面，菲尔丁和理查逊特有的描写手法还有点不一样。他没有为我们提供完整的内景描述，而且他频繁的景观描述依旧非常传统。尽管如此，《汤姆·琼斯》还是在小说史上首次描绘了哥特式建筑的特征②，菲尔丁对情节中地点的变化交代得十分详尽，一如他安排时间顺序那样：不仅汤姆·琼斯一路迈向伦敦的许多地方都有名称，而且其他

---

① 原著脚注：'Preface' (1765), *Johnson on Shakespeare*, ed. Raleigh (London, 1908), pp. 21-22.

② 原著脚注：See Warren Hunting Smith, *Architecture in English Fiction* (New Haven, 1934), p. 65.

地方的确切位置也通过各种证据间接地暗示出来。

一般说来，尽管 18 世纪小说中没有能够与《红与黑》或者《高老头》那样的开头章节相提并论的——这些开篇引人入胜，一下子让读者感受到司汤达和巴尔扎克对环境描写的重视，但是毫无疑问，出于对真实性的追求，笛福、理查逊和菲尔丁激活了"将人完全置于他的物理环境中"的描写力量，让艾伦·泰特①的小说获得别具一格的魅力。② 他们取得如此巨大的成就，主要是因为他们跟以往的小说家不同，也表明他们在新兴小说传统中起到了重要作用。

(f)

以上所描述的小说的各种技巧特征似乎都在助推小说家与哲学家追求一个共同的目标：创作出自称是真实地叙述个体实际经验的作品。除了已经提到的那些扬弃小说传统的做法，这个目标还涉及许多其他观点，都是背离小说传统的。也许其中最重要的是改良散文的风格，使之更具真实性，这与哲学现实主义强调的一种独特的方法论密切相关。

唯名论者对语言所持的怀疑态度，开始颠覆经院现实主义者提出的普遍观点。同样，现代现实主义也很快陷入了语义的困境。由于并非所有的单词都代表真实的对象，或者总是以同样的方式代表对象，因此哲学面临的一个问题就是如何挖掘单词背后的理据。洛克在《人类理解论》第三卷最后几章所记载的内容就是最重要的证据，它表明这一趋势很有可能就出现在 17 世纪。其中有关正确使用单词的大部分内容将大量文学作品排除在外，因为就像洛克十分沮丧地发现的那样，"修辞就像女人"一样，总是给人一种令人愉悦的欺骗。③ 另一方面，值得注意的是，虽然洛克说过一些"滥用语言的例子"，如修辞性语言早已成为传奇小说的常规特征，但是在笛福和理查逊的散文中，这样的例子远远

---

① 艾伦·泰特（Allen Tate，1899—1979），美国诗人、文学评论家。——译者据维基百科注

② 原著脚注：'Techniques of Fiction', in *Critiques and Essays on Modern Fiction, 1920—1951*, ed. Aldridge (New York, 1952), p.41.

③ 原著脚注：Bk. III, ch. 10, sects. xxxiii-xxxiv.

没有他们之前的小说家的作品里那么多。

以前小说的文体传统主要关注的不是词语与事物的对应关系，而是修辞手段如何描写并赋予情节一种外在之美。赫利奥多罗斯①的《埃塞俄比亚传奇》确立了古希腊传奇小说辞藻华丽的传统。在约翰·利利和西德尼的"绮丽体"（euphuism）中，在拉·卡尔普伦德②和曼德琳·德·斯库德利③精心设计的比喻或者所谓"菲比斯体"（phébus）中，这种传统得以继续发扬光大。因此，即使新兴的小说家抛弃将诗歌和散文混为一体的古老传统——这种传统在叙事作品中一直被用来描写低端生活，就像佩特罗尼乌斯④的《爱情神话》那样——人们还是强烈期望作家在文学作品中把语言本身当作一种激发读者兴趣的源泉，而不是当作一种纯粹的指称媒介来使用。

当然，在任何情况下，古典主义批评传统一般对朴素的现实描写作用都不大，亦即朴素地使用语言的那种现实描写。《闲谈者》（*Tatler*，1709）第9期在介绍斯威夫特的《清晨素描》时称，作者在作品中"巧遇一种全新的写作方法，描写得栩栩如生"，这话实际上是在讽刺他。受过良好教育的作家和评论家都含蓄地认为，要展示作者的技巧，并不在于他的文字多么接近所描写的对象，而在于他是不是具有文学敏感性，他的风格和语言是不是与主题相适应。因此，要想了解最早用散文体写成叙事小说的例子，亦即里面的语言几乎完全是描述性和指示性的，我们自然应该去找文学精英圈子以外的作家。同样自然的是，笛福和理查逊理应受到当时许多受过良好教育的作家的攻击，因为他们的写作方式不但笨拙而且往往不准确。

---

① 赫利奥多罗斯（Heliodorus），拜占庭作家，以其古希腊小说《埃塞俄比亚传奇》（*Aethiopica*）著称。关于他的出生年有两种说法，一种说他是公元250年左右出生的，另一种说他是在公元363年之后不久出生的。——译者据维基百科注
② 拉·卡尔普伦德（La Calprenède，1610—1663），法国小说家、戏剧家。——译者注
③ 曼德琳·德·斯库德利（Madeleine de Scudéry，1607—1701），法国诗人、作家。——译者注
④ 盖厄斯·佩特罗尼乌斯·阿尔比特（Gaius Petronius Arbiter，原名Titus Petronius Niger，27—66），罗马帝国朝臣、抒情诗人、小说家。他的作品有讽刺小说《爱情神话》（*Sayricon*），据信是在罗马皇帝尼禄（Nero）统治时期（54—68）写成的。——译者据维基百科注

他们主要的现实主义意图自然是要有点与公认的文学散文模式截然不同的东西。确实，在 17 世纪后期，追求清晰易写的散文运动已经起到了很大的作用，推出了一种比先前更适合现实主义小说的表达方式。洛克的语言观开始在文学理论中显现出来，例如约翰·丹尼斯①反对在某些情况下使用形象表达，他的理由是形象表达是不现实的："任何形象都无法成为悲伤的语言。如果有人用明喻表达抱怨，我要么发笑，要么睡觉。"② 然而，奥古斯都时代③的散文规范仍然过于文学化，难以成为摩尔·弗兰德斯或帕梅拉·安德鲁斯的自然声音。虽然艾迪森④或者斯威夫特的散文简单直接，但其工整凝练的写作风格往往让人觉得他们的描述更像是简明扼要的概括而不是冗长完整的报告。

因此，我们绝不能把笛福和理查逊同广为认可的散文风格的决裂视为一种偶然的瑕疵，而应该把它看作他们为了实现文本与描述对象之间的即时性和亲近性而付出的代价。这种亲近关系对于笛福而言主要是身体上的，对于理查逊来说则主要是情感上的。不过，我们能够感觉到两位作者的唯一目的就是用这些词语来表现他们的所有描写对象的特殊性，不论这样做的代价是重复、使用括号还是啰唆。当然，菲尔丁并没有背离奥古斯都散文风格的传统或观点，但可以肯定的是，这样做会削弱他叙事的真实性。读《汤姆·琼斯》⑤的时候，我们并不觉得我们是在窃听他对现实所展开的全新探索。这样的散文直接告诉我们，展现在

---

① 约翰·丹尼斯（John Dennis, 1658—1734），英国评论家、作家，与亚历山大·波普不和，许多人认为他是英国第一位职业文学评论家。——译者据维基百科注

② 原著脚注：Preface, *The Passion of Byblis*, *Critical Works*, ed. Hooker (Baltimore, 1939-1943), I, 2.

③ 18 世纪的英国文学被称为奥古斯都时代、新古典时代或理性时代。奥古斯都文学是 18 世纪上半叶至 40 年代安妮女王、乔治一世和乔治二世统治时期盛行的英国文学风格。——译者据维基百科注

④ 约瑟夫·艾迪森（Joseph Addison, 1672—1719），英国散文家、诗人、剧作家和政治家，与他的好朋友理查德·斯蒂尔（Richard Steele, 1672—1729）一起创办了《观察家》杂志（*The Spectator*）。——译者据维基百科注

⑤ 《弃儿汤姆·琼斯的历史》（*The History of Tom Jones, a Foundling, often known simply as Tom Jones*）简称《汤姆·琼斯》，是英国剧作家、小说家亨利·菲尔丁的代表作品，小说首次发表于 1749 年 2 月 28 日。全书共 18 卷，主要讲述弃儿汤姆·琼斯的生活遭遇。——译者据维基百科注

第一章　现实主义和小说形式

我们面前的是一份经过筛选和分类的调查报告，探索其实早已完成，我们无须为此白费力气。

这里有一对有趣的矛盾体。一方面，笛福和理查逊在其语言和散文结构中不折不扣地运用现实主义观点，因而淡化了文学的其他价值。另一方面，作为小说家，菲尔丁的文体特点往往会影响他的技巧，因为对视角的率性选择冲淡了我们对作品真实性的执念，或者至少将我们的注意力从作品的内容转移到了作者的技巧上。因此，在古老持久的文学价值观和小说独特的叙事技巧之间，似乎有着某种与生俱来的矛盾。

只要跟法国小说做一对比，这种情况可能就显得更加一目了然。在法国，古典的批评观注重的是典雅和简洁，在浪漫主义出现之前它从未受到过全面挑战。也许一部分是由于这样的原因，从《克莱芙王妃》到《危险关系》①，法国虚构小说游离于小说的主流传统之外。尽管它有极强的心理穿透力和高超的文学技巧，可是给人的感觉是时尚有余而真实不足。在这一点上，德·拉·法耶特夫人②和肖代洛·德·拉克洛③与笛福和理查逊截然相反，后两者的语言和情节漫无边际，但却保证了他们作品的真实性，他们的散文正好体现了洛克所说的语言的正确目的，即"传达事物的知识"④。如果把他们的小说作为一个整体来看，不过是对现实生活的记录而已，用福楼拜的话来说，就是"真实的写作"。

在小说中，语言的功能似乎更加具有指示性，这一点比在其他文学形式中更甚。小说的语言往往是详尽的呈现而非优雅的凝练。毫无疑问，这个事实可以解释为什么小说是最适宜翻译的文学形式，为什么许

---

① 《危险关系》（*Les Liaisons dangereuses*）是一本著名的法文书信体小说，最初发表于1782年，作者是皮埃尔·肖代洛·德·拉克洛。——译者据维基百科注

② 德·拉·法耶特夫人（Madame de La Fayette，1634—1693），法国小说家，其作品《克莱芙王妃》（1678）开心理小说的先河。——译者据维基百科注

③ 皮埃尔·安布鲁瓦兹·弗朗索瓦·肖代洛·德·拉克洛（Pierre Ambroise François Choderlos de Laclos，1741—1803），法国小说家、军官，其代表作品为《危险关系》。——译者据维基百科注

④ 原著脚注：*Human Understanding*，Bk. III，ch. 10，sect. xxiii.

多无可争辩的伟大小说家——从理查逊和巴尔扎克到哈代和陀思妥耶夫斯基——常常写得典雅优美,有时候却又低俗不堪。至于为什么小说不像其他文学形式那样需要历史和文学评注,这是因为它的形式惯例本身就迫使它必须为自己提供脚注。

II

关于哲学与文学中现实主义之间的相似性就讨论到这里。相似性的提法并不准确,因为哲学是一回事,文学又是另外一回事。这种相似性也绝不意味着哲学中的现实主义传统是小说现实主义的一个动因。当然有可能是有过一些影响,特别是洛克,18世纪的一些观念中不乏他的思想的影子。但即使有任何重要的因果关系,也可能并没有那么直接,因此必须把哲学和文学创新都看作一种平行的表现,一种在一个更加宏大的变化框架下出现的创新,那便是西方文明自文艺复兴以来所经历的巨大转变。这种转变取代了中世纪大一统的世界图景,取而代之的是另一种截然不同的图景,实质上为我们呈现出一个毫无规划的不断发展变化的集合体——特定个体在特定时间和特定地点所具有的特定经历。

然而,我们在这里关注的是一个更加狭窄的概念,以及有关哲学现实主义的类比究竟在多大程度上帮助我们区分并定义小说的独特叙事模式。有人提出,这是文学技巧的总和,其中小说在模仿人类生活时遵循的是哲学现实主义在努力探索并反映真相时所采用的程序,这些程序绝不仅仅局限于哲学。事实上,要研究任何事件的报告与现实之间的关系,都必须遵循这些程序。因此,小说模仿现实的模式也可以用另一组专家的认识论程序来概括,即法庭的陪审团。陪审团的期望和小说读者的期望在许多方面是一致的:双方都想知道特定事件的"全部细节",即事件发生的时间和地点;双方都必须乐于接受有关各方的身份,却不

第一章　现实主义和小说形式

愿意接受有关名叫托比·贝尔奇爵士①或班德曼先生②的任何证据，更不用说有关有名无姓且"如空气一样普通"的克洛伊③的任何证据。他们还希望证人"用他自己的话"把故事说出来。事实上，T. H. 格林认为④，陪审团采取的"详尽的生活观"正是一种特有的小说观。

　　小说用以体现这种详尽的生活观的叙事方法，可以称为形式现实主义。之所以说是形式的，是因为现实主义在这里并不是指任何特殊的文学学说或目的，而是指小说中常见的一组叙事程序在其他文学体裁中并不常见，因此可以看作典型的形式本身。事实上，形式现实主义体现的是笛福和理查逊非常乐意接受的叙事前提，但这种前提一般隐含在小说形式中。小说是关于人类经验的完整而真实的报道，因此有义务用有关人物的个性、行动的时间和地点等细节来满足读者的期待。这些细节是通过比其他文学形式中更为常见的语言的指称用法来呈现的。

　　当然了，形式现实主义就像证据规则，它只是一种惯例而已。事实上，通过形式现实主义呈现人类生活的作品，并不一定非得比其他文学体裁通过不同的惯例呈现的作品更加真实。的确，当小说追求绝对的真实性时容易在这一点上造成混淆，因为一些现实主义者和自然主义者往往会忘记，准确表达实际情况，未必就能写出包含真理或者具有永恒文学价值的作品。人们大都厌恶当今流行的现实主义及其所有作品，部分就是这种趋势所致。然而，这种厌恶也可能把我们带向相反的错误，造成严重的混乱。我们绝不能因为意识到现实主义流派的目标中有某些缺陷，就忽视小说普遍使用我们称之为形式现实主义的文学手段这一事

---

　　① 托比·贝尔奇爵士（Sir Toby Belch）是威廉·莎士比亚的《第十二夜》中的角色。——译者注
　　② 班德曼先生是约翰·班扬1680年的作品《班德曼先生的生与死》（*The Life and Death of Mr. Badman*）中的主角。——译者注
　　③ 克洛伊是英国小说家乔治·梅瑞狄斯（George Meredith，1828—1909）的悲剧小说《克洛伊的故事》（*The Tale of Chloe*）的主角。——译者注
　　④ 原著脚注：'Estimate'，*Works*，III，37.

实。这些手段在乔伊斯①和左拉②的小说中多有体现。我们也不能忘记，虽然形式现实主义只是一种惯例，但它像所有的文学惯例一样，具有其独特的优点。不同的文学形式模仿现实的程度有很大差异。与其他文学形式相比，小说的形式现实主义可以对置身于时空环境中的个体经验进行更加直接的模仿。因此，与大多数文学形式相比，小说对读者的要求要少得多。这就不难解释为什么在过去的两百年里，大多数读者终于在小说中找到了合适的文学形式，因为在小说中，他们既能实现表达生活的愿望，又能将它与艺术密切对应起来。形式现实主义提供的与现实生活密切且详细对应的优点，也不只是提升了小说的受欢迎程度，我们将会看到，这些优点也与它的最独特的文学品质有关。

当然，从最严格的意义上来讲，形式现实主义并不是笛福和理查逊发明的，他们只是比他们的前辈们更全面地运用了形式现实主义而已。例如，正如卡莱尔③所说④，他们的作品之所以充满了"详细、充足和富有爱心的精确"描述，极其出众地凸显出"视觉清晰度"，其实是受益于荷马。⑤后来的小说中有许多段落，从《金驴记》⑥到《奥卡辛和

---

① 詹姆斯·奥古斯丁·阿洛伊修斯·乔伊斯（James Augustine Aloysius Joyce，1882—1941），爱尔兰作家和诗人，20世纪最重要的作家之一。他的代表作包括短篇小说集《都柏林人》、长篇小说《一个青年艺术家的画像》《尤利西斯》以及《芬尼根的守灵夜》。尽管乔伊斯一生大部分时光都远离故土爱尔兰，但早年在祖国的生活经历对他的创作产生了深远的影响。——译者据维基百科注

② 埃米尔·左拉（Émile Édouard Charles Antoine Zola，1840—1902），19世纪法国最重要的作家之一，自然主义文学的代表人物，也是法国自由主义政治运动的重要成员。——译者据维基百科注

③ 托马斯·卡莱尔（Thomas Carlyle，1795—1881），苏格兰评论家、讽刺作家、历史学家。他的作品在维多利亚时代很有影响力，代表作有《英雄与英雄崇拜》《法国革命史》《衣裳哲学》《过去与现在》。他于1865年被任命为爱丁堡大学校长，任职到1868年。——译者据维基百科注

④ 原著脚注：'Burns', *Critical and Miscellaneous Essays* (New York, 1899), I, 276-277.

⑤ 荷马（Homer），相传为古希腊游吟诗人，生于小亚细亚，双目失明，创作了史诗《伊利亚特》和《奥德赛》，统称《荷马史诗》。目前没有确切证据证明荷马的存在，因此也有人认为他是传说中构造出来的人物。关于《荷马史诗》，大多数学者认为是当时经过几个世纪口头流传的诗作的结晶。——译者据维基百科注

⑥ 《金驴记》（The Golden Ass），亦称《变形记》，是一部拉丁语小说，由古罗马作家阿普列尤斯（Lucius Apuleius Madaurensis，约124—170）创作，共11卷。——译者据维基百科注

第一章 现实主义和小说形式

尼可莱特》①,从乔叟②到班扬的作品,里面的人物、他们的行为和环境都具有独特的个性,它们的真实性毫不逊色于 18 世纪的任何一部小说。不过,还有一个重要的区别:在荷马以及早期的散文小说中,这些段落相对较少,往往与其前后的叙事格格不入;总体的文学结构并不是始终朝着形式现实主义的方向发展,特别是它的情节,往往传统却极不真实,而且还与它的前提直接冲突。即使以前的作家公开宣称他们追求的完全是现实主义的目标,就像许多 17 世纪的作家所说的那样,事实上他们并没有全心全意地去追求这样的目标。仅举几个例子,拉·卡尔普伦德、理查德·希德③、格里美尔斯豪森④、阿夫拉·本⑤、弗雷提埃⑥都声称他们的小说是真实的,可是他们序言里的语言跟大多数中世纪圣徒传记的语言极为相似,因此难以令人信服。⑦ 无论是他们的小说还是圣徒传记,都写得不够真实,尚不足以颠覆支配当时小说体裁的各种非现实主义的常规做法。

在下一章里我们就会明白,笛福和理查逊跟他们的前辈不同,他们彻底摆脱了有可能干扰他们主要意图的文学惯例,更全面地接受了表达

---

① 《奥卡辛和尼可莱特》(*Aucassin and Nicolette*),13 世纪早期流行于法国的一部集散文和诗歌于一体的匿名作品。——译者据维基百科注
② 杰弗里·乔叟(Geoffrey Chaucer,约 1343—1400),被誉为英国中世纪最杰出的诗人,也是第一位葬在威斯敏斯特大教堂诗人角的诗人。——译者据维基百科注
③ 理查德·希德(Richard Head,1637—1686),爱尔兰作家、剧作家和书商。他以讽刺小说《英国盗贼》(*The English Rogue*,1665)著称,这是最早被翻译到欧洲大陆的小说之一。——译者据维基百科注
④ 格里美尔斯豪森(Hans Jakob Christoffel von Grimmelshausen,1621—1676),德国作家。他最出名的是 1669 年出版的流浪汉小说《最简单的简单》(*Simplicius Simplicissimus*,德语 Der Abentheurliche Simplicissimus)及其系列作品。——译者据维基百科注
⑤ 阿夫拉·本(Aphra Behn,1640—1689),英国王政复辟时代剧作家、诗人、翻译家和小说家。作为最早靠写作谋生的英国女性之一,她冲破文化障碍,成为后世女性作家的榜样。——译者据维基百科注
⑥ 安托万·弗雷提埃(Antoine Furetière,1619—1688),法国学者、作家和词典编纂者。——译者据维基百科注
⑦ 原著脚注:See A. J. Tieje, 'A Peculiar Phase of the Theory of Realism in Pre-Richardsonian Prose-Fiction', *PMLA*, XXVII (1913), 213-252.

文字真理的要求。兰姆①不可能像哈兹里特②模仿理查逊的笔触那样写出笛福之前的小说③,"就像在法庭上读证据一样"④。这本身是好是坏还值得商榷。除非他们还有其他更值得我们关注的东西,否则笛福和理查逊几乎不配享有他们得到的声誉。然而毫无疑问,能够开创出产生这种印象的叙事方法,应该是散文小说最显著的变化,我们现在称之为小说。因此,笛福和理查逊的历史贡献主要表现在他们如此突然、完整地代入了可以看作是整个小说类型的最小公分母,即它的形式现实主义。

---

① 查尔斯·兰姆(Charles Lamb,1775—1834),英国散文家、诗人和文物收藏家,以《埃利亚散文》和儿童作品《莎士比亚的故事》而闻名,后者是他与他的妹妹玛丽·兰姆(Mary Lamb,1764—1847)合著的。——译者据维基百科注

② 威廉·哈兹里特(William Hazlitt,1778—1830),英国散文家、戏剧和文学评论家、画家、社会评论家和哲学家。他与塞缪尔·约翰逊、乔治·奥威尔齐名,被认为是同龄人中最杰出的艺术评论家,英语史上最伟大的评论家和散文家之一。尽管他在文学和艺术史上享有很高的地位,但他的作品目前很少有人阅读,而且大多已绝版。——译者据维基百科注

③ 原著脚注:'He sets about describing every object and transaction, as if the whole had been given in on evidence by an eye-witness' (*Lectures on the English Comic Writers* (New York, 1845), p. 138).

④ 原著脚注:Letter to Walter Wilson, Dec. 16, 1822, printed in the latter's *Memoirs of the Life and Times of Daniel de Foe* (London, 1830, III, 428).

第二章　读者大众和小说的兴起

我们已经看到，小说的形式现实主义与当下文学传统的决裂是多方面的。比起其他国家来，这种决裂在英国发生得更早而且更彻底。原因是多方面的，其中一个不容忽视的原因就是18世纪读者大众的变化。莱斯利·斯蒂芬①早就在他的《18世纪的英国文学和社会》中指出："阅读阶层逐渐扩大，促进了他们所面对的文学的发展。"② 他以小说和新闻业的兴起为例，说明这些变化对于文学受众所产生的影响。然而，由于这些证据的性质独特，资料有限且难以解释，要进行全面合理的分析，恐怕会极其冗长，且无法完整地分析一些重要方面。因此，这里所提供的只是尝试简短地分析读者大众的性质及其组织所经历的变化，探讨这些变化与小说的兴起之间可能存在的联系。

---

① 莱斯利·斯蒂芬（Sir Leslie Stephen，1832—1904），英国作家、批评家、历史学家、传记作者和登山家，是弗吉尼亚·伍尔夫（Adeline Virginia Woolf，1882—1941）和瓦妮莎·贝尔（Vanessa Bell，1879—1961）的父亲。——译者据维基百科注

② 原著脚注：London，1904，p. 26. See also Helen Sard Hughes，'The Middle Class Reader and the English Novel'，JEGP，XXV（1926），362-378.

I

　　许多18世纪的观察家认为,他们那个时代的人对阅读的兴趣极其浓厚,而且日益增长。另一方面,尽管当时的读者大众与以前相比人数很多,但跟今天全民阅读的人数相比还是很有差距。最有说服力的证据就是统计数据。不过必须要清楚的一点是,在不同程度上而且总是在相当程度上,所有可用的估算数值本身是不可信的,在应用过程中也是有问题的。

　　对于当时读者大众规模的唯一估计是在18世纪很晚才完成的:伯克估计在90年代达到了8万人。[1] 但跟至少600万的人口基数相比,这个数字的确很小,而且可能还意味着18世纪早期的数字会更小,这是我们最关心的。这无疑是从报刊发行渠道得到的最可靠的数据。它给我们的启示是:有一个数字,即1704年每周售出43 800份报纸[2],这就意味着每周每百人中间买报纸的不到一人;后来的一个数字是1753年每天售出23 673份报纸[3],表明虽然18世纪上半叶买报纸的人数增加了两倍,但仍然只是总人口比例中很小的一部分。即使我们接受当前估计的每份报纸的最高读者数量,也就是艾迪森在《观察家》中提供的每份报纸每天20人的读者数量,我们得到的结果是最大阅读量不到50万——第11个人中间最多只有一个读者。[4] 而且由于每份报纸20个读者的估计似乎有点过于夸张(并非无意),实际比例可能不到这个数字的一半,或者不到二十分之一。

　　这个时期畅销书的销售量表明,购买书籍的公众也不过数万人而

---

　　[1] 原著脚注：Cit. A. S. Collins, *The Profession of Letters* (London, 1928), p. 29.
　　[2] 原著脚注：J. Sutherland, 'The Circulation of Newspapers and Literary Periodicals, 1700—1730', *Library*, 4th ser., XV (1934), 111 - 113.
　　[3] 原著脚注：A. S. Collins, *Authorship in the Days of Johnson* (London, 1927), p. 255.
　　[4] 原著脚注：No. 10 (1711).

第二章　读者大众和小说的兴起

已。在为数不多的非宗教类作品中，销售量超过一万册的大部分都是些专题小册子。例如，斯威夫特的《同盟军的行为》（1711）售出 11 000 册①，普莱斯②的《论公民自由的性质》（1776）几个月内就售出 60 000 册③。获得单册销售量最高纪录 105 000 册的是舍洛克主教于 1750 年写的有点故意吸引眼球的《伦敦主教于大地震后致伦敦教士和民众的信》。④ 在售出的这些宗教信仰小册子中，有许多册还是为福音派人士免费赠送的。相比之下，篇幅完整而成本昂贵的作品，其销售量就要小得多，尤其是非宗教性质的作品。

与表示读者大众规模的数字相比，表示读者大众增长的数字更不靠谱。尽管如此，这两个可信度较高的数字仍然可以说明这个时期英国的读者大众出现了相当大的增长。1724 年，一位名叫塞缪尔·尼格斯（Samuel Negus）的印刷商抱怨说，伦敦的印刷机数量增加到了 70 台。⑤ 到 1757 年，另一位印刷商斯特拉罕（Strahan）估计，"处于经常使用状态的印刷机"在 150 到 200 台之间。⑥ 按照现代的估计，一个世纪内年均出书量增加了近四倍（其中不包括小册子）：1666 年到 1756 年期间，平均每年出版不到 100 本；1792 年到 1802 年期间，平均每年出版 372 本。⑦

因此，约翰逊在 1781 年说，英国是一个"读书人的国度"⑧，这说明他脑子里想到的极有可能是 1750 年以后出现的情况。即便如此，我们绝不能光从字面上看他的措辞，因为读者大众的增加可能有夸张的成分，它的规模仍然非常有限。

---

① 原著脚注：Swift, *Journal to Stella*, Jan. 28, 1712.
② 理查德·普莱斯（Richard Price, 1723—1791），威尔士自由派长老会牧师和道德哲学家，他以捍卫美国和法国革命而著称，他 1791 年的布道文《爱国论》激发伯克写出了批判法国大革命的文章。——译者据维基百科注
③ 原著脚注：Collins, *Profession of Letters*, p. 21.
④ 原著脚注：E. Carpenter, *Thomas Sherlock* (London, 1936), pp. 286-287.
⑤ 原著脚注：Collins, *Authorship*, p. 236.
⑥ 原著脚注：R. A. Austen-Leigh, 'William Strahan and His Ledgers', *Library*, 4th ser., III (1923), 272.
⑦ 原著脚注：Marjorie Plant, *The English Book Trade* (London, 1939), p. 445.
⑧ 原著脚注：*Lives of the Poets*, ed. Hill (Oxford, 1905), III, 19.

简要分析一下那些读者大众的构成要素，我们就能明白为什么按照现代标准来衡量，它的规模一直如此之小。

其中第一个也是最明显的因素就是那个时期识字的人数非常有限。这种文化程度不是指18世纪人们对古典语言和文学尤其是拉丁文的造诣，而是现代意义上简单地读写母语的能力。在18世纪的英格兰，即使这种能力也远未普及。例如，詹姆斯·拉金顿①在18世纪末写道："在赠送宗教小册子时，我发现一些农民和他们的孩子以及四分之三的穷人不识字。"② 很多证据表明，乡下的许多贫困农民、他们的家人以及大多数劳动者都是文盲。甚至在城镇里，有些穷人，特别是士兵、水手以及街道上的闲杂人员都不识字。

然而在城镇里，半文盲可能比全文盲更普遍。特别是在伦敦，商店日益流行使用名号而不是招牌，这让1782年来伦敦的一位瑞士游客卡尔·菲利普·莫里茨（Carl Philipp Moritz）十分惊讶。③ 这充分说明当时人们越来越意识到，即使是住在杜松子酒巷里的居民，也有足够多的人识字，因此才值得为他们提供店铺的名称。

读书识字的机会似乎已经相当多，尽管有证据表明公众上学充其量只是偶然的断断续续的事情，所谓的教育体制几乎不存在。虽然如此，但是除了一些偏远的农村地区和北部一些新兴工业城镇，一个由各色学校构成的教育网络已然覆盖全国，包括受捐赠的老式文法学校、英文学校、慈善学校、各种非捐赠学校，特别是老妇人主办的家庭学校等。1788年是首次有完整数据的一年，当时英格兰大约四分之一的教区根本没有学校，近一半教区没有捐赠学校。④ 世纪初期的覆盖率可能略高一些，不过差别不会很大。

这些学校的教学时间通常很短暂也很不正规，只能向穷人提供基本

---

① 詹姆斯·拉金顿（James Lackington，1746—1815）是一位书商，因推动英国图书贸易革命而备受称赞。——译者据维基百科注
② 原著脚注：*Confessions* (London, 1804), p. 175.
③ 原著脚注：*Travels*, ed. Matheson (London, 1924), p. 30.
④ 原著脚注：M. G. Jones, *The Charity School Movement...* (Cambridge, 1938), p. 332.

第二章　读者大众和小说的兴起

的阅读知识。下层家庭的孩子经常在六七岁时就离开学校，如果要继续读书，也只能利用田地里或工厂里没活可干的几个月时间。最普通类型的小学，也就是老太太们主办的家庭学校，每个星期收取的费用是二到六便士。对于很多家庭来说，这是一笔不小的开支，对于贯穿整个世纪的数百万或更多常常靠贫困救济度日的家庭来说，这完全超出了他们力所能及的开支范围。① 其中的一些学校还提供免费的教育设施，特别是伦敦和较大城镇的慈善学校，但是他们教学的重点是宗教教育和社会纪律，至于阅读、写作和算术的教学，所谓"3R"② 教学，则是次要目标，他们也很少指望有人能够学会这些东西。③ 由于这个原因，再加上一些其他原因，慈善学校运动不太可能有效地提高穷人的文化程度，更不要说促进读者大众的增长。

无论如何，扩大读者大众规模的想法并没有得到普遍的认可。在整个 18 世纪，功利主义者和重商主义者越来越反对给予穷人接受文化教育的机会。伯纳德·曼德维尔④在他的《论慈善和慈善学校》（1723）中就以他常有的直率表明了当时人们的态度："阅读、写作和算术对穷人……非常有害……穷人就得过繁重、琐碎和痛苦的日子，并以此结束他们的生命。让他们越早接受这样的生活，随后就越能耐心地忍受这样的日子。"⑤

这种观点很有市场，不仅雇主和经济理论家如此，就连城镇和乡村的许多穷人自己也持这样的观点。例如，斯蒂芬·达克⑥这位从打谷场走出来的诗人，在 14 岁的时候，就被他母亲从学校拽了回去，"免得他

---

① 原著脚注：Dorothy Marshall, *The English Poor in the Eighteenth Century* (London, 1926), pp. 27 – 29, 76 – 77.
② 3R 指的是 reading、writing 和 arithmetic。——译者注
③ 原著脚注：Jones, *Charity School Movement*, pp. 80, 304.
④ 伯纳德·曼德维尔（Bernard Mandeville, 1670—1733），英国哲学家、古典经济学家，著有《论慈善和慈善学校》（*Essay on Charity and Charity Schools*）等。——译者据维基百科注
⑤ 原著脚注：'Essay on Charity and Charity Schools', *The Fable of the Bees*, ed. Kaye (Oxford, 1924), I, 288.
⑥ 斯蒂芬·达克（Stephen Duck, 约 1705—1756），英国打谷场出身的诗人。——译者据维基百科注

学成一位绅士,他的贫寒家庭就配不上他了"①。乡下许多孩子也只有在田间不需要他们干活的时候才去上学。在城镇里,至少有一个因素对大众教育尤为不利:为弥补工业劳动力短缺,五岁以上儿童的就业人数不断增加。在工厂干活不受季节因素的影响,可以长时间上班,所以孩子们很少或根本就没有时间上学。因此,整个18世纪,在一些纺织以及其他制造业领域,大众的文化水平可能有所下降。②

正如达克、詹姆斯·拉金顿、威廉·赫顿③和约翰·克莱尔④等未受过教育的诗人和自学成才人士的命运所显示的那样,那时候的劳动阶级成员想要读书写字,他们的成才道路上布满了曲折和障碍,而限制读写能力的最普遍因素可能是缺乏积极的学习动机。只有对那些注定要从事中产阶级职业的人来说,例如商业、行政以及需要专门培训的行业,阅读才是必须掌握的技能。由于阅读本来就是一个复杂的心理过程,需要不断练习,很可能只有一小部分具有技术读写能力的劳动者能发展成为读者大众的积极成员,而且他们中的大多数集中在那些离不开阅读和写作技能的行业中。

还有许多其他因素限制读者大众的增长。从作者的观点来看,也许最重要的是经济因素。

在关于主要社会群体平均收入的估算里有两组数据最可靠,它们分别是格雷戈里·金⑤在1696年⑥、笛福在1709年⑦所做的。他们的估算显示,超过一半的人口缺乏最基本的生活必需品。金用具体数字指出,

---

① 原著脚注:*Poems on Several Occasions:Written by Stephen Duck...*,1730,p. iv.
② 原著脚注:Jones,*Charity School Movement*,p. 332;J. L. and Barbara Hammond,*The Town Labourer*,1760—1832 (London,1919),pp. 54 - 55,144 - 147.
③ 威廉·赫顿(William Hutton,1723—1815),英国诗人、历史学家。——译者注
④ 约翰·克莱尔(John Clare,1793—1864),英国诗人、农场工人的儿子。他以讴歌英国乡村而闻名,因其遭受破坏而悲伤,被誉为19世纪重要诗人之一。——译者据维基百科
⑤ 格雷戈里·金(Gregory King,1648—1712),英国系谱学家、雕刻家和统计学家。——译者注
⑥ 原著脚注:In *Natural and Political Observations and Conclusions upon the State and Condition of England*,1696.
⑦ 原著脚注:*Review*,VI (1709),No. 36.

第二章 读者大众和小说的兴起

在 5 550 500 总人口中，约有 2 825 000 人构成了"无以为继的多数"，他们"正在减少王国的财富"。大多数人口主要由农民、贫民、劳动人民和室外仆人组成。金估计他们每个家庭每年的平均收入从 6 英镑到 20 英镑不等。很显然，所有这些群体的生活勉强接近维持生计的水平，他们很难挤出钱购买书籍和报纸这样的奢侈品。

金和笛福都谈到了介于穷人和富人之间的中产阶级。金列出了 1 990 000 人，他们的家庭年收入介于 38 英镑至 60 英镑之间。这些人包括 1 410 000 名"小规模自由土地持有者和农民"，他们的年收入在 55 英镑到 42 英镑 10 先令之间；225 000 名"店主和小商人"，他们每年收入 45 英镑；还有 240 000 名"工匠和手工艺人"，他们平均年收入 38 英镑。这点收入不可能有剩余的钱来买书，特别是考虑到这些收入要养活整个家庭的时候。但是，富裕点的农民、店主和小商人还是可以挤出一点资金来买书，因此中产阶级的变化很有可能就是 18 世纪读者大众增长的主要因素。

这种增长可能在城镇最为明显，因为在此期间，人们认为小自耕农的数量减少了，他们的收入可能保持不变或者有所减少。[①] 而整个 18 世纪，店主、独立小商人、行政和文职人员的数量和财富显著增加[②]，他们变得日益富有，有可能步入中产阶级文化的轨道，上升到以前只属于少数富裕商人、店主和显赫商人的地位。因此，之所以有越来越多的人购买书籍，很可能是这些人贡献的结果，并不是贫困的大多数人口贡献的结果。

18 世纪，书籍价格不菲，这个经济因素极大地限制了读者大众购书的能力。当时书的价格与今天的大致相当，可是平均收入却大约相当于目前货币价值的十分之一，劳动者平均一周的工资只有 10 先令，熟练的雇工或小店主每周挣到一英镑已经是很体面的收入了。[③] 查尔斯·

[①] 原著脚注：H. J. Habakkuk, 'English Land Ownership, 1680—1740', *Economic History Review*, X (1940), 2-17.

[②] 原著脚注：M. D. George, *London Life in the 18th Century* (London, 1926), p. 2.

[③] 原著脚注：On this difficult subject, see E. W. Gilboy, *Wages in 18th Century England* (Cambridge, Mass., 1934), pp. 144 ff.

吉尔登①嘲笑说："没有一个老太太能够出得起那么高的价格去买《鲁滨逊漂流记》。"②而在贫穷女性当中，能够出得起五先令购买原版《鲁滨逊漂流记》的人肯定少之又少。

当时不同阶层收入的差距比起今天来要大很多。同样，不同类型书籍的价格差距范围也比今天的要大很多。那些绅士和富商的图书馆里收藏一卷精美的对开本书可能要花费一几尼③甚至更多，而差不多相同字数的十二开本书的价格从一先令到三先令不等。蒲柏④翻译的荷马《伊利亚特》一套售价为六几尼，大大超出了大多数购书大众的购买力范围。但很快就出现了一个盗版的荷兰十二开本以及其他更便宜的版本，这些盗版书可以"满足那些买不起书的人的阅读需求"⑤。

这些不太富有的读者一般买不起法国英雄传奇文学，因为这些书籍通常都是十二开本印刷的，成本昂贵。不过重要的是，小说的售价则比较适中，并且逐渐以两册或多册小型十二开本出版，装订本通常为三先令，散装本为二先令三便士。《克拉丽莎》面世时是七册，后来又变成八册，《汤姆·琼斯》是六册。与当时大部头的作品相比，小说的价格虽然适中，但仍然远远超出人们的消费能力，除那些小康家庭之外。例如，《汤姆·琼斯》的价格高于一个劳动者平均一星期的收入。因此可以肯定的是，小说读者群不像伊丽莎白时代戏剧观众那样来自广泛的社会各阶层。当时除了贫民，其他人偶尔都能花一个便士在环球剧场的观众厅里站一会儿，而这也才是一夸脱啤酒的价格。另一方面，买一本小说的钱就是一个家庭一两个星期的开支，这点很关键。中产阶级的增加

---

① 查尔斯·吉尔登（Charles Gildon, 1665—1724），英国雇佣作者，后来又轮流担任翻译、传记作者、散文家、剧本作家、诗人、小说家、神话家和评论家等。——译者据维基百科注

② 原著脚注：*Robinson Crusoe Examin'd and Criticis'd*, ed. Dottin (London and Paris, 1923), pp. 71-72.

③ 几尼（guinea），英国 1663 年发行的一种金币，价值 21 先令，1813 年停止流通，后仅指相当于 21 先令即 1.05 英镑的货币单位，常用于规定费用、价格等。——译者据维基百科注

④ 亚历山大·蒲柏（Alexander Pope, 1688—1744），18 世纪英国最伟大的诗人，他将古希腊诗人荷马的史诗《伊利亚特》翻译成英语。——译者据维基百科注

⑤ 原著脚注：Johnson, 'Pope', *Lives of the Poets*, ed. Hill. III, 111.

第二章 读者大众和小说的兴起

带动了读者大众的增加,体现其经济实力的主要是18世纪的小说,而不是其他多种既成的备受推崇的文学和学术形式。不过严格说来,小说在当时还不是一种流行的文学形式。

对于那些不怎么能买得起书的人来说,自然还有许多其他形式的廉价娱乐型印刷品:半便士或一个便士的民歌集,简写本的骑士传奇文学书,新的犯罪故事书,或者报道特殊事件的故事书等,价格从一便士到六便士不等,其中还有三便士到一先令的小册子。最重要的是,报纸一直卖一便士,直到1712年开始征税之后,1757年才增加到一个半便士或者两便士,最终在1776年之后涨到三便士。在这些报纸当中,有许多刊登短篇小说或连载长篇小说。例如,《鲁滨逊漂流记》就在每周三期的《原版伦敦邮报》上转载过,还以廉价的十二开本和小故事书的形式发行过。然而,就我们的特定目的而言,这部分较贫穷的读者大众无足轻重,我们关注的小说家压根儿就没有把这种形式的出版物放在心上,而专门制作这种书籍的印刷商和出版商一般都使用已经以更昂贵的形式出版过的作品,所以通常不用花钱买版权。

经济因素究竟在多大程度上限制了读者大众的增长,特别是限制了小说读者人数的增长,这一点可以从无产权或者流通的图书馆(自1742年发明这个术语之后就一直这么叫的)的迅速崛起中找到答案。[①] 早些时候,有一些这类图书馆的记录,特别是在1725年之后。不过,流通图书馆的迅速增长一直到1740年之后才开始。当时,伦敦出现了第一家流通图书馆,此后十年,又至少增加了七家。流通图书馆的收费倒也不贵,一年一般在半几尼和一几尼之间,而且常常还有方便读者借书的设施,借阅费是一卷一便士,三卷本的小说通常是三便士。

大多数流通图书馆都藏有各种类型的文学作品,不过普遍认为最吸引读者的主要是小说。18世纪,阅读小说的人数显著增长,这毫无疑问是小说的功劳。小说的确引发了最广泛的当代评论,认为阅读扩展到

---

① 原著脚注:See especially Hilda M. Hamlyn, 'Eighteenth Century Circulating Libraries in England', *Library*, 5th ser., I (1946), 197.

了底层百姓。据说这些"文学廉价商店"①腐蚀了学童、农家子弟、"出色的女仆"的脑子②,甚至毒害了"英伦三岛每个屠夫和面包师、补鞋匠和补锅匠"的思想。因此,有可能在1740年以前,处于读者大众边缘的很大一部分成员,因书籍的价格过高而无法完全参与文学活动,而且这部分主要由潜在的小说读者组成,其中许多是女性。

这一时期,越来越多的人有了闲余时间,这不仅证实而且强化了我们已经讲过的读者大众的构成图景,也提供了最好的证据,可以解释女性读者在其中所扮演的日益增多的角色。尽管许多贵族和绅士的文化水准不断倒退,他们由伊丽莎白时期的朝臣变成了阿诺德③所说的"野蛮人",可是同时还出现了一个并行的趋势:文学正成为女性的主要追求。

一般认为,艾迪森是这种新趋势的早期代言人。他在《卫报》(1713)里写道:"学习更适合女性而不是男性,这有几个方面的原因。首先,因为她们手头有更多的闲暇时间,并且往往久坐……还有一个原因,特别是那些有品位的女性之所以潜心于文学,是因为她们的丈夫平常几乎是陌生人。"④ 大多数时候,他们是无耻的陌生人,这点我们从戈德史密斯⑤(Goldsmith)在《好脾气的人》(*The Good Natur'd Man*,1768)中刻画的那位忙碌不迭的洛夫蒂先生(Mr. Lofty)身上就可以看出来,洛夫蒂先生宣称"诗歌对我们的妻子和女儿来说是件好事,但不适合我们"⑥。

上层阶级和中产阶级女性可以参加少量的男性活动,无论是商务还是休闲活动。不过,她们很少从事政治、商业或庄园管理工作,而且狩猎、饮酒之类主要属于男性的休闲活动对她们也是禁止的。因此,这些

---

① 原著脚注:Mrs. Griffith, *Lady Barton*, 1771, Preface.
② 原著脚注:Cit. John Tinnon Taylor, *Early Opposition to the English Novel* (New York, 1943), p. 25.
③ 原文信息不详,疑为马修·阿诺德。马修·阿诺德(Matthew Arnold,1822—1888),英国近代诗人、评论家、教育家,著作有《文化与无序》《文学和教条》等。——译者据维基百科注
④ 原著脚注:No. 155.
⑤ 奥利弗·戈德史密斯(1728—1774),爱尔兰小说家、剧作家和诗人。——译者注
⑥ 原著脚注:Act II.

第二章 读者大众和小说的兴起

女性有很多闲暇时间，常常用于广泛的阅读。

例如，玛丽·沃特利·蒙塔古夫人①是一位狂热的小说读者，她要求她女儿从报纸广告中给她誊写一份小说清单，还补充说："我一点都不怀疑，其中大部分是垃圾和杂物，但是它们有助于消磨空闲时间……"②后来，在一个绝对更低的社会层面，斯雷尔③夫人回忆说，她丈夫命令她"不要去想厨房里的事情"，她还解释说，正是由于强加给她的闲余时间太多，她"被迫……接触文学，把它作为（她）唯一的消遣"。④

许多不那么富裕的女性也比以前闲得多。德·穆拉特⑤在1694年就发现，"即使在普通人家，丈夫很少让妻子干活"⑥。另一位访问过英国的外国游客塞萨尔·德·索绪尔⑦在1727年写道，小商人们的妻子"相当懒惰，很少有人做针线活"⑧。这些报告反映出这样一个事实：由于发生了重要的经济变化，女性有了大量的空闲时间，再加上大多数生活必需品有专人制造，可以在商店和市场上买到，因此不再需要女性干纺纱织布，酿造啤酒，制作面包、蜡烛和肥皂等许多古老的家务活。瑞典旅行家佩尔·卡尔姆⑨也在1748年注意到女性空闲时间的增多与经

---

① 玛丽·沃特利·蒙塔古夫人（Lady Mary Wortley Montagu，1689—1762），英国诗人、书信体作家。——译者注

② 原著脚注：*Letters and Works*，ed. Thomas（London，1861），I，203；II，225-226，305.

③ 海丝特·林奇·斯雷尔（Hester Lynch Thrale，1741—1821），威尔士出生的日记作家、作家和艺术赞助人。她的日记和书信是有关塞缪尔·约翰逊和18世纪英国生活的重要信息来源。——译者据维基百科注

④ 原著脚注：*A Sketch of Her Life...*，ed. Seeley（London，1908），p. 22.

⑤ 贝阿特·路易·德·穆拉特（Béat Louis de Muralt，1665—1749），瑞士作家和旅行作家。——译者注

⑥ 原著脚注：*Letters Describing the Character and Customs of the English and French Nations*，1726，p. 11.

⑦ 塞萨尔·弗朗索瓦·德·索绪尔（César-François de Saussure，1705—1783），瑞士旅行作家。——译者注

⑧ 原著脚注：*A Foreign View of England*，trans. Van Muyden（London，1902），p. 206.

⑨ 佩尔·卡尔姆（Pehr Kalm，1716—1779），也称彼得·卡尔姆（Peter Kalm），瑞典探险家、植物学家、博物学家和农业经济学家，是卡尔·林奈（Carl Linnaeus）最重要的继承者之一。——译者据维基百科注

济专业化发展之间的关系,他惊讶地发现,在英格兰,"人们几乎看不到女性为户外的农活烦恼",甚至在户内,他发现"在很多家庭里,织布和纺纱是极为罕见的事情,因为许多制造商已经把她们从这种家务活中解放出来了"。①

卡尔姆对这种变化的印象可能多少有点夸张,不过无论如何,他说的只是伦敦周围各郡的情况。在远离伦敦的农村地区,经济变化的速度要慢得多,大多数妇女肯定继续全身心地操持家务,因为家庭在很大程度上仍然是自给自足的。然而18世纪早期,女性的空闲时间确实大幅度增加了,尽管这些增加很可能主要局限于伦敦、其周边地区和较大一点的乡镇。

空闲时间是越来越多了,但是其中有多少用于阅读则很难确定。在城镇里,特别是在伦敦,出现了各种竞争性娱乐活动。每到活动季节,就有戏剧、歌剧、化装舞会、舞会、集会、午后茶会等,同时还增设了海滨浴场和避暑小镇,让人们打发无所事事的夏季。然而,即使醉心于城镇娱乐的人,也肯定会挤出一点时间来读书,许多不愿意或无实力参加娱乐的女性则有更多的闲暇时间。对于那些有着清教徒背景的人来说,阅读更是一种无可非议的消遣。艾萨克·瓦茨②是18世纪早期一位非常有影响力的非国教者,他大肆渲染"虚度光阴浪费时间会带来惨痛凄凉的后果"③,因此他鼓励他的保护对象——很大程度上是女性——在阅读和文学讨论中度过闲暇时光。④

在18世纪早期,很多人义愤填膺,议论纷纷,认为如果劳动阶级追求比他们高贵的人才配得上的休闲享受,会毁掉他们自己和整个国家。然而,绝不能把这些哀叹者的用意太当回事。这是因为与当时的生

---

① 原著脚注:*Kalm's Account of His Visit to England*..., trans. Lucas (London, 1892), p.326.

② 艾萨克·瓦茨(Isaac Watts,1674—1748),英国基督教牧师、赞美诗作者、神学家和逻辑学家。他是一位多产且颇受欢迎的赞美诗作家,著有大约750首赞美诗,被公认为"英语赞美诗教父"。——译者据维基百科注

③ 原著脚注:'The End of Time', *Life and Choice Works of Isaac Watts*, ed. Harsha (New York, 1857), p.322.

④ 原著脚注:*Improvement of the Mind* (New York, 1885), pp.51, 82.

第二章 读者大众和小说的兴起

活水平相比,不仅温文尔雅的服装和时尚的娱乐活动比现在要昂贵得多,而且因为一些幸运的或者喜欢挥霍的人享受得多了,便足以引起人们的警觉和敌意,这一点在今天看来有点令人费解。传统观点认为,阶级差别是社会秩序的基础,因此追求休闲娱乐只适用于有闲阶层。当时的经济理论竭力强化这种观点,反对可能使劳动阶级分心进而远离其本分工作的任何事情。因此,无论是重商主义还是传统宗教和社会思潮的代言人,他们都一致认为,对于那些用手劳作的人而言,读书也会使他们分心和不务正业。例如,卡莱尔教堂教长罗伯特·博尔顿①在他的《论时间的利用》(*Essays on the Employment of Time*,1750)一书中就提到农民和技工读书消遣的可能性,不过他断然予以否决:"不,我对他的建议是,管好自己眼下的事情。"②

无论如何,穷人很少有机会获得任何与其身份不相符的娱乐。乡下劳动者得起早贪黑地干活,在伦敦,他们甚至要从早上六点一直干到晚上八点或九点。假期通常只有四个——圣诞节、复活节、圣灵降临节和米迦勒节,在伦敦还有泰伯恩(Tyburn)刑场的八个绞刑日。那些干热门行业的劳动者,特别是伦敦的劳动者,他们相当自由,可以给自己放假,这一点是不假。但在多数工作环境中,劳动者除了星期日,不大可能有多少休闲时间。因此,人们享受了六天"劳动的乐趣"之后,第七天通常更喜欢社交活动而不是读书。弗朗西斯·普莱斯③就认为,饮酒几乎是18世纪工人阶级唯一的娱乐活动。④ 不要忘记,杜松子酒十分廉价,只要不到一份报纸的价格,就可以喝得酩酊大醉。

对于那些可能会喜欢阅读的少数人来说,一没有时间,二买不起书。除此之外,还有其他困难。首先,他们几乎没有读书的空间,在伦敦尤其如此,住房拥挤的程度简直骇人听闻。其次,即使在白天,通常

---

① 罗伯特·博尔顿(Robert Bolton,1697—1763),英国国教信徒,从1735年开始担任卡莱尔(Carlisle)教堂教长。——译者据维基百科注
② 原著脚注:p. 29.
③ 弗朗西斯·普莱斯(Francis Place,1771—1854),英国社会改革家。——译者注
④ 原著脚注:George, *London Life*, p. 289.

也没有足够的光线来读书。17世纪末开始征收窗口税，窗户数量减少到了最低限度，剩下的窗户通常也是深陷在墙里面的，还用兽角、纸或绿色玻璃遮盖着。夜间照明是个十分棘手的问题，因为蜡烛，哪怕是一丁点儿，都是一种奢侈品。理查逊为此感到自豪：他是一名学徒，还能给自己买到蜡烛①，而其他人就买不起蜡烛，或者不允许买。例如，詹姆斯·拉金顿（James Lackington）的雇主是一名面包师，就禁止他在房间里点蜡烛，拉金顿声称他在月光下读过书！②

然而，还有两个相对贫穷的群体规模庞大而且不可或缺，他们可能确实有时间和机会阅读——学徒和家庭用人，尤其是后者。他们通常有时间和灯光阅读，而且房子里一般有书。假如没有书，因为他们无须支付食宿费用，所以如果愿意的话，他们可以用自己的工资和赏钱来买书。而且往往由于耳濡目染，他们特别容易受到高贵主人榜样的"毒害"。

当代人只要讲到下层社会的人如何享有越来越多的闲暇和奢侈，如何附庸风雅，马上就明确指向学徒和家庭用人，尤其是侍者和女佣。这种现象确实值得注意。要评估家庭用人在文学方面的重要性，我们绝不能忘记的一点是，他们构成了一个非常庞大而且不可忽视的阶层，在18世纪很可能是英国最大的单一职业群体。事实上，在人们经久不衰的记忆中，也是向来如此。于是，帕梅拉可以被看作一个文化主角，是一个非常强大、有文化、有闲暇的女佣群体的姐妹。我们注意到，在离开B先生后，她想象中的新职位的主要条件是应该允许她有"一点点读书的时间"③。她这样的强调已经预示了她的胜利，因为她的生活方式在一般穷人阶层十分罕见，在她的特定职业中却司空见惯。她熟练运用令人瞩目的读写能力，冲击社会和文学的双重障碍，这本身就雄辩地证明了她的闲暇程度。

因此，有关闲暇时间的充裕程度以及利用方式之证据，进一步证实

---

① 原著脚注：A. D. McKillop, *Samuel Richardson*: *Printer and Novelist* (Chapel Hill, 1936), p. 5.
② 原著脚注：*Memoirs*, 1830, p. 65.
③ 原著脚注：*Pamela*, Everyman Edition, I, 65.

第二章 读者大众和小说的兴起

了我们先前描绘过的 18 世纪早期读者大众的结构图景。尽管读者大众数量的扩大十分可观,但除了备受青睐的学徒和家庭用人之外,仍然限于商人和店主阶层,而没有触及更低的社会阶层。尽管如此,人数还是有所增加,他们主要来自日益繁荣、人数众多的商业和制造业团体。这一点很重要,因为很可能就凭这一特定的、尽管比例相对较小的变化,就充分改变了读者大众的重心,第一次完全将整个中产阶级推向主导地位。

要探究这种变化对文学所产生的影响,指望发现与中产阶级的品位和能力相关的非常直接或戏剧性证据,基本上是不可能的,因为无论如何,在读者大众中间,中产阶级长期以来都处于一种蓄势待发的地位。尽管如此,一种有利于小说兴起的普遍影响似乎是由读者大众的重心变化而造成的。18 世纪的文学作品面向日益扩大的读者群必然会削弱传统读者的地位。传统读者受过良好的教育,有充裕的时间,可以凭专业或半专业的兴趣去阅读古典文学和现代文学。反过来看,这一事实必然增强了那些渴望轻松享受娱乐文学的人的地位,尽管娱乐文学在文人看来毫无价值。

想想也是,人们阅读总是为了愉悦和放松,当然还有其他目的。但是在 18 世纪似乎出现了一种倾向,即人们比以往更专注于追求这些目标。这至少是斯蒂尔①1713 年在《卫报》中提出的观点。他这样抨击这种普遍流行的做法:

> ……这种不确定的阅读方式……自然会诱使我们成为思想飘忽不定的人……作品中那些称为风格的词语组合被彻底消灭了……这些人的共同理由是,他们读书不为其他目的,就是为了愉悦。我认为读书的愉悦应该来自人们对阅读内容的反思和记忆,而不是阅读的短暂满足。我们读书不光是为了愉悦,还要有所收获。②

"阅读的短暂满足"似乎是对阅读质量的一种特别恰当的描述,这正是 18 世纪两种新的文学形式——报纸和小说——所主张的。很显然,两者都提倡一目十行、漫不经心、几乎是无意识的那种阅读习惯。的

---

① 理查德·斯蒂尔(Richard Steele,1672—1729),英国作家、新闻工作者。——译者注
② 原著脚注:No. 60.

确,在休特①为塞缪尔·克罗克索尔②的《小说和历史选集》(1720)所写的"序言"《论传奇文学的起源》中,他就大力提倡阅读小说时可轻易获得的这种满足感:

> ……那些最有效地吸引并占据(思想)的阅读收获是以最少的劳动获得的,其中想象力所占比例最大。主题对我们的感官来说是显而易见的……这正是阅读传奇文学的优势。阅读传奇文学无须动脑筋,无须动用我们的理性能力,只要有丰富的幻想就可以理解,而且丝毫不会或很少给记忆造成任何负担。③

因此,文学领域各种全新力量之间的博弈,很可能导致人们倾向于轻松娱乐,而放弃坚守传统的关键标准。可以肯定的是,这一变化是笛福和理查逊取得成功的关键因素。他们的成功也可能与这段时期读者大众的主要成员有关,与他们的品位和态度中更加积极的一些特征有关。例如,在很大程度上,商人这一阶层的观点就受到笛福小说中所表达的经济个人主义以及世俗化的清教主义的影响。公众中日益崛起的女性成员们发现,理查逊的小说恰好表达了她们所关注的许多利益。不过,我们暂且不去讨论这些关系。我们眼下先要考察的是读者大众的品位以及组织方面的一些其他变化。

II

正如前几个世纪一样,18世纪出版量最大的图书门类就是宗教类书籍。在整整一个世纪的时间里,平均每年有200多部此类作品出版。

---

① 皮埃尔·丹尼尔·休特(Pierre Daniel Huet,1630—1721),法国信徒和学者,是《1685年至1689年德尔芬经典著作》(*Delphin Classics and Bishop of Soissons from 1685 to 1689*)的编辑。——译者据维基百科注

② 塞缪尔·克罗克索尔(Samuel Croxall,约1690—1752),英国圣公会教徒、作家、翻译家。——译者注

③ 原著脚注: 1729 ed., I, xiv.

第二章　读者大众和小说的兴起

以《天路历程》为例,尽管很少有高雅的作者把它放在眼里,而且还常常嘲讽它,但是到了1792年,这本书已经发行了160版。① 18世纪至少有10本祈祷手册出了30多个版本,其他宗教劝解书同样广受欢迎。②

尽管宗教书籍销量十分巨大,但是并不能反驳18世纪的读者越来越具有世俗品位这一观点。首先,宗教出版物的数量似乎并没有随着人口增长或其他类型的阅读材料的销售而增加。③ 此外,读宗教书籍的人似乎与世俗文学毫不相干。在托比亚斯·斯摩莱特的小说《汉弗莱·克林克尔探险记》(1771)里面,伦敦书商亨利·戴维斯说:"除了卫理公会教徒和不顺从国教的新教徒,没有人会读布道书。"④ 在当时的高雅文学作品中,极少引述广受欢迎的宗教作品的内容,这也佐证了戴维斯观点的正确性。

另一方面,许多读者,特别是受教育程度较低的读者,从阅读宗教书籍开始,继而培养出更广泛的文学兴趣。笛福和理查逊是这一趋势的代表人物。他们的先辈们以及他们的许多读者的先辈们,在17世纪沉溺于祈祷书籍,很少阅读其他书籍,但他们自己却将宗教和世俗的兴趣结合起来了。当然,笛福既写小说也写宗教作品,例如他的《家庭指导者》。理查逊取得了引人瞩目的成就,他将道德和宗教目标融入时尚而且绝对世俗的小说领域。这种才子与受教育程度较低的人之间、纯文学与宗教教诲之间的妥协,或许是18世纪文学最重要的一个趋势。最初表现这种妥协的是18世纪最著名的文学新生事物,例如创刊于1709年的《闲谈者》和1711年的《观察家》杂志。

这两份刊物刊登适合大众口味的文章,分别以每周三期和每天一期

---

① 原著脚注:Frank Mott Harrison, 'Editions of *Pilgrim's Progress*', *Library*, 4th ser., XXII (1941), 73.

② 原著脚注:I am indebted for these figures to Ivor W. J. Machin's unpublished doctoral dissertation, 'Popular Religious Works of the Eighteenth Century: Their Vogue and Influence' (1939, University of London, pp. 14-15, 196-218).

③ 原著脚注:Machin, p. 14.

④ 原著脚注:Introductory Letter, 'To the Rev. Mr. Jonathan Dustwich'.

的形式发行。这些文章反映了斯蒂尔于1701年在《基督教英雄》中所提倡的目标：使优雅人士崇尚宗教，使宗教人士崇尚优雅。他们推出的"让才智变得实用的有益计划"① 不光是在才子佳人中间，而且也在读者大众的其他群体中取得了巨大的成功。《观察家》和《闲谈者》在非国教教徒以及其他对世俗文学嗤之以鼻的群体中备受称赞，而且往往是未受过教育的乡下文学爱好者接触到的第一批世俗文学作品。

这些期刊文章在逐渐形成一种小说也可以达到的品位方面做出了重要贡献。麦考利②认为，如果艾迪森写过小说，他的小说将"超过我们所拥有的任何一部作品"③。T. H. 格林也间接地提到这一点，他将《观察家》描述为"这种特殊文学风格中首屈一指的最好的代表，对大众讲述大众自己的故事，是我们时代唯一真正的大众文学。人性在平凡生活中得到反映……并以最细微真实的方式加以复制"④。尽管如此，从艾迪森1892年发表《德·科弗利文论》到小说的转变绝非一蹴而就，主要是因为后来的记者职业缺乏灵感，未能刻画出一系列同样生动有趣的人物形象，而且在18世纪出版业迎来的第二次新闻大创新——1731年，记者兼书商爱德华·凯夫⑤创办的《绅士杂志》中，这个特殊的虚构小说方向未能延续下去。

这份月刊内容充实，集政治新闻的功能与丰富多样的文学精神食粮于一体，包括"每周杂文公正述评"及"诗歌荟萃"等。凯夫努力迎合各种读者的需求，月刊的题材甚至比《观察家》的还要多样化。除了很

---

① 原著脚注：Tatler，No. 64（1709）.
② 托马斯·巴宾顿·麦考利（Thomas Babington Macaulay，1800—1859），英国历史学家和辉格党政治家、散文家、诗人和历史学家，以其著作《英国历史》（1849—1861）著称。——译者据维基百科注
③ 原著脚注：Literary Essays（London，1923），p. 651.
④ 原著脚注：'Estimate of the Value and Influence of Works of Fiction in Modern Times'，Works，ed. Nettleship，III，27.
⑤ 爱德华·凯夫（Edward Cave，1691—1754），英国出版商、编辑。他创办的《绅士杂志》（The Gentleman's Magazine）是第一本现代意义上的通俗杂志。爱德华·凯夫生于拉格比附近的牛顿村，是一位鞋匠的儿子，曾经上过当地的文法学校，后来因被指控偷窃校长的物品而被勒令退学。他曾从事过许多职业，包括木材商、记者和印刷业者。——译者据维基百科注

多真实可靠的信息之外,还有各种各样的精神食粮,包括烹饪食谱和谜语,他也做得非常成功。据约翰逊博士估计,该杂志的总发行量为1万册,而且还有20种山寨版。凯夫本人在1741年断言,它的读者遍及"英语所能到达的任何地方,在英国、爱尔兰和各殖民地种植园有好几家出版社重印这份杂志"①。

《绅士杂志》有两个典型特征,一是提供家庭生活实用信息,二是益智和消遣相结合。这两个特征后来都体现在小说中了。而且从《观察家》到《绅士杂志》的过渡表明,一个读者群体已经诞生,这个群体在很大程度上独立于传统文学标准之外,因此是一个潜在的群体,他们需要一种有别于传统批评规则的文学形式。报纸本身,诚如《格拉布街日报》(*Grub Street Journal*)在一篇挖苦笛福的讣告中所说的那样,是"奥古斯都时代闻所未闻的娱乐产品"②。不过,尽管新闻业为读者大众吸引了许多热爱世俗文学的新成员,但是这个群体尚未找到适当的小说形式来满足他们从阅读中获得信息、益智、消遣和愉悦的需求。

III

《绅士杂志》也象征着读者大众组织的重大变化。为《观察家》撰稿的是当时最优秀的作家,它迎合了中产阶级的品位,虽说略微带点文学慈善事业的味道。斯蒂尔和艾迪森崇尚中产阶级的生活方式,不过他们并非此道中人。然而,经过不到一代人的时间,《绅士杂志》展示的却是这样一种截然不同的社会倾向:它由一位富有魄力却未受过良好教育的记者、书商主持,撰稿人主要是雇佣文人和业余作者。这一变化表明了一种新的趋势,即那些从事制作和销售印刷产品的人在文学界占据

---

① 原著脚注:Lennart Carlson, *The First Magazine* (Providence, R. I., 1938), pp. 62-63, 77, 81.

② 原著脚注:No. 90 (1731).

了突出地位，而书商和流通图书馆馆长詹姆斯·利克①的妹夫理查逊就是这种趋势的主要代言人，理查逊原本是一位印刷工。这些人之所以会占据显著地位，主要原因显而易见：皇室和贵族提供的文学赞助逐渐减少，作者和读者之间往往出现真空，而这种真空很快就被文学市场的中间商（即出版商）或者当时通常被称为书商的人迅速填补，这些人在作者和印刷商之间以及这二者和公众之间占据着举足轻重的地位。

到了18世纪初，书商，尤其是伦敦的书商，已经取得了财政地位、社会声望和文学声誉，远远超过他们的前辈或国外同行，其中有几位爵士〔詹姆斯·霍奇斯爵士（Sir James Hodges）、弗朗西斯·戈斯林爵士（Sir Francis Gosling）、查尔斯·科贝特爵士（Sir Charles Corbett）〕、郡长亨利·林特（Henry Lintot）和国会议员威廉·斯特拉汉（William Strahan）。他们中的许多人，譬如汤森父子（the Tonsons）、伯纳德·林特（Bernard Lintot）、罗伯特·多德斯利（Robert Dodsley）和安德鲁·米拉尔（Andrew Millar）等，与伦敦上流社会的人形影不离。他们与一些印刷商一道，占有或控制着所有主要舆论渠道——报纸、杂志和评论，凭借有利地位为其作品做广告宣传，赚取好评。②这种对舆论渠道的实际垄断也带来了对作家的垄断。因为尽管"鼓励学习协会"极力支持作者独立地面向读者大众，但对作者而言，"印刷"依然是唯一富有成效的出版形式。

书商对作者和读者的影响力无疑是非常巨大的，因此有必要探究这种力量是否与小说的兴起有关。

当时的舆论自然十分关注书商新兴的影响力。常常有人断言，由于书商的影响，文学本身已经变成一种纯粹的市场商品。1725年，笛福就简明扼要地表达了这种观点："写作……已经成为英国商业的一个非常可观的分支，书商是总制造商或雇主，那些作家、作者、誊写员、副

---

① 詹姆斯·利克（James Leake，1686—1764），书商、流通图书馆馆长。——译者注
② 原著脚注：See Stanley Morison, *The English Newspaper* (Cambridge, 1932), pp. 73-75, 115, 143-146; B. C. Nangle, *The Monthly Review, 1st Series, 1749—1789* (Oxford, 1934), p. 156.

第二章 读者大众和小说的兴起

笔以及所有其他文人墨客都是上述制造商雇用的伙计"。① 笛福并不是谴责这种商业化行为,虽然大多数崇尚传统文学标准的人严厉谴责这一现象。例如,戈德史密斯就指责说:"那场毁灭性革命将写作变成了机械贸易,作家的赞助人和金主变成了书商而不再是贤达高士。"② 菲尔丁甚至更直接,他明确将这场"毁灭性革命"与文学标准的灾难性衰退联系起来。他断言说,那些"纸贩子,也就是通常所说的书商",经常雇用一帮没有"任何禀赋和学问"的"行业雇工",他痛批他们的产品通过类似于格雷沙姆③定律淘汰了优质作品,迫使公众"喝苹果汁……因为他们生产不了其他酒"。④

格拉布街⑤只是这场"毁灭性革命"的另一种说法。塞恩兹伯里(Saintsbury)以及很多人都指出,"格拉布街"在某种意义上是一个神话⑥,书商实际上比以往任何赞助人更慷慨地成就了更多的作者。但从另一种意义上来讲,格拉布街真真实实存在过,而且是有史以来第一次。让蒲柏和他的朋友真正感到震惊的是,文学得屈从于自由放任的经济规律。这就意味着不管自己的趣味是什么,书商们不得不"委曲求全"⑦,正如乔治·切尼医生⑧在给理查逊的一封信中所说的那样,无论大众希望买什么样的书,他们都得从格拉布街那里采购。

人们普遍认为,小说是一种典型的被贬低了的写作方式,因为书商

---

① 原著脚注:*Applebee's Journal*,July 31,1725,cit. William Lee,*Life and Writings of Daniel Defoe*(London,1869),III,410.

② 原著脚注:'The Distresses of a Hired Writer',1761,in *New Essays*,ed. Crane(Chicago,1927),p.135.

③ 托马斯·格雷沙姆爵士(Sir Thomas Gresham,1519—1579),都铎王朝时期英国金融家。——译者据维基百科注

④ 原著脚注:*True Patriot*,No.1,1745.

⑤ 格拉布街(Grub Street)在伦敦市区,曾是穷困潦倒的文人积聚创作的地方,后改为弥尔顿街。——译者据维基百科注

⑥ 原著脚注:'Literature',*Social England*,ed. H. D. Traill and J. S. Mann(London,1904),V,334-338.

⑦ 原著脚注:*Letters of Doctor George Cheyne to Richardson*,1733—1743,ed. Mullett(Columbia,Missouri,1943),pp.48,51-52.

⑧ 乔治·切尼(George Cheyne,1672—1743),医学博士,他是一位先驱医师、早期原始精神病学家、哲学家和数学家。——译者据维基百科注

们一味地迎合读者大众。例如，菲尔丁的朋友和合作者詹姆斯·拉尔夫①于1758年在《作家的状况》(*The Case of Authors*)中写道：

> 出书是书商赖以繁荣昌盛的行业。由于受交易规律的制约，书商必须尽可能以低价买进以高价卖出……他最了解什么样的商品种类最适合市场，因此会择机发布订单。他不仅精明地支付作者稿酬，而且绝对精确地规定出版时间。
>
> 这样可以很好地解释出版社的间发性病症：精明的书商把准时代的脉搏，根据脉搏跳动开具处方，这处方不是为了治愈，而是为了讨好疾病。只要患者不拒绝服药，他就继续用药。在首次出现恶心症状时，他再改变剂量，继而以冒险故事、小说、传奇文学等形式引入斑蝥素，以取代所有的政治泻药。②

然而事实上，这个过程不太可能像拉尔夫所说的那样自觉而又直接。他写上述这些话的时候，正值理查逊和菲尔丁的小说取得巨大成功之际，流通图书馆也随之得以迅速普及。格拉布街的雇佣文人们已经在弗朗西斯（Francis）和约翰·诺布尔（John Noble）等书商和流通图书馆经营者的安排下写小说或者翻译法语小说，规模相当可观。然而几乎没有证据表明在此之前书商直接参与并推动小说的创作。相反，如果我们考察一下所谓书商们积极推动的作品就会发现，他们主要还是偏向于出版知识巨著，如伊弗雷姆·钱伯斯（Ephraim Chambers）的《百科词典》（1728）、约翰逊的《词典》（1755）和他的《诗人传》（1779—1781），以及其他许多历史和科学资料汇编，这些都是他们委托大规模编写的书籍。

不过，确实有两位书商——查尔斯·里文顿（Charles Rivington）和约翰·奥斯本（John Osborne）——曾请理查逊写一部适合大众口味的日用书信写作指南，这给了他写作《帕梅拉》的最初灵感，这一点是

---

① 詹姆斯·拉尔夫（James Ralph，1705—1762），出生在美国的英国政治作家、历史学家、评论家，格拉布街雇佣作家。——译者据维基百科注
② 原著脚注：p.21.

第二章 读者大众和小说的兴起

不假。但《帕梅拉》本身是一个偶然的产物。理查逊一直密切关注文学需求动态,《帕梅拉》"不可思议的成功"让他很惊讶,便以20英镑的价格出售了三分之二的版权,尽管他在处理后来两部小说时变得聪明了许多。① 同样,菲尔丁的重要实验作品《约瑟夫·安德鲁斯》(*Joseph Andrews*)也不太可能是书商鼓励的结果。传说出版商安德鲁·米拉尔(Andrew Millar)为《约瑟夫·安德鲁斯》手稿以及几部较短的作品给出了两百英镑的好价钱,菲尔丁感到十分惊讶。② 这无可争辩地表明,在《帕梅拉》获得巨大成功之后,尽管米拉尔预计菲尔丁的第一部小说会畅销,但是无论他本人还是其他人都没有鼓励菲尔丁朝着这个文学方向继续努力,因为他们没有料到这个方向会如此有利可图。

但是,如果说书商很少或根本没有直接推动小说的兴起,(这未必成立,因为)也有一些迹象表明,他们把文学从赞助人的控制中解放出来,并将其置于市场规律的控制之下。这样做的一个间接结果是他们一方面帮助小说这种新的文学形式进行一项典型的技术创新,即大量的描写和解释,另一方面又使得笛福和理查逊能够彻底摆脱古典的批判传统,而后者是他们取得文学成就的一个不可或缺的条件。

一旦作者的主要目标不再迎合赞助人和文学精英的标准,他就会考虑其他一些重要因素。其中至少有两个因素可能会鼓励作者在创作时变得拖沓冗长。第一种倾向是,首先要写得非常直白,甚至同义反复,才有可能让受教育程度不高的读者读懂他的作品;其次,因为是书商而不是赞助人给他支付稿酬,所以写作的速度和篇幅往往成为至关重要的经济考量。

第二种倾向是由戈德史密斯提出来的。他在《学问现状调查》(*Enquiry into the Present State of Learning*,1759)一书中考察了书商与作者之间的关系:"我们或许想象不出比这个更伤害读者品位的矛盾体:一方要求尽可能少写,另一方则要求尽可能多写。"③ 戈德史密斯的

---

① 原著脚注:See McKillop, *Richardson*, pp. 16, 27, 293-294.
② 原著脚注:Cross, *Fielding*, I, 313-316.
③ 原著脚注:*Works*, ed. Cunningham (New York, 1908), vi, 72-73.

这个观点或许可以从这个事实中得到证实：18世纪早期，人们普遍直言不讳地抨击作家出于经济考虑把书写得冗长饶舌。例如，约翰·卫斯理①有点刻薄地影射艾萨克·瓦茨的作品长篇大论，纯粹是"为了赚钱"②。不仅如此，这种倾向也许还影响了小说的兴起。之所以这样说，是因为有人对笛福和理查逊也提出过类似指控。

将主要的经济标准应用于文学创作之后，最明显的结果就是崇尚散文而废弃诗歌。在《阿米莉亚》（1751）中，菲尔丁通过雇佣作家的口吻明确表达了这种关系："对于书商来说，一张纸就是一张纸，无论印上散文还是诗歌，都丝毫没有区别。"③ 因此，当他发现押韵"是顽固棘手的东西"时，这位格拉布街居民再也不为杂志写诗，转而写起小说了。这里有两个原因：一是因为"写传奇文学是我们业务中值得关注的唯一分支"，二是因为"它肯定是世界上最容易的工作，你可以写得很快，只需把笔落到纸上即可"。

笛福很早以前走的就是这个路子。在早期职业生涯中，他使用流行的讽刺诗，之后几乎把散文作为他唯一的创作形式。当然，这种散文浅显冗长，未经深思熟虑，而这些特质本身最符合他写小说的叙事方式，也给他的笔耕带来最大的经济回报。至于作品的语言优美、结构错综复杂、效果凝练集中，这些不仅需要时间，而且很可能需要进行大量的修改。然而，笛福似乎将作家职业的经济蕴含推向了无可比拟的极端，因为他认为，只有在提供额外报酬的情况下，修订才是一件值得去做的事。这至少是那位匿名编辑的断言，他于1738年编辑再版了笛福1725年出版的《英国商人大全》（*Complete English Tradesman*）。他认为笛福的作品"一般来说……过于冗长迂回"。他进一步补充说，"想要笛福完成一部作品，你让他把每张纸都按照他喜欢的方式写满，之后你再删去一半多的废话，或者概括其要点即可……"④

---

① 约翰·卫斯理（John Wesley，1703—1791），英国神职人员、神学家和传道者。——译者注
② 原著脚注：A. P. Davis, *Isaac Watts* (New York, 1943), p. 221.
③ 原著脚注：Bk. VIII, ch. 5.
④ 原著脚注：4th ed.

第二章 读者大众和小说的兴起

有证据显示,理查逊的情况很相似,尽管他的经济动机可能没有笛福的那么强烈。1739年,他的朋友乔治·切尼医生责备他崇尚书商"根据纸张数量为作者定价"①的那套做法。后来,申斯通②在评论《克拉丽莎》时说,理查逊"大可不必将他的书拉长到极度啰唆的地步……如果他不是出版商兼作者的话,恐怕很难如此随心所欲"。接着,在无意识地赞美一番理查逊的形式现实主义之后,他继续写道:"除了事实,没有什么值得这么大书特书,真的用不着,除非是在法庭上。"③

当然,笛福和理查逊不仅在散文风格方面同古典的文学标准分道扬镳,他们几乎在生活愿景的各个方面,以及体现这些愿景的各个技术方面都有所突破。在这里,他们表现的是文学的社会背景所发生的深刻变化,这种变化进一步削弱了公认的批评标准的美誉。

18世纪中期,人们很清楚地意识到,力量的再度均衡彻底改变了评论家和作者的来源渠道。按照菲尔丁的说法,整个文学界快要变成"一个民主的世界,或者说是处于彻头彻尾的无政府状态",没有人来执行旧有的法则,因为正如他在《考文特花园④期刊》(1752)中所写的那样,甚至连"批评的职责"也被"一大批无视规则的人"接手,他们"对传统法则一无所知,就被接纳到评论界"。⑤一年之后,约翰逊博士在《冒险家》⑥中说,这些无视规则的人在作家领域站稳了脚跟,取得了和作者平等的权利。他写道:"当今时代可以称之为作家的时代,这样说再合适不过。因为也许从来没有哪个时代会让各种能力和水平、各

---

① 原著脚注:Letters to Richardson, ed. Mullett, p. 53.
② 威廉·申斯通(William Shenstone, 1714—1763),英国诗人。——译者注
③ 原著脚注:Letters, ed. Mallam (Minneapolis, 1939), p. 199.
④ 考文特花园(Covent Garden)是伦敦的一个区,位于西区的东边缘,在圣马丁巷(St. Martin's Lane)和德鲁里巷(Drury Lane)之间。其中央广场曾经是水果蔬菜市场,现在是备受欢迎的购物中心、旅游景点以及皇家歌剧院(歌剧院本身亦称"考文特花园")。——译者据维基百科注
⑤ 原著脚注:Nos. 23, 1.
⑥ 《冒险家》(Adventurer, 1752—1754)是伦敦18世纪的一份双周报,是在《漫步者》(Rambler)之后创办的,其撰稿人包括约翰·霍克斯沃斯(John Hawkesworth)和塞缪尔·约翰逊(Samuel Johnson)。——译者据维基百科注

种教育背景、各种职业和生计的人如此激情饱满地向出版社投稿。"他接着强调现在与过去的不同:"以前,文学创作的阵地只属于这样一些人,他们通过学习或貌似通过学习获得普通劳动者无法企及的知识。"①

如果按照过去的分配制度,有的人可能根本就成不了作家,他们对于文学的传统规则一无所知,或者知之甚少。在这些作家中,我们必须挑出那些属于18世纪普通劳动者阶层的代表人物:笛福和理查逊。由于他们的思想以及他们所接受的训练,他们几乎不指望获得古老的文学命运仲裁者的青睐。但是,只要我们回想一下古典文学的观点对形式现实主义的要求有多么苛刻,我们就能明白摈弃旧传统可能是他们的文学创新的必要条件。事实上,赫斯特·沙蓬夫人②从理查逊身上得出了这样的结论:"只有从无知者那里,我们才能看到原创的东西,每个大师都在拷贝那些权威作家,没有人会看自然对象。"③ 笛福和理查逊一反法国作家的做法,以他们所希望的方式更自由地呈现"自然物体",而在法国作家那里,文学依然主要面向王宫。也许正是由于这个原因,小说才能够在英国更早、更彻底地背弃早期虚构小说的内涵和形式。

然而,归根结底,书商取代赞助人,随后笛福和理查逊与过去的文学形式分道扬镳,这些仅仅反映出他们那个时代生活更加宏大、更加重要的特色,即中产阶级作为一个整体所呈现出来的伟大力量和自信心。凭借他们与印刷业、图书销售业和新闻业的错综复杂的关系,笛福和理查逊可以直接接触到读者大众新近培养起来的兴趣和能力。更为重要的是,他们自己完全成为读者大众新近确立起来的阅读趣味的重心所在。作为伦敦的中产阶级商人,他们只需要考虑自己的文学形式和内容标准,以确保他们所写的内容能吸引大量读者。这很可能正是发生变化之后的读者大众以及书商刚刚获得的主导地位对于小说崛起所产生的极其重要的影响,并不是因为笛福和理查德森响应了读者的新需求,而是因为他们能够比以前更加自由、更加发自内心地表达这些需求。

---

① 原著脚注:No. 115.
② 赫斯特·沙蓬夫人(Mrs. Hester Chapone, 1727—1801),英国女作家。——译者注
③ 原著脚注:*Posthumous Works*…, 1807, I, 176.

第三章　《鲁滨逊漂流记》、个人主义和小说

小说要真正关注普通人的日常生活，似乎离不开两个重要的基本条件：一是社会必须高度重视每一个个体，把他看作其严肃文学的恰当主题；二是普通人必须有足够多样化的信仰和行为，只有这样，详细陈述这些信仰和行为才能引起普通人即小说读者的兴趣。很可能直到最近，小说才广泛具备这两个赖以存在的条件，因为两者都依赖于这样一个社会的兴起，这个社会是个综合体，它蕴含"个人主义"这个术语所表示的相互依存的众多因素。

甚至"个人主义"这个词也是最近才出现的，最早也只能追溯到19世纪中叶。毫无疑问，在所有时代和所有社会，有些人之所以是"个人主义者"，是因为他们以自我为中心，特立独行，或者明显独立于当前的观点和习惯。不过，个人主义的概念所涉及的远不止于此。根据它的设想，整个社会就应该受这种思想的支配：每个人在内心既独立于其他个体，也独立于"传统"这个词所代表的过去的各种思想和行为模式，而传统永远是一种社会的而非个体的力量。反过来说，这种社会的存在显然取决于一种特殊的经济和政治组织以及适当的意识形态。再具体点说，它取决于这样一个经济和政治组织，这个组织允许其成员在广

泛的范围内选择其行为。它还取决于这样一种意识形态，其根基是个体的自主权而不是过去的传统，与个体的特殊社会地位或个人能力无关。人们普遍认为，现代社会在这些方面具有独特的个人主义色彩。现代社会的产生有许多历史原因，其中有两个原因至关重要，即现代工业资本主义的兴起和新教的传播，尤其是以加尔文①主义或清教主义形式出现的新教。

I

资本主义极大地促进了经济专业化进程，再加上一种不那么刻板而同质的社会结构，以及一种不十分专制而是更加民主的政治制度，它也极大地提升了个人的选择自由。对于那些完全置身于新经济秩序的人来说，现在的社会格局所依托的有效实体不再是家庭、教会、行会、乡镇或者任何其他集体单位，而是个人，因为个人可以独自决定自己的经济、社会、政治和宗教角色。

很难说这种取向的变化自何时开始影响整个社会，很可能直到19世纪才开始，不过这个运动肯定很早就开始了。在16世纪，宗教改革和民族国家的崛起从根本上挑战了中世纪基督教国家的社会同质性基础。用梅特兰②的一句名言来说，"绝对国家第一次面对绝对个体"。然而在政治和宗教领域之外，它的变化缓慢，很可能直到工业资本主义得到进一步发展，特别是在英格兰和低地国家得到进一步发展之后，它才形成一种明显具有个人主义特质的社会和经济结构，开始影响相当一部分人，虽然绝不是大多数人。

至少，人们普遍认为，新秩序的基础是在1689年光荣革命之后那

---

① 加尔文（John Calvin，1509—1564），法国神学家、16世纪欧洲宗教改革家、基督教新教加尔文派创始人，著有《基督教原理》。——译者据维基百科注

② 弗雷德里克·威廉·梅特兰（Frederic William Maitland，1850—1906），英国历史学家和律师，被认为是英国法律史的现代之父。——译者据维基百科注

第三章 《鲁滨逊漂流记》、个人主义和小说

段时期奠定的。商业和工业阶级是实现个人主义社会秩序的主要推动者,他们已经获得更大的政治和经济权力,而这种权力已经体现在文学领域。我们已经看到,城镇中产阶级在读者大众中变得越来越重要,与此同时,文学开始以赞许的眼光来看待贸易、商业和工业。这是一个相当新的态势。早期的作家,例如斯宾塞、莎士比亚、多恩、本·琼森和德莱顿等,都倾向于支持传统的经济和社会秩序,他们抨击许多新兴个人主义的症状。然而到了 18 世纪初,艾迪森、斯蒂尔和笛福颇是大张旗鼓地为经济个人主义的英雄们盖上了文学赞许的大印。

在哲学领域,新的取向同样显而易见。在 17 世纪,伟大的英国经验主义者无论在政治和伦理思想方面还是在认识论方面都是强烈的个人主义者。培根希望用他的归纳法来积累大量有关特定个体的事实数据,以期在社会理论中找到一种崭新的突破。① 霍布斯也认为,他正在涉及的主题以前从未得到妥善解决,他将以自我为中心的个人心理构成作为他的政治和道德理论基础。② 在《论政府》(上下篇,1690)中,洛克根据个人权利不可废除性原则,构建了政治思想的等级体系,以此来抗衡更加传统的教会、家庭或国王权力。这些思想家几乎成为正在萌芽的个人主义政治和心理先锋以及理论知识的先驱,这说明他们的重新定位本身与各方面之间、重新定位与小说创新之间密切相关。希腊人的文学形式具有非现实主义特质,他们具有强烈的社会或公民道德观,他们的哲学思想偏向于普遍性,但各方面之间大体上处于一种和谐状态。同样,现代小说一方面与现代时期的现实主义认识论密切相关,另一方面又与其社会结构中的个人主义紧密联系。在文学、哲学和社会领域,古典时期那种关注理想、一般性和全体性的传统已经被彻底改变,现代人的视野基本上被互不相关的特殊性、直接捕捉到的感觉以及强调自主权的个体所占据。

笛福的哲学观与 17 世纪英国经验主义哲学观之间有很多共同之处。

---

① 原著脚注:*Advancement of Learning*,Bk. II,especially ch. 22,sect. xvi and ch. 23,sect. xiv.

② 原著脚注:*Elements of Law*,Pt. I,ch. 13,sect. iii.

他比以往任何作家都更加完整地表达了个人主义的各种要素。他的作品以独特的方式表明，多种形式的个人主义和小说的兴起之间是密切关联的，这种关联在他的第一部小说《鲁滨逊漂流记》里呈现得尤为清晰和全面。

II

(a)

许多经济理论学家将鲁滨逊作为经济人的例证来看待，这一点十分贴切。正如"国家"象征的是以往社会典型的公共思维方式一样，"经济人"象征的是个人主义经济学的新观念，这一观念据说是亚当·斯密发明的。实际上，这个概念比我们所知道的要古老得多。然而，只有当经济体制本身的个人主义发展到高级阶段时，这个概念才会自然地显现出来，成为一种抽象概念，用以表达整个经济体系中的个人主义。

跟笛福作品中的其他主角一样，诸如摩尔·弗兰德斯、罗克萨娜、雅克上校和辛格尔顿上尉等，鲁滨逊是经济个人主义形象的化身，这一点几乎无须证明。笛福笔下的所有主人公都追求金钱，就是笛福所称的"世界通用的定价物"①，而且他们根据盈亏账簿赚得有条有理。马克斯·韦伯认为，这是现代资本主义与众不同的技术特征。② 我们会发现，笛福的主人公们根本用不着学习这种技巧，他们的血液里就流淌着这种天生就会的技能，无论他们的出身和受教育程度如何。他们随时让我们了解他们目前的金钱和物品库存，而其他小说的人物就做不到这一点。事实上，克鲁索的记账意识已经有效地确立了它的优先权，超过主

---

① 原著脚注：Review, III (1706), No. 3.
② 原著脚注：The Theory of Social and Economic Organisation, trans. Henderson and Parsons (New York, 1947), pp. 186–202.

第三章 《鲁滨逊漂流记》、个人主义和小说

人公的任何思想和情感。他的里斯本管家向他提供 160 个莫艾多①,以帮助他缓解刚回来时遇到的短暂困难,克鲁索回想说:"他说话时我几乎要流泪了。长话短说吧,我拿了 100 个莫艾多,让他拿来笔和墨水,我给他写了一张收据。"②

记账体现的只是现代社会秩序主题的一个方面。我们的整个文明建立在个人契约关系的基础之上,而不是建立在以前社会中那种不成文的传统集体关系之上。契约思想在政治个人主义理论发展过程中起到了重要作用,在与斯图亚特王朝的斗争中占据着突出地位,因而被载入洛克的政治体系中。事实上,洛克认为合同关系即使在自然状态下也具有约束力。③ 我们注意到,克鲁索就像一个彻头彻尾的洛克分子——一有其他人来到岛上,他就强迫他们以书面合同形式承认他的绝对权力,接受他的统治(尽管我们之前已经被告知,他的墨水用光了)。④

但是,突出经济动机的首要地位以及对记账和契约法则与生俱来的敬重等,绝不是鲁滨逊·克鲁索所象征的与经济个人主义兴起过程相关的唯一一个方面。从逻辑上来讲,经济动机的本质意味着其他一些思维方式、感觉和行为模式的贬值,因为各种形式的传统群体关系、家庭、行会、村庄、民族感等都被削弱了,同样被削弱的还有非经济领域的个人成就和享受,包括精神救赎和消遣娱乐等。⑤

当工业资本主义成为经济结构的主导力量时,人类社会的组成部分往往会全面重组。⑥ 这种情况最早自然是出现在英格兰。事实上,到 18 世纪中叶,它已经变得十分平常。例如,戈德史密斯在《旅行者》

---

① 莫艾多(moidore),以前的葡萄牙金币,18 世纪早期在英格兰流通,当时约值 27 先令。——译者据维基百科注
② 原著脚注:*The Life and Strange Surprising Adventures of Robinson Crusoe*, ed. Aitken (London, 1902), p. 316.
③ 原著脚注:Second treatise, 'Essay concerning... Civil Government,' sect. 14.
④ 原著脚注:*Life*, pp. 277, 147.
⑤ 原著脚注:See Max Weber, *The Protestant Ethic and the Spirit of Capitalism*, trans. Parsons (London, 1930), pp. 59 - 76; *Social and Economic Organisation*, pp. 341 - 354.
⑥ 原著脚注:See, for example, Robert Redfield, *Folk Culture of Yucatan* (Chicago, 1941), pp. 338 - 369.

(1764)中就描述了被大肆渲染的英格兰自由的共生现象:

> 不列颠人看得至高无上的那种独立,
> 让人与人隔离,让社会分崩离析;
> 自我独立的新贵们孑立于世,
> 对束缚和美化生计的所有权利一无所知;
> 在这里,大自然的契约变得无力,
> 各种思想交锋,排斥他人亦被排斥……
> 　　这还不是最次。随着自然纽带遭到腐蚀,
> 随着责任、爱情和荣誉失职,
> 虚构的纽带,财富和法律的纽带
> 不断聚集力量,强迫人们视之如敕。①

跟戈德史密斯不同的是,笛福并没有公开反对新秩序,他的做法与戈德史密斯恰恰相反。尽管如此,《鲁滨逊漂流记》中的很多情景仍然可以证实戈德史密斯所描绘的画面,这一点从笛福处理家庭或国家这种群体关系的方式中也能得到证明。

大体说来,笛福笔下的主人公要么没有家庭,比如摩尔·弗兰德斯、雅克上校和辛格尔顿上尉,要么少小离家再也没有回去过,就像罗克萨娜和鲁滨逊·克鲁索一样。由于冒险故事本身排斥传统的社会关系,因此这个事实就显得无足轻重。然而在《鲁滨逊漂流记》中,主人公至少有房子和家庭。他之所以离开家庭,是出于典型的经济人动机——他需要改善他的经济状况。"命中注定的那种自然倾向"呼唤着他去海上冒险,使他不愿意在出生的位置——"下等生活的上等位置"——"安顿下来",尽管他父亲对这种生活条件赞美有加。后来,他把缺乏这种"被遏制的欲望"、不满足于"上帝和大自然给予他的位置"看作一种"原罪"。② 不过,当时他和父母之间的争论其实就是一场辩论,争论的核心不是关于孝道或者宗教,而是出去冒险和留在家里

---

① 原著脚注:II,339-352.
② 原著脚注:*Life*, pp.2-6, 216.

第三章 《鲁滨逊漂流记》、个人主义和小说

哪个更能发财。双方都承认，辩论的核心问题是经济方面的问题。结果，由于他的"原罪"，克鲁索实际上赚得盆满钵满，变得比他父亲更富有。

克鲁索的"原罪"实际上是资本主义本身的动态趋势，其目的绝不仅仅是维持现状，而是不断改变现状。离开家乡，改善一个人与生俱来的命运，这是个人主义生活模式的重要特征，可以看作"不安分"的心态在经济和社会方面的体现，洛克把这种"不安分"确定为他的动机系统的核心。① 帕斯卡②的观点则正好相反，他认为不安分是凡人持久痛苦的指数。帕斯卡写道："所有人的不快乐都源于一个简单事实，那就是他们不能安静地待在自己的房间里。"③关于这一点，笛福的主人公完全不同意。即使到了晚年，克鲁索依然这样说："……做贸易利润如此之大，而且我可以说十拿九稳，这确实比静静地坐在那里更有乐趣，更有成就感。除此之外，什么都提供不了这种令人怦然心动的机遇或满足。对我来说尤其这样，静静地坐在那里，是人生最大的不幸。"④ 于是，在《鲁滨逊漂流记》的续记《鲁滨逊·克鲁索更远的冒险》中，克鲁索开始了又一程有利可图的奥德赛式的冒险经历。

因此，由于受经济个人主义根本趋势的影响，克鲁索不重视家庭关系，无论身为儿子还是身为丈夫。笛福在他的诸如《家庭生活指南》等说教著作中强调家庭对于社会和宗教具有极其重要的意义，可是这种根本趋势与他所强调的观点互相矛盾。好在他的小说反映的不是理论而是实践，因此他为这些关系塑造了一种微不足道的、整体而言具有阻碍作用的角色。

如果一个人理性地审视自己的经济利益，他可能很少会受国家和家庭关系的束缚。笛福将个人和国家一视同仁，自然是出于对其经济价值

---

① 原著脚注：*Human Understanding*，Bk. II, ch. 21, sects. xxxi - lx.
② 布莱士·帕斯卡（Blaise Pascal，1623—1662），法国神学家、哲学家、数学家、物理学家、化学家、音乐家、教育家和气象学家。——译者据维基百科注
③ 原著脚注：*Pensies*，No. 139.
④ 原著脚注：*Farther Adventures of Robinson Crusoe*，ed. Aitken（London，1902），p. 214.

的考虑。因此,他以自己独特的方式宣称的最爱国的一句话是他的同胞每小时的产量比其他任何国家工人的都高。① 我们看到,沃尔特·德·拉·马尔(Walter de la Mare)恰如其分地说,克鲁索是笛福的"选择性亲和高手"②,只有在经济美德缺场的时候,他才会表现出仇外心理;而在经济美德在场的情况下,譬如对于西班牙总督——一位法国天主教牧师、绝对的葡萄牙角色——克鲁索则是赞美有加。另一方面,他谴责许多英国人,譬如岛上的英国定居者,理由是他们不够勤劳。人们感觉克鲁索不是靠情感纽带和他的国家联系在一起,正如他摆脱家庭的羁绊一样。只要身边有人,他就开心,丝毫不在乎他们的国籍,只要能跟他们做生意就行。跟摩尔·弗兰德斯一样,他认为"口袋里有钱,哪儿都好玩"③。

乍看上去,我们似乎把《鲁滨逊漂流记》归为有点独特的"旅行冒险"类作品,实际上并非完全如此。由于小说情节跟旅行密切相关,再加上主人公脱离了他的正常环境,即脱离一种稳定而有凝聚力的社会关系模式,所以确实会把《鲁滨逊漂流记》置于小说发展史的边缘位置。但克鲁索并不是一个单纯的自由自在的冒险家,他的旅行仅仅是社会趋势中一个极端的案例而已,正如他摆脱社会关系之后获得的那份自由一样。如果放在现代社会,他的旅行再正常不过,因为经济个人主义把追求利益作为一种主要动机,大大增加了个人的流动性。讲得再具体一点,诚如现代学术研究所揭示的那样,鲁滨逊的职业选择是在他阅读了无数卷航海日志,了解了航海家的丰功伟绩后才做出的决定。④ 这些著作讲述航海家们的丰功伟绩,讲述他们如何在16世纪为贸易扩张提供黄金、奴隶和热带植物,大大促进了资本主义的发展;在17世纪,他们继续这一历程,着眼于开发殖民地和国际市场,这些都是未来资本主义发展必不可少的。

---

① 原著脚注:*A Plan of the English Commerce* (Oxford, 1928), pp. 28, 31 - 32.
② 原著脚注:*Desert Islands and Robinson Crusoe* (London, 1930), p. 7.
③ 原著脚注:*Moll Flanders*, ed. Aitken (London, 1902), I, 186.
④ 原著脚注:See especially A. W. Secord, *Studies in the Narrative Method of Defoe* (Urbana, 1924).

第三章 《鲁滨逊漂流记》、个人主义和小说

因此,笛福的故事情节表达了他那个时代人们生活中最重要的一些倾向,正是这一点使得他的主人公有别于文学中的大多数旅行者。鲁滨逊·克鲁索不像奥托里库斯①,他不是一个植根于他所熟悉的大环境中的商业旅行者;他也不像尤利西斯,他不是一个迫不得已踏上征程的探险者,并非时刻想着回到自己的家庭和故乡。对于克鲁索来说,追求利益是他唯一的天职,整个世界都是他的领地。

如果重视个人的经济优势,往往会削弱个体以及群体关系的重要性,特别是那些与性有关的关系。正如韦伯所指出的那样,性是人类生活中最强大的非理性因素之一,是个体在理性地追求经济目标的过程中所遇到的一个最大的潜在威胁。② 因此我们将会看到,由于这个原因,性也被置于工业资本主义意识形态的强有力控制之下。

在小说家当中肯定没有比笛福更强烈地反对浪漫爱情的了。甚至对于性的满足,哪怕是在他说起性的时候,也往往会被最小化。例如,他在《评论》中抗议说,"里面那些被称为快乐的琐事"根本"不值得忏悔"。③ 至于婚姻,他的态度很复杂,他所展现的事实是,即使男性的经济美德和道德美德也不一定是有利可图的婚姻投资。在他的侨居地,"就像世界上常常发生的情况一样(在这些事情上,上帝如此眷顾,是出于什么崇高的目的,我不能言说),两个诚实的小伙子娶了两个最糟糕的妻子,那三个被上帝抛弃的家伙——这样的人绞死都不值……却娶了三个聪明、勤劳、细心、灵巧的妻子"。④ 虽然他的插入语含糊其词,却足以雄辩地证明,他确实认为天意是没有道理可讲的。

因此,爱情在克鲁索的生活中所发挥的作用非常有限,甚至连性的诱惑都被排除在他最伟大的胜利场景——海岛——之外,这就不足为奇了。当克鲁索真正意识到那里没有"社交活动"时,他祈祷能够有人陪

---

① 奥托里库斯(Autolycus)是莎士比亚《冬天的故事》里的无赖汉。——译者注
② 原著脚注:Weber, *Essays in Sociology*, trans. Gerth and Mills (New York, 1946), p. 350.
③ 原著脚注:I (1705), No. 92.
④ 原著脚注:*Farther Adventures*, p. 78.

陪他，然而我们发现，他渴望得到的却是一个男性奴隶。① 有了"星期五"之后，虽然没有女人陪伴，他却尽情享受那里的田园风光。这一点颇具革命性，因为它背离了从《奥德赛》到《纽约客》中的作品描写的沙漠荒岛所引发的那种传统的渴望。

即使在克鲁索最终回归文明之后，性依然完全让位于商业。只有在他通过再次航行使财务状况得到充分改善之后，他才结了婚。然而对于如此重要的人类冒险，他只是轻描淡写地说，这件事"既没有对我不利，也没有让我不满意"。而且结婚、三个孩子的出生以及妻子的去世这一系列事件，只构成他的一个句子的前半部分，整个句子的后半部分则由他的下一步航行计划构成。②

女性唯一的重要角色就是她们的经济价值。当克鲁索的几位移民抽签挑选五个女人时，我们非常高兴地得知：

> 抽中第一个挑选的人……选中的是五位中最难看、最年长的女子，让其他人开怀大笑……但是他认为她比其他几个女子更合适，他们期待女人除了具有其他方面的能力，还要既实用又能帮他们干活，后来证明她是这批货中最好的妻子。③

"这批货中最好的妻子"这种商业用语让我们想起狄更斯的一句话——他曾经根据笛福对待女性的立场判定笛福自己肯定也是"一件极其乏味、让人讨厌的商品"。④

同样，在克鲁索的其他人际关系中，我们也可以看到非经济因素的贬值。他对他人的态度完全取决于他们的商品价值，最明显的例子就是摩尔少年佐立，他曾帮助克鲁索逃脱摩尔海盗的控制获得自由，在另一次事件中，佐立宁愿牺牲自己的生命来表明他的忠诚。克鲁索毅然决然地表示要"永远爱他"，并承诺"让他成为一个了不起的人"。然而他们

---

① 原著脚注：*Life*, pp. 208 - 210, 225.
② 原著脚注：*Life*, p. 341.
③ 原著脚注：*Farther Adventures*, p. 77.
④ 原著脚注：John Forster, *Life of Charles Dickens*, revised Ley (London, 1928), p. 611 n.

第三章 《鲁滨逊漂流记》、个人主义和小说

航行遇险,被葡萄牙船长搭救之后,船长向克鲁索开出 60 个银圆①的报价——这可是犹大出卖耶稣时得到的两倍的价钱,克鲁索无法抗拒这一诱惑,便毫不犹豫地将佐立卖身为奴。有那么一瞬间,克鲁索的确犹豫过,这是不假,但是当佐立的新主人承诺说,"如果他信奉基督,我十年内让他获得自由",他的顾虑就轻而易举地打消了。直到后来,他的岛上生活变得如此艰难,他才意识到人力远比金钱更重要,这才后悔不已。②

克鲁索与"星期五"的关系同样是以自我为中心的,他根本不问他叫什么名字,就直接给他起了一个新名字。即使在语言方面——人类可以通过语言完成动物之间根本无法达成的事情,正如克鲁索自己在《鲁滨逊·克鲁索沉思录》③中所写的那样,克鲁索是个不折不扣的功利主义者。他告诉我们,"我也教过他说'是'和'不'"④,但正如笛福同时代的评论家查尔斯·吉尔登所指出的那样,尽管他们交往了很长时间,"星期五"依然说的是蹩脚的英语⑤。

然而,克鲁索却认为两人之间的关系是理想的。"如果尘世间真有完美幸福的话",他所体验到的就是"至臻至美的幸福"。⑥ 在克鲁索的欢乐小岛上,两人各忙各的,沉默是金色的音乐,偶尔会被"不,星期五"或者一个卑微的应答"是的,主人"这样的简短对话打破。似乎只要慷慨仁爱地赐予,或感恩戴德地接受仁慈而苛求的恩泽,就可以使人的社会属性需求、人对友谊和理解的需求得到满足。确实,就像他对待佐立那样,克鲁索后来信誓旦旦地表示,"如果他比我活得更长",他会

---

① 西班牙银圆(piece of eight),在中国曾称本洋、双柱、柱洋、佛洋、佛头、佛银、佛头银等,是一种银质硬币,直径约 38 毫米,价值 8 个西班牙里亚尔(reale),是 1497 年西班牙货币改革后铸造的,曾流通世界各地。——译者据维基百科注
② 原著脚注:*Life*, pp. 27, 34 - 36, 164.
③ 原著脚注:*Serious Reflections during the Life and Surprising Adventures of Robinson Crusoe*, ed. Aitken (London, 1902), p. 66.
④ 原著脚注:*Life*, p. 229.
⑤ 原著脚注:*Robinson Crusoe Examin' d and Criticis' d*, ed. Dottin (London and Paris, 1923), pp. 70, 78, 118.
⑥ 原著脚注:*Life*, pp. 245 - 246.

为他的仆人"做一件有意义的事情"。幸运的是,他用不着做出这样的牺牲,因为当"星期五"在海上去世时,他所做出的牺牲就是在讣告词里用寥寥数语表达一丝同情而已。①

因此,在《鲁滨逊漂流记》中,情感纽带和个人关系的戏份极少,除非涉及经济问题。例如,在克鲁索离开荒岛之后,只有当他在里斯本的那位忠实老代理人告诉他说他现在是个大富翁时,我们才感受到他的情绪变化达到了高潮:"我脸色苍白,心里非常难受,要不是老人家跑去拿了点果汁来,我相信如此突如其来的喜悦会让我精神失常,当场死去。"② 只有金钱,即现代意义上的财富,才能激发克鲁索的真情实感,只有那些他放心地将自己的经济利益托付给他们的人,才能获得他的友谊。

我们看到,对于鲁滨逊来说,坐在那里无所事事是"生命中最不幸的事情",而业余消遣也几近邪恶。在这一点上,他很像他的作者,因为笛福似乎也很少向这种分心的事情做出过让步。有人评论说,笛福在文学圈子里的友谊少之又少,他也许是一个独特的例子,是一位对文学很少有兴趣的伟大作家,未曾针对文学发表过任何有趣的言论。③

克鲁索毫无审美眼光,在这点上他也和笛福如出一辙。我们可以用马克思对他的典型的资本家所说的话来评论他:"享受服从于资本,享受的个人服从于资本化的个人。"④ 在一些法语版本的《鲁滨逊漂流记》中,他赞美的是大自然,张口便说:"哦,自然!"⑤ 然而这并非笛福的原意,岛上的自然景观不是为了崇拜,而是为了剥削。无论克鲁索朝着哪个方向看,他的土地都大声呼唤他来打理。他压根就不会认识到土地

---

① 原著脚注:*Farther Adventures*,pp. 133,177 – 180.
② 原著脚注:*Life*,p. 318.
③ 原著脚注:See James R. Sutherland,*Defoe* (London,1937),p. 25;W. Gückel and E. Günther,"D. Defoes und J. Swifts Belesenheit und literarische Kritik",Palaestra,CIL (1925).
④ 原著脚注:My translation from *Notes on Philosophy and Political Economy*,in *Oeuvres Philosophiqes*,ed. Molitor (Paris,1937),VI,69.
⑤ 原著脚注:See William-Edward Mann,*Robinson Crusoë en France* (Paris,1916),p. 102.

第三章 《鲁滨逊漂流记》、个人主义和小说

也是岛上风景的一部分,因为他压根就没时间去观赏美景。

当然,到了冬天,克鲁索也有各种找乐子的方式。尽管他没有像塞尔柯克那样和他的山羊一起跳舞,他至少和他的几头山羊、一只鹦鹉、几只猫一起玩耍。① 不过,他最大的满足感来自查看货物库存的喜悦:"手头所有东西都已准备就绪,"他说,"看到我所有货物如此井井有条,特别是库存的必需品如此齐全,我非常开心。"②

(b)

如果说鲁滨逊的性格在很大程度上取决于经济个人主义的心理和社会取向,那么他的冒险经历对读者的吸引力似乎主要源于现代资本主义的另一个重要伴随物——经济专业化的影响。

小说的兴起之所以成为可能,在很大程度上归功于劳动分工。部分原因是社会和经济结构越专业化,小说家所描绘的当代生活中的人物、态度和经验的差异越显著,他的读者就越感兴趣。另一部分原因是随着经济越来越专业化,人们的休闲时间越来越多,于是就产生了与小说息息相关的读者大众。还有部分原因是这种专业化在读者中激发出一种特殊需求,这种需求正好可以从小说中得到满足。这至少是 T. H. 格林的基本观点:"在渐进式劳动分工中,尽管我们作为公民变得更为有用,可是我们似乎失去了作为人的完整性……现代社会的完美组织消弭了冒险经历能够给人带来的刺激,人也很少有机会独立解决困难。能够触动我们的人类探险趣事就更少……"格林总结说:"要改变这种状况,只能靠报纸和小说。"③

在我们的文化里,人们空前依赖于印刷机提供的生活经验的替代品,尤其是新闻和小说形式的产品。这很有可能是经济专业化的结果,因为它导致日常事务中缺乏多样性和刺激。然而,《鲁滨逊漂流记》则

---

① 原著脚注:See Appendix, *Serious Reflections*, ed. Aitken, p. 322.
② 原著脚注:*Life*, p. 75.
③ 原著脚注:'Estimate of the Value and Influence of Works of Fiction in Modern Times', *Works*, ed. Nettleship, III, 40.

更直接地证明了格林的观点,这部小说之所以如此吸引读者,显然是因为它在经济领域里为笛福的主人公提供了高质量的"孤军奋战的机会",让读者可以心领神会地分享他孤军奋战的经历。他的奋斗经历如此吸引读者,说明经济专业化深刻地削弱了人们生活的多样化和刺激性,其影响如此深远,以至于我们的文明重新引入一些基本的经济过程,为的是将这些过程作为一种疗救性娱乐活动:通过园艺、家庭编织、陶器制作、野营、木工和饲养宠物等等,所有人都可以跟随笛福的主人公体验各种环境迫使他通过改变自己的性格所获得的满足感,而且像他那样,"通过对事物做出最理性的判断,每个人最终都可以掌握每一种机械艺术"①。若非如此,我们根本不可能知道我们具有这样的能力。

笛福当然很清楚,他那个时代的生活特征就是经济越来越专业化,结果导致大多数"机械艺术"与他的读者的生活经历格格不入。例如,克鲁索制作面包时心里就在想:"这有点奇妙,我相信很少有人还能想起供应、采购、加工、调配、制作、最后完成这块面包必不可少的许多复杂工序。"②笛福的描述长达七页,如果是中世纪或者都铎时代的读者,他们对这么详细的描述不会有多少兴趣,因为他们家里每天都进行类似的基本的经济过程。但是,正如卡尔姆在报告中所指出的那样,到了18世纪早期,大多数女性都不"烤制面包,因为每个教区或村庄都有面包师"③。因此,笛福可能想着他的读者会对这类经济生活的详细描述感兴趣,故而大段大段的描述是他小说叙事中非常重要而令人难忘的一部分。

当然,《鲁滨逊漂流记》描写的并不是笛福本人那个时期、那个地点所发生的实际的经济生活。要把普通人的体力劳动表现得十分有趣或鼓舞人心,这有悖于劳动分工背景下经济生活的事实。以亚当·斯密的《国富论》中著名的劳动分工为例④,制造一枚钉子需要许多个独立工

---

① 原著脚注:*Life*, p. 74.
② 原著脚注:*Life*, p. 130.
③ 原著脚注:*Account of His Visit to England*, p. 326.
④ 原著脚注:Bk. I, ch. 1.

第三章 《鲁滨逊漂流记》、个人主义和小说

序,一个人只完成其中一个工序,他干活时不可能像克鲁索那样感到趣味无穷。因此,笛福将经济的时钟拨回到过去,把他的主人公带回到原始环境中,把劳动过程呈现得丰富多彩,鼓舞人心,而且这样的环境与制钉的家庭环境之间也有着本质区别,因为在这种环境里个体的付出与回报绝对等值,这是当代经济条件所发生的根本变化。正是基于这一变化,笛福才能够通过叙事手段把劳动分工的意识形态对应物——劳动的尊严——表达出来。

劳动的尊严这一信念并不完全是现代的产物。在古典时代,愤世嫉俗的犬儒学派和主张禁欲的斯多葛学派都反对人们对手工劳动的诋毁,因为手工劳动是奴隶社会价值尺度的必要组成部分。基督教原本主要与奴隶和穷人密切相关,但它后来做出了很多有益的事情,致力于消除人们对手工劳动的鄙视。然而劳动的尊严这个想法只是到了现代才得以充分发展,大概是因为随着经济专业化的发展,体力劳动变得更加单调乏味,所以才更有必要对它进行补偿性的肯定。这个信念本身与新教的出现密切相关,特别是加尔文主义,它总是要求其信徒忘记这样的教义,即劳动是亚当因为不听上帝的话才得到的惩罚。他们强调一种截然不同的观点:坚持不懈地管理上帝的物质恩赐是最重要的宗教和道德义务。①

克鲁索的管理质量不容置疑,他给自己很少的休息时间,甚至新人手"星期五"的出现也只是传递了一个信号,即不是为了休息放松而是为了扩大生产的信号。很显然,笛福崇尚禁欲的新教传统,他写的很多东西听起来很像韦伯②、特罗尔奇③和陶尼④的思想。例如,在迪克雷·克龙克格言中他这样写道:"如果你在一日之晨还昏昏欲睡,赶紧醒来吧。

---

① 原著脚注:See Ernst Troeltsch, *Social Teaching of the Christian Churches*, trans. Wyon (London, 1931), I, 119; II, 589; Tawney, *Religion and the Rise of Capitalism* (London, 1948), pp. 197 - 270.

② 韦伯(Maximilian Karl Emil Weber, 1864—1920),德国社会学家、哲学家、法学家和政治经济学家。——译者注

③ 恩斯特·彼得·威廉·特罗尔奇(Ernst Peter Wilhelm Troeltsch, 1865—1923),德国自由主义新教神学家、宗教哲学和历史哲学作家,还是古典自由主义政治家。——译者据维基百科注

④ 陶尼(Richard Henry Tawney, 1880—1962),英国经济史学家。——译者注

要知道你生来是为了做事情，只有一辈子做好事，你才对得起你的身份，才像个男子汉。"① 他甚至像诡辩家那样提出模棱两可的观点——追求经济效益实际上就是在效仿基督："有用是莫大的乐趣，所有善良的人都认为它是最真实、最高尚的生活目的。只有追求这样的目标，人才最接近我们敬爱的救世主的品格，而救世主的使命就是做好事。"②

我们从笛福的态度可以看出他在宗教价值观和物质价值观之间的困惑，而清教徒的劳动尊严这一信念尤其容易受到物质价值观的影响。一旦从事日常活动被赋予最高的精神价值，那么下一步就是有自治能力的个体会将控制环境视为自己准神圣的职责。经过这样的世俗化，加尔文主义的管理理念很可能对小说的兴起起到了相当大的推动作用，而《鲁滨逊漂流记》自然就是第一部这样的小说。从某种意义上来讲，它是第一部虚构叙事，它将普通人的日常活动作为文学持续关注的对象。的确，虽然这些活动并不完全是按照世俗化的观点来审视的，但是后来的小说家可以继承笛福的做法，跳出宗教的围限，认真关注人类的世俗活动。因此，很可能正是清教徒的劳动尊严这一理念构成了小说崛起的基本前提，即个人的日常生活具有足够的重要性和趣味性，完全可以成为文学的恰当主题。

Ⅲ

经济个人主义解释了克鲁索的大部分性格特征，经济专业化及其相关意识形态则说明克鲁索的冒险经历为何如此吸引读者，然而控制其精神存在的则是清教徒的个人主义价值观。

特罗尔奇声称："我们之所以能够真正永久地实现个人主义，这要归功于宗教运动而非世俗运动，要归功于宗教改革而非文艺复兴。"③

---

① 原著脚注：*The Dumb Philosopher* (1719), ed. Scott (London, 1841), p. 21.
② 原著脚注：*The Case of Protestant Dissenters in Carolina*, 1706, p. 5.
③ 原著脚注：*Social Teaching*, I, 328.

第三章 《鲁滨逊漂流记》、个人主义和小说

如果我们试图在这些问题上确定优先选项,既不可行也没有什么好处。不过有一点倒是十分确定:假如所有形式的新教都有一个共同点,那就是它们放弃了教会作为人与上帝之间的中间人角色,代之以另一种宗教观,即个人被委以首要责任,负责他自己的精神追求。这种新教观念主要强调两个方面:一是增强自我意识,使之成为一种精神实体;二是普遍推行道德观念和社会观念。这两个方面对于《鲁滨逊漂流记》的产生、对于形成小说的形式现实主义所依赖的前提条件都特别重要。

认为宗教中的自我反省是每个人的重要职责,这种思想自然要比新教古老得多,它源自原始的基督教对于个人主义和主观意识的重视,圣·奥古斯丁在其《忏悔录》中对这种思想表达得淋漓尽致。然而人们普遍认为,正是因为加尔文在16世纪重新建立了这种目的性很强的早期精神反省模式并将其系统化,它才成为牧师和非神职人员至高无上的宗教仪式:每一位善良的清教徒都在内心不断地进行自我反省,以表明他在上帝选择和挞伐的神圣计划中所占据的位置。

在加尔文教中,这种"良知的内化"随处可见。在新英格兰,据说"几乎每一位有文化的清教徒都会写点日记"①。在英格兰,班扬的《恩德无量》(*Grace Abounding*)是纪念他与教派其他成员——浸礼会教徒——生活方式的丰碑。②浸礼会教徒几乎都是正统的加尔文主义者,仅偶尔会有例外。到了后来,经过几代人之后,虽然宗教信仰已经大大弱化,但内省的习惯仍然保持不变,这才有了现代三大自传体忏悔录,即佩普斯③、卢梭④和包斯威尔⑤的忏悔录。这三位作家都是在加尔文主

---

① 原著脚注:Perry Miller and Thomas H. Johnson, *The Puritans* (New York, 1938), p. 461.
② 原著脚注:See William York Tindall, *John Bunyan: Mechanick Preacher* (New York, 1934), pp. 23-41.
③ 塞缪尔·佩普斯(Samuel Pepys, 1633—1703),英国托利党政治家,历任海军部首席秘书、下议院议员和皇家学会主席,但他最为后人熟知的身份是日记作家。——译者据维基百科注
④ 让-雅克·卢梭(Jean-Jacques Rousseau, 1712—1778),启蒙时代法国与日内瓦哲学家、政治理论家和作曲家,出生于当时还是独立国家的日内瓦。——译者据维基百科注
⑤ 詹姆士·包斯威尔(James Boswell, 1740—1795),苏格兰传记作家,出生于爱丁堡。——译者据维基百科注

义思想的影响下成长起来的,他们对自我分析的迷恋以及那种极端的自我中心倾向,都是他们与后来的加尔文信徒①以及笛福的主人公所共有的性格特征。

(a)

显而易见,这种主观的个人主义精神模式对笛福的作品以及小说的兴起具有极其重要的意义。《鲁滨逊漂流记》开启了小说处理个人经验的独特方式,这种方式可以与自传式的忏悔录相媲美,而且也超越了其他文学形式,因为它使我们接近个人内在的道德存在。自传体回忆录是一般清教主义者表达其内省倾向的最直接最广泛的文学形式,《鲁滨逊漂流记》正是以此为形式基础来揭示主人公的内心世界的。

笛福本人的确是在一个清教徒家庭出生长大的,他的父亲是非国教主义者,也许是浸礼会教徒,更有可能是长老会教徒。无论如何,他是个加尔文教徒。他把儿子送到非国教学院,可能希望他日后能成为牧师。笛福自己的宗教信仰发生过多次变化,他的著作中包含顽固的宿命论和理性的自然神论的全部教义,而这些都是清教主义者在不同发展阶段所坚守的信仰。然而毫无疑问,笛福一直而且通常被认为是非国教主义者,他在小说中所揭示的大部分世界观显然是清教徒的世界观。

书中没有任何迹象表明作者想把鲁滨逊·克鲁索塑造成一个非国教主义者,而且他的宗教反思语气往往具有清教主义特征。一位神学家认为,克鲁索反思的大意非常接近1648年威斯敏斯特大会通过的长老会短篇教理问答的内容。②确实,克鲁索身上有《圣经》崇拜的迹象:仅在《鲁滨逊漂流记》第一部分,他就引用了大约20节经文,另外还多次简短提及《圣经》内容,有时候会随手翻开《圣经》来寻求神明的指引。不过,他精神生活中最重要的方面是他会严格进行道德和宗教反省,在每次行动之后,他总要进行一番反思:这个行动如何显示神明的

---

① 原著脚注:Troeltsch, *Social Teaching*, II, 590.
② 原著脚注:James Moffat, 'The Religion of Robinson Crusoe', *Contemporary Review*, CXV (1919), 669.

第三章 《鲁滨逊漂流记》、个人主义和小说

旨意——玉米开始抽条,肯定是神圣的奇迹,是"为我指引的食物";他发一次烧,便可以"悠闲地审视死亡的痛苦"①,最终明白他应该受到惩罚,因为他没有感恩之心,忽视了上帝对他的怜悯。毫无疑问,现代读者一般很少关注这些叙事内容,不过克鲁索和他的作者非常清楚地表明:无论涉及生活空间还是生活重点,他们都认为精神领域和现实领域具有同等重要的意义。加尔文教派主张反省自律,也许是因为读者受到这种残余信念的影响,他们深度关注主人公日常的心理和道德生活,这在小说史上还是第一次。

当然,文学的这一关键进步并非仅仅是由清教主义的内省倾向促成的。我们已经看到,遵循工作准则可以取得相似的效果,它使得个人的日常经济事务与他的日常精神反省同等重要,而这两种趋势还与清教主义密切相关的另一种趋势之间形成一种互补关系。

如果上帝赋予个人主要责任,要他为自己的精神命运负责,那么上帝就必须在个人日常生活中为他指明意图,使他为自己的精神命运负责成为可能。因此,清教徒往往认为个人经历的每个细节都潜藏着丰富的道德和精神寓意。笛福的主人公遵循的正是这样一种传统,他试图将其所叙述的许多世俗事件解释为神明的指引,以帮助他在上帝永恒的救赎和摈弃计划中找到自己的位置。

当然,在上帝的计划中,所有灵魂都是平等的,因此无论在普通的生活行为中还是在更罕见、更富有戏剧性的紧急情形中,每个个体都有充分的机会展现其精神品质。由于这个原因,当然还有一些其他原因,清教徒普遍倾向于推动道德和社会层级的大众化。例如,许多社会、道德和政治方面的原因导致清教徒敌视贵族阶层所秉持的价值标准,他们不赞同传统的传奇文学表现主人公的那种方式,因为这种文学形式把主人公表现成性格张扬的征服者,他们的胜利不是在精神上或者账房里赢得的,而是在战场上和闺房里取得的。无论如何,清教主义信徒在社会和文学观念方面催生了一种基本的、某种意义上也是一种民主的价值取

---

① 原著脚注:*Life*, I, 85, 99.

向。有一点是显而易见的,弥尔顿在《失乐园》中这样描述这种取向:"要知道/隐藏在我们日常生活中的/是大智慧。"① 这种价值取向也激发笛福写出他最雄辩的篇章之一,那便是他于 1722 年在《苹果蜂期刊》上为马尔堡公爵②的葬礼所写的一篇文章。文章结尾写道:

> 那么生命的职责是什么?那些伟人的丰功伟绩是什么?那些以貌似胜利的姿态穿过世界舞台、我们称之为英雄的人做了些什么?难道只是为了声名鹊起彪炳史册吗?唉!这只不过是为了后代阅读而编造的故事,直到它变成寓言和传奇。难道是为诗人提供题材,像他们所宣称的那样,生活在他们不朽的诗行里?简而言之,这只不过是死后变成老妇吟唱给安静的孩子的民谣和歌曲,抑或在街道一隅聚集人群为扒手和妓女创造谋生的机会。或者,难道他们的事业是为他们的荣耀增添美德和虔诚?其实,光有荣耀就足以让他们永垂不朽。没有美德,何谈荣耀?没有宗教信仰的伟大人物,不过是没有灵魂的伟大野兽而已。

然后,笛福话锋一转,更像是对功德进行苛刻的道德审视,这种审视后来成为清教主义为中产阶级的行为规范留下的一笔遗产:"没有功德,荣誉算什么?除了那些能够使人成为好人和伟人的东西,还有什么可以称得上是真正的功德?"③

必须承认,如果按照美德、宗教、功德和善良这些标准来衡量,无论克鲁索还是笛福的其他主人公,他们都是微不足道的。当然,笛福并没有打算让他们成为这样的人。然而这些标准的确代表了笛福小说赖以立足的道德水准,必须把他的主人公放到这一层面上来审视,因为与史诗或传奇文学中常见的衡量成就的标准不同,道德标准已经如此内化、如此大众化,已然与普通人的生活和行为息息相关。在这方面,笛福的主人公可以说是后来的小说人物所遵循的典范:鲁滨逊·克鲁索、摩

---

① 原著脚注:VIII, 192 - 194.

② 即约翰·丘吉尔将军 (General John Churchill, 1650—1722),马尔堡第一公爵,英国士兵、政治家,其职业生涯延续了五个君主的统治时期。——译者据维基百科注

③ 原著脚注:Cit. W. Lee, *Daniel Defoe* (London, 1869), III, 29 - 30.

第三章 《鲁滨逊漂流记》、个人主义和小说

尔·弗兰德斯,甚至雅克上校也从未想过荣耀或荣誉。在日常生活的道德层面上,他们比早期叙事小说中的人物更加完整,他们的思想和行为所表现的只是一种普通的大众化的善良和邪恶。例如,鲁滨逊·克鲁索是笛福所塑造的最英勇无畏的角色,但他的性格或他面对自己奇特经历的方式并没有任何独特之处。正如柯勒律治所说的那样,克鲁索本质上是一位"普通代表,每位读者都可变身为他……无须做什么、思考什么、遭受什么或者期望什么,每个人只须想象自己在做什么、思考什么、感受什么或者希望发生什么就可以了"①。

从另一方面来讲,笛福之所以将鲁滨逊·克鲁索塑造成一位"普通代表",这与清教徒所秉持的平等主义倾向密切相关。这种倾向不仅使得个体在日常生活中所面对的问题成为人们深刻而持久的精神关注,而且它还倡导一种文学观,主张以最详细最忠实的笔触来描述问题。

《模仿》是一部关于现实主义再现文学的精彩论著,从荷马一直写到弗吉尼亚·伍尔夫。在这部著作中,埃里奇·奥尔巴赫②揭示了基督教人性观与表现普通人和普通生活的严肃文学作品之间的普遍联系。有关体裁的古典理论早已反映出希腊和罗马的社会和哲学取向:悲剧用高雅得体的语言来表现比我们高贵的人的悲壮故事;而喜剧表现的是日常现实生活,它用一种得体而"低劣"的风格来刻画"低于我们"的人。然而,基督教文学反映的是一种截然不同的社会观和哲学观,它并不欣赏这种按照题材的阶级地位来划分体裁类别的做法。福音叙事以极其严肃、有时甚至是崇高的方式来表现谦卑者的行为,这一传统后来在中世纪的许多文学形式中得以延续下来,从圣徒传记一直到奇迹剧,最终在但丁的《神曲》中得到了完美的表达。③

---

① 原著脚注:*Works*,ed. Potter,p. 419.
② 埃里奇·奥尔巴赫(Erich Auerbach,1892—1957),德国学者。——译者注
③ 原著脚注:*Momesis*:*The Representation of Reality in Western Litrature*,Trans. Trask (Princeton,1953),especially pp. 41 - 49,72 - 73,148 - 173,184 - 202,312 - 320,387,431 - 433,466,491. I translate *stil-trennung*,from the German edition (Bern,1946),'segregation of styles',as slightly more specific than Mr. Trask's 'separation of styles'. The two succeeding paragraphs continue to summarise from *Mimesis*,except for what is said about Puritanism.

然而，文艺复兴的古典化趋势和反宗教改革运动重新确立了关于文体类型的古老教条，并且对其体系予以详尽阐释，而阐释的详尽程度足以让亚里士多德也惊叹不已。这种极尽阐释的典型范例在17世纪的法国文学尤其是悲剧中体现得尤为明显：悲剧不仅要按照规定始终使用高度程式化的高雅文体，甚至连日常生活的对象和行为也被逐出了舞台。

不过在新教国家，"体裁分离"从未获得过如此高的地位。特别是在英格兰，新古典主义受到莎士比亚及其典型的悲喜剧混合模式的挑战，这种悲喜剧混合模式也是他从中世纪继承下来的一部分传统。尽管如此，在一个极为重要的方面，甚至连莎士比亚也遵循了"体裁分离"的做法：他处理低层和农村人物形象的方法与本·琼森乃至德莱顿用新古典主义传统处理主角的方法非常相似，毫无平等可言。有意思的是，在清教徒作家的作品中，却有不少突出的例外情况：亚当是弥尔顿塑造的第一个史诗英雄，他本质上是一个"普通代表"；班扬认为所有灵魂在上帝面前都是平等的，因此他给予那些谦卑者更多的同情，对他们的生活给予更严肃的关注，其程度远远超过这些角色在同期其他文学作品中所得到的同情和关注；而笛福的小说极为清楚地揭示出清教主义语境中民主个人主义与客观地再现现实世界和现实人物之间具有怎样的关系。

(b)

然而，班扬和笛福之间有着很大的不同，这足以说明为什么我们通常将笛福而不是班扬视为第一位小说家。在清教运动的早期小说中，例如在阿瑟·登特①的《普通人的天堂之路》中，或者在班扬及其浸礼会同人本杰明·基奇②写的故事当中，已经出现了许多小说元素：简单的语言，对人物和地方的直白描写，对普通人道德问题的严肃表征，等等。不过人物及其行为的重要意义在很大程度上依赖于对事物的超验设

---

① 亚瑟·登特（Arthur Dent，？—1607），英国清教徒牧师、作家和传教士。——译者注
② 本杰明·基奇（Benjamin Keach，1640—1704），英国浸礼会传教士和作家。——译者注

第三章 《鲁滨逊漂流记》、个人主义和小说

计——说人物是寓言性的,等于说他们的世俗现实不是作家关注的主要对象,作家真正关注的是希望我们能够透过他笔下的人物看到一个超越时空的更加宏大而又看不见的现实。

另一方面,尽管笛福的小说也关注宗教问题,但这些问题并不是他的主要关注对象,因为清教传统显然太微弱,还无法提供一种连续的调控模式,让他能够借此表现主人公的经历。我们只须看看克鲁索的宗教对他行为的实际影响,就会发现这种影响实在是微乎其微。笛福常常暗示说,事件表明神的旨意或报应,可他的故事里却很少有哪些事实能够支持他的这种观点。举一个关键的例子,如果说克鲁索的原罪首先是离家远航,未尽孝道,那么可以肯定的是,他并没有因此而受到惩罚,相反,他比谁都混得好。他后来经常出门远行,却从不担心这样做可能会对神明有所不敬。这其实几乎等于是"蔑视""神明的告诫、警告和指导",克鲁索在他的沉思录中称之为"一种事实上的无神论"。① 然而,如果神明真能够带来祝福,例如当他发现玉米粒和大米粒时,情况就完全不同了,克鲁索只需要领受即可。作为一个整体,《鲁滨逊漂流记》《鲁滨逊·克鲁索更远的冒险》和《鲁滨逊·克鲁索沉思录》这三部曲清楚地表明,假如神明的干预不太管用,那就尽可放心地忽略它。

马克思一针见血地指出,克鲁索的宗教生活具有不合情理的成分。"我们并不考虑他的祈祷,因为对他来说,祈祷是一种快乐的源泉,他把它当作消遣来看待。"② 如果马克思能够看到查尔斯·吉尔登的观点,他自然也会感到高兴。吉尔登指出:"宗教以及那些有益的思考……实际上……"是"为了扩充笛福这本五先令的书的内容"。③ 马克思和吉尔登敏锐地指出,书中的宗教内容与其行为不一致。不过,他们的解释对笛福来说有失公允。尽管笛福的精神意图可能是非常真诚的,但是这些意图具有所有"主日宗教"的那种弱点,即只有在实际行动的间歇,他的主人公有闲暇做点精神方面的事情时,他才会隔三岔五地为神灵供

---

① 原著脚注:p. 191.
② 原著脚注:*Capital* (New York, 1906),p. 88.
③ 原著脚注:*Robinson Crusoe Examin'd*, ed. Dottin, pp. 110 - 111.

奉一点难以令其信服的贡物，以此来展示供奉者的精神意图。这的确就是克鲁索的宗教，这种宗教归根结底反映了笛福本人一直悬而未决的那种困惑，也可能是他内心深处潜意识冲突的结果。他完全生活在一种实用功利的环境里，因此在描述鲁滨逊·克鲁索的宗教生活时，笛福可能完全忠实于自身的存在，而他的宗教教养迫使他时不时地以明星记者的身份写一段精彩叙事，发给在远方编辑宗教版面的同事，由同事撰写合适的宗教评论，然后再及时出售给读者。尽管清教主义的编辑政策不容改变，可是通常只须满足纯粹的形式即可。在这方面，笛福也完全体现了清教主义的发展特征，用施耐德①的话来说："信仰很少成为疑惑，而是成为仪式。"② 虽然对于来世的忧虑并不是笛福小说的基本主题，但是这些忧虑的确以一种令人敬畏的尾音点缀着他的叙事，以此表明人一辈子摆脱不了那种机械性的劳作。

因此，在笛福的小说中，宗教显得相对无力，但这并不是说他不诚实，而是说他的观点已经深深地世俗化。世俗化是他那个时代的显著特征——"世俗化"这个词的现代意义本身是在18世纪前几十年才产生的。笛福本人出生时正赶上君主制复辟和清教徒主政的英联邦崩溃，而《鲁滨逊漂流记》正是在萨尔特大厅之争发生的那一年③写成的。当时，非国教派放弃与圣公会教派和解的最后希望，因为就连他们自己内部也毫无希望达成一致。在《鲁滨逊·克鲁索沉思录》中，笛福的主人公这样思考基督教在整个世界的衰落现象：在一个充斥着异教徒的世界里，基督教成了四分五裂的少数教派，上帝的最后干预似乎比以往任何时候都更加遥遥无期。至少在这本书的最后，鲁滨逊·克鲁索不得不从自己

---

① 亨利·威廉·施耐德（Henry William Schneider，1817—1887），英国实业家和政治家。——译者注

② 原著脚注：*The Puritan Mind*（New York，1930），p.98. A close analogy to Crusoe's gloomy spiritual self-accusations which have so little effect upon his actions, is provided by the rituals described in Perry Miller, 'Declension in a Bible Commonwealth', *Proc. Amer. Antiquarian Soc.*, LI (1941), 37-94.

③ 笛福生于1660年，卒于1731年，《鲁滨逊漂流记》写于1719年，正好是萨尔特大厅之争（the Salters' Hall controversy）的那一年。萨尔特大厅之争指的是发生在1719年2月的非国教派与圣公会教派之间的争论。——译者注

第三章 《鲁滨逊漂流记》、个人主义和小说

的经历中得出这样的结论:

> ……在我们这个时代,或者在世界上任何时代,再也没有人对基督教抱有热情,除非天堂亲自擂响战鼓,天上的光荣大军降临尘世,宣示上帝的杰作,把整个世界纳入国王耶稣的管辖之下——有人告诉我们,这个时间并不遥远,但在我所经历的旅行中,在我所得到的所有启示中,我没有听到任何消息。是的,一句话也没听到。①

"是的,一句话也没听到",这种正在发生的垂死堕落让克鲁索绝望,他终于明白他所期待的和他所经历的并不一致。在天堂还没有亲自擂响战鼓之前,他必须向一个实际存在的世俗世界妥协,踏上天路历程,沿着一条不再被上帝的天意照亮的道路走下去。

促成这一时期世俗化的原因有很多,但最主要的是经济和社会进步,对于清教主义而言尤其如此。例如在新英格兰,早期的清教移民很快就忘记他们最初建立的是"宗教种植园,而不是贸易种植园"。据说布拉德福德州长(Governor Bradford)在他的《普利茅斯殖民史》中以一位清教圣徒的口吻写道,人们"越来越不像清教徒传教士,倒是越来越像《鲁滨逊漂流记》的作者"②。在英格兰,在笛福时代,那些更加值得尊敬的异教派起码是由某些趋炎附势的富商和金融家主导,由于有利可图,许多成功的宗教异议者不仅偶尔顺从,甚至还加入英国国教。③笛福早年曾痛斥过那些见风使舵且偶尔遵从国教的人,但是我们也注意到,鲁滨逊·克鲁索就是一个地地道道的偶尔遵从国教的人。如果经济上的权宜之计要求他这样做,他甚至可以变成罗马天主教徒。

精神价值和物质价值之间的冲突由来已久,到了18世纪,这种冲突或许比以往任何时期都变得更加显著。之所以如此,是因为很多人真

---

① 原著脚注: p. 235.
② 原著脚注: William Haller, *The Rise of Puritanism* (New York, 1938), p. 191.
③ 原著脚注: See A. L. Barbauld, *Works* (London, 1825), II, 314; Weber, *Protestant Ethic*, p. 175.

的认为这种冲突实际上并不存在。例如,沃伯顿主教(Bishop Warburton)就认为,"追求实利的同时也是在追求真理,因为两者密不可分"①。笛福小说中有一点非常明显,那就是他不愿意思考精神价值观和物质价值观之间的冲突以及冲突的激烈程度。我们甚至可以说,他的小说引发了这样一个关键问题:价值观会不会真的让所有问题混乱不堪?不管我们在这个问题上持什么样的观点,至少有一点是清楚的,即这种混乱可能的确存在,因为笛福在小说中以同等严肃的立场对待"高尚"动机和"低下"动机,他小说中的道德连续性比以往任何小说中的道德连续性都更像是精神和物质的复杂组合,人们在日常生活中做出道德选择时一般都要涉及这种组合。

这样看来,笛福在小说史上举足轻重,这与他的叙事结构有着直接的关系,而他的叙事结构体现了清教主义与根源于物质进步的世俗化倾向之间的斗争。还有一点也显而易见,即世俗的经济观点也功不可没。正是因为如此,人们通常认为促使小说兴起的第一个关键人物是笛福而不是班扬。

德·沃格②信奉天主教,极力反对法国现实主义,他发现小说排除非自然主义的内容,并据此提出一种无神论假设。③ 可以肯定的是,形式现实主义是小说通常使用的手段,它倾向于排除任何感官无法证明的东西,就像陪审团通常不允许依靠神明的干预来解释人类行为一样。因此,一定程度的世俗化有可能是新的文学体裁兴起的必要条件。只有当大多数作家和读者相信那些在尘世舞台上担纲主演的是个人而不是集体,诸如教会或是由超验性的圣父、圣子、圣灵等担任主要角色时,小说才能集中表现个人关系。乔治·卢卡奇④写道,小说是一种史诗,它

---

① 原著脚注:Cit. A. W. Evans, *Warburton and the Warburionians* (Oxford, 1932), p. 44.
② 德·沃格(De Vogüé, 1848—1910),全名 Marie Eugène Melchior,法国外交官、东方主义者、旅行作家、考古学家、慈善家和文学评论家。——译者据维基百科注
③ 原著脚注:See F. W. J. Hemmings, *The Russian Novel in France*, 1884—1914 (London, 1950), pp. 31‑32.
④ 乔治·卢卡奇(Ceorg Lukacs, 1885—1971),匈牙利著名哲学家和文学批评家,在20世纪马克思主义的演进过程中起到了十分重要的作用。——译者据维基百科注

第三章 《鲁滨逊漂流记》、个人主义和小说

表现的是被上帝抛弃的世界①,用德·萨德②的话来说,小说表现的是"俗世的仪式"③。

当然,这并不是说小说家本人或者他的小说不能有宗教信仰,而是说无论小说家的目的是什么,他的方法都应该严格局限于世间的人物和行为,精神领域只能通过角色的主观体验来呈现。例如,陀思妥耶夫斯基小说的真实性或重要性绝不是根据他本人的宗教观点来呈现的。就像班扬的小说一样,要充分完整地解释每一个行动的原因和意义,神明的干预并不是必要的构成要素。阿廖沙和佐西玛神父被描写得非常客观,陀思妥耶夫斯基的出色描写表明,他虽然不能假定精神的现实存在,却必须证明它的确存在。《卡拉马佐夫兄弟》作为一个整体,并不是靠任何非自然的因果关系或意义来实现其完整而感人的目的的。

总而言之,我们可以说小说要有一种世界观,它的中心应该围绕个人之间的社会关系。这就涉及个人主义和世俗化的问题,因为直到17世纪末,个人并不被看作是完全自主的,而是被看作一幅图画中的一个元素,个人的意义取决于圣人,个人的世俗行为模式则取决于诸如教会和王权这样的传统制度。

与此同时,无论是对于现代个人主义的发展还是对于小说的兴起,以及对于后来在英国形成的小说传统,清教主义的积极贡献都不可低估。正是通过清教主义,笛福为小说引入了一种关注个人心理的写作手法,这是修辞推理方面的一大进步。在此之前,即使在诸如德·拉·法耶特夫人最杰出的传奇文学中,这种写作手法也被轻描淡写地归类为心理描写。鲁道夫·斯坦姆(Rudolph Stamm)是一位全面论述笛福的宗教立场的学者,用他的话来说,笛福的作品表明他"自己的现实经验与

---

① 原著脚注:*Die Theorie des Romans* (Berlin,1920),p. 84.
② 德·萨德,全名唐纳蒂安·阿尔丰斯·弗朗索瓦·德·萨德(Donatien Alphonse Francois de Sade,1740—1814),通称萨德侯爵(Marquis de Sade),法国贵族出身的哲学家、作家和政治人物,以色情描写及由此引发的社会丑闻而出名。萨德74年的人生中有29年是在监狱和疯人院中度过的。——译者据百度百科注
③ 原著脚注:*Idée sur les romans* (Paris,4th ed.,n. d.),p. 42.

加尔文主义信徒的现实经验之间毫无共同之处"①。尽管这是事实,却抹杀不了笛福本人非国教背景的重要意义。我们可以说,就像后来秉承了同一传统的其他小说家一样,譬如塞缪尔·理查逊、乔治·艾略特或 D. H. 劳伦斯等,笛福继承了除宗教信仰以外的清教主义的一切传统:他们都有十分积极的生命观,将生活看作一种持续不断的道德斗争和社会斗争;他们都把平凡生活中的每一件事看作道德问题,必须充分发挥理性和良心的作用才有可能采取正确的行动;他们都通过内省和观察来寻求建立个人确定无疑的道德体系;他们都以不同的方式表现出早期清教徒自以为是且棱角分明的个人主义特征。

IV

到目前为止,我们主要关注的是笛福的第一部小说如何揭示经济和宗教两个方面的个人主义同小说兴起之间的本质关系。由于我们感兴趣的是《鲁滨逊漂流记》在文学方面所取得的突出成就,所以这一成就与反映个人主义远大抱负和个人主义困境的方式之间有着怎样的关系,就值得我们略加思考一番。

《鲁滨逊漂流记》自然不能归类为其他小说,而应归类为西方文明的伟大神话,诸如《浮士德》《唐璜》和《堂吉诃德》这样的作品。这些作品都有着最基本的情节、最持久的意象、最专注的追求,主人公都是典型的西方人,有着典型的西方欲望。除此之外,他们还有着桀骜狂妄的性格、非凡的本领和毫无节制的堕落。他们的行为在我们的文化中显得尤为重要。堂吉诃德表现了骑士理想主义的鲁莽慷慨和狭隘盲目;唐璜一方面毫无节制地追求女性,一方面又遭受她们无尽的折磨;浮士

---

① 原著脚注: 'Daniel Defoe: An Artist in the Puritan Tradition', PQ, XV (1936), 227. On the very difficult problem of Defoe's religion, see especially Stamm's *Der aufgeklärte Puritanismus Daniel Defoes* (Zürich and Leipzig, 1936); John R. Moore, 'Defoe's Religious Sect', RES, XVII (1941), 461-467; Arthur Secord, 'Defoe in Stoke Newington', PMLA, LXXVI (1951), 217.

第三章 《鲁滨逊漂流记》、个人主义和小说

德是伟大的学者,他的好奇心永远得不到满足,因此遭到天谴。对于克鲁索而言,他似乎坚信自己跟他们无法相提并论,他们都是旷世奇才,而他所能做的任何人都能做到。然而他也有非凡之处,他可以独自应对各种困境。不过他也有缺陷,他过于自我,这就注定他无论身在何处都是孤独的。

也许有人会说,他之所以以自我为中心,那是环境强加给他的,因为他被抛到了孤岛上。但是有一点不证自明:他的性格始终决定他的命运,孤岛只是碰巧为他提供了一个绝佳的机会,让他得以展现现代文明的三种相关倾向——个人绝对的经济自由、社会自由和理性自由。

正因为克鲁索实现了理性自由,所以卢梭指出,这是"唯一的一本让所有人明白书籍可以教育人的书",并以此来教育爱弥儿。卢梭认为"一个人想要超越偏见,想要学会判断事物之间的真实关系,最好的方法就是置身于孤立的地方,像克鲁索那样,根据事物的实际价值做出判断"。①

在他的荒岛上,克鲁索也享有卢梭所向往的那种绝对自由,远离各种社会限制,即没有家庭关系或民事当局干涉他的个人自主权。即使他后来不再独自一人,他的个人专制统治仍然存在,实际上有增无减:鹦鹉喊出主人的名字,"星期五"自觉自愿地发誓永远做他的奴隶。克鲁索陶醉于这种幻想:他是一个绝对的君主,甚至有一位到访的客人想知道他会不会是一个神。②

最重要的是,孤岛为克鲁索提供了完全自我放任的条件,让经济人可以自由地实现自己的目标。在国内市场条件下,税收和劳动力供应问题使得个人无法控制生产、分配和交换的各个方面。这样一来,一个显而易见的结论便是,听从广袤地域的呼唤,找一座没有所有者或竞争者的荒岛,在"星期五"的帮助下建立你的个人帝国。"星期五"不需要工资,因而可以减轻白人的负担。

这就是笛福的故事所呈现出来的积极、富有预言性的一面。克鲁索

---

① 原著脚注:*Émile, ou De l'éducation* (Paris, 1939), pp. 210, 214.
② 原著脚注:*Life*, pp. 226, 164, 300, 284.

激发了经济学家和教育家的灵感,成为卢梭等流离失所的都市资本主义的象征,也成为都市资本主义更加务实的英雄,也就是帝国建设者的象征。克鲁索实现了所有这些理想和自由,无疑是一个独特的现代文化英雄。亚里士多德认为,"无法在社会中生活,或者因为自给自足而无须在社会中生活"① 的人,要么是野兽,要么是上帝。要是亚里士多德还活着,他肯定会发现克鲁索是一个很奇怪的英雄。这也许不无道理,因为非常肯定的一点是,克鲁索实现的那些理想和自由在现实世界中根本就不切实际,假如推而广之,这样的理想和自由对人类的福祉而言无疑是灾难性的。

可能有人反对这种观点,认为鲁滨逊·克鲁索所取得的成就既真实又可信。的确如此,不过那只是因为在笛福的叙事中,他忽略了两个重要的事实:人类所有经济形式的社会性质以及孤独所产生的心理影响。笛福或许是卡尔·曼海姆②称之为无意识的"乌托邦心态"的受害者,这种乌托邦心态受其行动意志的支配,"对于一切可能动摇其信仰的东西都视而不见"③。

鲁滨逊·克鲁索发迹的基础自然是他从沉船上抢救出来的那些原始工具和货物。我们知道,这些东西构成了"一个人所能得到的最齐全的货物库存"④。从这个意义上来讲,笛福的主人公并不是真正的原始人,也不是无产阶级,而是一个资本家。在这个富饶而原始的岛上,他完全拥有这片土地的永久产权。拥有这片土地,再加上从船上搬来的货物,让他创造了奇迹,这就更加坚定了那些崇尚新经济的人的信念。不过这仅限于那些坚信新经济理念的人。对于持怀疑观点的人来说,赞美自由事业的古典田园诗实际上并不能证明任何个人都可以通过自己的努力获得一种安慰和安全。事实上,克鲁索是个幸运者,他继承了无数人的劳动成果,他的孤独是一种手段,也是他获得好运的一种成本。之所以说

---

① 原著脚注:*Politics*, Bk. I, ch. 2.

② 卡尔·曼海姆(Karl Mannheim, 1893—1947),20 世纪上半叶很有影响力的德国社会学家,他是古典社会学以及知识社会学思想的奠基人。——译者据维基百科注

③ 原著脚注:*Ideology and Utopia* (London, 1936), p. 36.

④ 原著脚注:*Life*, p. 60.

第三章　《鲁滨逊漂流记》、个人主义和小说

他是幸运的，是因为所有潜在的股东都在海难中丧生，对他来说这无疑是一种幸运。沉船事件远非命运的悲惨突转，而是一个神助的良机。这次骤变让笛福得以把孤独的劳作表现为解决经济和社会现实中诸多复杂问题的一种方案，而不是替代死刑的一种惩罚。

很显然，人们从心理上反对把《鲁滨逊漂流记》看作一种行动模式。实际上，就像社会使每个个体成其为个体一样，长期缺乏社会生活往往会使个人在思想和情感上再次陷入彻头彻尾的原始主义。在笛福写作《鲁滨逊漂流记》的素材中，真正发生在幸存者身上的事情，即使是最好的，也鲜有什么是鼓舞人心的。在最糟糕的情况下，他们屡屡遭到恐惧的侵扰和生物退化的困扰，越来越接近动物，失去说话的能力，直至发疯而死或者空虚而死。笛福应该读过一本名为《曼德尔斯洛航海记》(The Voyages and Travels of J. Albert de Mandelslo) 的书，里面讲述了这样两个案例：一个是法国人，他在毛里求斯度过两年孤独的生活，以生乌龟为食，患上了一种疯病，病情发作时他把自己的衣服撕成碎片；另一个是荷兰水手，他在圣赫勒拿岛上掘出一名被掩埋的同伴的尸体，然后钻进同伴的棺材出海。①

这种绝对孤独的现实存在与传统观点对绝对孤独所产生的后果的看法是一致的，正如约翰逊博士所说的那样，"孤独的凡人""肯定是奢侈的，有可能是迷信的，很可能是疯狂的：因为不用脑子，他的思想呆滞，人变得没精打采，就像肮脏空气中的蜡烛那样一扑即灭"。②

然而，《鲁滨逊漂流记》的故事则恰恰相反：克鲁索成功地将荒凉的孤岛变成了资产和财富。笛福以心理的各种可能性为起点，全面描述了人类无法排遣的孤独感。正因如此，他能让所有孤独的人产生一种共鸣——有谁偶尔不会感到孤独呢？一种内心的声音不断向我们表明，个人主义所推崇的人类孤独是痛苦的，最终往往导致人像动物那样冷漠无情，甚至精神错乱。笛福自信地回答说，每个人如果要充分实现自己的潜力，孤独就是他不可避免的艰难前奏。两个世纪以来，崇尚个人主

---

① 原著脚注：See Secord, *Narrative Method of Defoe*, pp. 28-29.
② 原著脚注：*Thraliana*, ed. Balderston (Oxford, 1951), I, 180.

义的孤独令读者禁不住欢呼，笛福将一种必需表现为一种令人信服的美德，为个人主义经验的形象——孤独——增添了如此令人鼓舞的一抹亮色。

毫无疑问，孤独是普遍的。人们总会发现"孤独"这个词镌刻在个人主义这枚硬币的另一面。我们已经看到，尽管笛福本人是新经济和新社会秩序的乐观代言人，但是作为一名小说家，他的视野表现得既坦率又真实，他描写了许多与经济个人主义相关却不十分令人鼓舞的现象，这种现象往往将个人与其家人和国家分开。还有一些非常相似的情况，现代社会学家都将其归结为《鲁滨逊漂流记》里面所反映的另外两大趋势。例如，马克斯·韦伯表明，加尔文宗教个人主义令其信徒崇尚史无前例的"内心分离"①；杜尔凯姆②从劳动分工及其相关变化中揭示了现代社会规范所带来的无休止的冲突和复杂性。而社会规范的"失范"③便是让个人自食其力，正是这样的偶然性为小说家描写他那个时代的生活提供了一座有关个人和社会问题的丰富宝藏。

笛福本人似乎很清楚，他的孤独史诗比人们通常认为的更具代表性。但是正如我们所看到的那样，他也未必完全清楚，他摈弃孤独对于经济和心理所产生的实际影响，将他的主人公的奋斗经历描写得比现实更加激励人心。不过，克鲁索最雄辩的话讲的正是人类的普遍状态——孤独。

《鲁滨逊·克鲁索沉思录》（1720）是一部集宗教、道德和魔幻题材于一体的杂文集，总体来说并不是真正意义上的故事。该书基本上是拼凑而成，目的是充分利用《鲁滨逊漂流记》及其略显逊色的续记《鲁滨逊·克鲁索更远的冒险》所带来的巨大成功。至少在"序言"和第一章"论孤独"中有几条颇有价值的线索，表明笛福经过深思熟虑之后认为

---

① 原著脚注：*Protestant Ethic*，p. 108.
② 埃米尔·杜尔凯姆（Émile Durkheim，1858—1917），又译为迪尔凯姆、涂尔干、杜尔干等，法国犹太裔社会学家、人类学家，法国首位社会学教授，《社会学年鉴》创刊人，他与卡尔·马克思及马克斯·韦伯并称社会学的三大奠基人，其主要著作有《论自杀》及《社会分工论》等。——译者据维基百科注
③ 原著脚注：*De la division du travail social*，Bk. II, chs. 1 and 3.

第三章 《鲁滨逊漂流记》、个人主义和小说

其主人公冒险的价值何在。

他在《鲁滨逊漂流记》"序言"中指出,这个故事"既是寓言性质的,也是符合历史事实的",因为作品取材于"真人真事,而且是一个众所周知的人,他的人生经历是这几本书当之无愧的主题,故事的全部或大部分内容与他直接相关"。笛福也暗示,他自己就是那个"原型",而鲁滨逊·克鲁索只是这个原型的"象征"而已,他用寓言手法刻画的正是他自己的生活。

许多批评者否认甚至嘲笑这一说法,有人公开批评《鲁滨逊漂流记》是虚构的。有人认为,笛福之所以声称它是寓言性的,很大程度上是为了反驳这种批评,也是为了消除清教徒们对小说的普遍抵触情绪,而他本人相当认同小说这种文学形式。尽管如此,这种说法与笛福的自传有一定的相关性,因此我们并不能完全否定这种说法,因为《鲁滨逊漂流记》是唯一一本他如此声称的书,它与我们所了解的笛福的世界观和抱负非常吻合。

在笛福那个时代,他本人就是一个卓尔不群、傲世而立的人物。1706年,他发表《对一篇题为〈哈弗沙姆勋爵为其言论所做的辩解〉的小册子的答复……》,在"序言"中简述了自己的生活状况。他说:

> 我在这个世界上孑然而立,被那些亲口承认我为他们效过力的人所抛弃;……我孤立无援,只有靠自己努力,直面不幸和困境,即使没有清债协议,也把债务从17 000英镑减少到不足5 000英镑;在监狱里,在逃亡途中,在各种各样的艰难困苦中,我自力更生,从没有得到过朋友或亲戚的任何帮助。

"毫不气馁,奋力前行",这无疑是克鲁索和他的创造者身上共有的英雄主义精神。笛福在《鲁滨逊漂流记》"序言"中提到,小说的主题鼓舞人心,它所表现的正是这种品质:"在最恶劣的境遇中保持战无不胜、坚忍不拔的精神,在最困难、最令人沮丧的境况下保持不屈不挠、英勇无畏、坚定无比的信念。"

笛福为他的故事赋予一种自传性质的意义之后,接着思考孤独问题。他的议论十分有趣,证明了韦伯关于加尔文主义影响的看法,其中

大多数论点关注的是清教徒们所坚持的观点，即个体需要在自己内心征服世界，无须诉诸修道便能战胜精神上的孤独。他表示"关键是要获得淡泊的心灵"。他继续说："只要我们乐意，即使在熙攘的闹市，在宫廷谈笑和侠义纷扰中，或者在嘈杂的营地和琐事中，我们都会像在阿拉伯沙漠和利比亚沙漠中一样，或者像在一座荒无人烟的孤岛上一样，尽情享受孤独的每个细节，得到仁慈天恩的护佑。"

然而，这段有关孤独的论述偶尔也会沦为一种老生常谈，把它说成是一种持久的心理事实："所有反思感人至深，在某些方面，我们亲爱的自我就是生命的终结。因此可以恰当地说，世事纷杂，人人匆忙，每个人都是孤独的，他的一切反思都是为自己而做，一切愉快都是他自己去享受，一切烦恼忧伤都得他自己去品尝。"① 在这里，清教徒主张个人完全拥有自己的灵魂，使其免遭罪恶世界的侵扰，这种措辞的含义就是要个人更加彻底地远离世俗社会。后来，笛福重新定义笛卡尔的"孤独的自我"，将其糅合成一种痛苦的个人孤独感。面对强大的现实，笛福写出了如此催人奋进、感人至深的雄辩文字：

> 对我们来说，他人的悲伤是什么，他人的快乐是什么？是凭借同情的力量感动我们的东西，是情感的悄然转变，然而所有的深刻反思都指向我们自己。我们的沉思是完美的孤独，我们的激情在隐逸中展现；我们有爱，我们有恨，我们贪图，我们享受，一切都在隐逸和孤独中进行。我们把这些事情告诉他人，只是为了让他们帮助我们实现自己的欲望；这样做的目的都是为了我们自己；享受，沉思，都是孤独和隐逸；我们为自己享受，我们为自己受苦。

"我们贪图，我们享受，一切都在隐逸和孤独中进行"——真正占据人的身心的是使他无论身在何处都感到孤独的东西，这种东西使他过于关注他同其他人的关系的实质而难以从中找到慰藉。"我们……告诉他人，只是为了让他们帮助我们实现自己的欲望"：理性的、只为自己的利益着想的关系本身就是对言语的一种嘲讽；克鲁索沉默生活的场景

---

① 原著脚注：pp.7, 15, 2, 2-3.

第三章 《鲁滨逊漂流记》、个人主义和小说

绝不是乌托邦,因为四周一片死寂,只是偶尔被鹦鹉的叫声"可怜的鲁滨逊·克鲁索"打破,这样的环境不会强人所难,不会让人的本体或自我觉得必须装模作样地与人交往,或者虚情假意地与同伴交流。

因此,《鲁滨逊漂流记》呈现的是一种告诫性形象,反映了绝对个人主义的终极结果。就像所有极端趋势一样,这种趋势很快就引起了反响。一旦人类被迫意识到自身的孤独,他就开始更加详尽地分析个人对于社会的那种密切而复杂的依赖关系。在经受个人主义挑战之前,这种依赖关系一直被认为是天经地义的事情。例如,人类根本的社会属性成为 18 世纪哲学家的一个主要话题,最伟大的哲学家大卫·休谟①在《人性论》(1739)中就写过这样一段文字,几乎可以看作他对《鲁滨逊漂流记》的批驳:

> 我们的所有愿望都指向社会……让自然界的所有力量和元素去服侍和服从一个人,让太阳按照他的命令升起落下,让海洋和河流按照他的意愿涌动,让地球随时提供对他有用或令他满意的任何东西。即使这样,他仍然会感到悲惨,除非再给他一个人,他至少可以与这个人分享他的快乐,享受这个人所能给予的尊重和友谊。②

在个人主义开始关注人与其他同伴明显貌合神离的关系之后,才有了现代的社会研究,而小说对人际关系的研究也正是在《鲁滨逊漂流记》喊出人类孤独之后才开始的。笛福的故事也许算不上是通常意义上的小说故事,因为它很少涉及个人关系。然而,小说的传统应当始于这样一部作品,这部作品消弭了传统社会秩序中的各种关系,继而关注那种用崭新而自觉的模式来建立个人关系网络的机遇和需求。随着道德和社会关系的旧秩序在日益兴起的个人主义巨浪中搁浅,就像鲁滨逊·克鲁索遭遇海难一样,小说问题同现代思想之间的关系也就建立了。

---

① 大卫·休谟(David Hume,1711—1776),苏格兰启蒙运动哲学家、历史学家、经济学家和散文家,以其富有影响力的哲学经验主义、怀疑论和自然主义体系闻名于世。——译者据维基百科注

② 原著脚注:Bk. II, pt. 2, sect. V.

第四章　小说家笛福：
《摩尔·弗兰德斯》

关于笛福的成就，评论家们各执一词，他们的分歧远远大于他们关于后来两位被誉为小说之父的理查逊和菲尔丁的争议。一方面，关于小说家笛福，利维斯①称赞莱斯利·斯蒂芬说了"所有需要说的话"②。斯蒂芬评论说："笛福叙事的价值与简单陈述事实的内在价值成正比。"③斯蒂芬的说法表达了19世纪的一种普遍看法，正如威廉·明托④所说的那样：笛福是"一个伟大的、真正伟大的骗子，也许是有史以来最伟大的骗子"⑤——此外别无其他。就在不久前，马克·肖莱尔⑥分析了《摩尔·弗兰德斯》里面的道德缺陷与原始小说技巧之间的关联，他得

---

① 弗兰克·雷蒙德·利维斯（Frank Raymond Leavis，1895—1978），20世纪早期到20世纪中叶英国文学评论家。他职业生涯的大部分时间都在剑桥唐宁学院度过，后在约克大学任教。——译者据维基百科注

② 原著脚注：*The Great Tradition*（London，1948），p. 2，n. 2.

③ 原著脚注：'Defoe's Novels'，*Hours in a Library*（London，1899），I，31.

④ 威廉·明托（William Minto，1845—1893），苏格兰学者、评论家、编辑、记者和小说家。——译者据维基百科注

⑤ 原著脚注：*Daniel Defoe*（London，1887），p. 169.

⑥ 马克·肖莱尔（Mark Schorer，1908—1977），美国作家、评论家和学者，出生在威斯康星州索克市。——译者据维基百科注

第四章 小说家笛福:《摩尔·弗兰德斯》

出的结论是:这本书是"我们认识商业思想的经典启示,显然是笛福未加衡量的一个道德衡量标准"①。批评者还有很多,他们不相信笛福可以被称为一位重要的小说家。另一方面,许多崇拜笛福的人对他评价很高,如柯勒律治(他的确只是针对《鲁滨逊漂流记》)、弗吉尼亚·伍尔夫等人。伍尔夫写道:"《摩尔·弗兰德斯》和《罗克萨娜》……是为数不多当之无愧的伟大英语小说。"②

在前一章讨论《鲁滨逊漂流记》的时候,我们探讨了一些重要的历史原因,说明为什么笛福在小说传统中占有如此重要的地位。但是我们并没有关注造成这些批评分歧的原因,而且《鲁滨逊漂流记》也未必是说明这一分歧的最好案例,尽管它可能是笛福最引人入胜、最经久不衰的作品,当然也是他最受欢迎的作品。克拉拉·里夫③在其《浪漫的进步》(1785)中分析早期小说时把它归为"独特的原创作品"之一,这自然是有道理的。至少自福斯特的《小说面面观》(1927)以来,人们普遍认为《摩尔·弗兰德斯》代表了笛福在小说方面达到的最高成就。尽管《雅克上校》《罗克萨娜》和《瘟疫年纪事》④在其他方面有无可匹敌的精彩和独到之处,但《摩尔·弗兰德斯》无疑是研究小说家笛福的写作方法以及他在小说传统中重要地位的最好的一部作品。

《摩尔·弗兰德斯》在笛福小说中具有卓越的地位,这绝不是因为它的主题和态度与《鲁滨逊漂流记》迥然不同。女主人公的确是一个罪犯,然而我们文明中很高的犯罪率本身就是个人主义意识形态在社会中广泛传播所致,而在这样的社会中,并非所有成员都可以轻易平等地获

---

① 原著脚注:'Introduction', *Moll Flanders* (Modern Library College Edition, New York, 1950), p. xiii.
② 原著脚注:'Defoe', *The Common Reader*, 1st Series (London, 1938), p. 97.
③ 克拉拉·里夫(Clara Reeve, 1729—1807),英国小说家,以其小说《英国老男爵》(*The Old English Baron*)而闻名。她还撰写了一部创新的散文小说史,即《浪漫的进步》。她的第一部作品是译自拉丁语的著作,拉丁语是当时女性很少去学习的一种语言。——译者据维基百科注
④ 《瘟疫年纪事》(*A Journal of Plague Year*)是英国作家丹尼尔·笛福于1722年3月发表的小说,描述1665年遭受大瘟疫袭击的伦敦城。——译者据维基百科注

得成功。① 跟拉斯蒂涅和于连·索雷尔（Julien Sorel）② 一样，摩尔·弗兰德斯是现代个人主义的典型产物，她的人生重任就是不择手段地获得最高经济回报和社会回报。

就像鲁滨逊·克鲁索的旅行那样，摩尔·弗兰德斯的罪行植根于经济个人主义的原动力之中，所以她与流浪汉小说的主角有着本质上的不同。流浪汉恰好有一个真实的历史基础，即封建社会秩序的崩溃，但这并不是他们经历冒险的目的。与其说流浪汉是一个完整的个性化角色，其真实的生活经历本身具有重要意义，还不如说是表现各种讽刺性观察和喜剧性情节的一种文学传统。另一方面，笛福将妓女、海盗、拦路强盗、扒手和冒险者作为普通人来表现，把他们看成环境的正常产品，是任何人都可能会经历的各种场合的受害者，这些场合在手段和目的之间所引发的道德冲突跟其他社会成员所面对的冲突完全相同。摩尔·弗兰德斯的一些行为可能与流浪汉的行为非常相似，不过她的行为更容易引发深刻的同情和认可，作者和读者都不得不更加严肃地对待她以及她所面临的问题。

不仅如此，人们严肃地对待她的犯罪活动所带来的危险，她所遭受的法律制裁比流浪汉小说角色所遭受的制裁更加持久和严厉——惩罚是一种现实，而不是惯例。这在一定程度上也是一个文学问题：流浪汉可以免遭痛苦和死亡的刺痛，他们可以享有醉人的免疫力，而所有幸运地生活在喜剧世界里的人都具有这种免疫力。但笛福虚构世界的本质就是痛苦和乐趣相伴相生，痛苦跟现实世界的乐趣一样坚硬而真实。不过，《摩尔·弗兰德斯》与流浪汉小说之间的差异也是与个人主义崛起所引发的具体社会变革紧密相连的，这一变革的结果就是在18世纪早期形成了现代城市文明特有的一整套机构——被充分定义的罪犯阶层以及应对它的复杂系统，包括法庭、线人，甚至还有像笛福这样报道犯罪的

---

① 原著脚注：See Edwin H. Sutherland, *Principles of Criminology*, 4th ed. (New York, 1947), pp. 3-9, 69-81; Robert K. Merton, 'Social Structure and Anomie', *American Sociological Review*, III (1938), 680.

② 拉斯蒂涅（Rastignac）是巴尔扎克《高老头》中的主人公，于连·索雷尔（Julien Sorel）是司汤达《红与黑》中的主人公。——译者据维基百科注

第四章 小说家笛福:《摩尔·弗兰德斯》

记者。

在中世纪,由于有基督和圣·弗朗西斯这样的榜样,人们非但不会把贫穷看作一种耻辱,反而会认为贫穷可能会增加个人获得救赎的机会。然而到了 16 世纪,由于转而强调经济成就,人们开始广泛接受相反的观点:贫困本身是可耻的,也是证明现世邪恶和来世诅咒的依据。① 笛福笔下的主人公普遍认同这一观点,他们宁愿行窃也不行乞,如果他们不表现出经济人这种独特的狂妄自大,他们不仅会自己失去自尊,而且也会让读者失去自尊。

要接受经济个人主义的目标,就必须对社会及其法律持一种新的态度。只有当个人的生活取向不是由他所接受的共同体的积极标准来决定,而是由受到法律约束的个人目标来决定时,刑事和非刑事之间的区别才变得至关重要。在《摩尔·弗兰德斯》中,这个过程非常明显:用戈德史密斯的话来说,法律只能"强迫不是发自内心的敬畏",城邦于是变成了警察。

《摩尔·弗兰德斯》更直接的社会背景可以从国家应对犯罪增长所做的努力中看得出来,特别是在伦敦地区。随着盗窃行为的增加,随着象征路匪黄金时代的《乞丐歌剧》(1728)的上演,对财产违法行为的惩罚变得更加严厉:摩尔·弗兰德斯因偷窃"两截锦缎丝绸"被流放,这桩罪也完全可以让她走上绞刑架;她的母亲因偷窃"三块精细的荷兰亚麻布"也遭到同样的命运。② 对她们母女俩的惩罚形式把我们带回到《鲁滨逊漂流记》的世界,让我们看到经济个人主义与殖民发展之间的关系。1717 年至 1775 年间,大约有一万名大都会罪犯被从老贝利③运到北美种植园④,其中许多人就像摩尔·弗兰德斯和雅克上校那样,在国内因为冲动而沦为罪犯,到了流放地依然能找到合法的表达自我冲动的方式。

---

① 原著脚注:See A. V. Judges, *The Elizabethan Underworld* (London, 1930), pp. xii - xxvi.
② 原著脚注:*Moll Flanders*, ed. Aitken (London, 1902), II, 101; I, 2.
③ 老贝利(The Old Bailey)位于伦敦郊外,是当时的刑事裁判所。——译者注
④ 原著脚注:J. D. Butler, 'British Convicts Shipped to American Colonies', *American Historical Review*, II (1896), 25.

虽然《摩尔·弗兰德斯》设有犯罪的背景，但它实际上是各种力量和态度的一种表达，这些力量和态度与《鲁滨逊漂流记》里面所分析的力量和态度紧密联系在一起。同样，尽管《摩尔·弗兰德斯》表现这些力量和态度的文学形式在某些方面更加成功，或至少更具有小说特质，但它在本质上并没有太大的不同。因此，这里所说的关于笛福处理情节、人物和整体文学结构的许多观点也适合他的所有小说，同时也适合解释他的小说与个人主义力量之间的普遍关系。

I

下面是摩尔·弗兰德斯后来做小偷的一幕情景：

> 接下来的瞬间很紧张，我试图偷一位太太的金表。当时是在礼拜堂那边，有一群人，我的处境十分危险，差点被人逮着了。我牢牢抓住她的表，向前猛搡，就好像有人把我推到了她身上似的。在这个当儿，我使劲拽表，可是发现表拽不下来，于是马上松开手，就好像挨了一刀似的大喊：有小偷！有人踩了我的脚，拽了我的表！你也知道，每次冒险的时候，我们都穿得很体面，我衣着光鲜，身上还戴着一块金表，跟其他太太没什么两样。
>
> 我这么一喊，那位太太也喊了起来："抓小偷！"她说刚才有人拽了她的手表。
>
> 我拽她的手表时离她很近，但是我喊抓小偷的时候停住了脚步，而且人群把她向前推了一下，她自己喊叫的时候，就离我有点距离了，所以她一点都没有怀疑会是我。她喊"抓小偷"的时候，有人喊道"啊，这儿还有一个，这位女士也差点被偷了"。
>
> 在那一瞬间，我真是非常幸运，人群稍远处又有人喊："有小偷！"还真的当场逮着了一个年轻人。虽然这个可怜的家伙够倒霉的，但对我来说求之不得。在此之前我干得干净利落，这会儿就更加毫无悬念了，人群中涌动的那些人都朝着那个方向跑了过去，可

第四章 小说家笛福:《摩尔·弗兰德斯》

怜的男孩被逮到街头一阵狂揍,太惨了,我无须详细描述,不过那些人啥时候都喜欢下猛手。他们没有把男孩送到新门监狱①,到了那里他们得待很长时间,有时会被绞死,如果被定罪,他们最希望的就是被流放。②

这段描述非常令人信服。金表是一个真实物体,即使"使劲拽"也拽不下来。人群由具体的人体组成,前推后搡,在外面街道上私刑另一个小偷。所有这些都发生在一个真实、特定的地点。的确,正如他平常所做的那样,笛福并没有特意详细描述这幅情景,他只是寥寥数笔,一下子就拉近了我们和现实之间的距离。毫无疑问,把这一幕安排在礼拜堂有一种违和感,也是一种辛辣的选择。不过,即使笛福把读者的注意力引向这种讽刺场景,也不会因此让人怀疑他的文学家的地位。

如果我们有任何疑问,我们的疑问不是关于这个场面是否真实,而是关于它的文学地位。这个场面如此生动,这本身就很奇妙,也很偶然。笛福只一笔便将读者带入剧情:"我牢牢抓住她的表",接着一下子从简洁的回忆转为更详细、更直接的呈现,好像只是为了证实他最初陈述的真相。这个场面也没有按照计划写成一个连贯的整体,因为很快就被打乱,植入旁白,解释原本可以在前面交代的一个重要事实——摩尔·弗兰德斯本人穿得像一个太太。这种切换增加了我们的信任感,让人觉得并不是幽灵作家在发号施令,操控着摩尔·弗兰德斯看似杂乱的回忆叙述。但是,如果我们从一开始就看到摩尔和其他人一样打扮得像一位太太,那么由于中间没有间断,这些行动就会更加强烈地直接进入现场的下一个事件——喊抓小偷。

笛福继续强调它的实际寓意,即那位太太本应该"抓住她背后的那个人"而不是大声喊叫。笛福这样写兑现了他在"作者序言"中宣称的说教目的。不过与此同时,他把我们的注意力引向这样一个重要问题:叙述者的视角应该是什么?我们推测应该是晚年真心忏悔的摩尔在弥留

---

① 新门监狱(Newgate),位于伦敦西门,是著名监狱。——译者注
② 原著脚注:II, 19-20.

之际说出的话。然而令人惊讶的是，在下面一段，她竟然欢快地将收养了她的"家庭老师"的收养行为描述成"恶作剧"。接下来的叙述视角显得更加混乱。我们注意到，对于摩尔·弗兰德斯而言，其他扒手和一般犯罪团伙都是"他们"，而不是"我们"。她说话的口气好像自己跟普通的犯罪分子没有任何牵连，或者是笛福情不自禁地用"他们"来指他们，就好像这是他的一种无意识的习惯一样？在此稍前，我们被告知"那位太太"喊叫起来，我们很想知道他为什么用"那位"这个词，是摩尔·弗兰德斯讽刺自己也穿得像个贵妇人一样，还是说笛福忘记了实际上她不是一位贵妇人？

这段文字与书里面其他部分之间的关联，或者说关联的缺乏，也无法驱散人们的疑虑——笛福究竟有没有完全控制叙事的能力？从这段文字所描写的场景向下一个场景的过渡有点令人费解。摩尔·弗兰德斯首先向读者解释她如何和扒手打交道，然后又用令人迷惑不解的口吻来介绍收养她的妇人："我还有过一次冒险经历，可以证明我的话，并且可以帮助后人应对扒手。"然而，我们和后人仍然不得要领，因为后面所讲的冒险经历只是与入店行窃有关。由此看来，笛福开始写这一段时并未想好他应该在结尾写什么，只是想到哪儿写到哪儿，即兴地写了一些说明性的过渡文字把时间打发过去而已。

礼拜堂那幕情景与整体叙事之间的联系证实了我们的印象，即笛福很少关心故事内在的连贯性。摩尔·弗兰德斯被送到弗吉尼亚州时，她给了儿子一块金表，作为他们团圆的纪念品。她讲述她多么"渴望他时不时会因为我而亲吻金表"，接着不无揶揄地说，她并没有告诉她儿子"那块表是我在伦敦一个礼拜堂从一个女人那里偷来的"。[①] 在《摩尔·弗兰德斯》里，除了那个唯一的场景，再也没有出现过有关表、太太以及礼拜堂的叙述，因此我们可以大胆推断，笛福在一百页之前提到摩尔·弗兰德斯试图偷那位太太的金表这一情节，却不记得她并没有得手。

---

① 原著脚注：II，158.

第四章 小说家笛福：《摩尔·弗兰德斯》

情节前矛后盾，说明笛福写小说时没有一个连贯的整体计划，而是零敲碎打，迅速推进，后续也没有进行任何修订。如果考虑其他一些原因，这一点确实很有可能。作为一名作家，他的主要目标自然是实现大规模的有效产出——在《摩尔·弗兰德斯》出版那一年，他付梓的作品超过1 500页，而这些作品原本就不是针对细心而挑剔的读者的。也许笛福最引以为豪的是他的《真正的英国人》，他在"序言"中为其不完美的诗行致歉。从他的话语中可以看出来，他很少抱有作者对其作品应有的那种精益求精的挑剔态度，甚至很少具备作者对于不利批评的那种敏感："……不会有人把我当成魔术师，我可以斗胆预言，我会因为低劣的文风、粗糙的诗句和用词不当而备受指责，我确实应该更加细心才对。然而书已付梓，虽然我发现有一些不足之处，但要修订却为时已晚。我也只能这样说……"如果笛福对于自己早期作品以及里面的诗歌都如此若无其事，那么他肯定不大会回头去看《摩尔·弗兰德斯》这样的流行小说，因而也就不大会意识到其中可能存在的情节不连贯之虞。如果要修订作品，笛福肯定会提出额外稿费，但是对于这种不被看好而且昙花一现的作品，他的出版商很可能不会答应他的要求。

笛福对写作的态度如此随便，这就不难解释为什么他的作品中前矛后盾的现象如此普遍。不难揣测，他的叙事方法的问题实质上就是因为缺乏前后一致的初始计划，或者完稿后没有进行修订。

几乎所有的小说都综合运用两种不同的报道方式：一种是相对完整的风景呈现，在确定的时间和地点，或多或少完整地报道人物的行为；另一种是干巴巴的缺少细节的总括性段落，其中只是设定了舞台，提供一些必要的关联框架。大多数小说家倾向于尽可能减少后一种概要式的陈述，把尽可能多的注意力集中到几个充分现实化的场景上。然而，笛福的做法就不是这样，他会用一百多个现实化的场景讲述故事，场景的平均长度不到两页，还有差不多数量的片段，片段之间用匆匆带过而且常常是敷衍了事的概要来衔接。

这样的效果显而易见：随着叙事由故事情节转向概要，读者几乎在每一页都可以感受到情绪的涨落起伏——在前一分钟，摩尔·弗兰德斯光彩照人地出场，可立刻又退回半明半暗的混乱回忆之中。可以肯定的是，《摩尔·弗兰德斯》中所有难忘的生动情节都包含在那些完整呈现的章节之中，而笛福迷们也恰如其分地引用这些情节，以此证明笛福是一位叙事天才。但是他们肯定会忘记的一点是，书中有不少内容充斥着毫无灵感的概要，就像是涂抹在无数裂缝上的石膏一样。笛福自然不会努力减少拼凑数量，将情节整合成尽可能大的叙事单元。例如，第一组主要情节就被切割成大量相关人物之间零零散散的各种遭遇，且由于叙事又落入简单总结的套路，因此大大削弱了每种遭遇的情感张力——摩尔正是在这个时候被异父哥哥引诱失身的。同样，当摩尔意识到自己与异父哥哥的婚姻的乱伦性质之后，她的强烈反应也被切割成许多分散的场景，这就使得整个情节的情感力量削弱了许多。

笛福的叙事技巧有点原始，这部分地与他所崇尚的文学的基本目的有关，那便是创作出类似真人自传体一般令人信服的作品。因此，有必要把他的叙事技巧放在这个更加宏大的背景下进一步加以审视。不过，我们首先需要讨论一下这段话最成功的方面，那便是它平铺直叙的散文文体，以此结束关于礼拜堂的分析。

一般来讲，笛福的散文写得并不出色，然而效果却出乎意料，他让我们可以跟随摩尔·弗兰德斯的意识，跟她一起挣扎着理清她的回忆思路。我们在阅读的时候觉得，只有专注于这个目标，我们才能理解他全然无视正常写作手法的那种散文风格——大量使用重复和插叙，事先毫无计划，节奏有时候踌躇蹒跚，并列句式冗长复杂。乍一看，句子过长似乎会影响自然真实的效果，可事实上由于句内没有标点停顿，再加上频繁的重述，却恰恰起到了一种增强叙述效果的作用。

这段描写最引人注目的地方可能就在于它代表了笛福一贯的风格。之前任何一位作者所采用的常规写作手法都不可能如此令人信服地表现出像摩尔·弗兰德斯这样未受过教育的人的个性化话语。笛福的散文之所以很自然地做到了这一点，一部分原因是第二章所分析的作家境况的变化，还有一部分原因是在17世纪最后几十年中，各种力量的交汇促使文学语言更加接近人们的日常话语习惯，这为普通读者的理解提供了

第四章 小说家笛福:《摩尔·弗兰德斯》

便利。

在这些力量中,占据首位的是皇家学会的努力,它试图催生一种更加平实的散文体。尽管笛福曾就读于纽因顿格林(Newington Green)的非国教学院,从其偏向科学和现代思想的课程中受到过一些影响,但这些影响还算不上是形成笛福风格的首要因素。的确,笛福的散文风格充分体现了斯普拉特①主教那条备受赞誉的纲领:"一种亲切、直率、自然的言说方式,积极的表达,清晰的感觉,地道而轻松,尽可能像数学那样直白清晰地表达一切,宁可用工匠、乡下人和商人的语言,也不用才子或学者的语言。"② 笛福自然喜欢这种语言,因为他本人就是一个商人。他的词汇肯定是"工匠和乡下人"的词汇,因为他的语言比其他任何著名作家的语言含有更多盎格鲁-撒克逊的语汇,当然除了班扬——他是一个明显的例外。③ 与此同时,笛福的词汇像"数学那样清晰明了",具有一种积极而充分的指代品质,非常适合实现洛克所定义的语言的目的,即"传达关于事物的知识"。的确,在非常重要的细节上,笛福的风格反映了洛克的哲学思想:他通常满足于表现他所描写事物的主要特质,譬如它们的坚固性、延伸性、形象、动作和数量,特别是数字;他很少关注描写对象的次要品质,例如颜色、声音或品位等。④

笛福的散文具有一种简单积极的品质,体现了17世纪后期科学和理性所带来的新价值观。同时,某些新的布道文体也具有这种倾向,例如,理查德·巴克斯特⑤(他的书笛福曾经读过,他们两人的宗教立场也非常相似)的最高目标就是追求简洁,不过这是一种准科学的简洁,因为他的目的是让读者领会他所描述的"灵魂实验""心灵显现"以及"上帝的运作"。⑥ 即使巴克斯特的强调模式及其劝说技巧,也几乎是靠

---

① 斯普拉特(Bishop Sprat,1635—1713),英国主教。——译者注
② 原著脚注:*History of the Royal Society*,1667,p. 113.
③ 原著脚注:Gustaf Lannert,*Investigation of the Language of 'Robinson Crusoe'* (Uppsala,1910),p. 13.
④ 原著脚注:*Human Understanding*,Bk. III,ch. 10,sect. xxiii;Bk. II,ch. 8,sects. ix,x.
⑤ 理查德·巴克斯特(Richard Baxter,1615—1691),英国清教教会领袖、诗人、赞美诗作家、神学家。——译者注
⑥ 原著脚注:*Reliquiae Baxterianae*,ed. Sylvester,1696,p. 124.

一种最简单的修辞手段实现的,那便是重复。不仅在重复这一点上,而且在他的全部理论和实践方面,他确实与笛福非常接近。究竟接近到什么程度?我们看看巴克斯特关于影响他形成自己的布道风格的一些因素的叙述,便可窥得一斑:

> 我与无知的人打交道越多,就越发现对他们说话再直白也不为过。如果我们不使用他们的低俗方言,他们就听不懂我们的话。没错,如果我们把这些话语写成优美的句子,或者如果我们把什么都说得很简洁,他们就不明白我们说的话。没错,我发现如果我们不刻意将一件事写成这么长的一句话,并且重复它,把它再次灌输给他们,我们就会超出他们的理解力,他们很快就跟不上了。这种风格和方式有点对不住追求精确的原则,也让好奇的耳朵感到乏味和讨厌……然而对于无知者肯定大有裨益。①

笛福的散文可能比斯普拉特或巴克斯特所设想的更加接近读者"低俗的方言",更加照顾他们的理解力,主要是因为笛福在自己的声明中这样暗示过:"讲道是对着几个人说话,而印刷书籍却是与全世界交谈。"② 笛福作为一名新闻记者,自然是为最大的读者群写作,因此他要对他们的能力做出更大的让步。他通过《评论报》告诉他的读者,他"选择的是一种彻彻底底的朴素文风,无论是事实还是风格都清清楚楚",因为这样"更有普遍的教导意义,便于我的读者清楚地理解"。③ 他充分意识到,这样做的结果是受教育程度更高的读者更有可能认为他的文体笨拙臃肿,但他强调,"为了显而易见的有利于公众的好处",他"必须在这种赘述中煎熬"。④

笛福最早是一位记者和小册子撰写者,要找到这一经历与他的小说

---

① 原著脚注:Cit. F. J. Powicke, *Life of the Reverend Richard Baxter*, 1615—1691 (London, 1924), pp. 283-284. Among the evidence for Defoe's interest in Baxter may be mentioned the fact that he quotes at least two of his works (Gükel and Günther, *Belesenheit*, p. 8).

② 原著脚注:*The Storm*...1704, sig. A^{2r}.

③ 原著脚注:*Review*, VII (1710), No. 39 (cit. William L. Payne, *Mr. Review* (New York, 1947, p. 31).

④ 原著脚注:*Review*, V (1709), No. 139.

第四章 小说家笛福:《摩尔·弗兰德斯》

写得如此逼真之间的直接关系,不妨来看看他的第一部著名叙事作品《维尔夫人的幽灵》(1706)。莱斯利·斯蒂芬以此为例来阐明小说家笛福的虚构方法。① 事实上,笛福报道的是他在去坎特伯雷采访一位巴格雷弗夫人(Mrs. Bargrave)时所听到的故事,据说她看到过那个众说纷纭的幽灵。然而不可否认的是,斯蒂芬关于"确凿证据的制造"以及论证链条上薄弱环节中"兴趣的偏移"这一观点,即使不适用于维尔夫人,也完全适用于小说。因此,笛福的小说之所以能够取得如此巨大的成功,赢得我们的信任,毫不带挖苦地说,一部分原因要归功于他在艰难的新闻行业所经受的历练。

笛福从事新闻写作的性质特别适合他后来作为一名小说家的职业生涯,因为他撰写每周三期的《评论报》,几乎单枪匹马干了大约九年——从1704年到1713年,他逐渐把自己打造成一名编辑人物——一位"评论先生",具有格外显著的个人写作风格,因而一旦他转换成摩尔·弗兰德斯的角色,他的声音——就是人群中絮絮叨叨、爱争执、朴素、有时候喜欢推诿的那种人的声音——几乎不需要多大的改变。

作品的可读性或许是笛福最杰出的才能,我们也许可以把造就这种才能的大部分原因归功于他的新闻职业。他的作品比大多数人的作品更对得起这样熟悉的溢美之词:"一拿起就放不下。"笛福确实有一种毫不含蓄的先见之明,自说自话地为自己贴上了这样的标签,因为他的《骑士回忆录》的"序言"就是这样结尾的,比他惯常缺乏精致的句法还要令人侧目:"……没有什么能比故事本身更能引人入胜,读者一旦看进去,就很难释卷,直到一口气把它读完。"

II

笛福的小说之所以是小说史上的里程碑,很大程度上是因为他的作

---

① 原著脚注:'Defoe's Novels', pp. 4 - 8.

品是第一批体现形式现实主义所有要素的叙事作品。然而，虽然形式现实主义有助于定义小说的独特性，但它显然无法详尽无遗地涉及小说评论的所有问题。小说可能具有独特的表现手法，但如果把它看作一种有价值的文学形式，那它必须像其他任何形式的文学一样，也必须具有一个让所有部分可以得到连贯表达的整体结构。我们的初步考察表明，《摩尔·弗兰德斯》的连贯性尚有一些可疑之处，而且由于人们对于笛福的小说家地位有如此大的分歧，因此有必要对其整体结构进行更全面的分析，特别是对它的三个主要组成部分——情节、性格和道德主题之间的关系进行更全面的分析。

我们只需简要概括一下《摩尔·弗兰德斯》的情节，其插叙性质便一目了然。故事分为两个主要部分：第一部分篇幅略长，讲述身为妻子的女主人公的故事；第二部分讲述她的犯罪活动及其后果。第一部分由五个主要事件组成，每个事件以一位丈夫的死亡或背叛结束。这里面有两个次要情节，其中一个涉及她在巴斯与一位有妇之夫夭折的风流韵事，另一个讲述她的朋友雷德里夫寡妇为找一个伴侣所使用的计谋和手段。

确实，其中的三个主要剧情并非完全独立。第一次婚姻与摩尔起初努力改善其状况以及她大哥的引诱失身密切相关，这是整部小说最令人满意、实质上也是一个象征性的前奏，尽管与后来的情节没有多少关联。摩尔的第三任丈夫是其同母异父的哥哥，她因此知道了自己身世的秘密，这与摩尔生活的开端以及在弗吉尼亚的最后场景产生关联，在那里她与他还有她的儿子重逢。她的第四任丈夫是詹姆斯或者杰米，就是那个爱尔兰人、兰开夏郡人或者拦路强盗（这是笛福的典型做法，他不在意人物名字，会给出很多可供选择的身份），这次婚姻与摩尔在老贝利监狱受审以后的内容有关联。另一方面，尽管第一部分的情节彼此相关，但这种关联微乎其微，中间有长时间的间隔，完全被摩尔的其他活动细节所淹没。

本书的第二部分——对于许多读者而言，也是最有趣的部分，主要致力于讲述摩尔的小偷职业生涯。这部分与其余情节的唯一联系是它最

第四章 小说家笛福：《摩尔·弗兰德斯》

终导致摩尔被捕，与詹姆斯在狱中重逢，后来被流放，最后回到弗吉尼亚的家中。因此，摩尔犯罪冒险经历的结束让我们得以重温第一部分的两个主要故事情节，整部小说最终相当圆满地结束。

这种程度的连续性贯穿女主人公和她的母亲、同父异母兄弟、最喜欢的丈夫以及唯一重要的孩子之间的关系，使《摩尔·弗兰德斯》在结构上具有一定程度的连贯性，这在笛福的小说中独树一帜。与它的故事情节有可比性的只有《罗克萨娜》，《罗克萨娜》里面的连贯机制虽然简单一点，但还是有点相似：一个孩子长大成人，她的经历劣迹斑斑，故事情节便在现实和女主人公辉煌退隐的可能性之间反复盘桓。然而，在这两本小说中，笛福都没有表现出任何明确的意图——为他的故事情节安排一种完整或明确的结尾。在《罗克萨娜》中，他处理母女关系的态度甚为严肃，似乎是倾向于一种悲惨的结局，最后却以一种悬而未决的方式结束小说。而《摩尔·弗兰德斯》的结尾让女主人公以及她后来的丈夫回到了英国，这也有些令人迷惑。虽然情节的结尾看起来既简单又合乎逻辑，但笛福显然更喜欢而且真正呈现的是那种无关紧要的不完整的结局。

这些不确定的结局是典型的笛福式结尾。从某种意义上来讲，这样的结局十分有效，因为它们最后提醒人们，叙事的顺序只能由主人公生活中实际事件的序列决定。笛福颠覆文学的有序性，以展示他对无序生活的全身心投入。

这种对伪传记模式的无条件忠诚远远不能解释笛福为什么喜欢用这样的情节类型。我们不知道他创作《摩尔·弗兰德斯》时在多大程度上受到某种特定形式模型的影响，而且女主人公的实际原型也无法确定，如果说有这样的原型的话。然而有一点显而易见，即笛福小说中唯一可能的类似原型来自某些传记作品。在这类形式的作品中，事件都是按照时间顺序松散地串在一起的，其一致性就由这样的事实来确立，即所有的事件都是发生在同一个人身上。

就题材而言，和《摩尔·弗兰德斯》最为相近的是各种流氓传记，这是一种本土传统，比流浪汉小说更专注于记载现实中的社会事件。这类作品最初完全是一种事实的编撰，例如托马斯·哈曼的《给普通法官的告诫》（1566），后来受流浪汉故事和笑话传统的影响，发展成一种有部分虚构内容的作品形式。流氓传记自然有各种插叙情节，不过整体上与《摩尔·弗兰德斯》不同，因为流氓传记的生活常态往往会迷失在一连串由花招和欺骗构成的逸闻趣事之中，而且这些逸事也不尽合情合理。即使如此，我们在《摩尔·弗兰德斯》中通常也能读到一些类似的不真实情节，或者说最接近流氓传记的故事情节①，诸如女主人公和她的兰开夏郡丈夫如何相互欺骗，她在绸缎商人那里如何反败为胜，她如何因为被非法拘捕而受到伤害，或者她如何给她的异父哥哥写情诗②，等等。对于一个生活中很少与诗神缪斯有关联的女人来说，这样的诗情画意有些匪夷所思。

然而在笛福的叙事中，这几起事件脱颖而出，就足以表明《摩尔·弗兰德斯》的大部分内容与流氓传记的内容差异很大，尽管这些事件跟流氓传记的典型事件一样，都有些矫揉造作的痕迹。在这方面，这些事件类似于小说中有关情节的传统概念，作者选取故事时看重的是它们有条理、有趣味或者引人注目的一面，与平常的经历相比显得很突出，可以一遍又一遍地去讲。然而小说却很独特，它使用一种完全不同的类型情节，这种情节建立在完全属于普通经验的行为之上，而《摩尔·弗兰德斯》大体上就是建立在这种行为基础之上的一部作品。

乍看上去，笛福在《摩尔·弗兰德斯》中设计的情节比半虚构的流氓传记更接近真实传记，无论是那些关于罪犯、旅行者还是其他人物的传记。从这个角度来看，笛福的一部堪称回忆录的作品就很值得一提，这是他在创作《摩尔·弗兰德斯》前两年编写的。在这部题为《邓肯·坎贝尔先生传》（*Life of Mr. Duncan Campbell*）的所谓回忆录里，他塑造了一个著名的算命先生。他在书中写道："我可以说，在所有以历

---

① 原著脚注：For a study of the closest seventeenth-century analogue to *Moll Flanders*, see Ernest Bernbaum, *The Mary Carleton Narratives*, *1663—1673* (Cambridge, Mass., 1914), especially pp. 85 - 90.

② 原著脚注：I, 145 - 158；II, 52 - 65；I, 77 - 78.

第四章 小说家笛福：《摩尔·弗兰德斯》

史的形式面世的作品当中，那些最能赢得我们尊重的绝对是那些向我们全面展示与众不同的人物生活的作品。"① 笛福总是把他的小说伪装成真实的自传，这反映了他对真实传记的高度重视，也正是因为如此，他才不得不使用他的那种叙事结构，他也只能沉浸在这样的假象当中，即《摩尔·弗兰德斯》表现的是一个真人的生活故事，因此不可避免地要采用一种插叙手法和逼真的情节序列。笛福大概不会想到，采用这样的情节可能会在文学领域引发一些其他后果。倘若他能想到这一点，他很可能会弥补任何形式上的缺陷，以确保小说具有可能的也确实是相对容易实现的绝对真实性。

这些缺陷既明显又严重。亚里士多德认为，如果插叙情节的一致性仅仅取决于一个人物的历史，那就是最糟糕的情节，因为"一个人有许多行为，无法使之成为唯一的行为，也因为历史关注的是实际发生过的事情，不像诗歌那样表现的是可能发生的或必须发生的事情"②。也许在小说中这些缺陷并不是致命性的，不过我们依然需要强调这样一种观点：与之相反，笛福专注于创作伪历史，尽管这是情节发展过程中为适应小说形式现实主义所迈出的关键一步，但是他的这种专注如此独特，以至于小说的其他目的，即亚里士多德所说的诗歌的目的，就不可避免地被挤出了画面。之所以说不可避免，是因为紧随插叙情节而来的缺陷还使得笛福无法获得一种结构上的优势，进而无法给他的人物赋予一种思想和行为方面的连贯性，使其获得一种更为深刻的含义。

正如 E. M. 福斯特所说，《摩尔·弗兰德斯》无疑是一部充满个性的小说③，故事情节将全部戏份都集中在女主人公身上，很多读者都认为她成功地担当了自己的角色。另一方面，莱斯利·斯蒂芬指责笛福缺乏"一切现代小说中所说的心理分析的东西"④，这样说也不是没有道理，至少如果我们强调的是"分析"这个词的话。很有可能，《摩尔·

---

① 原著脚注：'The Introduction.'
② 原著脚注：*Poetics*, 8, 9.
③ 原著脚注：*Aspects of the Novel*, p. 61.
④ 原著脚注：'Defoe's Novels', p. 17.

弗兰德斯》的每一幕插曲都有令人心服口服的动机，只是理由有点破坏性，因为跟巴甫洛夫做实验的狗所面临的情况相比，笛福的女主人公所面临的情况很少需要更为复杂的辨识：笛福笔下的摩尔对利益或危险反应如此敏捷，如此坚决，让我们敬佩不已。如果说他没有详细的心理分析，那是因为心理分析完全是多此一举。

后世小说家主要以两种方式体现他们的心理理解能力：一种是间接的方式，即通过人物的行为揭示其个性；一种是直接的方式，即对人物的各种精神状态进行具体分析。当然，这两种方法能够并且通常是结合使用的，两者通常与叙事结构相结合，在体现人物性格发展和道德选择的关键时刻全面展示人物的个性。这类方法在《摩尔·弗兰德斯》中极为少见，在每一个行为中，笛福与其说在描述他的女主人公的性格，还不如说在假设女主人公生活的现实，让读者也能感同身受——假如我们能接受行为发生的现实，我们就很难质疑行为者身处其中的现实。只有当我们试图将她所有的行为放在一起，将其视为单个人物的一种表达方式时，我们才会产生疑问。我们发现，为了全面掌握她的性格，我们本应该知道一些事情，但是我们了解的却很少，而且我们被告知的一些事情看起来又自相矛盾，无法打消我们的疑惑。

这些缺陷在笛福处理人际关系方面表现得尤为突出。例如，摩尔·弗兰德斯的爱情质量如何，我们知之甚少，甚至有关她恋爱次数的信息也少到令人生疑的程度。她自责"睡过十三个男人"，我们也不禁有些愤愤然：她不仅向她的第五任丈夫隐瞒了六个情人，尤其不可原谅的是，她居然也瞒过了我们。即使在已知的那几个情人中，我们也不能确定她究竟喜欢哪一个。我们的一个强烈印象是，她最喜欢詹姆斯，她离开他跟她的第五任丈夫也就是那位银行家结婚完全是出于经济上的需要。然而她告诉我们说，在她与第五任丈夫度蜜月时，"一起度过了最开心的四天"，接下来又度过了"从未间断、轻松满足的"五年。不过，当詹姆斯后来再次出现时，我们早先的印象反复重现，而且更为强烈：

> 他脸色苍白，站在那里说不出话，就像遭雷打了似的，惊喜得缓不过神来，只说了一句话："让我坐下来。"他坐在桌子旁边，把

第四章 小说家笛福:《摩尔·弗兰德斯》

胳膊肘放在桌子上,他的头靠在手上,眼睛看着地上,像个傻瓜一样。我自己哭得跟泪人似的,过了好一阵才能说话。哭了一通之后,我还是重复那句话:"亲爱的,你难道不认识我了吗?"他回答说"不,我认识",又是好一阵子没有说话。①

在集中描写人际关系方面,笛福简洁的叙事方式原本可以极其令人回味,但这种情况很少发生,也许因为无论笛福还是摩尔·弗兰德斯,他们都没有将这种无形的关怀看作人类生活中重要而持久的情感元素。我们自然无从得知摩尔与银行家在婚姻中所经历的矛盾情感,因为跟她的前两任丈夫一样,他也被个性化地处理成一个普通序号,摩尔与他的生活也被视为一个简短又完全独立的插曲,其情感前提无须与她生活和性格的其他特征保持一致。事实上,笛福的确强调这个情节是不连贯的,他告诉我们说,詹姆斯这期间曾给摩尔写过三次信,信中提议他们一起去弗吉尼亚州,这也是她早先的想法②,不过,这是在她第五任丈夫去世后很久之后的事情。如果换作另一位小说家,他可能会把这样的恳求作为一次澄清女主人公对两个男人的矛盾感情的机会,可笛福仅仅给出一些干巴巴的事实,并没有借此机会表明女主人公的心迹。

如果我们试图从笛福处理这些特殊人际关系的方式中得出什么结论,那么毫无疑问,摩尔·弗兰德斯对这两任丈夫都是情真意切的,她的这两次婚姻都是幸福美满的。尽管她更加倾心于其中的一位,但她并不因此而排斥另一位为她提供实实在在的舒适生活。很显然,她多情却不多愁善感。然而,如果我们不把她看作一个妻子而是看作一个母亲来考察她的性格,就会得到略微不同的画面。一方面,她可以完全放纵情感,就像她亲吻分开很久的儿子汉弗莱(Humphry)站过的地方那样;另一方面,虽然她还算是喜欢她的两三个孩子,但是按照正常的标准,她对多数孩子有些冷酷无情——她提到的多数孩子,只是为了忘记,那些曾经留在亲戚或者养母那里的孩子,即使后来条件成熟,她也既没有

---

① 原著脚注:I, 190, 196, 197; II, 113 - 114.
② 原著脚注:II, 117.

接他们回来,也没有过问他们的下落。我们由此得出结论,她的性格肯定是这样的,虽然情有可原,但她终究是一个冷酷无情的母亲。考虑到这些情况,我们很难理解她会亲吻汉弗莱踩过的地方,她会强烈谴责那些不近人情的妈妈①,可是即使在她深刻忏悔和自我谴责的时刻,也从未如此强烈地指责过她自己。

这种显而易见的矛盾解释可从文学技巧而不是从心理理解方面去找。简而言之,在阅读笛福的作品时,我们必须对他叙事的可靠性设定一个边界,接受他具体陈述的任何事实,但绝不能根据省略的部分妄下结论,无论省略的部分多么重要。如果摩尔·弗兰德斯在第五次婚姻生活中并没有因为失去詹姆斯而后悔,那只是因为按照笛福的叙事技巧,他并没有将小说人物对于彼此的态度视为他应该持久关注的现实。除了汉弗莱和四个据信已经夭折的孩子,如果摩尔·弗兰德斯对其他所有孩子的最终命运保持沉默,我们并不能据此推断她没有正常的母性情感,只是笛福把他们推出舞台时并没有记住书中的全部人物。在这两种情况下,我们的解释实际上都不应超出笛福或摩尔·弗兰德斯所做的明确陈述。

在摩尔·弗兰德斯的人际关系中,没有足够的证据帮助我们推断其性格,关于这一点也有另一种解释:摩尔在后来的生活中追求犯罪个人主义,这就使得她的人际关系变得无足轻重。像犯罪环境中的其他成员一样,她必须使用假名假身份,她生活的大部分都是在掩盖这种伪装。因此,她与其他人的所有交往几乎都染上了这个角色的色彩,即这种交往永远不可能是坦诚的深交。从某种意义上来说,它必然是短暂的。因此,笛福是现实主义的,他将摩尔·弗兰德斯的人际关系描绘成一系列偶遇,非常类似于一个世纪以后梅休②所描写的那些真正的流浪汉和罪犯的关系。且看下面这段描述:

> 早上我被(一家救济院)赶了出来。我出来后,结识了昨晚在

---

① 原著脚注:I, 180 - 183.
② 梅休(Mayhew, 1812—1887),英国新闻工作者。——译者注

第四章 小说家笛福:《摩尔·弗兰德斯》

救济院里过夜的一位年轻女子。我说我要穿过乡间去伯明翰,劝她和我一起去。我以前从未见过她。她同意了,我们一道踏上了乞讨之路……我在曼彻斯特被关进了监狱,和这位女子失去了联系。她从没来监狱里看过我,她不关心我。她不过是把我当成和她结伴而行的同路人,我也不关心她,我不会关心的。①

这段文字简洁真实,很像笛福的风格,体现了犯罪环境中人际关系散漫随意的特点。的确,这种环境对人际关系所产生的影响与《鲁滨逊漂流记》里经济个人主义所产生的影响并无二致。梅休笔下的流浪者、摩尔·弗兰德斯、笛福笔下的许多其他角色等,都属于克鲁索岛,他们本质上是孤独的,因此他们以绝对实用的眼光来看待他们的同伴。

再者,无论是笛福的叙事焦点还是他的主题性质,都无法借助于摩尔在人际关系中所扮演的角色来揭示她的个性,但这本身并不会削弱笛福表现女主人公心理的可能性。上面提到的一些显而易见的不对称主要是负面的,这是由于缺乏信息所致。只要设想摩尔·弗兰德斯实际上是一个热心肠的人,只是迫于情势才不得不单枪匹马闯荡世界,那么基本的困惑就可以迎刃而解。可是,摩尔·弗兰德斯在各种人际关系中却没有固定的环境,这就增加了相当的难度,让人无法确定事实是否真的如此。通常情况下,如果我们试图判断一个人的整体性格,会尽可能多地考虑关于这个人的看法,将这些情况与我们自己的看法进行比较,就能够取得一种立体全面的效果。

然而,在笛福的女主人公身上我们却看不到这样的启示。《摩尔·弗兰德斯》里面插曲很多,虽然有大约二百个角色,但是他们对于女主人公的了解仅限于其职业生涯中极小的一部分。这种情节的片段性意味着他们对摩尔·弗兰德斯的态度是按照她所希望的方式呈现给我们的,他们的证据非常可疑却十分一致——很显然,笛福的女主人公能够从那些最有资格评价她的人身上激发出一种最绝对、最无私的奉献精神,例如詹姆斯、收养了她的家庭教师、汉弗莱等。另一方面,读者也会发

---

① 原著脚注:*Mayhew's Characters*, ed. Quennell (London, 1951), pp. 294 - 296.

现，摩尔·弗兰德斯本人在与他们的交往中，或者在与其他任何人的交往中，绝不是完全诚实无私的。读者很可能会将他们对摩尔·弗兰德斯显而易见的崇拜解释为对她偏执妄想的一种证据，而不是对她性格的准确评估。每个人似乎只为她而存在，似乎没有人有任何抱怨。例如，有人可能期待着家庭教师会为摩尔的洗心革面感到后悔，因为这样一来就断了她的赃物来源。实际上完全相反，一旦女主人公不能为她提供更多的服务，她反倒成了"真正的忏悔者"①。

如果接近摩尔·弗兰德斯的人都不完全了解她的真实性格，如果我们继续怀疑她对自己的解释可能有失偏颇，那么能够帮助我们客观地看待她的个性的就只有笛福本人了。然而，在这里我们马上遇到了难题，因为摩尔·弗兰德斯与她的作者如出一辙，疑点多多，即使在我们期待二者应该截然不同的那些方面也是如此。事实表明，她是一名女性和一名罪犯，但是这两种角色都难以确定笛福为她刻画的个性。

摩尔·弗兰德斯当然也有许多女性特征，如她对上好的衣服和干净的亚麻布料极有鉴赏力，作为妻子，对她的几任丈夫的物质享受表现出无微不至的关怀。此外，在书的开头几页，作者无疑刻画了一个栩栩如生、清新脱俗的年轻女孩的形象，虽然后来的她在许多时候不乏粗俗的幽默，但绝对是出自女性的幽默口吻。不过这些都是相对外在的次要问题，至少对于读者来说，她的性格和行为的本质基本上是男性化的。这是一种个人印象，即使不是不可能，也很难确定。但至少可以肯定的是，摩尔没有屈服于她的性别劣势。事实上，人们会认为，弗吉尼亚·伍尔夫之所以如此钦佩她，很大程度上是出于对一位女权主义者的钦佩，因为她完全实现了女权主义的一个理想，那就是彻底摆脱任何女性角色的桎梏。

另一方面，摩尔·弗兰德斯和她的作者也有相似之处：她似乎根本就不受她的犯罪背景的影响。不仅如此，我们在她身上看到的是一个具有高尚品德且公共意识鲜明的公民姿态。这里虽然没有显而易见的自相

---

① 原著脚注：II, 102.

第四章 小说家笛福:《摩尔·弗兰德斯》

矛盾,但也不乏一种明显的态度模式,使摩尔和她所属群体的其他成员显得格格不入。例如,在上面引用的文字中,她对那个男孩扒手没有表现出任何同情。后来,她对新门监狱里那些"麻木的可怜虫"充满了正义的愤慨,他们也以嘲弄呵斥作为回报。最后被流放时,她从船长宿舍那里看到"旧时的哥们"被"安置在舱口下面",心里颇有几分得意。①很显然,摩尔·弗兰德斯将罪犯分成两类:他们中大多数是邪恶的罪有应得的堕落者;她和她的几个朋友本质上是善良的,属于不幸的人——即使卖淫,她在道德上也是纯洁的,因为正如她向我们所保证的那样,那是出于无奈而非"恶习"所致。②事实上,就像笛福一样,她是一名善良的清教徒,尽管有些无法摆脱的令人遗憾的缺点,但总体来说她没有跟人学坏,依然出淤泥而不染。

笛福塑造的摩尔这个角色最不可信的地方,在于没有表现出她的所作所为可能造成的心理和社会后果。这不仅适用于她的罪行,而且也适用于她所做的一切。如果以乱伦主题为例,我们会发现,虽然她的异父哥哥因为摩尔·弗兰德斯所披露的可怕秘密和随后的离开而变得身心憔悴,可她自己在离开弗吉尼亚之后就再也没有受到多大的影响。她儿子对她的感情显然也没有因为他是乱伦婚姻的后代而受到影响,甚至也没有因为这个事实而受到影响:他母亲抛弃他 20 年之后,只是因为被流放到他的住处附近,认为她有一笔家产可以过继给他——他也许会喜欢这份家产,于是才回到了儿子身边。

因此,无论她的性别、她的犯罪行为还是可能使她有别于她的作者的任何客观因素,都没有对摩尔·弗兰德斯的性格产生明显的影响。另一方面,她与笛福以及他的大多数主人公一样,具有人们通常所认为的属于中产阶级的许多性格特征,如好面子、痴迷于上流社会。她最得意的是懂得如何获取上等的服务和舒适的住宿。从内心来说,她是一位租客,对她而言生活中最大的恐惧莫过于得知她的"主要资本瞬间耗尽"。③

---

① 原著脚注:II, 90, 112, 90; I, 62-63; II, 134.
② 原著脚注:I, 131, 139.
③ 原著脚注:I, 131.

更具体地说，像鲁滨逊·克鲁索那样，她经过耳濡目染掌握了商人的词汇和态度。事实上，她最积极的品质与克鲁索的一样，是一种不安分守己、不恪守道德观念、奋发向上的个人主义品质。毫无疑问，认为在她这种性别、地位和命途多舛的角色身上会找到这种品质的争议可能也会出现。但实际上不可能有这样的争议，一个更为合理的假设是，这些矛盾都是在第一人称叙事的过程中所产生的结果。笛福与摩尔·弗兰德斯的性格如此相像，除了一些女性特质，他创造的人物实质上就是他自己。

当我们分析《摩尔·弗兰德斯》整体结构的第三个方面时，即它更为重要的道德意义时，笛福及其女主人公之间那种下意识的认同假设似乎同样成立。

"作者序言"里指出，"全书任何部分都没有邪恶行为，自始至终表现的是不快或不幸"。《摩尔·弗兰德斯》的这种道德宣示相当于说它只是提供某种狭隘的伦理教训——邪恶遭报应，犯罪不划算。然而，即使这一点也没有在叙事过程中得到证实。实际情况是，笛福似乎屈服于那种永恒的犯罪冒险：为了确保作品的趣味性，作者必须尽可能把自己完全投射到骗子的脑海中去，一旦披上了犯罪的外衣，他就只能赢不能输。笛福不忍心让摩尔·弗兰德斯过倒霉的日子，她的命运时好时坏，这是真的，但她不至于落魄到被迫违背她早年发誓永远不"做家务"的诺言①，甚至在监狱里她也保持着她的中产阶级身份。在大多数情况下，无论是作为妻子、情妇还是小偷，她都非常成功。当行情崩溃时，她已攒够不义之财，不仅购买了一处种植园，而且在英格兰也留有相当可观的资产。

因此，摩尔带有忏悔性质的发迹是建立在她犯罪生涯的基础之上的，她悔过自新的诚意并没有得到严峻的考验，并没有让她为了道德利益而牺牲物质财富。事实上，这样的故事情节与笛福所声称的道德主题相违背。

---

① 原著脚注：I，4-6。

第四章　小说家笛福：《摩尔·弗兰德斯》

然而可以想见的是，小说叙事原本也可以通过其他方式而不是情节的含义来体现一些道德意义。例如，笛福可能会直接使用编者评论来帮助读者从一个合适的角度审视他的女主人公，引导读者注意她根深蒂固的自私和表面肤浅的忏悔。然而，这种编者嵌入可能会干扰笛福的主要目的，即他要留给读者的印象是《摩尔·弗兰德斯》是一部不折不扣的真实自传，因此这种方法是不能被接受的。

如此看来，无论笛福希望在故事中附加什么样的道德含义，这种道德含义都必须直接源自他的女主人公的道德意识。这就意味着她必须扮演故事人物和编辑代言人的双重角色，因此不得不从她后来的忏悔角度讲述她的故事。这样做也相当困难，一是因为如果摩尔的爱情和盗窃行为过多地沾染上忏悔的灰烬，那对读者的吸引力显然会大打折扣；二是因为这个角度要求在时间上严格区分哪些是主导她邪恶行为的意识，哪些是主导她悔过自新的意识。

关于小说和摩尔"本人的备忘录"（据称小说就是根据她的备忘录"写成"的）之间的关系这个关键问题，"作者序言"却避而不谈，这说明笛福没有意识到这些问题的存在。"写这个故事的笔"也提到"最先接触到的备忘录"需要进行大量删减，才能"让它的语言适合阅读"。不过，从这本备忘录中也可推测出后面记录的内容也许会更为贞洁，更能表明摩尔"有了谦卑和悔过之心，就像她后来假装的那样"。然而，笛福在这些问题上一直三缄其口，因此我们无法分辨小说中哪些道德和宗教反思是由女主人公做出的——如果是她做出的，也不知道是在她生命的哪个阶段做出的。

即使在忏悔反思的措辞中，她的时间尺度有时也明显有些混乱。例如，很显然，摩尔最早的未必算是轻微的一桩犯罪事实就是重婚：她没有与第二任丈夫离婚，也没有关于他死亡的报告。她后来的恋爱生涯是接二连三的重婚，中间穿插着通奸。可这个问题只有一次进入她的道德意识，当时她的巴斯护花使者决心不再继续他们"不愉快的通信"，这才触及她的良心。她写道："但我一次也没有想过我一直是个已婚女人，是亚麻布商 B 先生的妻子，虽然他迫不得已离开了我，却没有解除我们之间的婚约,或者让我拥有合法的再婚权利,所以我一直就是个妓女,是个通奸者。我于是责备自己过于放纵,责备我是如何骗这位先生的……"①

乍一看,这段话似乎是一个忏悔的摩尔在回顾她早年的轻率之举时所做的反思。但如果是这样,人们就不得不怀疑这种精神反思的严肃性,因为对于后来的两桩婚姻——同样是重婚,她就没有这样的反思。如果我们再读这段文字,就会发现在这一点上我们其实无法深究,因为她所谓的反思在时间方面显得十分混乱。当她写到"我当时责备自己"时,"当时"一词肯定暗示摩尔·弗兰德斯是在事件发生时责备自己的。如果是这样的话,那么她或她的作者肯定忘记了这段话的原始时间状态——这段话原本是从"我一次也没有想过"开始的——暗示道德反思是在事件发生很久以后,那时她才终于有了忏悔之意。

因此,在他的女主人公道德成长的每一个特定时期,笛福都未能令人心服口服地将其说教式的评论嵌入他的叙事当中。这个例子说明,他总体上未能解决他的道德目的和自传性叙事模式要求解决的形式问题。毫无疑问,他所要达到的道德目的要求他不断地探索和关注他的艺术或良知,可他对两者都没有予以关注,这便是造成这种情况的一个重要原因。另一方面,我们也必须清楚,他面对的问题在当时实际上也是一个新问题,而且此后一直是小说的核心问题,即在不影响文字真实性的前提下,如何让叙事具有一个连贯的道德结构。

形式现实主义只是一种表现方式,因此它在道德问题上是中立的。笛福的所有小说在道德问题上都是中立的,因为这些小说把形式现实主义作为一种目的而不是手段,从而使任何连贯的隐含意义都服从于这样一种观念:文本代表的是一个历史人物苦心孤诣的结果。但个人案例分析是一项枯燥乏味的研究,除非分析者是一位熟练的审讯者,他才可以引出我们想要知道的事情,这些事情往往是当事人不知道或不愿承认的。小说所要解决的问题就是在不违反形式现实主义的前提下发现并揭

---

① 原著脚注:I, 126 - 127.

第四章 小说家笛福:《摩尔·弗兰德斯》

示这些事情所蕴含的深刻意义。

后来的小说家们将会看到,虽然形式现实主义将一种更绝对、更冷漠、类似于光学精度那样的写作手法强加到文学的表现方式上面——其古老的使命就是举起镜子真实地反映自然,但仍然有许多其他可以传达道德模式的途径,尽管这些途径也许比以前的文学形式更加困难或者更加间接。因为与直接评论或者语气和意象的力量不同,这种模式摆脱不了镜子受时间、地点、距离和亮度等因素的操纵。叙事视角将成为作家表达其道德情感的关键工具,模式将成为一种隐蔽技能,作者通过这种隐蔽技能调整镜子的角度,以反映作者所看到的现实。然而在《摩尔·弗兰德斯》中,笛福处理情节和人物性格时并没有用到这种模式,他的叙事目的在各方面缺乏一种协调,导致无穷无尽的回叙,使得女主人公的道德意识不断逃离我们的视线。

Ⅲ

那些像约翰·皮尔·毕舍普[①]一样,将《摩尔·弗兰德斯》视为"伟大的英国小说之一,也许是最伟大的小说"[②] 的人,绝不会注意不到作品中不协调的情况,他们只会透过不协调看到小说对人类行为现状的深刻认识和把握。至于小说中的道德说教,他们认为笛福不可能是认真的,这类故事明显的道德宗旨与读者的理性之间的差异不啻为一种文学手段。凭借这种文学手段,作者无疑在告知我们说,对他的作品必须进行反讽性质的理解。这种文学手段也是一种方法,一种可以称之为明显缺乏作者认可的第一人称叙事方法,它确实在类似于《摩尔·弗兰德斯》的现代作品中得到广泛运用,如安尼塔·卢斯[③]的《绅士爱美人》

[①] 约翰·皮尔·毕舍普(John Peale Bishop, 1892—1944),美国作家。——译者注
[②] 原著脚注:*Collected Essays*, ed. Wilson (New York, 1948), p. 388.
[③] 安尼塔·卢斯(Anita Loos, 1893—1981),美国作家。——译者注

(*Gentlemen Prefer Blondes*) 和乔伊斯·卡里①的《她自己也吃惊》(*Herself Surprised*) 等。

以这种方式阅读《摩尔·弗兰德斯》也意味着将笛福和他的作品割裂开来。笛福甚至都没有想到要认真兑现他在序言里写下的道德断言。不仅如此,他还热衷于描写物质与道德思考之间那种相应的颠覆性和对抗性关系,且毫无悔意。对于现代读者来说,这是小说最显著的特征。这种解读与目前的大量分析看似一致,实质上却大相径庭。从目前该解读所得到的广泛支持来看,有必要做进一步的考察。

也许柯勒律治是第一位称笛福为艺术家的人,他的话写在《鲁滨逊漂流记》一段文字的旁边。这段文字描写主人公在沉船柜子里发现金币的情形:

> 看到这些钱,我不禁失笑。啊,钱!我大声说,你有什么用?你对我毫无价值,不值得我弯腰捡你。那边有几把刀子,其中的一把就值这么一堆钱,我拿你有什么用呢?你就在那儿躺着吧,就像那些不值得拯救的生命一样沉到海底去吧。然而又一想,我还是拿上了;*包在一块帆布里面……

柯勒律治在星号处评论道:

> (笛福)和莎士比亚可以相提并论;——后面那个简单的分号丝毫不受反射意识的顿挫影响,比文笔本身更精致,更有大师风范。要是一个平庸作家,比如马蒙特尔②,他可能就会用一个感叹号"!",然后另起一段。③

"又一想"这个短语让人忍俊不禁,克鲁索不经意地运用修辞手段贬低金钱的价值,让我们看到他是在用敏锐得体的文学语言避免进一步解释经济人强迫性的非理性行为。可是我们能确定他的讽刺不是出自偶然吗?这种自相矛盾的独白真的符合克鲁索的性格或者他的现状吗?这

---

① 乔伊斯·卡里(Joyce Cary, 1888—1957),英国小说家。——译者注
② 马蒙特尔(Marmontel, 1723—1799),一位平庸的法国剧作家。——译者注
③ 原著脚注:*Miscellaneous Criticism*, ed. Raysor (London, 1936), p. 294.

第四章　小说家笛福:《摩尔·弗兰德斯》

难道不是表现笛福这位经济旗手的一种更为典型的立场?他似乎不愿意承认商品就是财富这条实用真理。如果是这样——如此显而易见的讽刺,难道不正说明笛福这位经济旗手漫不经心地转身回到他的小说家身份,迫不及待地告诉我们,他所知道的克鲁索,实际上还有其他任何人,在这种情况下会做什么吗?

我们自然不能就此放过柯勒律治的溢美之词。他用的《鲁滨逊漂流记》是 1812 年的版本,跟后来出版的许多版本一样,该版本已经费了很多精力校勘笛福杂乱无章的标点符号。实际上,在早期版本中,"我还是拿上了"之后用的是逗号而不是分号,而且柯勒律治讨论笛福的文学技巧时更多的是以此为依据,即笛福率先将讽刺的两个组成部分——在那种情况下金币无用,然而又决定把它拿走——糅合成一个意义单元,却不给读者任何明显暗示,哪怕是用感叹号来暗示。然而,笛福不仅在柯勒律治用分号的地方用了逗号,而且还用了很多其他标点符号,原因就在于他的长篇大论。他用大约 15 行的长度来描写克鲁索如何游到岸上,一场暴风雨骤然而降。他这样写似乎大大弱化了这种讽刺效果,并且暗示笛福在这里和其他地方所使用的讽刺都有相似之处,其真实原因很可能是他习惯于将大量互不相关的材料整合成一个句法单元,极其随意地在不同细节之间切换。

无论怎样,柯勒律治如此热情地赞美笛福,倒是提醒我们要警惕那些据说是聪明人特别容易遭遇的危险:读得太多。这似乎是弗吉尼亚·伍尔夫的《普通读者》(*Common Reader*)中的两篇文章所表现的情形。难道不是吗?《鲁滨逊漂流记》和《摩尔·弗兰德斯》难道没有给她提供机会,让她成为明白人,让她看到的比真实存在的更多?例如,她写道:"前景是一个普通的陶罐……(它)……让我们得以看到远处的岛屿和人类灵魂的孤独。"① 就《鲁滨逊漂流记》结尾的一篇文章《论孤独》而言,很可能笛福的技巧不够巧妙,或者还不能有意识地唤起人类孤独这一主题,同时在同一叙述中向我们介绍基本的陶器知识。

---

① 原著脚注:'Robinson Crusoe', *The Common Reader*, *Second Series* (London, 1948), p. 58.

因此，弗吉尼亚·伍尔夫写道，笛福让"其他所有元素服务于他的写作思路"①，这一点我表示怀疑。无论《鲁滨逊漂流记》还是《摩尔·弗兰德斯》，究竟有没有通常意义上的写作思路？这样解释难道不是一种婉转的批判性补偿？因为我们从笛福那谦逊低调、未经深思熟虑的散文中获得一种颇不以为然的感觉，正是由于有这样的感觉，我们才将他极端笨拙的叙事方式看成是一种讽刺。

《摩尔·弗兰德斯》中有一些例子明显是有意识的讽刺。首先，有不少简单的戏剧性讽刺。例如在弗吉尼亚州，一个女人讲述摩尔的乱伦婚姻，浑然不知她讲述的主人公就在她眼前。②还有一些例子讽刺性更加尖锐，例如有这么一段，摩尔·弗兰德斯小时候发誓，她长大要成为一个淑女，就像她的一位悠闲无耻的邻居那样：

"可怜的孩子，"我的善良的老保姆说，"你很快会成为这样一个淑女，因为她声名狼藉，还生了两个小杂种。"

我什么都不懂，不过我回答说："我相信他们叫她女士，她既不伺候人也不做家务。"因此我坚信她是淑女，我会成为这样一个淑女。③

用"这样一个淑女"这样的短语来强调这一预言性情节，明显极具讽刺意味，因为它凸显品德与阶级之间的差距，警示被士绅们的外在表现所蒙蔽的道德风险。我们可以肯定，这种讽刺是有意识的，因为它的主旨在笛福的其他著作中也得到证实，其中往往以略显辛辣的口吻挖苦那些士绅阶层，因为他们未能起到表率作用。例如，摩尔后来以讽刺的口吻描述说，这位大哥是"一个快活的绅士……十分轻浮，却善于判断，时常寻欢作乐却很少付出惨重的代价"。在这里，笛福优雅的风格和他的观点融为一体，让我们确信摩尔·弗兰德斯在被詹姆斯诱骗之后，她的反思也具有讽刺性："哪怕被一个体面的人而不是一个无赖糟

---

① 原著脚注：'Robinson Crusoe', *The Common Reader*, *Second Series* (London, 1948), p. 58.
② 原著脚注：II, 142.
③ 原著脚注：II, 8.

第四章 小说家笛福:《摩尔·弗兰德斯》

蹋,也是一种解脱。"① 夸张的语言彰显了外在的实际道德规范之间的强烈对比,以摩尔·弗兰德斯目前的样子,"糟蹋"可谓是字斟句酌的夸张,而"一个体面的人"看似模棱两可,却清楚地达到了它的颠覆性效果。

然而,在《摩尔·弗兰德斯》里面,这些有意识讽刺的例子远远不及更为宏观的那种结构性讽刺,后者表明笛福是以讽刺的态度对待他的中心人物或他所声称的道德主题的。作品中当然没有任何东西清楚表明笛福把故事和女主人公区别对待。虽然在几个地方似乎确实有这样的意图,但是仔细研读就会发现,这些地方丝毫没有上述例子中那些有意讽刺的标志,反而更接近《鲁滨逊漂流记》里面的段落。

在摩尔·弗兰德斯向她的丈夫、同父异母哥哥吐露她出生的可怕真相之后,出现了非常类似于克鲁索经历过的那种情感突降:

> 看到他脸色苍白,情绪失控,我说:"你要记着你说过的话,冷静地接受这个事实。因为除了我,谁会给你说这么多,让你有思想准备呢?"然而,我又叫一个仆人给他端来了一小杯朗姆酒(就是当地最常见的那种德拉姆酒)因为他快要晕倒了。②

为了强调作品的可信度,作者不仅节外生枝,用括号解释为什么是朗姆酒而不是白兰地,而且还在高度情绪紧张与非常平庸的治疗手段之间形成了强烈的对比。谁都知道生活就是这样的,但是任何一个作家如果要表达强烈的感情,都不会推荐用一杯朗姆酒解决问题,尤其是一小杯——"小"是一个很好的例子,说明以"现实"的眼光关注过于细微、有点不合时宜的细节,有助于制造讽刺性效果。

我们注意到,这段文字的形式与描写金表那段文字的形式颇为相似,通过"然而"这个转折词实现不协调元素之间的过渡,强调言说者心中的逻辑联系。假如笛福另起一段,那么讽刺效果就会大打折扣,因为讽刺离不开这种显而易见的关系——两个并置项完全属于同一个话语

---

① 原著脚注:3 I, 14, 155.
② 原著脚注:I, 103.

空间。上述两例要么是情感的极端情况,要么是抽象的极端情况,紧随其后的则是更为现实的考虑。

这段文字的内容也很典型,从情感突降到行动,让人顿生疑虑:这是不是讽刺?这的确是笛福常用的手法,尽管我们无法确定他的本意是不是讽刺。例如,有这么一个情景:摩尔欣喜若狂地亲吻着她儿子踩过的地面,可当她得知地面"潮湿危险"时,她的亲吻戛然而止。① 笛福也许会暗自嘲笑他的女主人公不知道难为情,在大秀情感的同时没有忘记生活常识。也许一种更大的可能性是,他需要让摩尔的膝盖离开地面站起来,才能接着讲述故事,只是他还没有想好以怎样的方式去做而已。

如果我们先入为主地认为互相矛盾的观点必有一假,那么将其不加区分地并置在一起就显得尤为讽刺。这种情况在许多道德说教的段落中都出现过,笛福在引入这样的情景时自然没有想着如何打消我们的疑虑。有一个例子明显不可思议,当时尚未忏悔的摩尔对她的老保姆说,她如何被一个喝醉了的家伙勾搭,后来又如何抢了他。她接着引用所罗门关于醉酒的一段道德训诫美化其行为。老保姆听了非常感动。摩尔这样告诉我们:

……一想到每当一杯酒进入这样一个绅士的脑袋,他每天都有被毁掉的危险,她就潸然泪下,不能自已。

而至于我所得到的东西,以及我怎样把他抢得一干二净,她说她非常高兴。"不,孩子,"她说,"据我所知,你拿走他的东西,可能比他一生中听过的所有讲道更能让他改邪归正。"如果故事的其余部分是真的,那么确实如此。②

接下来,两个女人合计着神明的报应,合伙榨取这位可怜绅士的现金,好让他牢记这次教训。这段插曲自然是对虔诚和道德的嘲弄,然而很难说笛福是在讽刺。他后来写道,监狱牧师要摩尔·弗兰德斯为她的罪孽忏悔,她却转弯抹角为自己辩解,理由是那个男人嗜酒如命。③ 从

---

① 原著脚注:II,141.
② 原著脚注:II,37-38.
③ 原著脚注:II,93.

第四章 小说家笛福:《摩尔·弗兰德斯》

心理学角度讲,这两个插曲都是合情合理的:热衷于一种恶习的人,对于他们自己不欣赏的其他恶习,往往不如善良的人那样宽宏大量。然而问题就在于,笛福本人是否忽视并期望他的读者也忽视反酗酒说教给上下文造成的破坏。我们有充分的理由相信的确如此:教训本身肯定是严肃的,而不是讽刺的。至于它的语境,我们已经看到,笛福无法使他的说教言辞奏效,只好让摩尔演双簧,为笛福本人的诚实信仰代言。因此,我们有充分的理由相信,这种荒谬可笑、明白无误的道德缺失事实上反映了笛福与其女主人公共同拥有的一种清教主义心理特征。

在其《道德义愤和中产阶级心理》中,斯文德·兰努尔夫①主要通过分析共和时期的小册子表明,清教徒比保皇党更醉心于发泄道德义愤。② 他指出,清教徒的优越感之一就在于他们往往以追求正义的名义对别人的罪过表现得冷酷无情,咄咄逼人,这样自然就有一种补偿倾向,即对自己的过错尤为宽宏大量甚至视而不见。摩尔·弗兰德斯常常表现出这种倾向,最典型的例子就是下面这一段。她偷了一个孩子的金项链,却这样反省安慰自己:"我只是觉得我是在教训孩子的父母,他们太疏忽了,竟然让这可怜的羔羊自己回家,我是在教训他们下次要照顾好孩子。"③ 毫无疑问,她的反思心理是诚实的。良心的确是伟大的诡辩家。然而,笛福的意图让人疑惑不解:他是在讽刺他的女主人公的道德虚伪性,还是在讽刺她对自己的缺点视而不见,或是他在内心愤怒谴责那些粗心的父母,谴责他们应该得到严厉惩罚,故而忘记谴责摩尔呢?

如果笛福是想通过这段描写讽刺精神上的自欺欺人,那么就必须假定,他整体上是以这种调子来看待摩尔·弗兰德斯的性格的,因为这个事件是个典型的例证,表明无论在精神上还是在心理上,她对自己的不诚实都茫然无知。譬如说,她总是对自己的经济状况撒谎,甚至对她所爱的人也是如此。因此,当她与詹姆斯之间的相互欺骗被揭穿之后,她隐瞒了一张30英镑的银行支票,"剩下的钱更好花了,因为鉴于他的情

---

① 斯文德·兰努尔夫(Svend Ranulf,1894—1953),丹麦哲学家。——译者注
② 原著脚注:Copenhagen, 1938, especially pp. 94, 198.
③ 原著脚注:I, 204.

况,我真的非常同情他"。然后她继续说,"不过要回到这个问题上,我告诉他,我从来没有存心欺骗他,永远也不会"。后来他离开了,她说:"在我生命中,从没有哪件事情像这次离别这样让我的心情如此沉重。我在心里一千次责备他不该离开我,即使我讨吃要喝,也愿意跟着他去闯荡世界。我摸了摸口袋,发现里面有十个几尼币、他的金表和两枚小戒指……"① 哪怕不是立刻在衣袋里发现足以保证她一生温饱的钱物,也能证明她宁愿乞讨的意愿只是一种夸张的修辞手段,她甚至在理论上也无法证明她讨吃要喝的意愿是切实可行的。这里肯定没有任何有意的讽刺,因为笛福和他的女主人公都认为慷慨的感情是好的,隐藏的现金储备也是好的,后者也许是好上加好。人们不会觉得两者有什么冲突,也不会觉得一种态度会抵消另一种态度。

笛福曾指责那些见风使舵的英国国教徒,说他们跟"全能的上帝玩捉迷藏游戏"②。这种说法描绘了《摩尔·弗兰德斯》里面常见的有关大众诚实和道德真理的政治立场,巧妙而含糊其词。笛福在各个层面都玩"捉迷藏游戏":从句子到事件到整本书的基本道德结构,他对待创作的道德态度就像他的女主人公的道德态度一样,浅薄、晦涩、易变。有一次,她的已婚情人写信要求她终止婚外情,敦促她改变生活方式,她于是写道:"我对这封信感到震惊,就像身上有一千处伤口一样。我自己良心的责备无以言表,因为我也知道自己的罪恶。我思忖着,假如继续与我兄弟在一起,我的过失或许会减轻些,因为我们双方都不知道,就这点来说,我们的婚姻没有错。"③

如果一位作家以讽刺的态度思考女主人公的良心或者她的生涯所蕴含的现实道德意义,他就不可能如此认真地写作,也不可能叙说詹姆斯道德上悔过自新的那些情节。在这段记叙中,摩尔·弗兰德斯告诉我们她怎样把她儿子给她的财富都送给了詹姆斯,甚至没有忘记"为我们的种植园带上马、猪、牛以及其他补给品",最后还说"从这时候开始,

---

① 原著脚注:I, 154, 158.
② 原著脚注:*True Collection*..., p. 315.
③ 原著脚注:I, 126.

第四章 小说家笛福:《摩尔·弗兰德斯》

我相信他是一个真诚的忏悔者,一个彻底改过自新的人,正是上帝的仁慈让一个肆意挥霍的人、一个拦路劫匪和强盗变成了这个样子"。① 意识到把上帝的力量和金钱的力量相提并论是一种讽刺的是我们而不是笛福,嘲笑通过生猪和奶牛进行悔过自新这个想法的是我们而不是笛福。

无论关于特殊事例的分歧有多大,可以肯定的一点是,《摩尔·弗兰德斯》中并不存在自始至终的讽刺态度。从更为广泛的意义上来看,讽刺表达了一种深层意识,一种让泪谷②里的人类备受困扰的矛盾且不协调的深层意识,而体现这种意识的文本则有意引导读者进行矛盾的解读。一旦我们明白了作者的用心,我们就可以把所有显而易见的矛盾看作贯穿整部作品的连贯态度。这种写作方式显然对作者和读者的注意力提出了严格的要求:每一个词的含义、每一个插曲的并置、每个部分与整体之间的关系,这些都必须排除预期之外的任何解释。正如我们所看到的那样,笛福不太可能以这种方式写作,或者他也不可能有这样的读者。事实上,所有的证据都指向相反的方向。

可能有人会反对,理由是笛福至少写过一部公认的讽刺作品,即《铲除非国教者之捷径》(*The Shortest Way with Dissenters*,1702)。确实,在这部作品里,他非常成功地模仿了被激怒的高教会派③的风格、脾性和基本策略,揭露他们如何利用机会借助安妮女王之手压制非国教教派的行径。然而众所周知,许多读者将这本小册子视为激进的托利党④党徒的真实心声,我们只须研究这部作品就可以清楚其原因了。就像《摩尔·弗兰德斯》所表现的那样,笛福假定的代言人身份如此完美,以至于掩盖了他的真实初衷。事实上,他唯一一次有意识运用讽刺的作品确实是一部杰作,不过不是讽刺的杰作,而是模仿的杰作。

---

① 原著脚注:II,160.
② 泪谷(vale of tears 或者 valley of tears)是基督教术语,指生活中的苦难。按照基督教教义,人们只有在离开尘世进入天堂后,才能把苦难抛却在身后。——译者注
③ 高教会派(High Churchmen),属于基督教圣公会中的一派,他们主张大量保持天主教传统,维持教会的较高权势和地位。——译者注
④ 托利党(Tory)是17世纪70年代末形成的英国政党(1678—1834),代表土地贵族和高级教士的利益。——译者注

在此没有时间详尽论证这一观点，但是《铲除非国教者之捷径》一书在当时如此受欢迎，这至少表明它并未构成无可辩驳的证据，证明讽刺是笛福得心应手的武器。事实上，那些将《摩尔·弗兰德斯》视为讽刺作品的人未必同意这种观点。例如，博纳米·多布雷①在一篇极其雄辩的评论中指出，"只要我们把摩尔排除在外"，就会发现小说"充满讽刺，妙趣横生"。但是，正如他所承认的那样，也正如前文所述，很难相信笛福能够客观地将其女主人公排除在外。因此，多布雷声称《摩尔·弗兰德斯》是一部"令人惊讶的无与伦比的杰作"②，他大概是基于这样一种观点：书中的讽刺是无意而为或是无意识的。

因此，关键问题似乎就是我们如何解释这样一个事实，即如此众多的现代读者竟然以这样的眼光来看待一部并非讽刺性小说。我们要找的答案似乎不在文学批评中，而是在社会历史中。我们今天无法相信，像笛福这么聪明的人，竟然不会以嘲笑的眼光来看待其女主人公的经济态度或是虔诚表白。然而在笛福的其他作品中，情况不是这样的。我们可以推测，历史的进程在我们中间引发了强大的往往是无意识的思想倾向，让我们得以用讽刺的眼光来看待笛福和他那个时代的人们严肃对待的某些事情。

在这些思想倾向中，在这些崇尚讽刺的态度中，至少有两种态度绝对是由《摩尔·弗兰德斯》引发的。其一是现在被广泛作为一种动机依附于经济收益的负罪感；其二是虔诚的表白无论如何都是靠不住的，如果过于关注个人的经济利益则尤其如此。但是，正如我们所看到的那样，笛福对这两种看法全然不知，他认为经济上的自私自利是人类生活的主要前提，他并未因此而感到羞耻。他不认为这样的前提与社会或宗教价值观相冲突，也不认为与他的那个时代相冲突。因此，或许可以把《摩尔·弗兰德斯》中一组显而易见的讽刺解释为笛福世界观中未能解决的、很大程度上是无意识冲突的产物，这种冲突是晚期清教徒的典型写照，他们欲使经济问题挣脱宗教和道德的约束。

---

① 博纳米·多布雷（Bonamy Dobrée，1891—1974），英国学者。——译者注
② 原著脚注：'Some Aspects of Defoe's Prose', *Pope and His Contemporaries*, *Essays Presented to George Sherburn*, ed. Clifford and Landa (Oxford, 1949), p. 176.

第四章 小说家笛福：《摩尔·弗兰德斯》

《摩尔·弗兰德斯》里的大多数讽刺都可以用类似的方式来解释。我们注意到，其中有一组明显的讽刺集中表现情感考量如何让位于现实考量。在这里，我们会看到笛福凭着一种本能的理性和怀疑，无意识地反叛他的创作体裁，反叛读者所崇尚的那种多愁善感的情节和话语。另一组可能的讽刺围绕女主人公的恋爱冒险经历展开。我们很难相信讲述这些情节仅仅是为了道德教化的目的，然而这种爱恨交加的矛盾心态是世俗化清教徒的一种典型心理。例如，约翰·邓顿①是一个古怪的异议者，也是笛福的老熟人，他写过一篇揭露卖淫的月刊文章《夜行者：或寻找荡妇的傍晚漫步》（1696—1697）。他在书中公开宣称这样做是为了崇尚德行，就像当今热衷于满足大众色欲、不断制造耸人听闻的记者们所宣称的那样，虽然听起来振振有词，却难以令人信服。佩普斯提供了一个更为相似的例子：他买来一部黄书，星期日就在办公室里看，还评论说这是"一本极其下流的书，但是老成持重的人偶尔读读，了解一下世界有多邪恶，也不是件坏事儿"②。

笛福的世界观中还存在一些其他方面的冲突，这些冲突可以解释我们在批判性解读《摩尔·弗兰德斯》时遇到的另外两个难题。人们之所以感到笛福不可能认真对待摩尔的精神悔过自新，原因之一就是她的悔恨和忏悔没有通过行动表现出来，甚至没有发生真正意义上的心理变化。正像在《鲁滨逊漂流记》中一样，精神维度被呈现为在心理机制上有点难以解释的一系列宗教崩溃，不过这些崩溃不会永久地损害她强大的超道德心理。但是，这种宗教与普通生活的分离是世俗化的必然结果。笛福时代共同的生活特征也可能是造成摩尔·弗兰德斯道德意识混乱的主要原因，她往往将因罪孽而忏悔与因犯罪而受罚的烦恼混为一谈。个人道德的世俗化往往会突出霍布斯提出的犯罪与罪孽的区别。他这样写道："每一种犯罪都是罪孽，但每一种罪孽未必都是犯罪。"③ 这自然是因为摩尔·弗兰德斯的真正恐惧只限于她的犯罪事实被发现后可

---

① 约翰·邓顿（John Dunton, 1659—1733），英国图书销售商和作家。——译者注
② 原著脚注：*Diary*, ed. Wheatley (London, 1896), VII, 279.
③ 原著脚注：*Leviathan*, Pt. II, ch. 27.

能带来的后果。用里德·惠特莫尔①的话来说，在她的道德意识中，"地狱几乎就是新门监狱围墙围成的"②。

因此，《摩尔·弗兰德斯》里面很多显然不能自圆其说的地方，都与个人道德领域有关。过去两个世纪都在教导我们如何区分这些道德领域，然而18世纪早期却对这一点表现得十分迟钝。这些不能自圆其说的地方很可能只是一种混淆，因为我们这个世纪比笛福或他的那个时代更容易辨别这类混淆，所以我们就自然地把混淆看成是讽刺。这方面的重要意义也许就在于它让我们认识到，那些极其崇尚《摩尔·弗兰德斯》的读者的观点和兴趣无疑是非历史的。例如，在《小说面面观》里，E. M. 福斯特就特别排斥时代因素，而约翰·皮尔·毕舍普也许是接受却看错了笛福"写于1683年"的结束语，把小说的成稿时间确定为1668年。③

现代人倾向于把《摩尔·弗兰德斯》当作讽刺小说来读，对此还有另一种稍微不同的历史性解释，即小说的兴起。我们把笛福的小说置于和他那个时代截然不同的背景中，以更加认真的态度对待小说，用今天更加苛求的文学标准来判断他的作品。这种假设与笛福的实际写作模式相辅相成，迫使我们把很多东西都解释为讽刺。例如，我们认为一句话应该具有一致性，如果将那些不相干或相互矛盾的从句随意堆砌在一起，同时还要让这样的句子获得某种一致性，我们只能通过一种讽刺的手段把一些成分降为从属成分，以此来实现句子的一致性。对于从段落到整体结构的更大写作单位而言，情况也是如此：假如我们先入为主地假定必须要有一个首尾一贯的构思，那我们就会创造一个构思，再根据这一构思从实际上并不一致的材料中创作一个复杂的模式出来。

当然，生活本身就是一个挺适合讽刺思考的对象，因此将《摩尔·弗兰德斯》视为讽刺小说，这种倾向在某种意义上也是对笛福创作生命力的一种赞扬。部分原因在于他创作的东西看起来如此真实，让我们感

---

① 小爱德华·里德·惠特莫尔（Edward Reed Whittemore, Jr., 1919—2012），美国诗人、传记作家、评论家、文学记者和大学教授。——译者注
② 原著脚注：*Heroes and Heroines* (New York, 1946), p. 47.
③ 原著脚注：*Collected Essays*, p. 47; the actual date was 1722.

第四章 小说家笛福:《摩尔·弗兰德斯》

到必须表明我们的态度才行。但是,读者的这种态度恰恰被真正的讽刺作品排除在外:每种观察事件的方式都已经被预先考虑到了,要么被融入整部作品,要么被排除在外。在这一点上,没有证据表明《摩尔·弗兰德斯》是个例外,更没有证据表明整部作品各个方面的运作是受一种整体机制的控制。如果要说是讽刺,那肯定是对社会、道德和文学无序的一种讽刺。然而,也许最好的选择是不要把这类讽刺看作一个讽刺者的成就,而是看作一种偶然的事件,与笛福的社会、道德和宗教世界相冲突的偶然事件。笛福大概也不会知道,在他随意运用叙事权威的过程中,这些偶然事件恰恰揭示出他的价值观体系中的突出矛盾。

这些矛盾能够被偶然地揭示出来,正好是对形式现实主义洞察力的一种赞颂。形式现实主义赞许或者真正鼓励再现的那些文学对象和态度,迄今为止不是在同一作品中相互碰撞,而是分布在诸如悲剧、喜剧、历史、流浪汉小说、新闻和布道等各自独立的文学体裁中。后来的小说家,诸如简·奥斯汀和福楼拜等,在他们的作品结构中融入这些冲突和矛盾。他们创造了讽刺,并使小说读者能够感受到这些讽刺的效果。后世的小说大师们使文学期待成为可能,我们不得不通过这样的期待来看待笛福的小说。这些期待之所以有其合理性,似乎是由于我们敏锐地意识到,在笛福的人生哲学中,有两种主要的力量在相互冲突——理性的经济个人主义和对精神救赎的关注。由于这两种力量的共同作用,他所坚守的信念虽然有些分裂,但显然不至于摇摆不定。然而,如果我们主要关注的是笛福的真实意图,我们必然会断定,尽管他揭示了使这两种对立的信念得以完整保存下来的诡辩术,但严格说来,他并没有刻画这些诡辩术。因此,《摩尔·弗兰德斯》毫无疑问是人们讽刺的对象,但却不是一部讽刺作品。

IV

前面几节并不是要否认笛福作为一名小说家的重要性,而是为了证明一个被视为理所当然的事实,一个被许多近代批评家质疑或忽略的事实。这个事实就是笛福的小说既缺乏许多名不见经传的作家尚能注意到的细节的一致性,也缺乏在最伟大的文学作品中才能发现的那种更宏大的连贯性。笛福的强项是一些精彩的片段,一旦他的想象力捕捉到某一个情景,他就可以全面、逼真地将它记录下来,大大超越之前的虚构故事,在这一点上后来者确实没有人能够超越他。这样的插曲想不引用也难,《摩尔·弗兰德斯》的出彩之处也许就在于它声称是笛福最完整的一部作品选集,而不是一部伟大的小说。

笛福擅长描写完美的片段,他的这一天赋究竟在多大程度上弥补了他的显而易见的缺点——结构松散、疏忽细节、缺乏道德或形式模式?这是一个至关重要却非常难以回答的问题。笛福的天赋就像他的女主人公自我恢复的能力那样,充满自信,坚不可摧,让我们几乎不得不接受这个臭名昭著却又切中要害的异端邪说:如果一种天赋运用得当,可以弥补所有其他天赋的不足。

当然,这种天赋是小说中最重要的因素:笛福是魔幻大师,这几乎使他成为小说这种新形式的奠基人。"几乎",但并不是"完全"——只有当现实叙事被织进一个情节,这个情节一方面保留了笛福作品的生动性,另一方面也具有一种内在的连贯性时,只有当小说家的目光专注于人物和人际关系,把它们作为整体结构的基本要素而不仅仅是作为附属工具去进一步增强所描写行为的真实性时,只有当所有这些要素都与一种主导性道德意图关联在一起时,我们才好讨论小说的诞生。正因为理查逊迈出了这些步子,所以通常认为英国小说的创始人是他而不是笛福。

笛福创造了他自己的文学史上绝无仅有的写作风格,而这种风格恰好适用于创作鲁滨逊·克鲁索这样的人物。他的独树一帜与他作品中的个人主义角色直接相关,这一点从他的小说和克里斯托弗·马洛①的戏

---

① 克里斯托弗·马洛(Christopher Marlowe,1564—1593),英国伊丽莎白年代剧作家、诗人及翻译家,为莎士比亚的同代人物。马洛以写作无韵诗及悲剧著称,也有学者认为他在世时比莎士比亚更出名。——译者据维基百科注

第四章 小说家笛福:《摩尔·弗兰德斯》

剧的高度相似性中就能看出来,马洛是先于笛福的个人主义者和文学创新者。

笛福和马洛两个人都出身卑微,生活贫穷,都受过良好的教育,不安于现状,精力充沛;两个人都感觉在当时的社会中很难找到令人满意的安身之地,最终都作为告密者和秘密特工,通过接触政府中更加阴暗的一面与有权势的神秘人物发生关联。他们的生活反映在他们的作品当中,两个人都通过极端脱离社会的人物充分表达自己,而这样的人物却在无意识中成为他们自身的一种投射。尽管他们各自的情形大不相同,但他们理所当然地呈现出一种鲜明的家族相似性——帖木儿大帝、巴拉巴斯和浮士德,鲁滨逊·克鲁索、摩尔·弗兰德斯和雅克上校等,这些核心人物的存在都与马洛和笛福作品中类似的结构困难和主题困难有关。这些情节往往是片段式的,其根本冲突并不完全体现在人物关系当中,一切都会在一个自我对立的世界中自行得到解决。而且冲突问题同样含糊不清,主人公的桀骜不驯和自我张扬最终受到道德、社会和宗教规范的惩罚。然而与他违反规范的行为相比,这些规范本身表现得差强人意,所以规范的胜利有些敷衍了事,让人不得不心生疑虑:作者究竟在多大程度上认可这种胜利呢?

笛福和马洛作品中最积极的价值肯定不是传统道德秩序的价值,正如法国文学中最善于表现个人主义的作家司汤达那样,他所呈现的生活愿景之所以精彩,不是因为它的智慧,而是因为它的活力。无论对一般的个人主义进行道德评价,还是对摩尔·弗兰德斯的形象进行道德评价,这种双重性都是一个绕不过去的核心问题。她的智慧是为了生存而使用的一些低级返祖手段,并不会给人留下深刻印象,但她有着道德前提的活力却给人留下十分深刻的印象,那就是一种沉默无言却又十分坚忍的毅力。对于摩尔·弗兰德斯来说,虽然她什么事情都经历过,却没有留下一点伤痕,她回忆的口吻让我们确信,无论世事如何沉浮,都不会损害她那份惬意舒适的活力。显然,我们最严重的罪行、我们最令人鄙视的道德弱点,绝不会剥夺我们对他人的喜爱,也不会剥夺我们的自尊。事实上,整部作品就是一系列变奏曲,它所表现的是个人主义向当今正统观念和过去智慧的一种永恒挑战,其中的女主人公简直就是一个毫不掩饰的帕若勒斯①,她轻蔑地断言:"只要我是我自己,我就可以活下去。"

以上所言概括了笛福小说的形式和内容对后世小说所提出的诉求。恰到好处的是,在他的小说仅仅享有准文学声誉近两个世纪之后②,这种诉求才被完全认可。在过去的几十年里,他的小说有了一种新的反响,小说及其相关的生活方式即个人主义也完成了周而复始的发展历程。

有一段时间,小说技巧变得空前复杂,笛福形式上的质朴似乎比以往任何时候都令人感到振奋。这时候就很容易看出理查逊的累赘笨拙或菲尔丁的矫揉造作,因为小说已经远远超出了解决它的形式问题的范畴。然而笛福并未参与竞争,尽管他显然无暇反思讲故事的技巧,他依然为我们生动地讲述故事。称赞一位这样的作家令人耳目一新,至少就小说形式而言,质朴自然的真实性似乎适合所有的作品,除了最高艺术形式的作品之外。因此,弗吉尼亚·伍尔夫和E. M. 福斯特为我们展示了一个20年代的笛福,一个猛烈攻击阿诺德·贝内特和高尔斯华绥③机械写作技巧的同盟军。

与此同时,在随后的几十年里,个人主义的理性基础和社会基础受到前所未有的挑战,这就为早期记录其胜利和失败的作品赋予一种讽刺性的话题。尤其是第二次世界大战,让我们更加接近笛福所描绘的个人主义图景的预言本质。加缪④将笛福《鲁滨逊漂流记》中的寓言性主张作为他自己的寓言作品《鼠疫》(*La Peste*,1948)的卷首语:"用不存在的故事来描写真实的故事,用一种囚禁的生活来描写另一种囚禁的生

---

① 帕若勒斯(Parolles)是莎士比亚喜剧《终成眷属》里面的一个人物。——译者注
② 原著脚注:See Charles E. Burch, 'British Criticism of Defoe as a Novelist, 1719—1860', *Englische Studien*, LXVIII (1932), 178 - 198.
③ 阿诺德·贝内特(Arnold Bennett,1867—1931)、高尔斯华绥(John Galsworthy,1867—1933)都是英国小说家。——译者注
④ 阿尔贝·加缪(Albert Camus,1913—1960),法国小说家、散文家和剧作家,曾获1957年诺贝尔文学奖。——译者注

第四章 小说家笛福:《摩尔·弗兰德斯》

活,两者同样可取。"与此同时,安德烈·马尔罗①写道,对那些见过监狱和集中营的人来说,只有三本书保留了它们的真实面目:《鲁滨逊漂流记》《堂吉诃德》和《白痴》。②

笛福对独立个体的专注似乎更接近当今许多作家所持有的人生观,而不是接近此前几个世纪人们所持有的人生观。有可能今天的作家在笛福作品中读到的比他意欲表现的还要多,而且现代人的异化现象比鲁滨逊·克鲁索和摩尔·弗兰德斯所经历的要更加复杂、更加情非所愿。但在笛福的意识里,无论他的小说的象征性品质是什么,可以肯定的是,在漫长的欧洲小说传统走到尽头之后,在个人主义、闲暇和无可比拟的安全感使得人际关系成为文学主题的一个社会里,笛福无疑是一个受欢迎的有影响力的人物。他之所以受欢迎,是因为他似乎很早就接受了小说的伟大启发——人际关系确实是生活的全部和生活的目的;他之所以有影响力,是因为在过去的伟大作家中,只有他才描绘出一幅幅因生计而苦苦挣扎的荒凉图景,而近代历史又恰恰将这些荒凉的图景放到了人类舞台最显著的位置上。

历史的偶然似乎对笛福青睐有加,他很幸运得到这样的善待。跟其他作家相比,他更热心于历史的偶然,因而理应得到这样的回报。这些偶然的历史事件助他迈出了小说史上决定性的一步。他盲目地、几乎毫无目地地专注于他的男女主人公的行为;他无意识地、不加反思地把他们和他自己关于这个不光彩的世界的看法糅合到一起,从而使得对许多动机和主题的表达成为可能。要是没有笛福采取的这种突击战术,经济利己主义和社会异化等动机、日常生活中表现出来的新旧价值观之间的冲突等主题,根本就不可能进入小说的传统。很少有作家能够为自己创造一个新的主题和新的文学形式来表现这种主题,而笛福却两者兼而得之。为了使他的内容看上去绝对令人信服,他只集中关注一点,因此还有很多事情他没有观察到。但他所遗漏的,也许正是他如此令人难忘而又前所未有的作品所付出的一种代价。

---

① 安德烈·马尔罗(André Malraux,1901—1976),法国小说家。——译者注
② 原著脚注:*Les Noyes de l'Altenburg* (Paris, 1948), pp. 119 - 121.

第五章　爱情和小说：《帕梅拉》

理查逊在小说传统中的重要地位主要归功于他成功地解决了笛福未能解决的形式方面的几个主要问题。其中最重要的可能就是情节，理查逊的解决方案非常简单：他的小说专注于一个行为，只写一场求爱，没有插叙情节。如此关键的文学革命居然是由如此古老的文学武器引发的，这无疑令人费解。但是在理查逊的手中，这种古老的文学武器展示出全新的力量，这就是本章要探讨的主题。

I

德·斯达尔夫人①将这样两个事实联系起来，一是古人没有小说，二是主要由于女性的社会地位低下，因而古典世界对男女之间的情感关

---

① 德·斯达尔夫人（Anne Louise Germaine de Staël-Holstein，1766—1817），法国女性小说家、随笔作者，祖籍瑞士法语区。——译者据维基百科注

第五章 爱情和小说:《帕梅拉》

系不是十分重视。① 古希腊和古罗马对我们所说的浪漫爱情知之甚少,一般的情色生活也没有得到认可,不像现代生活和文学那样对其重要性予以不断的认可和嘉奖。即使在欧里庇德斯②的作品中,性激情也被明确认为是有悖于人类常规的,虽然不完全是恶行,但肯定不是一种美德。尤其对于男人,过多地关注此事是软弱而不是强大的表现。至于拉丁文学,对此同样抱贬斥的态度,这从塞尔维厄斯③对《埃涅阿斯纪》的评论中就可以看得出来。他解释说,狄多的爱情算不上是严肃的主题,不配史诗般的高贵,但维吉尔用一种几乎是喜剧风格的处理方法解救了自己,这几乎是喜剧作家的风格:玩弄爱情的作品,不可能有惊世之作。④

两性之间的爱被认为是地球上最高的生命价值,人们普遍认为这种观点起源于 11 世纪普罗旺斯的典雅爱情⑤。从本质上讲,典雅爱情是将宗教崇拜的态度从神圣的对象转移到世俗的对象上——从圣母玛利亚转向被游吟诗人崇拜的女士。因此,就像现代个人主义一样,浪漫爱情的兴起深深扎根于基督教传统,应该成为我们社会理想的性行为模式的基础,而且也非常合适。按照维尔弗雷多·帕累托⑥的观点,西方最普遍的宗教至少是性的宗教,小说为它提供了教义和仪式,正如中世纪的浪漫主义为典雅爱情提供教义和仪式一样。⑦

然而,典雅爱情本身并不能提供小说所需要的那种连接或结构主

---

① 原著脚注:*De la littérature, considérée dans ses rapports avec lei institutions sociales*, in *Œuvres complètes* (Paris, 1820), IV, 215-217.
② 欧里庇德斯(Euripides,约前480—前406),亦译作"尤里庇底斯",希腊悲剧作家。——译者注
③ 莫鲁斯·塞尔维厄斯·奥诺拉图斯(Maurus Servius Honoratus),4世纪末5世纪初的一位语法学家,据称是他那个时代最有学问的意大利人。——译者据维基百科注
④ 原著脚注:Bk. IV, n. 1.
⑤ "典雅爱情"指11世纪末在西欧兴起的一种爱情方式。当时的游吟诗人游走于宫廷,以他们创作的诗歌赞美这种爱情,歌颂女主人的高贵和骑士的忠诚。——译者据百度百科注
⑥ 维尔弗雷多·帕累托(Vilfredo Pareto, 1848—1923),意大利经济学家、社会学家。——译者注
⑦ 原著脚注:*The Mind and Society*, trans. Livingstone (New York, 1935), II, 1129; but see translator's note 1 to p. 1396.

题，它基本上是一种闲暇幻想，旨在满足高贵女士的需求，她的社会和经济未来实际上已经由她嫁给的封建领主所决定。典雅爱情属于一个不道德的世界，属于一个社会真空，这里只有个人存在，它的外部世界被完全遗忘，在这个外部世界里，通奸将受到法律和宗教的严厉制裁。①因此，表现日常生活的各种形式的中世纪文学并不关注典雅爱情，而是将女性表现为一种肉体上贪得无厌无法满足的物种。另一方面，那些通过诗歌和散文来表现典雅爱情的传奇故事通常将女主人公表现为天使般的人物，这种理想化的女主人公通常延伸到故事的心理、背景和语言层面。不仅如此，从情节的角度来看，史诗般的贞洁与积习难改的滥交一样，容易落入相同的文学缺陷，两者都缺乏情节发展和出人意料的品质。因此，在传奇故事中，虽然典雅爱情提供了传统的故事开头和结尾，但叙事的主要兴趣仍在于骑士为赢得女士的欢心所进行的冒险，而不在于爱情关系本身的发展。

然而，渐渐地，浪漫爱情的原则开始迁就宗教、社会和心理现实，特别是婚姻和家庭。这个过程似乎在英国出现得特别早，逐渐在英国形成的新的意识形态在很大程度上解释了小说的兴起以及英国和法国传统小说的独特差异。丹尼斯·德·罗吉蒙特②在论述浪漫爱情的发展过程时写道，按照法国小说的"文学标准来判断，通奸似乎是西方人最具特色的消遣方式之一"③。然而在英国的情况并非如此，英国小说与原本具有通奸性质的典雅爱情毫不沾边，以至于乔治·摩尔④几乎有理由声称是他"发明了通奸，因为在我开始写作之前，英国小说中根本就没有这样的内容"⑤。

有迹象表明，至少早在乔叟的《富兰克林的故事》中就显示出典雅

---

① 原著脚注：See F. Carl Riedel, *Crime and Punishment in the Old French Romances* (New York, 1938), pp. 42, 101.
② 丹尼斯·德·罗吉蒙特（Denis de Rougemont, 1906—1985），瑞士作家和文化理论家，他用法语写作。——译者据维基百科注
③ 原著脚注：*L'Amour et l'Occident* (Paris, 1939), p. 2.
④ 乔治·摩尔（George Moore, 1852—1933），爱尔兰小说家。——译者注
⑤ 原著脚注：Cit. Joseph Hone, *Life of George Moore* (London, 1936), p. 373.

第五章 爱情和小说:《帕梅拉》

爱情与婚姻制度和解的迹象,在斯宾塞的《仙后》中这些迹象已经非常明显。此后,清教主义思想在斯宾塞的作品中已经十分普遍,最后终于在《失乐园》中得到了很好的表达。除了表现其他内容,《失乐园》的确是最伟大的也是唯一一部有关婚姻生活的史诗。在随后两个世纪,清教徒的婚姻和两性关系概念大体上成为盎格鲁-撒克逊社会公认的行为准则,其他地方都没有达到如此普及的程度。在这个问题上,我们必须相信弗里达·劳伦斯①的专业知识,用她的话来说,"只有英国人才有这种特殊形式的婚姻……即上帝赋予的完美婚姻……这正是清教主义的一部分"②。

理查逊在确立这个新原则的过程中发挥了重要作用。他写作的年代也是一个经历各种经济和社会变革的年代,其中一些变化是临时的、本土的,但大多数变化代表了现代英国文明和美国文明的典型特征。这些变化结合在一起,使婚姻对女性来说比以前显得更加重要,同时也更难企及。这些变化也给理查逊带来了超越浪漫作家的巨大优势,因为他无须借助任何无关紧要的复杂因素就可以反映他那个时代的现实生活,将一起私通故事扩展成一部小说,其长度远远超过笛福的任何作品的篇幅。在《帕梅拉》里,恋人关系绝对具有浪漫爱情的品质,同时能够实实在在地涉及日常生活的许多基本问题,例如社会各阶层及其不同观点之间的冲突、性本能与道德准则之间的冲突。事实上,其表现方式使得帕梅拉和B先生之间的关系可以承载文学结构的全部重量,这一点在传奇故事中是绝对不可能的。

II

只有当婚姻基本上是个人自由选择的结果时,典雅爱情的价值观才

---

① 弗里达·劳伦斯(Frieda Lawrence, 1879—1956),德国文学界人士,英国小说家劳伦斯(D. H. Lawrence)的夫人。——译者据维基百科注
② 原著脚注:'Foreword', *The First Lady Chatterley* (New York, 1944).

可能与婚姻价值观相一致。直到最近,这种选择的自由一直是人类社会历史上的例外而不是常规,对于女性而言尤其如此。因此,小说的兴起似乎与现代社会中女性获得更多的自由有关,尤其在婚姻方面,这种自由在英国比在其他地方实现得更早也更完全。

以 18 世纪的法国为例,在父母安排好婚事之前,女儿们通常不能与年轻男子见面。正如孟德斯鸠①和许多其他同时代人所指出的那样,相比之下,英国女性自由得惊人。在德国,女性的地位被认为十分低下②,玛丽·沃特利·蒙塔古夫人因此批评《查尔斯·格兰迪森爵士》说,理查逊如果对意大利限制女性权利的做法有所了解,他就不会让他的主人公和克莱门蒂娜在她父亲的房子里偷情。③

英国女性所享有的相对自由至少可以追溯到伊丽莎白时期。到了 18 世纪,在个人主义的影响下,她们某些方面的自由得到进一步加强。我们已经看到,经济个人主义倾向于削弱父母与子女之间的联系,它的传播促生了一种新兴的家庭制度,这种家庭制度从此成为大多数现代社会的标准制度。

用拉德克利夫-布朗④的术语来说,这种制度可以称作"基本"家庭⑤,或者套用杜尔凯姆的术语,就是"婚姻"家庭⑥。当然,几乎在所有国家,家庭单位都包括由丈夫、妻子及其子女组成的"基本"或"婚姻"群体,也包括由其他不太密切相关的亲属组成的整个群体。因此,使用这些术语有一种真正的定义力量,因为它表明这个基本或婚姻群体

---

① 原著脚注:*L'Esprit des lois*,Bk. XXIII,ch. 8. I am much indebted to the late Daniel Mornet for allowing me to read his notes towards a study of 'Le Mariage au 17e et 18e siècle'.

② 原著脚注:Thomas Salmon, *Critical Essay Concerning Marriage*,1724,p. 263.

③ 原著脚注:*Letters and Works*,II,285.

④ 阿尔弗雷德·拉德克利夫-布朗(A. R. Radcliffe-Brown,1881—1955),英国人类学家、结构功能论的创建者。他是第二次世界大战期间与战后英国人类学界最有影响力的人类学家。相较于马林诺夫斯基强调实证主义的功能论,拉德克利夫-布朗结合埃米尔·杜尔凯姆的社会学理论、伯特兰·罗素等人的科学哲学以及威廉·黎佛斯等人的社会组织研究,提出一套结合自然与社会科学的人类学理论。——译者据维基百科注

⑤ 原著脚注:'Introduction',*African Systems of Kinship and Marriage*,ed. Radcliffe-Brown and Forde (London,1950),pp. 4 - 5,43 - 46,60 - 63.

⑥ 原著脚注:'La Famille conjugale' *Revue philosophique*,XCI (1921),1 - 14.

第五章　爱情和小说：《帕梅拉》

本身就构成了我们社会中的家庭，它是由两个人自愿联盟而成的实体。

在这里，我们要用杜尔凯姆的"婚姻"这个术语，因为这比拉德克利夫-布朗的"基本"这个术语更具描述性，也许不那么令人反感。在许多方面，这种家庭与其他社会、其他时期的家庭不同。例如，一旦结婚，夫妻俩立即构成一个新的家庭，完全脱离甚至往往远离父母。就关乎财产或权威的血统而言，男性和女性之间没有固定的优先权。相反，双方的血统相对都不重要，而扩大的亲属关系，例如祖父母、阿姨和叔叔、表兄弟等，一般不具有强迫意义。一旦组成，婚姻家庭一般就成为一个经济和社会事务的自治单位。

这样的安排在今天看来司空见惯，可是在历史上却非常新颖，提升了婚姻选择的重要性。这种选择对女性来说尤为重要。这是因为，由于男性在经济领域的主导地位，由于资本主义带来社会、居住和职业方面的流动，这就不仅决定了女性最重要的人际关系，而且也决定了她的社会未来、经济未来乃至地理未来。因此，现代社会学家自然会把浪漫爱情视为婚姻家庭制度的必要关联物①，认为它有助于加强男女之间的内在联系，而且对于女性而言绝对有必要，因为它可以取代一个更有凝聚力、更大的家庭制度为女性所提供的安全性和连续性，也可以为独立的婚姻特别是妻子提供强有力的意识形态方面的支持。

很难说清楚在18世纪早期的英国，这样的婚姻家庭结构确立得有多完善、有多广泛，因为很难获取这方面的系统化信息。很有可能17世纪最为普遍的家庭模式是传统的父权制家庭。在格雷戈里·金的作品里，在莎士比亚的作品里，正如现代术语所解释的那样，这种意义上的家庭指的是一个完整的大家室，通常包括祖父母、堂兄弟甚至远亲以及仆人和其他雇员等。从更加宽泛的意义上来说，家庭是家长控制下的法律、宗教和经济基本单位。例如，在经济事务中，大部分食品和衣服是在家里制造的，甚至为市场提供的商品主要是由家庭产业生产的。这样

---

① 原著脚注：See Talcott Parsons, 'The Kinship System of the United States', *Essays in Sociological Theory Pure and Applied* (Glencoe, 1949), p. 241.

一来，最重要的是整个家庭组织的收入有多少，而不是个人的现金工资是多少。

由此看来，父权制家庭在经济上阻碍了个人主义的发展。也许因为如此，婚姻家庭制度才在个人主义和新教主义盛行的社会中广泛兴起。就其实质而言，它实际上属于城市中产阶级。

父权制家庭和家庭产业开始转型的最早象征之一是詹姆士一世反对"家政"衰败的呐喊①，人们当时将这种衰败归咎于贸易阶层和商业阶层在力量和数量上的崛起。人们普遍认为，社会的这一组成部分在英国内战②中首次显示了它的力量。更为重要的是，站在保皇党一边的大理论家罗伯特·菲尔默爵士③在他1680年发表的遗作《父权制》一书中指出，至少对于他来说，新的政治和社会运动所挑战的正是历史悠久的社会和宗教的基础、父亲在家庭的权威——这是各种权威和秩序的象征。④ 同样重要的是，辉格党⑤的个人主义哲学家洛克反对一切形式的家长主义，包括父权制家庭的某些方面。基于他的政治经济理论，他认为家庭主要是一个世俗的合同制度，它的存在是为了发挥其理性功能，抚养孩子，直到他们成人后自己也能这么做。一旦孩子们长大成人，他相信这种"隶属关系"应该"完全消失，让男人去自由地安排自己的生活"。⑥ 因此，从一个重要方面来看，洛克是一位婚姻家庭的理论家。

然而总的来说，18世纪早期的家庭画像仍然是一幅缓慢而混乱的

---

① 原著脚注：See L. C. Knights, *Drama and Society in the Age of Jonson* (London, 1937), pp. 112 - 117.

② 英国内战是指1642年至1651年发生在英国议会派与保皇派之间的一系列武装冲突及政治斗争。辉格派历史学家称之为清教徒革命（Puritan Revolution）。——译者据维基百科注

③ 罗伯特·菲尔默爵士（Sir Robert Filmer, 1588—1653），英国政治理论家，捍卫国王的神圣权利，是《父权制》（*Patriarcha*）的作者。——译者据维基百科注

④ 原著脚注：See T. P. R. Laslett's Introduction to Filmer's *Patriarcha* (Oxford, 1949), especially pp. 24 - 28, 38 - 41; I also owe much to personal discussions with him on these issues.

⑤ 辉格党，英国历史上与托利党相对立的政党，它代表的是英国工商业资产阶级的利益。——译者注

⑥ 原著脚注：*Two Treatises of Government*, (1690), 'Essay concerning Civil Government', sect. 55.

第五章 爱情和小说:《帕梅拉》

过渡阶段的画像。这自然是笛福和理查逊的作品给我们的启示。作为伦敦中产阶级,他们无疑属于他们所处的社会环境,而这样的过渡期在当时也可能是最先进的时期。就父亲的权威和作为道德以及宗教实体的家庭的重要性而言,他们无疑坚定地站在传统的一边。可是另一方面,他们的小说似乎又在主张一种不受家庭羁绊的个人自由。

不过由于种种原因,这种自由对于笛福和理查逊笔下的女主角来说很难实现。

首先,18世纪女性的法律地位在很大程度上受到罗马法典中父权制概念的支配。家庭唯一具有自主权的人是家长,他是一个法律实体,通常由父亲担当。例如,女性结婚后,她的财产就变成她丈夫的绝对财产,尽管在拟定婚姻条款时依照惯例会为她安排丈夫死后她应该继承的那部分遗产;孩子们在法律上是丈夫的;只有丈夫可以起诉离婚;丈夫有权惩罚、殴打或监禁妻子。

确实,当时的人认为女性的这种法律地位并未体现女性的实际情况。1729年版的《大英帝国纪事》中承认,已婚女性"所拥有的全部可移动物品……完全被控制",该书继续说,"尽管如此,她们的状况事实上是世界上最好的"。[①] 然而,法律地位当然强调女性需要建立合适的婚姻,从而确保"事实上的条件",而不是仅仅表达其卑微的法律地位。

父权制控制下的已婚女性,其法律状况不可能使她们实现经济个人主义目标。这个事实非常清楚地表明,父权制和个人主义态度之间是对立的。正如我们所预料的那样,笛福非常清楚地看到了这方面的问题,因此他才戏剧化地表现那些因在道德上绝望而采取权宜之计的人所面临的严重问题,如罗克萨娜被迫采取这种权宜之计来克服女性的法律劣势。作为一个"女商人",她意识到金钱与婚姻不可能兼而有之,因为"婚姻契约的本质无非是……把自由、财产、权威和一切拱手让给男人,从那以后,女人只是一个女人,也就是说,她只是一个奴隶"。所以她拒绝结婚,哪怕是和一个贵族结婚,因为"只要我拥有财产,没有那个

---

① 原著脚注:p. 174.

头衔也罢。只要我一年有2 000英镑的收入，要比我做一个贵族阶层的囚犯要幸福得多，我就不认为那个阶层的贵妇人能比我好到哪里去"。①事实上，笛福对经济如此有热情，以至于他差点证明，只要她有了对银行和投资方面的知识，罗克萨娜那种无畏羞耻的本事可以发展成当时女性所能从事的最赚钱的职业。

然而，对于那些不会将罗克萨娜的独特品格组合在一起的人来说，若要在18世纪的时候在婚姻之外实现经济上的独立会愈加困难。家庭产业的衰退对女性非常不利，劳动力市场上出现大量过剩女性劳动者，这导致她们的工资降低到每周二先令六便士左右，大约是男性平均工资的四分之一。②

与此同时，女性要找个丈夫变得难上加难，除非她能给丈夫带来一份嫁妆。大量证据表明，婚姻在18世纪的时候变得比以前更加商业化，譬如在刊登婚姻市场信息的报纸上，一些广告要么提供、要么要求特定的嫁妆和寡妇所得的遗产，而年轻姑娘们则被迫以经济利益为基础缔结明显不般配的婚姻。例如，德拉尼夫人③在17岁时与一位年近60岁的男子结婚，斯特恩心爱的伊丽莎年仅14岁就成了一个中年男人的妻子。威廉·坦普爵士④在17世纪末写道，包办婚姻的习俗"就像其他常见的讨价还价和买卖一样，仅仅考虑利益或收益，丝毫没有爱或尊重可言"，这绝不是"远古时代的事情"。⑤事实上，经济因素在包办婚姻中一直很重要，但是由于旧的家庭制度受到来自经济个人主义思潮的压

---

① 原著脚注：*Roxana*, ed. Aitken (London, 1902), I, 167 - 168, 58, 189.

② 原著脚注：Alice Clark, *Working Life of Women in the Seventeenth Century* (London, 1919), pp. 235, 296.

③ 玛丽·德拉尼夫人（Mrs. Mary Delany, 1700—1788），18世纪著名的英国水彩画家和刺绣家，与乔治三世和卡罗琳王后、格奥尔格·弗里德里希·亨德尔、乔纳森·斯威夫特、埃德蒙·伯克、约翰·韦斯利、大卫·加里克、切斯特菲尔特勋爵、威廉·贺加斯关系良好。——译者据维基百科注

④ 威廉·坦普爵士（Sir William Temple, 1628—1699），英国政治家和散文家。——译者注

⑤ 原著脚注：*Works*, 1770, I, 268. See also *Tatler*, No. 199 (1710), and H. J. Habakkuk, 'Marriage Settlements in the Eighteenth Century', *Transactions of the Royal Historical Society*, 4th ser., XXXII (1950), 15 - 30.

第五章　爱情和小说：《帕梅拉》

力，所以很可能家长在行使传统权力时较少考虑非物质因素。

在更低的社会层面，也有充分的证据可以用来支持摩尔·弗兰德斯的观点，即婚姻市场已经"对我们女性很不利"①。贫穷女性的日子有多么艰难，从有人出售妻子这样的戏剧性情节中就看得出来：从六便士到三个半几尼不等②，明码标价。女性的艰难日子还可以从日益增长的非法关系中看出来，因为越来越多的男性奉行班扬笔下的班德曼先生（Mr. Badman）的人生哲学："一便士就能买一夸脱的牛奶，谁还自己养奶牛啊?"③ 不当关系增长如此猛烈，以至于解决非婚生子女的生活供给成了那些从事贫困救助的人员最头疼的问题之一。④ 经济原因导致越来越多的男性推迟结婚，女性也因此受到严重影响。例如，在笛福的《英国商人大全》中，就极力推崇自己的格言："未成功勿成婚。"⑤ 这种态度产生了相当大的影响，以至于基督教知识传播协会不得不反对这种趋势，因为它鼓励不道德的性关系。⑥

女仆的境况尤其令人担忧。确实有一些辉煌成功的案例，不过没有一个人像帕梅拉那样有完美的结局，一般家庭佣人的命运远非那么幸福，她们通常不得不一直跟着她们的雇主，直到 21 岁或者结婚为止，许多雇主在任何情况下都禁止他们的仆人结婚。⑦ 事实上，据说伦敦 1760 年有 25 000 名女仆，其中 10 000 人未婚。⑧ 帕梅拉成年后摆脱奴役的唯一机会也许就是和她的雇主结婚，她也确实这么做了。顺便说一句，这位雇主的婚姻是个人选择的最高行为，他将他的家庭和阶层所奉行的传统一笔勾销。

---

① 原著脚注：I, 65.
② 原著脚注：J. H. Whiteley, *Wesley's England* (London, 1938), p. 300.
③ 原著脚注：Everyman Edition, p. 279.
④ 原著脚注：See Marshall, *English Poor*, pp. 207 – 224.
⑤ 原著脚注：Ch. 12.
⑥ 原著脚注：See Lowther Clarke, *Eighteenth Century Piety* (London, 1944), p 16.
⑦ 原著脚注：See David Hume, 'On the Populousness of Ancient Nations', *Essays and Treatises* (Edinburgh, 1817), I, 381.
⑧ 原著脚注：John H. Hutchins, *Jonas Hanway* (London, 1940), p. 150.

III

在所有人口中，究竟有多大比例的人受到婚姻危机的影响，这一点显然很难说清楚。不过就我们的目的而言，只须知道这事极大地引起越来越多公众的关注就足够了。无论统计学家是否能够证实这一点，许多人确实认为情况相当严重，要求采取严厉措施的呼声也越来越高。

最清楚地揭示这种危机广泛影响到公众态度的是未婚女性地位的变化。"老姑娘"即便不是令人讨厌也是滑稽可笑的一类人，这种认识似乎在17世纪晚期已经形成。1673年，理查德·阿勒斯特里①在《女士的呼声》中写道："老姑娘现在被认为是一种诅咒，诗歌中的复仇女神也无法望其项背……（简直是）自然界最具灾难性的一类生物。"② 后来笛福也多次谈到"这类叫作老姑娘的可悲生物"③，而18世纪文学作品中这类文学讽刺形象不胜枚举，从斯蒂尔《温存的丈夫》(*The Tender Husband*, 1705) 中的女主人蒂普金（Mistress Tipkin）到菲尔丁《汤姆·琼斯》中的布里奇特·奥尔沃西（Bridget Allworthy），再到斯摩莱特《汉弗莱·克林克尔探险记》(*Humphrey Clinker*) 中的塔比莎·布兰布尔（Tabitha Bramble），等等。顺便说一句，"斑猫"显然是一个辱骂老姑娘的类名词，后来才用来指一种低等的猫。④

未婚女性地位下降的主要原因可以从"spinster"（老处女）这个单词当中找到答案。《牛津英语词典》1719年记录了这个单词的首次用法，它的意思是"一个超过普通结婚年龄的未婚女性"，曾出现在一份

---

① 理查德·阿勒斯特里（Richard Allestree, 1619—1681），英国保皇党教士和伊顿公学教务长。——译者注

② 原著脚注：Cit. Myra Reynolds, *The Learned Lady in England*, 1650—1760 (Boston, 1920), p. 318.

③ 原著脚注：See Lee, *Defoe*, II, 115-117, 143-144; III, 125-128, 323-325.

④ 原著脚注：See R. P. Utter and G. B. Needham, *Pamela's Daughters* (London, 1937), p. 217. I am much indebted to this work, and to G. B. Needham's doctoral dissertation, 'The Old Maid in the Life and Fiction of Eighteenth-Century England', Berkeley, 1938.

第五章 爱情和小说:《帕梅拉》

名为《老处女》(*The Spinster*) 的报纸的创刊号上。在这期报纸上,斯蒂尔以雷切尔·伍尔帕克(Rachel Woolpack)的笔名回忆道,这个词原本不是贬义的,而是指令人称赞的"女性制造行业"。然而到了18世纪,未婚女性不再是家庭经济的宝贵力量,因为纺纱、织布和其他经济任务对她们的劳动力需求日益减少,这使得许多未婚女性面临尴尬的选择:她们要么从事非常低薪的工作,要么成为依赖家属的剩余劳动力。

对于出身高贵的人而言,唯一能够选择的只有第二种,因为正如理查逊的朋友、同时受菲尔丁接济的简·科利尔[①]所说的那样:"年轻男子有很多办法……可以过上上流社会的生活,但是对于一个女孩,我所知道的任何一种供养方法,在世人眼里都将她置于贵妇人的行列之外。"[②] 的确,有一些未婚女性可以成功地走上文学道路,像伊丽莎白·卡特小姐[③] [威廉·海利[④]曾把他的《关于老姑娘的哲学、历史和道德论文》(1785)一书题赠给她],甚至还有比她晚一代的简·奥斯汀。继她们之后,还有许多不很著名的老处女为流通图书馆撰写小说。但整整一个世纪没有记录哪个女人完全靠写作维持生计,无论如何,只有极少数人适合以著书立说为生。

人们普遍认为,当时的当务之急是为女修道院找到替代物。在16至17世纪的宗教改革运动关闭修道院之前,女修道院一直为女性提供避风港和职业,在天主教国家依然为她们提供保障服务。在玛丽·阿斯特尔[⑤]的《给女士们的中肯建议》(*A Serious Proposal to the Ladies*,1694)中,她曾敦促建立"修道院或宗教隐居所";笛福在他的《论计

---

① 简·科利尔(Jane Collier,1714—1755),英国小说家,因其著作《论巧妙折磨的艺术》(*Essay on the Art of Ingeniously Tormenting*,1753 年)而闻名,她还与萨拉·菲尔丁(Sarah Fielding)合作完成了她唯一幸存的作品《呐喊》(*The Cry*,1754)。——译者据维基百科注

② 原著脚注:*Essay on the Art of Ingeniously Tormenting*,1753,p. 38.

③ 伊丽莎白·卡特(Elizabeth Carter,1717—1806),英国诗人、作家、翻译家和语言学家。——译者注

④ 威廉·海利(William Hayley,1745—1820),英国作家,因撰写威廉·考珀(William Cowper)传记而著称。——译者注

⑤ 玛丽·阿斯特尔(Mary Astell,1666—1731),英国哲学家、作家和修辞学家。她倡导为妇女提供平等的教育机会,因此赢得了"第一位英国女权主义者"的称号。——译者据维基百科注

划》(*Essay upon Projects*，1697) 中提出过类似的想法；1739 年，《绅士杂志》非常明确地提出一种"新方法，让女性跟男性一样有用，一样自力更生，这样她们就不会成为老处女，也不至于误入歧途"。① 理查逊内心也有这样的想法：克拉丽莎因为不能在修道院避难而心存遗憾②；而查尔斯·格兰迪森爵士则强烈主张修建"新教修道院"，让"许多年轻女性汇聚各自的一点财产，这样她们就……可以凭借自己的收入过上上流社会的生活，因为每个个体独自一人时都会有烦恼"③。值得一提的是，玛丽·沃特利·蒙塔古夫人认为，格兰迪森爵士的这个提议是书中唯一值得称道之处。④

然而，这些计划都未能付诸实施，因此未婚女性悲惨的依附地位依然如此。值得注意的是，这个时期许多文人的周围聚集了一大批老处女，例如斯威夫特、蒲柏、理查逊、菲尔丁、约翰逊、霍拉斯·沃波尔⑤等。跟早些时候不同的是，许多老处女是完全或部分需要接济的人，她们不是出生于一个大家庭，也不是在经济方面对家庭有所贡献的成员，而是接受个人赈济的人。

未婚男子不像老处女那样容易激发人们的同情心，不过他们的人数也越来越多，被普遍认为是一种社会不幸和道德危机。在 17 世纪末，政治经济学家如佩蒂 (Petty)、达文南特 (Davenant)、格鲁 (Grew) 等人认为，对单身汉应该比已婚男子课以更高的税金。佩蒂就认为，无论是谁，拒绝生育的人都应该"补偿国家，因为他们没有为国家增添劳动力"⑥。在道德方面，人们对于单身汉也持强烈的反对意见，尤其是在清教徒中间，新英格兰就不允许独身者单独居住。⑦ 理查逊在他的小

---

① 原著脚注：Cit. *Pamela's Daughters*, p. 229.
② 原著脚注：*Clarissa*, Everyman Edition，I, 62.
③ 原著脚注：*Grandison* (London, 1812)，IV, 155.
④ 原著脚注：*Letters and Works*，II, 291.
⑤ 霍拉斯·沃波尔 (Horace Walpole, 1717—1797)，英国艺术史学家、文学家，辉格党政治家。——译者注
⑥ 原著脚注：See E. A. J. Johnson, *Predecessors of Adam Smith* (London, 1937), p. 253.
⑦ 原著脚注：Edmund S. Morgan, *The Puritan Family* (Boston, 1944), p. 86.

第五章 爱情和小说：《帕梅拉》

说中也对单身汉持怀疑态度，尽管他主要关注的不是单身汉的道德问题，而是他们潜在的配偶的权利，正如哈丽雅特·拜伦①所悲叹的那样："英国现在的单身汉比几年前多出成千上万，而且他们（当然还有单身女性）的数量每年都在增加。"②

拜伦小姐的惊恐也许不无根据。这一时期文人中单身汉的比例确实很高，例如蒲柏、斯威夫特、艾萨克·瓦茨、詹姆斯·汤姆森、霍拉斯·沃波尔、申斯通、休谟、格雷和考珀等都是未婚人士。当时有一首题为《单身汉独白》（*The Bachelor's Soliloquy*，1744）的滑稽诗，可以说是对前所未有的时代性话题的一种关注，它的开头一行便是："结婚或不结婚，这是个问题。"

理查逊的解决方案显然就是格兰迪森那种直截了当的办法："我赞成每个人都结婚。"③ 事实上，即使所有男子都同意结婚，女性所面临的问题仍然相当严峻，因为1801年的人口普查④显示，英国特别是伦敦的女性大量过剩，很可能整个世纪都是如此，这的确是公众一致的看法。⑤ 因此，唯一的解决办法就是实行一夫多妻制，或者用18世纪通用的术语来说，就是实行多配偶制。当时的人对这一话题确实很感兴趣，这个事实表明，人们认为婚姻危机不仅普遍存在，而且十分严重。

在这里，我们并不关心一夫多妻制那些富有争议的细节，因为除了托马斯·阿莫里⑥的《约翰·本克尔传》（*John Buncle*，1756）这类小说，并不能说多妻制是英国小说中的普遍现象。⑦ 在阿莫里的这部小说

---

① 哈丽雅特·拜伦（Harriet Byron，1798—1888），美国慈善家，被称为"格林维尔之母"（Mother of Greenville）。——译者据维基百科注

② 原著脚注：*Grandison*，II，11.

③ 原著脚注：*Grandison*，II，330.

④ 原著脚注：J. B. Botsford, *English Society in the Eighteenth Century*... (New York, 1924), p. 280.

⑤ 原著脚注：See Goldsmith, 'Essay on Female Warriors' (*Miscellaneous Works*, ed. Prior, New York, 1857, I, 254).

⑥ 托马斯·阿莫里（Thomas Amory，1691—1788），爱尔兰血统作家，1756年出版《约翰·本克尔传》（*John Buncle*）。——译者据维基百科注

⑦ 原著脚注：Although see A. O. Aldridge, 'Polygamy in Early Fiction...', PMLA, LXV (1950), 464-472.

中,那种貌似体面的异类婚姻描写的是旧爱如何被匆匆送入坟墓,好迎接新爱登场。简言之,一夫多妻制的合法性在 17 世纪受到一些极端新教反对者的非议,同时也引起自然神论者①和政治经济学家的关注。前者攻击正统的基督教婚姻观,指出一夫多妻制符合摩西律法的观点;后者包括艾萨克·沃斯②、大卫·休谟等③,他们把一夫多妻制看成是遏制人口减少的可能方案,他们(相当错误地)假定,由于独身者日益增多,人口减少可能会威胁到整个社会。④

当然,正统的基督徒和道德主义者猛烈攻击提倡一夫多妻制的人。例如,理查逊的朋友帕特里克·德拉尼博士(Dr. Patrick Delany)写过一篇题为《论一夫多妻制》(*Reflections upon Polygamy*)的论文,他那略显歇斯底里的语气透着一种深深的惊恐。他担心虽然"一夫多妻制目前确实被废除了……但是很难断定这种情况能维持多久,因为夫妻不忠和放纵行为在不断增多"⑤。他的这本书是理查逊于 1737 年印刷的,可能为《帕梅拉》第二部分提供了讨论一夫多妻制的素材,B 先生恰如其分地利用了那些放荡的自然神论者的论点,尽管他的新娘最终让他放弃了"那个愚蠢的话题"。⑥ 不过,洛弗莱斯(Lovelace)继续沿袭 B 先生的邪恶想法,提出一种巧妙而有特色的变通办法——由议会制定法案,规定婚姻期限为一年。他辩称,这种做法能够阻止一夫多妻制成为人们"渴求"的事情,可望结束"郁闷或抑郁症"的流行,确保在英国及其所有领土上不再剩余一个"老姑娘"。⑦

因此,有各种各样的证据支持这样的观点,即向个人主义社会和经

---

① 原著脚注:See A. O. Aldridge, 'Polygamy and Deism', JEGP, XLVIII (1949), 343 - 360.
② 艾萨克·沃斯(Isaak Vossius 或 Isaac Voss, 1618—1689),荷兰学者、手稿收藏家。——译者据维基百科注
③ 原著脚注:See, for example, David Hume's essay 'Of Polygamy and Divorces'.
④ 原著脚注:See James Bonar, *Theories of Population from Raleigh to Arthur Young* (New York, 1931), p. 77.
⑤ 原著脚注:2nd ed., 1739, p. viii.
⑥ 原著脚注:Everyman Edition, II, 296 - 339.
⑦ 原著脚注:*Clarissa*, III, 180 - 184.

第五章 爱情和小说:《帕梅拉》

济秩序的过渡给婚姻造成了危机,这对女性尤其不利。她们的未来更是完全依赖于她们能否结婚以及她们将缔结什么样的婚姻,而与此同时,她们找对象的难度也越来越大。

这个问题的尖锐性无疑解释了《帕梅拉》在当时获得巨大成功的原因。正如我们所看到的那样,女仆构成了阅读大众中相当重要的一部分。对她们而言,结婚是一件尤其困难的事。因此毫无疑问,玛丽·沃特利·蒙塔古夫人认为,帕梅拉在婚姻方面取得的胜利使她"成了天底下所有女佣的一大乐事"①。更为普遍的是,理查逊的女主角可能象征着阅读大众中所有女性的愿望,她们都遭遇到上述困难的困扰。不仅如此,由于经济个人主义和婚姻家庭的共同作用,此后类似困难已经成为现代社会的普遍现象。这似乎可以解释为什么自《帕梅拉》以来,绝大多数小说不仅延续了《帕梅拉》的基本模式,而且浓墨重彩地写求爱过程。

事实上,《帕梅拉》在一个很重要的方面背离了常规模式:即使我们排斥理查逊不明智的拖沓写法,他的叙事并未随着婚姻的结束而终止,而是按照他视为典范的婚姻规范,继续用差不多两百页的篇幅来表现婚礼仪式的每一个细节及其所形成的婚姻模式。如此强调这一点对我们来说很奇怪,而且也暗示小说在形式上缺乏合理的结构比例。实际上,这也许很好地指明了理查逊的真实意图:1740年,在中产阶级的婚姻观念还没有完全建立起来之际,理查逊一定会觉得,既然他的目标是为男女关系制定一种新的行为模式,那他就必然关注那些我们认为是理所当然的细节问题。然而在他写作的那个时代,人们尚未对此形成一致的看法。

理查逊认真地为婚姻重下的定义在法律领域也能够找到相应的历史观点。1753年,由哈德威克大法官(Hardwick, the Lord Chancellor)颁布的《婚姻法案》(Marriage Bill)为现代婚姻奠定了法律基础,用一位维多利亚时代历史学家的话来说,它为改善"英格兰人民的夫妻关系"做出了很大贡献。②《婚姻法案》的主要目的是要澄清关于构成合

---

① 原著脚注:*Letters and Works*, II, 200.
② 原著脚注:Charles Knight, *Popular History of England* (London, 1856—1862), VI, 194.

法婚姻要素的混乱认识。为了达到这个目的，它还用毫不含糊的言辞规定，除非在某些特定的非常特殊的情况下，一桩有效婚姻只能在教区教堂里由一位英国国教牧师主持完成，并且要连续三个星期日当众宣读结婚公告，同时还必须持有官方颁发的证书。①

这种做法已经普遍存在，但由于法律依然有效，双方口头同意的婚姻也是合法的。更为重要的是，经一位被授神职的牧师主持的秘密婚姻也属合法。这样就出现了许多秘密婚姻，特别是那些在弗利特监狱②周围由身份可疑的神职人员主持完成的婚姻，还有其他各种婚姻乱象，例如王政复辟时期喜剧里所描绘的那些假结婚仪式，以及 B 先生试图用假结婚来哄骗帕梅拉的那种假婚礼。③

《婚姻法案》引起了托利党人的强烈反对，理由是民事机构在这件事情上没有机会行使权力，而且由于神职人员现在只是作为国家的代理人在主持婚礼，因而辉格派的做法无疑是对正统、神圣的婚姻观的一种颠覆。④ 事实上，虽然这一点并不是该法案最重要的意图，因为它实际上是法律需要和普通宗教实践之间的一种妥协，但这项举措确实有助于改变菲尔默传统和宗教意义上的家庭观念：因为它使婚姻成为个人之间的民事契约，从而融入了洛克家庭观的本质特征。顺便提一下，洛克与清教徒都赞同这个观点⑤，18 世纪清教徒的继承者，即非国教者，也支持这个法案，哪怕这意味着他们必须在圣公会教堂举行婚礼。⑥

当时，人们对婚礼的排场和张扬有相当多的批评。例如，戈德史密

---

① 原著脚注：See Philip C. Yorke, *Life and Correspondence of Philip Yorke*, *Earl of Hardwick* (Chicago, 1913), II, 58 ff., 72 ff., 134 ff., 418 ff., 469 ff.

② 弗利特监狱（Fleet Prison），亦称舰队监狱，是一座伦敦监狱，位于舰队河一侧。该监狱建于 1197 年，经过多次重建，一直使用到 1844 年，于 1846 年被拆除。——译者据维基百科注

③ 原著脚注：See Alan D. McKillop, 'The Mock-Marriage Device in Pamela', PQ, XXVI (1947), 285-288.

④ 原著脚注：See M. M. Merrick, *Marriage a Divine Institution*, 1754, and references given in notes 57, 60, 62.

⑤ 原著脚注：Chilton Latham Powell, *English Domestic Relations*, 1487—1653 (New York, 1917), pp. 44-51.

⑥ 原著脚注：See Cobbett, *Parliamentary History* (London, 1803), XV, 24-31.

第五章　爱情和小说：《帕梅拉》

斯以及他的《婚姻条例》(1754)中的人物谢比尔（Shebbeare）就持这种批评观点。① 《婚姻条例》肯定是由这部婚姻法案催生的第一部小说作品，霍拉斯·沃波尔就抱怨说，"每一对斯特瑞芬和克洛伊②……都会像缔结和平条约那样经历重重障碍和种种手续"③。

然而，用理查逊的朋友托马斯·罗宾逊爵士（Sir Thomas Robinson）的话来说，这项法案其实是"每个善良的人都期盼已久的东西"④，因为它用法律术语表达了一种对于契约协议的深思熟虑的姿态。在《帕梅拉》里面，理查逊赋予这种契约以婚姻的地位，他的女主角坚持公开举行一场婚礼。⑤ 就在《婚姻法案》最终成为法律的同一年，《查尔斯·格兰迪森爵士》也跟读者见面了，它的主人公强烈支持这种观点，即"室内婚姻"既不"体面"也不"神圣"，他宣称他会自豪地在"一万名见证人"眼前"牵起"他妻子的手。⑥ 可事实上，他在教堂婚礼上面对的人数远没有那么多。确实，理查逊在他的小说中坚持认为婚姻应该有恰当的礼仪，以至于玛丽·沃特利·蒙塔古夫人不无讽刺地指出，作者一定是"某个教区的助理牧师，他的主要收入来自婚礼和洗礼"⑦。

IV

前面已经提到，《帕梅拉》的成功在很大程度上归功于它激发了女

---

① 原著脚注：*Citizen of the World*，Letters 72，114.
② 斯特瑞芬（Strephon）和克洛伊（Chloe）是传奇故事和田园诗中的人物，泛指才子佳人或恋人。乔纳森·斯威夫特（Jonathan Swift）1734年的一首诗即为《斯特瑞芬和克洛伊》(*Strephon and Chloe*)。——译者据维基百科注
③ 原著脚注：*Letters*，ed. Toynbee，III，160（May 24，1753）.
④ 原著脚注：From a letter to Hardwick，June 6，1753（B. M. Add. MSS. 35592，ff. 65 - 66）. For Robinson's relations with Richardson，see Austin Dobson，*Samuel Richardson*（London，1902），p. 170.
⑤ 原著脚注：Everyman Edition，I，253.
⑥ 原著脚注：VI，307 - 308，354 - 365.
⑦ 原著脚注：*Letters and Works*，II，289.

性读者的兴趣。在继续论述之前,或许有必要简要思考一下人们持这种看法的依据:不仅女性在小说读者大众中占有相当大的比例,使得《帕梅拉》能够大获成功,而且理查逊本人也能够把她们独特的文学兴趣表达出来。

我们已经看到,许多女性,特别是那些生活在城镇、过着中等生活的女性,比以前有更多的闲暇时间,她们将大量的闲暇用于文学和其他文化追求。此外,书商和作家也日益增多,千方百计满足女性读者的特殊需求,这种趋势也很能说明问题。约翰·邓顿(John Dunton)于1693年创办了第一份面向女性读者的期刊《女性信使》(Ladies' Mercury)。这方面还有许多其他类似的尝试,例如创刊于1709年的《女性闲话》(The Female Tatler)以及伊丽莎·海伍德(Eliza Haywood)于1744年创办的《女性旁观者》(Female Spectator)等。艾迪森也表示要取悦女士,斯蒂尔于1714年编写了《女子图书馆》(The Ladies' Library),旨在为她们提供有启发性的作品,使她们不至于像人们常常认为的那样把时间荒废在无聊轻佻的东西上面。

人们一直认为大多数女性只读传奇故事和小说,这不大可能,其中许多人肯定也读宗教文学。不过至少就非宗教性阅读而言,有可能由于教育水平较低,她们中间大多数人无法阅读古典学术文献,因此就会花许多闲暇时间阅读手头可以得到的比较轻松的作品。事实上,"读小说的女孩"成为那个世纪早期既定的喜剧类型①,例如斯蒂尔的《温存的丈夫》里面的毕蒂·蒂普金斯。这的确说明小说是年轻女孩的主要读物,不过更有可能毕蒂·蒂普金斯是一个极端的例子,而大多数女性既读小说也读更严肃的作品。这种阅读趣味的混合状态可以从其中的一个社会层面看得出来:沙米拉的藏书就包括了各类宗教书籍,例如《人的全部义务》(The Whole Duty of Man),还有《修道院的维纳斯或穿罩衫的修女》(Venus in the Cloister; or the Nun in Her Smock)等粗俗小说。②也有较高社会阶层女性代表的类型,例如,在威廉·劳(Wil-

---

① 原著脚注:See Reynolds, Learned Lady, pp. 400 – 419.
② 原著脚注:Letter 12.

第五章 爱情和小说:《帕梅拉》

liam Law)的作品《对虔诚圣洁生活的庄严呼唤》(*A Serious Call to a Devout and Holy Life*,1729)中,玛蒂尔达和弗莱维亚(Matilda and Flavia)这两位女性的书架上既有虔诚书籍又有智慧作品;理查逊自己圈子里的许多女性也都兼具这样的品位。因此,很有可能《帕梅拉》成功的原因之一就是它使读者能够同时在同一作品中享受到虚构小说和宗教文学的魅力。

我们很难确定理查逊在女性文学品位中是不是有意利用这两种元素。从他关于自己作品的信件来看,他确实十分并且超乎寻常地在意公众的反应。切尼对《帕梅拉》里面的"宠爱和殷勤"描写颇有微词,理查逊的答复似乎涵盖了我们眼下要讨论的问题:"如果我过于神圣化,我怀疑除了老奶奶,我一个读者也没有,因为孙女们会把我笔下的女孩置于更好的伙伴当中,比如像那些更加严肃的作家笔下的那些女孩,让她与她们为伍,然后弃之而去。"① 另一方面,也没有必要假设,理查逊在小说中之所以对女性问题表现出浓厚兴趣,是因为他想迎合女性的品位,因为根据我们对他的个性和生活方式的了解,他自己在相当大的程度上也具有这样的品位。

在女性社交圈里,他总是最幸福的,他和他的朋友"好人赫伯登博士"有过三次单调乏味的会面,之后他向海莫尔小姐私下透露说,他相信"没有聪明女性的陪伴,人就毫无长进也毫无乐趣"。② 他很为自己作品中"赞美女性"的"倾向"而自豪,也因为备受异性的尊敬而骄傲。"没有哪个人,"他写道,"像我那样受到异性美丽心灵的敬重。"③ 的确,他的信函中有很多地方表明他对异性有一种深刻的个性认同,远远超出了社会偏好或修养默契。的确,正因为这个原因,他害怕老鼠,或者他至少向未来的查普恩夫人(Mrs. Chapone)承认,他"对这种动物有一种天生的反感"④。

---

① 原著脚注:Cit. McKillop, *Richardson*, p. 62.
② 原著脚注:*Letter* 12.
③ 原著脚注:*Correspondence*, IV, 233; V, 265.
④ 原著脚注:Cit. C. L. Thomson, *Samuel Richardson* (London, 1900), p. 93.

《帕梅拉》中精心描写的家庭生活细节就能反映出理查逊对于女性观点的认同。许多当代读者显然不喜欢小说中"大量琐碎事件",一个咖啡馆里的绅士挖苦说,"作者竟然没有告诉我们帕梅拉动身前往林肯郡时她身上有多少枚针,或者她花一便士可以买到多少枚这样的针"。①菲尔丁戏仿理查逊在服装方面对细枝末节的详尽描述,他让沙米拉在离开布比乡绅(Squire Booby)时包好"一只木屐,几乎又包了一只"。②然而,尽管男性读者嘲笑他,很多女性读者却毫无疑问很享受这些细节描写。例如,杜·德芳侯爵夫人(Madame Du Deffand)特别欣赏"所有的家庭生活细节"③,就因为这些细节,她更喜欢理查逊的小说,而不喜欢法国传奇故事。

　　理查逊的女性读者对家庭生活细节的趣味可能对日常现实的叙事风格产生了积极贡献。例如,传奇故事的女主角常常外出旅行,但在帕梅拉之前,从没有人如此真实地面对各种困惑,因为她不得不准备适合旅行的全部行装。然而在另一方面,理查逊与女性观点如此接近,这使他远远背离了人的正常生活轨道。帕梅拉与经济条件和社会地位都高出她的人结婚,这是女性前所未有的胜利。尽管B先生以优雅的姿态接受了他的命运,但是绝不能说婚姻为他带来同样的满足感。事实上,情节进展的方向极大地迎合了一种性别读者的想象力,却严重限制了另一种性别读者的想象力。

　　在这方面,《帕梅拉》也开启了小说传统中一种相当持久的特征:主人公的婚姻通常会提升新娘的社会和经济地位,却不会提升新郎的社会和经济地位。女性嫁给社会地位高于自己的对象虽然不是现代社会的惯例,却是小说中相当常见的惯例,其根本原因无疑是女性在小说阅读大众中所占的数量优势,而婚姻神话中至关重要的细节则是这一优势的一种直接反映。

---

① 原著脚注:Cit. McKillop, *Richardson*, p. 67.
② 原著脚注:*Letter* 12.
③ 原著脚注:Cit. McKillop, p. 277.

第五章　爱情和小说：《帕梅拉》

V

理查逊的《帕梅拉》对当时的女性读者特别有吸引力，我们现在可以回到我们的主题，看看女性读者的婚姻问题为何如此严重，以至于它为文学提供了丰富的创作源泉。我们已经看到，在理查逊所处的社会历史时期，各种力量都倾向于强化人们对帕梅拉的兴趣，想看她如何拼命找到结婚的对象。这些力量也与人们对于两性在道德和心理角色方面所持的广为接受的态度所发生的重大变化密切相关，而这些变化为理查逊呈现女主人公的性格和行为方式提供了最根本的基础。正是由于这些变化，《帕梅拉》里面的求爱过程（对于 B 先生的战术而言，这算不上是过于滑稽的委婉说法）不仅涉及两个人之间的斗争，而且也涉及两个不同社会阶层截然相反的有关性别和婚姻观念之间的冲突，同时还涉及男性角色和女性角色两种观念之间的斗争。这两种观念之间的斗争使得双方在求爱过程中的相互作用比以前更加复杂和困难。

要确定这些概念的具体内容绝非易事。用社会历史来解释文学，最常见的一个困难就是，我们对任何特定的社会变化的认识尚不明确，而我们对其主观方面的认识，尤其是对其影响个人思想和感情方式的认识则更加不确定，更加带有假设的性质。然而问题总是在所难免，无论女性的社会状况多么复杂，也无论这些社会状况多么重要，这些外在事实都要通过理查逊周围的人的那种无意识预设的形式呈现出来。想必正是这些社会和心理取向决定了他的读者理解《帕梅拉》的人物思想和行为的方式。因此，我们有必要弄清楚究竟是哪些因素形成了人们对于书中所描绘的有关性和婚姻的态度。

我们已经提到这些态度中的一种，那就是对于女主人公婚姻及其每个细节的极度迷恋，而且在强调这一态度的同时，还有对另一方面的补充性立场，即在缔结姻缘之前，任何性挑逗或暗示同样令人极度恐惧。这两种倾向都是典型的清教主义立场。

我们在前面已经讨论过，在英国很早就出现了浪漫爱情的价值观对婚姻的同化现象，这与清教运动密切相关。当然，并不是清教主义推崇浪漫爱情，而是它的个人主义和反基督教的宗教类型促使它将至高无上的精神价值归因于夫妻关系，这一点从笛福的一部作品的标题就能看得出来——《宗教求爱：宗教夫妻缔结婚姻的必要性之历史话语》(*Religious Courtship: Being Historical Discourses on the Necessity of Marrying Religious Husbands and Wives Only*，1722)。而对于夫妻之间精神和谐的必要性的强调，则往往转移到两性关系本身的内在品质上面。例如，哈勒斯夫妇就描述弥尔顿起先如何"赞美婚姻的宗教意义"，转而赞美起"情感、浪漫、理想的婚姻关系的方方面面"来。①

当然，这两种态度可以很好地融合起来。但必须说明的是，无论是融合还是分开，这两种态度都绝不仅仅为清教主义所独有，许多其他新教教派也认同这两种态度。然而，婚姻的理想化是独特的新教主义思想，因为在罗马天主教教义中，最高的宗教价值与禁欲紧密相关。清教主义将其理论应用于社会组织和个人心理的每个细节，并且表现出独特的力量。鉴于此，它有可能是强调婚姻关系之精神价值的最强大力量，因此这种强调可以看作典雅爱情的原初宗教基础的现代翻版。

清教主义特别强硬地坚持上述补充性立场，即婚外的所有性活动都是邪恶的。在共和制时期，在清教主义取得政治权力的地方，无论在日内瓦、苏格兰、新英格兰还是英格兰，它都严格调查个人的性行为，谴责冒犯者，强迫他们当众承认自己的罪行，并且严厉惩罚他们。这场运动登峰造极的结果可能是1650年在英格兰通过的法案，该法案规定通奸可以判处死刑。②

在这件事情上，正如在许多其他事情上一样，清教主义所强调的这些思想也不仅仅是清教主义自身特有的，其根源还可追溯到基督教传统

---

① 原著脚注：William and Malleville Haller，'The Puritan Art of Love'，HLQ，V (1942)，265.

② 原著脚注：G. May，*The Social Control of Sex Expression*（London，1930），p. 152. See also L. L. Schücking，*Die Familie im Puritanismus*（Leipzig and Berlin，1929），pp. 39 – 44，137 – 153.

第五章 爱情和小说:《帕梅拉》

中的保罗和奥古斯丁元素:人的生理本质和欲望是极端邪恶的,是人类堕落之后继承下来的灾难性遗产,因此美德本身往往就是对自然本能的一种压制。在清教主义和圣保罗思想中,这一点起初只是被视为消极的一步——战胜肉体也许会使精神法则有更好的运作机会。然而随着世俗化的日渐盛行,出现了一种广为流传的倾向,即为了道德而严格实行道德戒律的倾向。这种倾向认为,只有符合维多利亚时代的道德才是清教徒主义的,因此抵制身体欲望就成了世俗道德的主要目标,贞操不再是美德之一,它往往成为至高无上的唯一美德,这种美德不仅适用于女人,而且也适用于男人。

有趣的是,这种特别的道德倾向尤其适合个人主义社会。亚里士多德的道德标准主要是社会性的,个人的道德标准则因其追求优秀公民的潜在能力不同而不同。然而,如果一个文明的成员主要是为了在经济、社会和宗教领域实现个人目的,那么这一准则就不适合这样的文明。这一准则尤其不适合女性,她们在18世纪的英国不会比在4世纪的雅典有更多的机会来实现她们作为公民、战士或哲学家的价值。另一方面,人们通常所说的清教主义美德强调性欲节制,这一准则完全适合个人主义的社会秩序,它为女性提供了与男性一样获得成功的可能性。

无论如何,一个非常明显的事实是,伦理尺度在18世纪大幅度变窄,主要是因为在性方面重新对品德下了定义。例如,约翰逊博士认为"人的主要优点在于抵制各种自然冲动"①。显然,这些冲动越来越等同于"爱的激情"②,这当然是理查逊的观点。查尔斯·格兰迪森爵士的人生导师巴特利特博士说,"一个好人的一生就是不断与他的激情做斗争的一生"③。理查逊的小说给读者的一种暗示是,这些激情很大程度上是性冲动。同样的趋势还可以从道德词汇中看得出来,例如美德、礼

---

① 原著脚注:'Recollections' of Miss Reynolds, *Johnsonian Miscellanies*, ed. Hill, II, 285.
② 原著脚注:See, for example, Mrs. Manley, *Power of Love*..., 1720, p. 353; Anon, *Reasons against Coition*, 1732, p. 7; Ned Ward, *The London Spy* (1698—1709; London, 1927 ed.), p. 92.
③ 原著脚注:III, 251.

仪、体面、谦虚、精致、纯洁等词语差不多只表示性的含义，而且在很大程度上依然保留了这样的含义。

对《帕梅拉》而言，这种道德转型特别重要的一个方面就是18世纪人们对双重标准的抨击。许多女作家抗议针对女性的不公正。例如，曼利夫人在《新亚特兰蒂斯》(The New Atalantis) (1709) 中就抨击这种制度①；1748年，另一位误入歧途的女性利蒂希亚·皮尔金顿 (Laetitia Pilkington) 曾这样质问："勾引我们的人居然成了控告我们的人，这岂不是滑天下之大稽？"② 同一时代的大多数男性改革者也反对这种依然盛行的观念，即性纯洁对男性没有对女性那么重要。1713年，《卫报》"大胆向读者倡议，贞洁是男性最高尚的美德"③。18世纪中期，针对考利·西博④难以置信的嘲笑以及一些女士令人反感的故作惊愕，理查逊明确强调这一原则，指出他理想中的男子查尔斯·格兰迪森爵士在结婚之前依然是个处男。⑤

跟18世纪性道德改革的其他方面一样，在双重标准这个问题上，不同阶级之间的态度存在着明显的差异，表现最强烈的自然是中产阶级。

这有许多方面的原因。在人类历史上，性关系的严肃性往往与私有财产日益增多的重要性相吻合——新娘必须是纯洁的，这样她的丈夫才能确保继承人是他自己亲生的。这种考虑对那些从事贸易和商业的人来说显得尤其重要，性纯洁的价值至少通过中产阶级生活的另外两个特点得到进一步强化。首先，经济目标和性目标是对立的，威廉·劳⑥在谈到他心目中的典型商人尼戈舍斯（Negotius）时就很好地解释了这一点："如果你问我，是什么让尼戈舍斯摆脱了所有可耻的恶习，那正是

---

① 原著脚注：II, 190-191.
② 原著脚注：Memoirs (1748; London, 1928 ed.), p. 103.
③ 原著脚注：No. 45.
④ 考利·西博（Colley Cibber, 1671—1757），英国演员、剧作家和桂冠诗人得主。——译者注
⑤ 原著脚注：See the anonymous pamphlet, possibly by Francis Plumer, A Candid Examination of the History of Sir Charles Grandison, 1754, p. 48.
⑥ 威廉·劳（William Law, 1686—1761），18世纪英国神学家。——译者注

第五章　爱情和小说:《帕梅拉》

阻止他做出任何奉献的同一事物,即他奉为至高无上的生意。"① 其次,有些人的生活方式并非主要指向经济目标,商人或贸易商可能会对这样的人产生怨恨和不信任,因为这些人有闲暇和闲情,可以把公民的妻子女儿追到手,就像臭名昭著的宫廷侠客和上流社会的人所做的那样。

由于这些原因,也由于包括长期政治和宗教冲突在内的许多其他原因,在中产阶级看来,性能力和性放纵往往与贵族和上流社会有关。例如,笛福就将当时的不道德行为归咎于上流阶层:"正是国王和绅士们首先……堕落,背离道德美德,自此邪恶才发展到今天这种地步……我们这些可怜的普通人……也跟着他们堕落了。"②

这段文字引自《可怜人的请求》(*The Poor Man's Plea*,1698),它是笛福对威廉和玛丽统治时期由"风俗革新社团"发起的各种道德改良运动的一大贡献。在这些社团的著作中,最能表现其重要文学观点的是杰里米·科利尔③的《英国舞台的亵渎和不道德掠影》(*Short View of the Profaneness and Immorality of the English Stage*)一书,该书也是1698年出版的。④ 对于上流社会放浪形骸的厌恶自然会延伸到对于表达它的文学作品的厌恶,这种态度催生了中产阶级的性准则。许多作家认为,不仅应该提醒公众反对科利尔所抨击的那种公然不道德行为,而且要警惕构成王政复辟时期戏剧情感基础的同样危险的浪漫观念,一些温文尔雅的坏人正是打着这些观念的旗号老练而奸诈地滥用女性美德。例如,斯蒂尔指出,"豪侠概念"后来"变得乱七八糟,在这个放荡的时代,骑士精神正在尽其所能地糟蹋女性"。⑤ 在他的《婚姻杂谈》(1724)中,托马斯·萨尔蒙⑥强调指出,在日常话语中使用

---

① 原著脚注:*Serious Call*,*Works*(Brockenhurst,1892—1893),IV,121-122.
② 原著脚注:p.6.
③ 杰里米·科利尔(Jeremy Collier,1650—1726),英国戏剧评论家。——译者注
④ 原著脚注:See J. W. Krutch,*Comedy and Conscience after the Restoration*(New York,1924),p.169.
⑤ 原著脚注:*The Lover*,No.2(1714).
⑥ 托马斯·萨尔蒙(Thomas Salmon,1679—1767),英国历史和地理作家。——译者据维基百科注

"荣誉和英勇"这种模棱两可的词语会带来巨大的危害。① 当然,笛福一贯坚持不懈地为我们揭露男女之间的阴谋诡计,剥去其惯用的语言伪饰,不管浪漫表白发生在何处,他都报之以嘲笑。这种趋势在理查逊的作品中继续发扬光大,他的《私信集》中就有描写"嘲笑求婚浪漫狂想曲"的信件②,他还在《帕梅拉》中警告说:"柏拉图式的爱情就是柏拉图式的废话。"③

阿尔德曼·萨文(Alderman Saving)是伊丽莎·海伍德笔下的一个人物,他宣称"城市的另一端"有"各种浪漫荒唐的观念"④,如果品行端正的姑娘们被迫了解了隐藏在这些观念背后的肮脏目的,那么即使"爱"这个词也包藏着祸害,因此它的意思也需要澄清一番。理查逊对此做出了独特的贡献,他在《克拉丽莎》"后记"中写道:"我们普遍称为'爱情'的东西应该(同样普遍地)用别的名称来代替。"他犀利地建议将它改为"贪婪或帕福斯刺激⑤,不管在文雅人听起来会有多么刺耳"。

要宣布"帕福斯刺激"不合法,就涉及重新定义男女之间的关系,这种关系排除性激情,强调以理性友谊作为它的终极目标,并依此对婚姻做出明智的选择。例如,斯威夫特在1727年发表的《给一位年轻女子的婚姻忠告》(Letter to a Very Young Lady on Her Marriage)中警告,不要指望"会有那种荒谬的激情混合物,那种东西根本就不存在,除非是在剧本和传奇故事中"。相反,他提倡婚姻是"谨慎和欢喜的完美结合"。⑥ 这种观点在理查逊的圈子里得到普遍认同,例如他的朋友德拉尼博士(Dr. Delany)在1743年给他未来的妻子写信说:"除了在婚姻中,完美的友谊无处可寻。"⑦ 理查逊自己认为"友谊……是爱的

---

① 原著脚注:*Critical Essay Concerning Marriage*,p.40.
② 原著脚注:Letters 89,96,97,98.
③ 原著脚注:II,338.
④ 原著脚注:*Betsy Thoughtless*,1751,I,50.
⑤ 帕福斯刺激(Paphian stimulus),帕福斯为塞浦路斯的一个地名,建有司肉欲、爱情、美、恋爱的女神阿弗洛狄忒的神庙,故帕福斯即"性爱"之意。——译者据维基百科注
⑥ 原著脚注:*Prose Works*(London,1907),XI,119.
⑦ 原著脚注:Mrs. Delany,*Autobiography and Correspondence*,ed. Woolsey(Boston,1879),I,246.

第五章 爱情和小说:《帕梅拉》

完美境界"①,他将婚姻定义为"凡人所知道的友谊的最高境界"。最能代表这种倾向的无疑是《查尔斯·格兰迪森爵士》里面的一幕情景:理查逊欢呼精神纽带战胜了肉体甚至婚姻,他让查尔斯爵士和喜欢他的两位竞争对手宣誓效忠于一种基于永恒友谊的三角关系,并且庄严地供奉一座庙宇,以纪念他们达成的契约。②

不幸的是,对男性而言,查尔斯爵士有点例外,因此反对性欲的运动被迫做出某些妥协。就 B 先生和他的同类而言,可以期待的最好结果就是对不思悔改的亚当进行内部社交约束,使婚姻成为唯一被允许的性欲表现手段。然而,帕梅拉以及其他女性,除了那些彻底不可救药的,就被保留下来让她们追求更高的目标。新的意识形态剥夺了她们享受性的权利,她们之所以结婚,并不是因为她们有任何性欲方面的需求,而是因为只有把婚姻和家庭托付给她们才让人放心。

这种特别的生物歧视确实有点历史新意,它与父权制观点、与文学作品〔例如从乔叟的《特罗伊拉斯和克莱希德》(*Troilus and Criseyde*)到莎士比亚的《罗密欧与朱丽叶》〕描写爱情的古典传统完全对立。更引人注目的是,这种生物歧视也与早期的清教主义态度截然相反。众所周知,当时的加尔文、约翰·诺克斯和弥尔顿等人往往更强调女性性欲而不是男性性欲。

然而,18 世纪早期,人们已经广泛认同一种完全不同的观点。例如,笛福的小说支持的就是他在《评论报》(1706)里所表达的观点,即"我们通常在追求性的过程中,扮演魔鬼角色的往往是男人而不是女人"③。为什么蛇引诱夏娃的那个故事会被人们遗忘,原因尚不清楚。人们只能猜测,通过心理学家未必不知晓的迂回过程,当时女性所面临的困难催生了关于女性角色的新概念,这一概念空前而又彻底地掩盖了女性凭借性来吸引男性这一事实,进而强化她们在求爱过程中的战术地位,把接受求婚者看成是一种高尚的贵人行为,而不是两人共同满足彼

---

① 原著脚注:*Correspondence*,III,188.
② 原著脚注:*Grandison*,I,283;VII,315.
③ 原著脚注:*Review*,III (1706),No. 132.

此的愿望。

这种新的性意识形态的源头何在？要弄清楚这个问题显然很困难，不过至少有一点毫无疑问，《帕梅拉》的出现是我们文化史上非常值得纪念的一次顿悟：一个成熟而有影响力的新女性角色类型出现了，这点不容置疑。R. P. 厄特（Utter）和 G. B. 尼德汉姆（Needham）在题为《帕梅拉的女儿们》（*Pamela's Daughters*，1937）的精彩研究中探讨的就是这种女性理想角色的本质及其后续影响。他们指出，大体说来，女主角非常年轻，非常缺乏经验，身体和心理十分娇弱，任何挑逗都会让她晕厥；她本质上是被动的，在缔结婚姻之前对她的仰慕者毫无感情。帕梅拉是这样，维多利亚时期大部分虚构小说的女主角都是这样。

顺便提一下，这种新角色类型的本质反映了前面所描述的诸多社会和经济趋势。例如，即使在帕梅拉容易晕倒这样的细节中，也可以看出婚姻经济基础的变化。因为中产阶级的妻子们越来越被看作是一种休闲展品，她们从事的工作不会比打理家务更繁重，因而她们就会体质虚弱，这既是在宣示她们过去如何娇生惯养，也是在假设她们的未来会何等相似。确实，按理说帕梅拉出身卑微，几乎不可能具备这种特质，可事实上她完全拥有这种特质。这表明她的生命受到了高出其地位的意识形态的深刻形塑，用一个无论如何也令人感到遗憾的新词来说，甚至她的身体也展示出一种并非罕见的只能称之为社会肌体的势利形态。

《帕梅拉》所体现的女性角色的概念化过程是我们的文明在过去两百年的一种根本特征。玛格丽特·米德（Margaret Mead）在《性别与气质》（*Sex and Temperament*）中写道："为了创造丰富的对比鲜明的价值，这种文明在很大程度上依赖于许多人为的区分手段，其中最引人注目的就是性别"[①]。我并不是说先前没有人注意到这种特殊差别，它也不完全是人为的，不过毫无疑问，我们会发现在理查逊的作品中，性别概念比以前更完整更全面地体现了男性角色和女性角色之间的分离状态。

---

① 原著脚注：London，1935，p. 322.

第五章 爱情和小说:《帕梅拉》

两种角色之间的这些差别几乎在言语和礼仪的各方面都有所彰显。理查逊的朋友约翰逊博士认为,"在吃饭和运动的时候,在衣着方面,在每件事情中,女性的优雅不可侵犯,应该永远保留下去"①。理查逊本人是这个领域公认的改革者,他在《帕梅拉》中第一次使用"粗俗"② 这个词。他写信给海莫尔小姐说:"我很愿意把优雅降格为一个标准,"但是随即又改口:"我说是'降格'吗?难道不能用'升格'这个词吗?"③ 早在《帕梅拉》里面,他的这种态度就显露无遗,当时 B 先生给女主角一些已故女主人的衣服,这让她窘迫不堪,而他却说:"不要脸红,帕梅拉,你想想看,我难道不知道漂亮的女孩子应该穿鞋和长袜吗?"她写信说,"听了这些话我不知所措,一根羽毛都能把我击倒"。后来,当她父母读到 B 先生"关于长袜的高谈阔论"时,他们立刻担心可能会发生最坏的情况。④

语言的敏感性似乎是个相当新的现象。毫无疑问,在某种程度上,女性的以及男女混合的语言总是与男性的语言略有不同,虽说此前并不那么明显。然而到了 17 世纪后期,杰里米·科利尔夸张地说,"诗人让女人满嘴脏话"⑤。乔治·格兰维尔⑥在他的《女侠客》(*The She-Gallants*,1695)中讽刺说,一场革除粗俗语言的运动正在进行中。他说:"有一本词典正在准备……让我们的语言适合女性话语,并下流地删除像'开始'和'结束'这类单词里面不庄重的音节。"⑦

仅仅过了一代人,生物指称方面的禁忌似乎就已经完全确立。曼德维尔(Mandeville)指出,"凡是有教养的人,当着别人的面用直白的语言提及任何与人类生殖奥秘相关的事情,简直是罪莫大焉。"⑧ 爱德

---

① 原著脚注:*Thraliana*,I,172.
② 原著脚注:*Pamela's Daughters*,p. 44.
③ 原著脚注:Cit. McKillop,p. 197.
④ 原著脚注:I,8-9.
⑤ 原著脚注:*Short View*,3rd ed.,1698,p. 8.
⑥ 乔治·格兰维尔(George Granville,1667—1735),诗人和戏剧家。——译者注
⑦ 原著脚注:Cit. John Harrington Smith,*The Gay Couple in Restoration Comedy* (Cambridge,Mass.,1948),p. 165,n. 15.
⑧ 原著脚注:*Fable of the Bees*,ed. Kaye,I,143.

华·杨在其讽刺作品《论女人》(On Women，1728)中赋予女性气质欠缺的泰勒斯特里斯（Thalestris）一种惊人的秉性，那便是"大自然敢给她什么，她就敢说出它的名字"①。这场运动发展如此迅猛，到了18世纪末，人们发现，甚至连《闲谈者》和《观察家》这样的刊物都不适合女性读者。至少柯勒律治就认为其中的词语"在我们这个时代可能会冒犯女性优雅的听觉，让感性的女性受不了"②。他的这种苦恼也在简·奥斯汀的《诺桑觉寺》(Northanger Abbey) 中多次引起共鸣。③

在调整语言使之适应新女性话语要求的过程中，理查逊扮演了重要角色，他是我们最早的刀斧手之一④，曾对莱斯特兰奇翻译的《伊索寓言》(L'Estrange's version of Aesop) 进行大幅删改。他在自己的小说中就相当关注女性语言规则。例如，帕梅拉怀孕后，她惊讶地发现戴佛斯夫人以她的"高雅方式"⑤公开了这一事实，而戴佛斯夫人在作者的"第二版序言"里被猛烈抨击为"泼妇和阴阳人"，她也象征着一种臭名昭著的"高雅"杂质。

所谓女性公众角色的去肉欲化进一步解释了这样一个事实：在《帕梅拉》和大多数小说中，求爱过程提升的不是男主人公的社会地位，而是女主人公的社会地位。男性读者可能更愿意看到男主角赢得一位高贵女士的手。不过稍加思索便可发现，除非强迫女主人公严重违反女性礼仪，否则这一意愿很难得到满足。

这一点是在戴佛斯夫人和B先生争论的时候提出来的。B先生认为，如果男女角色颠倒过来，像他这样不般配的婚姻无疑会更加令人震惊，因为"一个女人，即便出身高贵，下嫁就等于贬低自己"⑥，这是世人公认的观点。例如，如此善解人意的约翰逊博士也认为女人下嫁很

---

① 原著脚注：*Love of Fame*，V, 1.424.
② 原著脚注：*Lectures and Notes on Shakespeare* (London，1885)，p. 37.
③ 原著脚注：Oxford，1948，p. 35.
④ 原著脚注：See Katherine Hornbeak, 'Richardson's Aesop', *Smith College Studies in Modern Languages*，XIX (1938), 38.
⑤ 原著脚注：As is pointed out in *Pamela's Daughters*，p. 15.
⑥ 原著脚注：I, 389.

第五章　爱情和小说：《帕梅拉》

"反常"。① 道理很简单，B 先生完全可以跟着他的幻想娶比他身份低的女人，因为一个无可争辩、无可更改的事实是，男人易受性欲的诱惑。可是对于一个女人而言，她这样做就等于承认她丧失了性欲免疫力，这种免疫力是自《帕梅拉》以来英国小说女主人公的一个特殊常量，而它的突然丧失则是 20 世纪小说令人震惊不已的一个特征。

Ⅵ

在理查逊有生之年，男女性别适应自己角色的方式发生了许多重要而复杂、远远超前的变化。引起这些变化的大部分原因是内在兴趣所致，因为这些变化预示着过去通行了两个世纪的求爱、婚姻和女性角色所象征的实质性概念得以确立。然而我们之所以对此感兴趣，是因为这些变化与文学有着更直接的关系，同时也是因为这样一个事实，即这些社会和心理方面的变化充分解释了《帕梅拉》所展示的两种主要特质：它的形式统一和它对道德纯洁与道德不洁的独特结合。

约翰逊博士心里想的是中篇小说，因此他将"小说"定义为一个"小故事，通常是关于爱情的"。《帕梅拉》问世时被称为"扩充版小说"②，因为它的主题基本上是以前短篇小说通常关注的那种单一的爱情故事，不过它处理情节的规模则更接近传奇故事的规模。

我们只要与笛福的作品做一对比就可以看出，这种规模方面的变化与理查逊为性道德所赋予的极端重要性之间是直接关联的。笛福小说表现的是追求经济保障的大背景，因此无论婚姻还是其他形式的性关系，都被视为次要事件。摩尔·弗兰德斯"一度被那种称为爱情的骗子欺骗过"③，但这只是开始，而不是结束；雅克上校这样评论他忠实的妻子

---

① 原著脚注：Boswell, *Life*, ed. Hill-Powell, II, 328 - 329.
② 原著脚注：Cit. George Sherburn, 'The Restoration and Eighteenth Century', *A Literary History of England*, ed. Baugh (New York, 1948), p. 803.
③ 原著脚注：I, 57.

莫基（Moggy）"年轻时失足"的问题："不管怎样，对我而言是个小问题。"①

而在《帕梅拉》的世界里，这样的随意放任是不可思议的，用亨利·布鲁克②的话来说，

> 女人不知道什么是救赎，
> 贞操的创伤永远不会愈合。③

B先生想当然地认为，如果帕梅拉能够接受这种观点，就证明她"被传奇故事这类无聊的东西冲昏了头"。然而他错了，传奇故事女主人公理想的贞操意识已经完全融入了普通的道德观。帕梅拉正是从一些更无聊乏味的文学作品中了解到，"很多男人一旦遭到拒绝，便会为他的邪恶企图感到羞耻"，她是在"一两夜之前"才碰巧读到这样的关键、可以在适当的时候喊出来的口号："但愿我永远不会熬过失去贞洁的那一刻！"也有人推测，帕梅拉是从一本操行手册上学到了"年轻时虚掷光阴，百万黄金也买不来片刻怀念的幸福"④，虽然这与文学没有什么关系。

笛福的女主人公当然不会三思而后行，哪怕她得到的好处远远低于B先生的五百个几尼。小说之所以能够诞生，是因为帕梅拉对一种"比死亡还可怕的命运"进行了史诗般的抵抗，这显然是一种委婉夸张的说法，并在后来的小说史上如此突出地显现出来。

当然，一个虚构的女主角将其贞操奉为至高无上的价值，这本身并无实质性的新意。真正有新意的是理查逊将这样的动机归功于一个做仆人的女子。鉴于那些传奇故事通常吹捧女性的贞洁，那些表现出身卑微的人物的小说则往往以相反的观点表现女性的心理。正是这种历史和文

---

① 原著脚注：Ed. Aitken (London, 1902), II, 90.
② 亨利·布鲁克（Henry Brooke, 1703—1783），小说家和戏剧家，出生在爱尔兰，是一名牧师的儿子，曾在都柏林的三一学院学习法律，但后来从事文学工作。——译者据维基百科注
③ 原著脚注：*Collection of Pieces*, 1778, II, 45.
④ 原著脚注：I, 78, 31, 20, 169.

第五章 爱情和小说：《帕梅拉》

学视角彰显了《帕梅拉》的重要性，因为理查逊的小说首次将先前小说中两种截然相反的传统完全融合起来，将"高尚"和"低劣"的动机结合在一起，而且更重要的是，小说还描写了两者之间的冲突。

因此，理查逊开创了小说在两性关系的关键领域彻底背离体裁分离的传统。不仅如此，他还出于相同的原因，打破了"高等生活"和"低等生活"之间的隔阂，这是体裁分离的阶级维度。我们已经看到，支持道德改革运动的往往是中产阶级，他们假定社会地位比他们优越的人的道德水准在他们之下，并据此来强化他们作为一个群体的观点。这一点自然就成了《帕梅拉》的主要剧情——一个放荡不羁的乡绅对一个卑微善良的女仆，并赋予故事一种更为重要的意义，远远超出了男女主角之间纯粹的个人问题。

一般说来，如此利用社会阶层之间的冲突正是小说的一个典型特征。它的文学模式极其特殊，通过个人行为和性格来表现更加广泛的社会问题，从而获得更为普遍的意义。笛福的故事情节不足以让角色之间的关系走得更远，不足以衍生出一种类型意义，而《帕梅拉》所描写的行为更加简单，从而使得帕梅拉和B先生之间的斗争表现出两个阶层以及他们各自生活方式之间更大的时代冲突。

中产阶级法典在性伦理方面的胜利不仅促使B先生主动求婚，而且使他在对待性和婚姻的态度方面受到了全面的再教育。这些当然主要是主观的个人价值问题，这些问题的调整涉及整部小说中男女主人公内心生活的渐进式启示，这种启示一直持续到男主人公彻底皈依为戴佛斯夫人所说的"清教徒"①为止。

因此，帕梅拉和B先生之间的关系可以生发出比传奇故事中的恋爱关系更丰富的心理和道德内涵。他们之间的障碍不是外在的、人为的，而是内在的、真实的，是必须要消除的。正是由于这个原因，再加上这些障碍产生于各自阶层的不同观念，因此恋人之间的对话就不再是展示传奇故事中那种程式化的辞藻，而是要探索塑造他们各自身份的各种

---

① 原著脚注：I, 391.

力量。

对《帕梅拉》的结构而言,还有一个根本的非常重要的贡献,它既与中产阶级的清教主义性原则直接相关,也与这种性原则和典雅爱情传统之间的主要区别有关。

典雅爱情以类似的方式将两性角色分开——好色的男子崇拜天使般纯洁的女性,且两种角色之间的矛盾是绝对的,至少从理论上来讲是这样,因为假如女子接受求爱者的追求,那就意味着这种习俗的全然崩溃。然而,清教主义为婚姻提供了巨大的精神意义和社会意义,因此也在精神和肉体、习俗和社会现实之间提供了一种可能的桥梁。这座桥梁绝非易事,因为正如理查逊在1751年为《随笔》(Rambler)撰写的广受欢迎的文章中所解释的那样,女性在求爱过程中的角色决定了她爱上追求者是不道德的、不高明的,除非对方已经向她发出事实上的求婚。① 然而,正是这种左右为难的境况以及女性隐晦态度的突然转变,为理查逊提供了一个至关重要的情节源泉,使他得以在情节转折点出现之前向我们隐瞒帕梅拉对B先生的真情实感。

帕梅拉离开B先生回到父母身边,他们之间的关系似乎就此结束。可是实际上,一种反向运动随即拉开帷幕。一方面,她很惊讶有一种"如此奇怪……如此出乎意料"的感觉,于是不得不怀疑,离开他是不是真的一点都不后悔。② 另一方面,正如B先生在离别信中所表露出来的那样,他最真切的感情表明,他不光是一个放荡不羁的乡绅,他也是一个可以变得诚实的人,一个极有可能适合做帕梅拉配偶的人。恋人的传统态度和实际态度突然出现转变,让理查逊得以按照亚里士多德认为是最好的情节类型来设计他们的关系,即一种突变与认可巧合的复杂行为。事实上,《帕梅拉》的戏剧性情节所表现的是当时真实的道德态度和社会态度,这种态度在两性传统角色与心有灵犀的神谕趋向之间形成一种前所未有的巨大落差。

---

① 原著脚注:No. 97. It was the most popular of the *Ramblers*, according to Walter Graham (*English Literary Periodicals*, New York, 1930, p. 120).

② 原著脚注:I, 222.

第五章　爱情和小说：《帕梅拉》

公众态度和私人态度之间的这种冲突在小说中通常多有涉及，而且也确实非常适合小说来描写。但是，这里仍然存在一个相当大的疑问，即理查逊究竟在多大程度上意识到了女性角色的两重性，或者我们应该如何解释体现这种两重性的叙事方式？

众所周知，对于《帕梅拉》一直以来存在截然相反的解读。首版后不久，一位匿名作者发表的小册子称，"特别是女士们，出现了两个不同的派别，挺帕派和反帕派"，他们各执己见："年轻的处女是否应该是女士们的榜样……抑或……是一个虚伪而工于心计的女孩……深谙诱惑男人的艺术。"① 这场争议中最著名的作品自然要数《沙米拉》②。正如他的书名所暗示的那样，菲尔丁将理查逊的女主角解释为一个伪君子，她巧妙地调遣女性角色的各种资源，将一个富有的笨蛋诱入婚姻的圈套，而她的纯洁事实上并未超出卢克丽霞·贾维斯（Lucretia Jarvis）太太所说的传统公众假象："当着其他人的面"，要避免"我们女人称之为粗鲁的言行举止"。③

菲尔丁的小册子确实让人们注意到《帕梅拉》里面有严重的含混性，但是后来的评论家说，我们必须在菲尔丁的解释和理查逊的解释之间做出选择，他们肯定忽略了这种可能性，即书中的含混性未必是帕梅拉有意识的两面性所致，而是她所奉行的女性举止规范本身所固有的。例如，似乎显而易见的是，这种规范很看重两性在行为和着装方面的差异，这与菲尔丁对《帕梅拉》所做的批评极为相似，因而有待商榷。肖伯纳提醒我们说："正派是不正派的无声同谋。"18 世纪的道德主义者十分在意女性的纯洁，这表明他们的想象力太善于用不纯洁的性含义来曲解一切。

萨拉·菲尔丁④在《奥菲莉亚》（Ophelia，1760）里描写达金斯太太如何认为一个"女孩子不应该盯着一个非女性的婴儿看"⑤。如果我们还记得在康格里夫（Congreve）的《世道》（Way of the World）里，

---

① 原著脚注：The Tablet, or Picture of Real Life, 1762, p.14.
② 以女主人公的名字命名，Shamela 有可耻、不贞的含义。——译者注
③ 原著脚注：Letter VII.
④ 萨拉·菲尔丁（Sarah Fielding, 1710—1768），亨利·菲尔丁的妹妹。——译者注
⑤ 原著脚注：II, 42.

正是淫荡的威什福特夫人（Lady Wishfort）不允许她的女儿和小男孩一起玩耍，并因此沾沾自喜，那么这种态度的腐朽虚假就昭然若揭了。① 同样，答尔丢夫（Tartuffe）丢过去一块手帕盖住桃丽娜（Dorine）的乳房，这恰恰暴露了他的邪念；布里奇特·奥尔沃西（Bridget Allworthy）强烈抗议农场主的女儿们展示她们华丽的星期日服装②，正好也暴露了她的卑鄙想法。这样一想，我们就能明白艾迪森为什么要反对《卫报》③刊登袒露的乳房了。④ 理查逊宣称女性要庄重，其实他自己也是痴迷于性，痴迷的方式大致与前例相似。例如，在《私信集》中，他以叔叔的名义和责备的口吻数落自己的侄女"像个男子一样"："你……最近骑马的姿势让我特别生气，样子很放肆，很难一下子看出你的性别，你的样子既不像一个端庄的女孩，也不像一个讨人喜欢的男孩。"⑤

对于女性庄重的过度关注具有一种矛盾的含义，这一点同样体现在理查逊的女主角身上。如果我们以格雷戈里博士（Dr. Gregory）的观点来解释为什么帕梅拉总是很讲究着装打扮，意味就会深长起来。格雷戈里是一位很有影响力的新女性举止规范的倡导者，在他的《父亲给女儿们的遗产》（Father's Legacy to His Daughters，1774）里，他用马基雅维利⑥式插入语强调他对"裸露"的警告："最美的裸胸也比不上想象中的优美。"⑦ 据此来看，至少毋庸置疑的是，B先生认为帕梅拉贞洁的抵抗比任何顺从更让人欲罢不能，对于新女性角色实现其最终目的的努力而言，这可谓是一种无意识赞美。

---

① 原著脚注：Act V，sc. v.
② 原著脚注：*Tom Jones*，Bk. I，ch. 8.
③ 原著脚注：No. 116（1713）.
④ 原著脚注：*Tartuffe*，Act III，sc. ii.
⑤ 原著脚注：Letter 90.
⑥ 马基雅维利（Niccolò di Bernardo dei Machiavellian，1469—1527），意大利学者、哲学家、历史学家、政治家、外交官。他是意大利文艺复兴时期的重要人物，被称为近代政治学之父，是政治哲学大师。他的《君主论》一书提出了现实主义的政治理论，其中"政治无道德"的权术思想被人称为"马基雅维利主义"。——译者据维基百科注
⑦ 原著脚注：1822 ed.，p. 47.

第五章 爱情和小说：《帕梅拉》

然而，正如菲尔丁的解释所暗示的那样，我们并不能据此假设帕梅拉的庄重只是为了诱惑 B 先生。我们最好将她看作一个有血有肉的人，她之所以有那样的行为，是因为受制于她的处境以及女性举止规范有意或无意的影响。斯蒂尔指出，正经女人和风骚女人是相似的，只不过两者"在性方面的思想、言语行为会有所不同"①。因此，要求帕梅拉及其作者恪守的那些举止规范本身既可以这样解释，也可以那样解释。同样，一旦帕梅拉接受 B 先生做她的丈夫，就意味着她承认他之前的求婚并不像她当时可能会公开指责的那样令人反感，但这种改变完全是由虚伪的公共举止规范造成的，而不是她自己的性格造成的。如果我们谴责帕梅拉背离了求爱过程中应该绝对恪守的坦率和真诚，那么请记住，无论在她那个时代还是在我们这个时代，这样的指责都可能会累及多个情形相似的人。

理查逊自己的态度也很难捉摸。像他的女主人公一样，他对 B 先生的放荡不羁时而着迷时而厌恶，他的道德主张并不完全可信。然而作为一位艺术家，理查逊对帕梅拉性伦理的两种观点似乎比普通人看得更清楚，尽管他让令人厌恶的朱克斯太太（Mrs. Jewkes）做他的代言人，其目的是为了含蓄地否定相反的观点。例如，当帕梅拉说"毁掉一个人的贞操比割断她的喉咙更可怕"时，朱克斯太太以一种不甚明了、可悲但却并非没有辉煌先例的方式回答道："看你说得多难听！男人女人难道不是为彼此天造地设的吗？绅士爱漂亮的女人难道不是天经地义吗？假如他可以满足自己的欲望，难道有割断她的喉咙那么可怕吗？"这句话要是放在《沙米拉》里，就没有什么不妥。如果是在《沙米拉》里，这样的情景照样不会有任何不妥：帕梅拉恳求她，不要让主人进来，以免糟蹋了她，朱克斯太太轻蔑地反驳："那可是了不得的糟蹋！"②

作为一位小说家，理查逊可以做到不偏不倚，但是作为一个自觉的道德家，他显然站在了帕梅拉一边。正是因为这一点，他的小说遇到了强烈的反对。他的副标题"美德有报"引起人们对这本书庸俗不堪的道德结构的极大关注。很显然，帕梅拉的贞洁无论如何也只是技术意义上

---

① 原著脚注：Cit. *Pamela's Daughters*, p. 64.
② 原著脚注：*Pamela*, I, 95 - 96, 174.

的，那些富有道德洞察力的人对此并不感兴趣，而且菲尔丁显然击中了故事的主要道德缺陷，因此他让沙米拉说出这番话来："我曾经想用我的身体赚一小笔钱，现在我想用我的贞操赚一大笔钱。"① 至于B先生吹嘘的洗心革面，一看就知道是一张空头支票，用曼德维尔的话来说，"假如自己有鹿肉，永远不会去偷鹿"②。

当然，曼德维尔是自封的无意识的资产阶级代言人，他决心要引起人们对公共道德中所有困惑的关注，而艾迪森和理查逊则决意忽略这些困惑。曼德维尔那冷嘲热讽的比方让我们意识到，理查逊所述的婚姻问题在很大程度上是整个现代西方文化的典型问题。如果我们继续把《帕梅拉》同乔叟的《特罗伊拉斯和克莱希德》或者莎士比亚的《罗密欧与朱丽叶》做一番比较，我们就可以看出，虽然理查逊的语言和外在态度更纯洁一些，可是他的作品却更专注于两性关系本身。自此以后，这种组合在小说中广为流行，甚至扩展到电影领域。在好莱坞电影和理查逊所开创的流行小说中，我们看到一种前所未有的严厉而又详尽的清教徒审查制度，这种制度与一种艺术形式相结合，空前而独特地专注于激发观众或读者的性欲。在这样的作品中，婚姻只扮演了一种道德解围者的角色，正如詹姆斯·福代斯③所言，喜剧中的婚姻"被转化为一块海绵，一下子就擦去了罪恶的污点"④。

无论在理查逊时代还是在我们这个时代，这种两重性大抵表明，被禁止的事物总是代表着禁忌社会最浓厚的兴趣。一切联合起来禁止婚外性行为的力量，实际上反过来增加了性在人类总体生活景观中所占的比重。理查逊的作品恰好说明了这个问题，这是他同时代的一位匿名为"美德守护者"（Lover of Virtue）的评论家提出来的。这位评论家写过一部名为《〈查尔斯·格兰迪森爵士〉〈克拉丽莎〉和〈帕梅拉〉评论》

---

① 原著脚注：*Shamela*，Letter 10
② 原著脚注：*Fable of the Bees*，I，161.
③ 詹姆斯·福代斯（James Fordyce，1720—1796），苏格兰长老会牧师和诗人，以1766年出版的讲道集《为年轻女性讲道》（*Sermons to Young Women*，俗称《福代斯讲道》）而闻名。——译者据维基百科注
④ 原著脚注：*Sermons to Young Women*，1766，I，156.

第五章　爱情和小说：《帕梅拉》

(1754）的书。他指出，"爱，永恒的爱，是你所有作品的主题和要旨"。他把这一事实与理查所逊强调的"政治贞洁"联系在一起，认为在这方面"你和你的女主人公溃不成军、喧闹无序"。在他看来，这种贞洁与古希腊女性的贞洁不可同日而语。即便如此，这位作家还是不明白，为什么有那么多"富有公益精神的作家"认为有必要动用"他们所有的艺术和口才让人们记住，他们是由男女两种性别组成的"。其实我们完全可以相信，"富有远见的人体本能"无须任何帮助，就可以"阻止世界走向灭亡"。① 当然，对这个问题的解释就是，对"富有远见的人体本能"的压制和对我们的文化婉转地称之为"生命的事实"的日益隐瞒，激发了一种必须予以满足的公众需求。也许可以这样认为：自理查逊以来，小说的主要功能之一就是用虚构的创始仪式来满足探求最根本的社会奥秘的需求。

只有凭借这样的假设，我们才能解释小说后来的进程，或者解释这个显而易见的悖论——理查逊作为一位性革新运动的领袖，一位公开反对浪漫和肉欲的人，应该庆祝他能够凭借一部著作被载入文学史册，他的这部著作比以往任何作品都更为详实地讲述了一场情感计谋。似乎理查逊世界观中一些对立的品质，例如他的清教主义立场和他的好色本质，都是相同力量作用的结果，这无疑说明这些力量的影响为何如此微妙，如此密不可分。《帕梅拉》为小说带来的独特文学品质在很大程度上是由这些力量之间错综复杂的关系促成的。正因为存在这些错综复杂的关系，才有可能详尽地表现一种人际关系，这种人际关系在理想与现实、表象与实质、精神与肉体、有意识与无意识之间的逐步展开和对比中变得丰满生动。如果说两性举止规范方面潜在的模棱两可使得理查逊能够创作出第一部真正的小说，那么从另一种意义上来看，这种模棱两可同时也创造了一种崭新的预言性东西：一部既可以被教士们赞扬、也可以被视为色情文学加以抨击的作品，一部集布道与脱衣舞的诱惑力于一体、让阅读大众得到双重满足的作品。

---

① 原著脚注：pp. 38, 35, 27-30, 39.

第六章　个人经历和小说

在喧嚷激昂的理查逊阵营里，艾伦·希尔①也许是嗓门最大的一位。但是当他宣称"一股可以撕裂心弦的力量"已经出现，它"粉饰了我们对文学的午夜恐怖"②时，他只是略微夸大了英国和国外大多数同时代人接受《帕梅拉》和《克拉丽莎》时的热烈情绪。③我们已经看到，这种热情的一个原因是理查逊的主题很讨女性读者的喜欢，而且总体来讲，男性读者似乎也同样感到兴奋，所以我们有必要寻求进一步的解释。

一个相当普遍的观点是，理查逊的小说顺应了他那个时代的情感思潮。18世纪的"感伤主义"表达了一种对人类与生俱来的仁慈的非霍布斯信仰，它在文学中必然会转化为这样的信条：描写仁慈的行为或者善良的泪水是一种仁德，是一种值得称道的目标。理查逊的作品无疑具有这种意义上和现代意义上的多愁善感的特质。但是，如果用"感伤主义"来形容他的世界观或者小说独特的文学品质，这个术语就颇具误导

---

① 艾伦·希尔（Aaron Hill，1685—1750），英国戏剧家、杂文作家。——译者注
② 原著脚注：Letter to Richardson，March 8，1749（Forster MSS. XII, ii, f. 110）.
③ 原著脚注：See McKillop，*Richardson*，pp. 43-106.

性,因为我们已经看到,理查逊的道德理论与一般的爱情崇拜以及情感释放是对立的。作为小说家,他在实践中所表现出来的情感范围比感伤主义者通常所限定的范围更宽广。理查逊小说的独特之处不在于它表现情感的类型或者表现情感的多寡,而在于他对情感十分到位的再现。那个时期的许多作家谈论"同情的眼泪",令人不胜感慨的是,理查逊则谈论"清澈的逃亡者"①,正是他让眼泪在其笔端自然流淌,这一点任何人任何时代从未做到过。

至于理查逊如何让眼泪流淌,如何让他的读者对人物的情感感同身受,弗朗西斯·杰弗里②在《爱丁堡评论》(*Edinburgh Review*,1804)中对此有很好的描述:

> 其他作家尽量避免不必要或不会给人留下深刻印象的细节……这样一来,我们只熟悉他们笔下身着仪式服装的人物,我们从来看不到他们,除了在一些关键情境和一些表达强烈情感的关键时刻。因为这样的情境和时刻在现实生活中很少出现,我们也不会受作家的忽悠,不会相信人物所处的现实,而且还会将整部小说视为一种夸大的令人炫目的幻觉。我们拜访这样的作者就如同事先预约好一样,我们只能看到、听到我们知道是特意为接待我们而准备的东西。我们拜访理查逊则如同悄悄溜进那些人物的隐私生活中,听到、看到他们之间所说、所做的每一件事情,无论是有趣的还是乏味的,也无论能否满足我们的好奇心。我们对前者的同情犹如同情历史上的君主和政治家一样,因为我们对于他们个人处境的了解十分有限。我们对后者的同情就像同情自己的朋友和熟人一样,因为我们熟悉他们的全部情况……这样的艺术高度绝对没有人可以和理查逊匹敌,如果除去笛福,我们相信整个文学史上没有人是他的竞争对手。③

---

① 原著脚注:*Clarissa*, III, 29.
② 弗朗西斯·杰弗里(Francis Jeffrey, 1773—1850),亦称杰弗里勋爵(Lord Jeffrey),苏格兰法官、文学评论家。——译者注
③ 原著脚注:*Contributions to the Edinburgh Review* (London, 1844), I, 321-322.

杰弗里所讲的其中一种叙事方法我们在第一章已经涉及过，即更为精准的时间尺度和对于那些应该告诉读者的内容所采取的更为随意的选择态度，这就是理查逊形式现实主义的典型特征。但是，这种不加选择的再现态度还不足以解释理查逊如何让我们"悄悄溜进那些人物的隐私生活中"，我们还必须考虑他的叙事方向和范围。叙事方向当然是对家庭生活及人物个人经历的描写，因为家庭生活和个人经历相互依存，这样我们不仅可以进入人物的家庭，而且也可以进入他们的思想。

正是叙事视角的这种重新定位为理查逊在小说传统中赢得了一席之地，这样的重新定位将理查逊与笛福区别开来，尽管如巴鲍德夫人所言，两位作家都是"精确的描述者，叙事细致而详尽……笛福更多地将其细腻的笔触用于描写事物，而理查逊则更多地关注人物与情感"①。对人物情感的关注与全面的再现手法完美结合，将理查逊与那位试图争夺现代小说之父地位的法国竞争者区别开来。例如，乔治·圣兹伯里②就认为，《帕梅拉》是第一部名副其实的小说。圣兹伯里之所以这样说，是因为他对"我们以往的作品中哪能找出一个塑造得如此完美的人物"这个问题给出的唯一答案是"哪儿都找不到"。③ 在帕梅拉之前，文学中有许多同样可能更有趣的人物，但是能让我们把他们的日常思想和情感了解得如此透彻的人物却没有一个。

是什么力量影响了理查逊，让他为小说赋予这种表现主观和内心世界的方向呢？其中一种力量就是他叙事的形式基础：信件。家常书信当然可以成为一种机会，让作者可以更充分、更无保留地表达他的个人情感，这比一般的口头交谈更有优势。对于通信的崇尚主要是在理查逊的有生之年兴起的，他本人不仅追随这种时尚，而且还促进了它的发展。

书信自身涉及一种极为重要的对于古典文学视角的背离。正如德·斯达尔夫人所写的那样，"古人从不会想到为他们的小说赋予这

---

① 原著脚注：'Life'，prefixed to *Correspondence of Samuel Richardson*，1，xx.
② 乔治·爱德华·贝特曼·圣兹伯里（George Edward Bateman Saintsbury，1845—1933），英国作家、文学史学家、学者、评论家和葡萄酒鉴赏家。——译者据维基百科注
③ 原著脚注：*The English Novel* (London, 1913), pp. 86 - 87.

第六章　个人经历和小说

样一种形式",因为书信体方法"总是以情感而不是情节作为先决条件"。① 因此,理查逊的叙事模式也可看作是对更为宏大的观念变化的一种反映:两百年来从客观、社会、公众的古典世界取向向主观、个人、私密性的生活和文学取向的一种转变。

这种对比给人一种似曾相识的感觉,黑格尔在比较古代悲剧和现代悲剧时就有这样的暗示,或者歌德和马修·阿诺德在他们各自向往希腊和罗马艺术的非人化和客观性时也有这样的暗示,虽说这与他们浪漫主义文学狂热的主观性之间形成一种强烈的对比。从我们的观点来看,古典艺术最重要的一个方面在沃尔特·佩特②的《伊壁鸠鲁的信徒马里乌厄斯》(Marius the Epicurean)中得到了十分恰当的表达:古典作家大都心存戒备,不让我们瞥见那种内心的自我,可这种内心自我实际上可以让其客观叙述的趣味性增加一倍。③

前文已经论及现代人如此重视自我的一些最重要的原因。例如,一般来说,基督教本质上是一种关于内心个人主义和自我意识的宗教,它强调内心的光明,这在清教主义中表现得最为明显。那位举足轻重的德·斯达尔夫人则让人们注意到,小说人物塑造所采用的主观和分析方法明显受到17世纪哲学观念变化的影响:"可以说两个世纪以来,哲学已经融入我们的生活,我们可以用它分析书中非常重要的东西。"④伴随着新的哲学思潮的出现,世俗化的思想也转向同一个方向,缔造了一个以人为中心的世界。在这个世界里,个人为自己的道德价值和社会价值的标准负责。

最后,个人主义的兴起也具有极其重要的意义,通过削弱共同体和传统的人际关系,个人主义不仅培养了我们在笛福的主人公身上看到的那种个人的以自我为中心的内心生活,而且后来还特别强调个人人际关

---

① 原著脚注:De l'Allemagne,in Œuvres complites,XI,86–87.
② 沃尔特·佩特(Walter Pater,1839—1894),英国散文家和评论家,主张"为艺术而艺术"(art for art's sake)。他以文艺复兴为主题的作品很受欢迎,但却引发争议,反映出他对基督教失去信仰。——译者据维基百科注
③ 原著脚注:London,1939,p.313.
④ 原著脚注:De l'Allemagne,p.87.

系的重要性。这种关系是现代社会和小说共有的典型特征,可以视为为个人提供了一种更有意识、更具选择性的社会生活方式,以取代更加分散甚至可以说是无意识的个人主义着力瓦解的那种社会凝聚力。个人主义至少在两个方面促使理查逊更加重视个人经验:它提供的一批读者对个人意识的所有进程都抱有浓厚的兴趣,认为《帕梅拉》十分引人入胜;它在经济和社会方面的发展最终导致城市生活方式的形成。对现代社会而言,这是一种根本的形成性影响,似乎在很多方面不仅与理查逊本人的个人主观倾向密切相关,也与小说的总体形式密切相关。

I

18世纪的伦敦在当时的国民生活中举足轻重,其他地方远远没法与之相提并论。在此期间,不仅它的规模是英格兰其他市镇的十倍以上①,而且更为重要的是,经济个人主义的兴起、劳动分工的不断细化、婚姻家庭的发展等一系列社会变化在当时的英国都是最为先进的。与此同时,正如我们所看到的那样,伦敦还拥有一支非常庞大的读者队伍——从1700年到1760年,英格兰超过一半的书商在那里开拓业务。②

许多观察家都注意到,伦敦的规模在不断扩大,在伦敦和威斯敏斯特这两座古老的双子城外围迅速扩展的新建筑尤其让他们感到震惊。在1666年那场大火之后,这样的激增尤为明显③,富裕时尚的人向西、向北移动,而贫苦的穷人则几乎都居住在东部的新定居点。许多作家对这种日益加剧的阶级隔离进行了评论。其中艾迪森在《观察家》中的评论显得特别重要:"如果从好几个区域来观察这座伟大的城市,你会觉得它简直就是几个民族的融合,只是由于各自的习俗、礼仪和趣味不同才

---

① 原著脚注:See O. H. K. Spate, 'The Growth of London, A. D. 1660—1800', *Historical Geography of England*, ed. Darby (Cambridge, 1936), pp. 529 – 547.
② 原著脚注:Plant, *English Book Trade*, p. 86.
③ 原著脚注:See, for example, T. F. Reddaway, *The Rebuilding of London after the Great Fire* (London, 1951), pp. 300 – 308.

第六章　个人经历和小说

显得泾渭分明……简言之,住在圣詹姆斯大街的居民,尽管他们遵守同样的法律,说着同样的语言,他们与贫民区奇普赛德街的居民大为不同,后者同样不仅不同于坦普尔街的居民,而且也与史密斯菲尔德街的居民相去甚远。"①

　　这一进程——伦敦的扩展以及伴随这场扩展的社会和职业分化——被认为"可能是斯图亚特王朝末期社会历史中最重要的一个特征"②。在诸多迹象中,至少最明显的一点是,某种接近现代城市模式的东西正在逐渐对莎士比亚所熟知的那种更具凝聚力的共同体产生影响。因此我们应该意识到,就在同一时期,现代城市化的一些独特的心理特征开始凸显。③

　　在17世纪最后几十年,伦敦人口从1660年的大约450 000人增加到1700年的675 000人④,居民住宅区的隔离日益加剧,城市面积不断扩展,两者的联合显然颇具规模,在农村和城市生活方式之间形成一种比以往任何时候都更加深刻和鲜明的对比。在很多方面,18世纪伦敦居民的眼界跟现代都市人的眼界相似,他们看到的不再是乡下人一成不变的被四季恒定交替主宰着的田园风光;他们恪守的不再是由庄园主豪宅、教区教堂和村庄绿地所代表的固有的社会等级秩序和道德秩序。伦敦各个区域的街道和度假胜地呈现出无数种不同的生活方式,这些生活方式在很大程度上可以被任何人观察到,但却与每个人的经历迥然不同。

---

　　① 原著脚注:No. 403 (1712); see also Fielding, *Covent Garden Journal*, No. 37 (1752).

　　② 原著脚注:Max Beloff, *Public Order and Public Disturbances*, 1660—1714 (London, 1938), p. 28.

　　③ 原著脚注:I base the ensuing generalisations mainly upon the area of agreement indicated in Louis Wirth's sociological analysis in 'Urbanism as a Way of Life', *American Journal of Sociology*, XLIV (1938), 1-24, and Lewis Mumford's imaginative and historical treatment in *The Culture of Cities* (1938). I should perhaps make clear that no comparative evaluation of the urban as opposed to the rural way of life is intended here; the stability of the latter, for example, may well be a euphemism for what Marx and Engels once so impoliticly characterised as 'the idiocy of rural life'.

　　④ 原著脚注:Spate, 'Growth of London', p. 538.

这种物理距离的接近和社会距离的疏远相结合，构成城市化的一个典型特征，其结果之一便是城市居民的生活态度特别强调外在的物质价值，最显而易见的就是经济价值，这是每个人视觉感受中最看重的普遍价值。例如，在18世纪的伦敦，最吸引摩尔·弗兰德斯眼球的是四轮马车、漂亮的房子和华贵的服饰。在大都市，没有真正能够体现乡间教区教堂所表征的那种共同体价值的对应物，许多新的人口中心压根就没有教堂。根据斯威夫特的说法，"六个伦敦人中有五个绝对听不到神灵的指引"①。总之，"没有宗教信仰的集市"②这样的氛围当时正在迅速形成，成为人们去教堂的一种阻碍。塞克主教因此说，"时尚人士"常常"到乡下做礼拜……为的是避免流言蜚语，却很少或从未在镇上（做过礼拜）"。③城市宗教价值的没落让位于至高无上的物质价值，伦敦大火之后的重建方式象征的正是物质至高无上的地位，因为按照新的建筑计划，城市的建筑中心是皇家交易所而不是圣保罗大教堂。④

对于这样一个巨大而多样化的环境，任何个人也只能体验到它小小的一部分，其中主要是经济方面的价值体系——这些价值体系结合在一起，为小说提供了两个最具特色的主题：个体在大城市寻求财富，也许只会以悲剧性的失败告终，就像法国和美国现实主义作家所描写的那样；与之相关的对环境风气的研究则构成另一个主题，如巴尔扎克、左拉和德莱塞等人的作品就将我们直接带到幕后，向我们展示只有在街道上路过或者从报纸上读到的地方实际发生的事情。这两类主题在18世纪文学作品中也占据突出的地位。小说不仅是对报刊记者和时事评论者作品⑤的

---

① 原著脚注：'A Project for the Advancement of Religion and the Reformation of Manners', 1709, *Prose Works*, ed. Davis (Oxford, 1939), II, 61.
② 原著脚注：Bishop Sherlock's phrase (1750), cit. Carpenter, *Sherlock*, p. 284.
③ 原著脚注：Cit. W. E. Lecky, *History of England in the Eighteenth Century* (New York, 1878), II, 580.
④ 原著脚注：Reddaway, *Rebuilding of London*, p. 294.
⑤ 原著脚注：For example, John Gay, Trivia, 1716; Richard Burridge, A New Review of London, 1722; James Ralph, The Task of the Town: or A Guide to all Public Diversions, 1731; and see also Paul B. Anderson, 'Thomas Gordon and John Mottley, A Trip through London, 1728', PQ, XIX (1940), 244-260.

第六章 个人经历和小说

一种补充,而且也揭示了城镇的所有秘密:笛福和理查逊迎合了读者的这种兴趣,而在菲尔丁的《阿米莉亚》和斯摩莱特的《汉弗莱·克林克尔探险记》中对这类秘密的揭示更加明显。与此同时,在当时的大部分戏剧和小说中,伦敦被描写成财富、奢侈、刺激乃至富有丈夫的象征。对于斯蒂尔笔下爱读小说的女孩毕蒂·蒂普金斯来说,或者对于伊丽莎·海伍德作品中的贝茜·索特勒斯来说,在伦敦这样的环境里什么事都可能发生,这才是真实的生活。在大城市获得成功已经成为个人在现世追寻的圣杯。

很少有人比笛福更能深切地体验到伦敦生活的辉煌和艰辛。在伦敦土生土长的他足迹遍及法庭和监狱,最后就像他想成为的地道商人一样——从某种意义上讲他就是一个商人,在四轮马车和乡村宅第度过了自己的一生。正如他论述城市改革的一篇有趣的文章《奥古斯塔的成功》(*Augusta Triumphans*,1728)以及许多其作品所表明的那样,他对伦敦的所有问题都感兴趣,他甚至计划在蒂尔伯里(Tilbury)修建一个砖瓦厂,直接从伦敦的扩展中获利,虽然他在这方面运道不佳。

笛福的小说体现了城市化进程中诸多积极方面。如果我们随着他的男女主人公在充满竞争和道德沦丧的都市丛林中追逐财富,出人头地,就会看到一幅完整的伦敦画面和诸多景象,从海关到新门监狱,从拉特克里夫的穷人公寓到伦敦西区时髦的公园和屋宇。虽然这幅画有其自私和污秽的一面,但它与现代城市所呈现出来的情景有着很大的不同。笛福笔下的伦敦仍然是个共同体,几乎由无数个部分组成,各部分至少依然承认彼此之间的血缘关系。它虽然庞大却依然是局域性的,笛福和他的人物是其中的一部分,他们理解别人,也被别人理解。

笛福的小说轻松活泼,安然恬淡,有很多原因可以解释他的这种语调。他对伦敦大火之前的日子还有一些记忆,他成长过程中的伦敦仍然是一座实实在在的城市,大部分被围在城墙里面。虽然他也目睹了伦敦发生的巨变,但更重要的是他本人也积极热情地参与其中;他生活在一个众生喧哗的时代,一个为新的生活方式奠定基础的时代,而他则与这个时代完全步调一致。

理查逊笔下的伦敦画卷则完全不同。他的作品表达的不是整个共同体的生活，而是个人对于城市环境的极度不信任甚至是恐惧。特别是在《克拉丽莎》中，女主人公就像帕梅拉一样，不是理查逊极其反感的那种"自负"的"城里女人"，而是一个纯洁的乡村女孩。她后来告诉贝尔福德，她的堕落是由于"我对城市及其世故一无所知"。正是由于这个原因，克拉丽莎没有看出辛克莱太太是个"非常卑鄙的人"，尽管克拉丽莎注意到用于麻醉她的茶"有一股怪味儿"，但一听说里面含有"伦敦牛奶"，她也就轻易相信了。当她试图从敌人那儿逃脱时，她的处境同样很糟糕，她不知道她遇到的人会隐藏什么样的诡计，或者在房子的墙壁后面正在发生什么样的恐怖事情。她最终必须得死，因为她那颗纯洁的心灵不可能在"邪恶城市"的罪恶暴行中幸免于难。① 然而，她得一直拖着蹒跚的脚步，背负着十字架走完她全部的苦难历程，从圣奥尔本斯走到时尚的多佛街妓院，从绿树成荫的汉普斯特德度假胜地到高霍尔博恩的债务人拘留所，直到她回到故乡被埋葬，她的心灵才能得到安宁。

有意思的是，至少有一位和理查逊同时的代人，即 1754 年出版《〈查尔斯·格兰迪森爵士〉〈克拉丽莎〉和〈帕梅拉〉评论》的那位匿名作者，将克拉丽莎的堕落归咎于城市化带来的典型后果。他写道，"像洛弗莱斯和他的同伙，或者辛克莱太太和她的美貌女郎们"这样的角色只能"在伦敦这样的城市——一个强大帝国过度繁荣的商业大都市"勉强糊口。他接着又说："所有这些腐败是其机构组织必然会带来的不可避免的后果。"②

毫无疑问，笛福和理查逊对于都市生活的不同态度，是由于那个世纪中叶所发生的巨大变化所致。这一时期见证了许多革新，例如用房屋编号取代图形标志、拆除城墙、成立城市中心管理机构，负责铺设街道和安置街道照明，处理供水和污水，还有菲尔丁倡导的警察系统改革等。这些事情本身并不是很重要，却表明这样一个事实，即现有的情形

---

① 原著脚注：Clarissa, I, 353, III, 505, 368, I, 422; see also III, 68, 428.
② 原著脚注：p. 54.

第六章　个人经历和小说

要求完全不同的应对办法,因为以往的办法只适用过去的情形。① 当变化的规模达到一定程度的时候,社会组织的变革也就势在必行。尽管如此,作为伦敦人,笛福和理查逊之间的巨大反差不能仅仅或者主要解释为城市化进程带来的影响,毕竟两个人只隔了一代——笛福出生于1660年,理查逊出生于1689年。他们对城市生活的描写截然不同,主要是因为他们的身体和心理素质截然相反。

然而,即便在这一方面,他们的差异也具有某种代表性的特质。笛福具有一个多世纪前德洛尼②所描写的纺织商人的那种朝气蓬勃的活力。跟他们一样,笛福在某种意义上也是个乡下人,他熟悉农作物和牲畜,他骑马驰骋乡间就像在商店或账房里一样悠然自得。即使在伦敦,那里的交易所、咖啡馆和街道也一样为他提供了观看乡村英雄故事的景观。他无论走到哪里,都显得自在闲适。但是,假如笛福回想的是公民独立的英雄时代,那么理查逊会让我们瞥见即将出场的中产阶级商人的形象,这些人的眼界囿限于城市办公室和乡间的斯文家园。

伦敦本身自然不会提供他能够参与其中的生活方式。一方面,他深切意识到城市商人和居住在威斯敏斯特有身份的人之间的社会差异,这种意识并不会因为笛福对自己的阶层充满自信而有所减弱。理查逊于1753年写信给德拉尼夫人,提到他们双方都认识的一个熟人:"我们之间横亘着一道栅栏——坦普尔栅栏(Temple Bar)。居住在希尔街、伯克利和格罗夫纳广场附近的女士们不喜欢越过这个栅栏。她们一说起这个栅栏,就好像要走一天路程似的。"另一方面,理查逊很少参与他自己所处环境的各式生活,他"无法忍受拥挤的人群",由于这个原因,他连教堂都不去。即使在他自己的印刷厂里,他更喜欢透过一个"监视窗口"来监督工人们做工。③ 至于城里的各种享乐,那只是诱使像《克

---

① 原著脚注:See Ambrose Heal, 'The Numbering of Houses in London Streets', N. & Q., CLXXXIII (1942), 100 - 101; Sir Walter Besant, *London in the Eighteenth Century* (London, 1925), 84 - 85, 88 - 101, 125 - 132; George, *London Life*, pp. 99 - 103.

② 托马斯·德洛尼(Thomas Deloney, 1543—1600),英国小说家和民谣作者。——译者注

③ 原著脚注:*Correspondence*, IV, 79 - 80, I, clxxix, III, 225.

拉丽莎》里莎莉·马丁这类被遗弃的女人走上毁灭道路的邪恶存在，只能让他渴望回到"过去的时代，那时候没有沃克斯豪尔、拉内拉赫、马里波恩这样的娱乐场所，在那里游荡的人个个都经过刻意的着装和打扮"①。甚至连街头生活也迅速成为只有穷人才可以尽情享乐的生活，理查逊自然是不会参与其中的。如果我们看看他如何给布兰德舍弗夫人描写他外出散步的情形，就不难做出这样的判断：

> 常常是一只手揣在怀里，另一只手拄着手杖，手杖一般是掩在外套的下摆里，当他突然出现痉挛或者惊悸或者眩晕的时候——他常常受到这些症状的困扰，手杖就可以支撑着他，不至于被人发现……过往的人往往以为他是在目视前方，但实际上他是在观察左右两侧的所有动静，那奇短的脖子一动也不动，几乎从不回头……稳健平缓的步履似乎是在不经意间偷走脚下的大地，而不是在一步一步地摆脱它。②

理查逊的步态和姿势有些独特的城市特征，甚至连他的疾病也不例外。他的朋友乔治·切尼医生告诉他说，他患的是"那些久坐职业者"的典型疾病。由于理查逊的神经不允许他骑马，切尼建议他至少应该配一辆"马车"，就是唐斯（B. W. Downs）所说的"肝脏摇晃装置"③，这种东西当时很普及，可这样的运动并不能缓解他的神经症状。切尼将这种病症诊断为"英国疾病"或"神经衰弱"。这位医生也承认这种说法不过是"任何一种神经紊乱的简短表达"④，可以看作是18世纪特有的焦虑性神经衰弱症，是典型的城市精神性神经紊乱。

城市化进程带来了许多并不是那么有益的影响，理查逊就是其中的一个典型例子。把他与他同时代的伟人菲尔丁相比，丝毫不亚于把他和笛福相比。理查逊的熟人唐纳兰夫人指出，这种情况具有同样显著的文学效果，因为在她看来，理查逊的健康状况与作家典型的情感敏锐不无

---

① 原著脚注：*Clarissa*，IV，538.
② 原著脚注：*Correspondence*，IV，290 - 291.
③ 原著脚注：*Richardson* (London, 1928), p. 27.
④ 原著脚注：*Letters of Cheyne to Richardson*，pp. 34，59，61，109，108.

第六章 个人经历和小说

关系。针对理查逊长期不佳的健康状况,她这样安慰他:

> ……不幸的是,那些适合精致写作的人,必须精致地思考;那些可以塑造抑郁症的人,肯定能感受得到这种抑郁,因为精神和身体如此密不可分又彼此影响,这种敏锐能够在精神和身体之间相互传递。人们经常发现,身体柔弱的人,他们的思想也细腻。汤姆·琼斯可能会因为他叔叔的康复而喝得酩酊大醉,进而干出各种坏事。我敢说菲尔丁一定是个充满活力、身体强健的人。①

菲尔丁确实具有乡下人的粗犷,因此这两位小说家及其作品之间的差距可以作为英国文明史上生活方式大相径庭的一个范例,最后的结果以理查逊所表现的城市人的生活方式胜出。D. H. 劳伦斯敏锐地觉察到这场革命的道德影响和文学影响,其中不少影响他在《话说〈查特莱夫人的情人〉》中进行了概括。这是一篇他为自己的小说所作的辩护文章,其中提到他的小说对性的处理充分体现了《帕梅拉》所引发的那种趋势。他简略提到,经济变革和新教相结合破坏了人与自然生命以及人与同类之间的和谐——直到18世纪中叶,"旧英国"一直还有这种和谐存在——其结果是产生了"个人主义与个性情感,那是一种孤独的生存状态"。劳伦斯这样写道:"我们在笛福或者菲尔丁的作品中能够感受到这种和谐的存在,可是在刻薄的简·奥斯汀的作品中却毫无踪影,这位年迈的女子已经用'个性'取代了性格,这一点明眼人都看得出来。"②

当然,劳伦斯是一个逃避"个性"和人际关系的人,一个逃避"只有人"的世界的人。③ 如此说来,他或许也是逃避小说的人。小说的世界实质上是现代都市的世界,在小说和现代都市所呈现的生活图景中,个人沉溺于各种私密的人际关系中,因为他与更为宽广的自然或社会融为一体的环境已然不复存在。因此,第一位小说家自然是理查逊,而不

---

① 原著脚注:*Correspondence*,IV,30.
② 原著脚注:London,1930,pp. 57 - 58.
③ 原著脚注:*Letters of D. H. Lawrence*,ed. Huxley (London,1932),p. 614.

是他的继承者简·奥斯汀，因为他的作品尽显各种倾向，使"明眼人才看得出来的区别"一目了然。

E. M. 福斯特在《霍华德庄园》（*Howard's End*）中陈述了城市化与小说关注人际关系之间的联系。该书的女主人公玛格丽特·施莱格尔终于认识到，"伦敦只是预示着这种漂泊文明正在深刻地改变着人性，它为人际关系带来比以往任何时候都大的压力"①。这种联系得以存在的根本原因似乎是城市居民经历中最普遍、最典型的特征：他属于许多社会群体——工作、礼拜、家庭、休闲，但没有一个人认识所有角色中的他，他也不认识所有角色中的其他人。事实上，每天的轮回并不能提供永久、可靠的社会关系网络，同时由于感觉不到某种更加重要的共同体或共同标准的存在，人们有一种更强烈的需求，更加渴望一种情感安全和彼此之间的理解，而这种需求只有人与人之间共同的亲密关系才能满足。

笛福的作品中就很少暗示这种需求，摩尔·弗兰德斯所接触的人都是临时的泛泛之交，但她似乎陶醉于角色的多样性，她寻求的唯一安全感是经济方面的安全感。然而种种迹象表明，到了18世纪中叶，一种不同的态度开始形成。例如，伦敦就提供了这样一种环境，就像萨拉·菲尔丁的小说《大卫·辛普尔》（*David Simple*，1744）的副标题所宣称的那样，她的主人公了无生趣地到处穿行旅行，"穿越伦敦和威斯敏斯特整个城区，为的是寻找一个真正的朋友"，他孑然一身，默默无闻，置身于一种混乱无序的环境，接触到的都是一些唯利是图、转身即忘、毫无诚信的人。

理查逊躲避这种环境的做法也颇具相似性。然而幸运的是，还有一条出路，那便是郊区，那是城市化为他提供的一剂解药。郊区提供了逃离拥挤街道的出路，它的不同生活方式表明，与笛福小说中所描写的复杂多样而又临时随意的关系不同，理查逊所描写的关系更少、更密切、也更内向。

---

① 原著脚注：Ch. 31.

第六章　个人经历和小说

笛福在斯托克纽因顿度过了生命的最后几年，但即使是在退休之前，他在郊区的生活模式仍然相对比较新颖，正如 1839 年版《英国商人大全》"序言"里所说的那样。"序言"蔑称，从笛福"如此坚持让商人的妻子们熟悉丈夫的生意，却很少提及商人家庭在城外的房子……我们不难看出当时伦敦简单的生活状态，现在或许只能在四流市镇才能见到这样的状态"①。然而很快，城市富人涌向郊区，这种趋势十分显著，导致市区人口减少。② 理查逊可以尽情追逐这种趋势，到了周末和假期，他离开距斯特兰德不远的索尔兹伯里街营业点，愉快地前往他那些漂亮的郊区宅邸，最初是在"宜人的郊区北端"，1754 年后搬到帕尔森绿地，在那里尽情享受悠闲时光。他的两处房子都位于富勒姆，根据卡尔姆的描述，1748 年的富勒姆是个"漂亮的小镇"，坐落在乡间，有很多砖砌的房子，"到处都是闲适的庭园"③。理查逊在这里为自己建了一个小庭园，用塔尔博特小姐的话来说，在庭园里面，"他的家禽在五十个干净整洁的小窝棚里欢快地嬉戏"④。

郊区可能是新型城市格局中象征阶级分离的最重要的一个方面。富人和穷人都被排除在外，所以中产阶级模式得以顺利发展，因为他们既不受城镇富人珠光宝气恶行败德的影响，也不受穷人苦难寒碜无从改变现状窘境的干扰。"群氓"是 17 世纪后期新造的一个词语，含义深刻，反映了中产阶级对城市民众与日俱增的厌恶乃至恐惧情绪。

旧的城市生活方式与取代它的新的社会模式之间的对比，也许在"文雅"和"乡气"这两个词的含义中体现得最为充分：一个是文艺复兴时期的概念，另一个是典型的维多利亚时代的概念。"文雅"表示礼貌和善解人意的品质，这是有着更丰富多样和社会经验的城市生活产物。与之相伴的是喜剧精神，在 16、17 世纪的意大利、法国或英国喜剧中，集中表现街道和广场的欢乐生活，房屋的墙壁只不过提供了一种

---

① 原著脚注：Edinburgh, p. 3.
② 原著脚注：George, *London Life*, p. 329.
③ 原著脚注：*Account*, p. 36.
④ 原著脚注：Cit. McKillop, *Richardson*, p. 202.

纯属名义上的隐蔽场所。与之相反，"乡土气"则表示隐蔽的中产阶级家庭以及隐蔽的自满和卑俗。正如芒福德①所言，郊区是"想过上个人生活的一种集体尝试"②，它非常独特，集社会安慰与个人隐私安全于一体。它本质上致力于一种女性化、宁静的家庭理念和选择性的个人关系，这种理想只能在小说中表达出来，而且最初就是在理查逊的文学作品中得到了充分表现。

郊区的隐私基本上是以女性为主，因为它反映了一种与日俱增的倾向，认为女性的羞怯非常脆弱，因此需要防御性的隐居来保护，这一点前面已经讨论过。郊区的隐居又由于这一时期另外两个方面的进步而得以加强——乔治王朝时期的住房条件提供了更大的私密性，家常书信往来使得新的人际关系模式成为可能，这种模式自然涉及私密的人际关系而非社会关系，可以在不离开家的安全情况下得以维持。

在中世纪，几乎所有的家庭生活都在一个公用大厅里进行，后来才渐渐出现了个人卧室以及主仆单独使用的独立餐厅。到了18世纪，家庭隐私经过不断改进最终完全定型，每个家庭成员甚至家庭用人都比以往更加强调拥有独立的卧室。所有的主要房间都有一个独立的壁炉，只要自己愿意，每个人随时都可以单独待在屋里，这点直到现在都是每个家庭主妇很认可的一个细节。门锁在16世纪仍然十分罕见，后来成为上流社会坚持拥有的一种现代化设备。帕梅拉和B先生为她的父母准备房子时就坚持要有门锁。③帕梅拉当然有充分的理由关注这件事：在她遭受各种磨难的时候，睡觉前能不能锁上门，这可是生死攸关的大事，或者是比死亡更可怕的事情。

在乔治时期，住宅的另一个特色是那间毗邻卧室的密室或小型私人房间。在通常情况下，密室里面摆放的不是瓷器或者腌菜，而是书籍、一张写字台和墨水瓶。这是个人房间的早期版本，弗吉尼亚·伍尔夫认

---

① 刘易斯·芒福德（Lewis Mumford，1895—1990），美国历史学家、科学哲学家、著名文学评论家，还是一位兴趣广泛的作家，以其对城市和城市建筑的研究而闻名。——译者据维基百科注
② 原著脚注：*Culture of Cities*（London，1945），p. 215.
③ 原著脚注：*Pamela*，Pt. II，p. 2.

为它是女性解放的首要条件,甚至比它的法国对应物——闺房——更具特色的是,它是女性享受自由甚至放纵的地方,因为当帕梅拉在写"开心日记"时,或者当克拉丽莎同安娜·豪私下交流消息时,密室不是用来隐藏情人的,他们被锁在门外。

对于这种培育女性情感的新型温室而言,理查逊就形同一位宣传者。例如,在一封写给韦斯特科姆小姐(Miss Westcomb)的信中,他将社交场合那种"笨鹅一般絮絮叨叨"的谈话与那些快乐的以"密室为天堂"的女士之间的书信往来进行了对比。① 他的女主人公没有也不可能跟着笛福的摩尔·弗兰德斯或者菲尔丁的韦斯顿小姐享受街道、公路和公共休闲胜地的生活——理查逊以典型的厌恶之情将她们斥之为"经常出入小酒店的索菲亚"②。她们住在安静幽僻的大房子里,可每个屋子里都有它热烈而复杂的内心生活。随着信件接连不断地从一个寂寞的密室传到另一个密室,戏剧情节也随之缓缓展开。书信的作者是密室的主人,她偶尔也会驻笔,以焦灼的心情猜测其他屋子里传来的脚步声,她也会让那些企图开门的人知道她那种无法忍受的紧张感,让他们知道这样的举动威胁甚至侵犯了她宝贵的独处心情。

理查逊笔下的女主角钟情于家常书信,这反映了对书信的狂热膜拜,也是18世纪文学史上最鲜明的特征之一。膜拜的基础是中产阶级女性的闲暇时间日益增多,她们的文化水平大幅度提高,同时邮政设施的改善也为她们提供了巨大的便利。1680年,伦敦创立了一便士邮政服务体系,到下个世纪20年代,英国邮政服务的廉价、速度和效率至少在笛福眼里是整个欧洲都无法比拟的。随后几十年英国其他地区的邮政体系也有了巨大的改观。③

随着书信的日益普及,其性质也发生了重大变化。在16世纪及以前,大多数正式通信都是公共性质的,涉及商业、政治或外交事务。当

---

① 原著脚注:*Correspondence*,III,252-253.
② 原著脚注:Letter to Miss G [rainger],Jan. 22,1750,in *N. & Q.*,4th ser.,III (1869),276.
③ 原著脚注:Howard Robinson,*The British Post Office*:A History (Princeton,1948),pp. 70-103.

然，也有关于其他事务的信函，如文学、家庭事务甚至爱情等，但这类书信似乎相当罕见，仅限于相对有限的社交圈子。人们自然很少看到存在玛丽·沃特利·蒙塔古夫人所说的"乱涂乱画的东西"①，这其实在18世纪相当普遍——社会各阶层的人虽然有着天壤之别，却习惯于通过书信交换他们日常生活中的新闻和观点。与这种变化相似的就是电话的最近变化，长期以来，电话仅限于交流重要事务，通常是商务性质的。随着电话设施的改善和成本的下降，可能特别是在女性的影响下，电话的用途逐渐扩展到普通社交，甚至充当了亲密交谈的工具。

总之，到了1740年，像帕梅拉这样的女仆也可以经常与她的父母保持联系，这显然并非完全不可思议。自然，正是由于人们写信习惯的日益普及，理查逊才有了记叙帕梅拉冒险经历的最初动力。也正是因为这个原因，他的两个书商才建议他"选择对乡下那些自己不会写信的读者有用的主题，用家常风格"写一卷"家常书信"。②

然而，帕梅拉的书信技巧表明，她的身份略高于她原本应有的身份，在写作方面她显然不需要任何帮助！事实上，她是根据18世纪无数贵妇人的模子塑造而成的一位女性主人公，她们都采纳了理查逊的忠告，学会利用她们的闲暇时间："钢笔在女人的手中几乎是和针一样好用的工具。"③

我们现在可以更清楚地看到城市化与理查逊所强调的私人经验之间的主要联系。理查逊厌倦城市生活，偏爱郊区生活，正是出于同样的原因——他能够在家常书信写作中得到最大的满足感。书信这种交往模式最适合郊区所代表的那种生活方式，只有在这样的人际关系中，理查逊才能克服内心深处的拘谨。由于紧张，他与人相处时沉默寡语，局促不安，无论是和印刷所的工人们交谈还是和家人沟通，他都喜欢用"便条"④。可是当他写信时，不管是真实的还是虚构的，他可能会忘记所

---

① 原著脚注：*Letters and Works*，I，24.
② 原著脚注：*Correspondence*，I，liii.
③ 原著脚注：*Ibid.*，VI，120.
④ 原著脚注：*Ibid.*，I，clxxxi.

有的拘谨。书信对他而言必不可少,以至于他的朋友们说:"理查逊先生之所以认为自己生病了,那肯定是因为他手里没有拿笔。"①

只有笔才可能让他满足最深层的原本相互排斥的两种需求:逃离社会和情感宣泄。"笔,"他写道,"是嫉妒他人陪伴的。我可以这样说,它期望占据作家的整个自我,每支笔都喜欢作者隐身。"与此同时,笔又提供了一种逃离孤独的方式,让作者进入一种理想的人际关系。正如他对韦斯特科姆小姐所说的那样,"信函确实是友谊的黏合剂,我可以说,它是亲手写就、密封宣誓的友谊。它比最为真挚的私人交谈更真挚、更热情、更少受到打扰,因为从开始准备到写作的过程中,它需要进行深思熟虑"②。的确,理查逊如此坚信书信对话能够给予他在普通生活中无法得到的情感满足。他用一种启示性的虽然是错误的词语来支持他的信仰:"家常书信写作",洛弗莱斯在《克拉丽莎》中解释说,"是发自内心的写作……正如'通信'(cor-respondence)这个词所暗示的那样",他接着补充说,"不仅仅是发自内心,而且是发自灵魂"③。

Ⅱ

在小说中采用书信体形式的利弊已经讨论得很充分了。④ 其弊端尤其明显——这种写作方法过分依赖于鹅毛笔,所写的内容重复冗长且不真实,常常使我们不得不赞同洛弗莱斯的观点:"让鹅和鹅毛笔都烂掉吧!"⑤ 当然,书信主要的优点是它是作家内心活动最直接的物理证据。用福楼拜的话来说,书信是"真实的作品",比回忆录更有价值。书信

---

① 原著脚注:Cit. Thomson,*Richardson*,p. 110.
② 原著脚注:*Correspondence*,III,247,245.
③ 原著脚注:*Clarissa*,II,431.
④ 原著脚注:See G. F. Singer,*The Epistolary Novel* (Philadelphia,1933),especially pp. 40-59;F. G. Black,*The Epistolary Novel in the Late Eighteenth Century* (Eugene,Oregon,1940);and for the European background Charles E. Kany,*The Beginnings of the Epistolary Novel in France,Italy and Spain* (Berkeley,1937).
⑤ 原著脚注:*Clarissa*,IV,375.

不仅真实地表明作者对读者和人物带有主观倾向和个人倾向的看法，而且也揭示了作者本人的内心世界，正如约翰逊博士写给斯雷尔夫人的那样："一个男人的信件……是他内心唯一的真实写照，无论他内心有什么想法，都会在一个自然的过程中毫不掩饰地反映出来。没有颠倒，没有扭曲，你会看到构成整体的各个要素，你会观察促成行动的各种动机。"①

描绘内心生活时所遇到的主要问题究其实质是时间尺度的问题。个人日常经验由连续不断的思想、情感和感觉流组成，但是大多数文学形式，例如传记乃至自传，往往像一张过于粗略的时间网格，难以捕捉到事件的即时性，因此记忆就构成了这类描写的主要部分。然而正是这种分秒毕现的意识构成了一个人性格的主要内容，并决定了他与他人的关系。因此，只有接触到这种意识，读者才能充分地参与虚构人物的生活。

在平常生活中，最能真实记录这种意识的就是私人信件，理查逊就充分意识到他所谓的"分秒书写"技巧的优势。他在《克拉丽莎》"序言"中十分明确地指出："在写作书信时，作者都是全身心投入到主人公的意识中……所以不仅有很多评论性的情节，而且也有可以称之为即时描写和思考的内容。"理查逊认为，这种用现在时态记录行动的写作手法比回忆录更有优势，而回忆录则是笛福和马里沃②叙事手法的基础。理查逊在《克拉丽莎》"后记"中转载了他同时代一位评论家的信，信中指出，理查逊以自己的方法将"事件的微小细节、各方的情感和对话都淋漓尽致地呈现出来，这些都是此时此刻占据主导地位的激情所能产生的效果"。另一方面，"一般的传奇故事，尤其是马里沃的作品，是完全不可信的，因为作者认为历史是一系列事件被某个灾难终止之后才书写的。这就意味着作者必须要具有超强的记忆力，要能够记住所有事

---

① 原著脚注：Oct. 27，1777。
② 皮耶·德·马里沃（Pierre Carlet de Chamblain de Marivaux，1688—1763），18 世纪最重要的法国剧作家之一，曾为法兰西喜剧院和意大利喜剧院创作无数喜剧。——译者据维基百科注

第六章　个人经历和小说

例和所有可能性，而这显然是不可能的"。①

完全不可信这种论点也难以令人信服，而且书信体方法也有不可信之处。因此，两种方法都应该作为文学常规而被接受。不过书信体的运用确实便于作者创作出一些即时记录，类似于主人公在事件发生的瞬间做出的主观反应，因而这类作家比笛福更彻底地背离了古典写作中的叙事倾向，即明显带有那种选择性、概括性的叙事倾向。如果事件在发生很久之后还能被记住，那么记忆就会发挥一些类似于古典作品的功能，只保留那些导致重要行动的内容，忘记一切短暂的中途夭折的事件。

理查逊试图捕捉他在《帕梅拉》的"编者序言"中所说的"对每一个细节的直接印象"，这种做法显然导致了许多琐碎甚至荒唐可笑的内容。申斯通惟妙惟肖地戏仿他的这种叙事特征："于是我坐下来，写了这么多，笔发出'唰，唰'的声音——为什么？现在怎么样？我说——这笔是怎么回事？于是我想我应该结束这封信，因为我的笔在'唰，唰'地叫……"② 帕梅拉的重复和她在琐事中自言自语的习惯纵然无可厚非，不过即使是在申斯通的戏仿中，特别是在通篇阅读时，这种喋喋不休显然使我们最大限度地接近帕梅拉的内心意识。人物的思路常常需要这种瞬时性和透明度，这样我们才会觉得没有隐瞒任何事实。实际上，这种毫无筛选的叙事方式促使我们更积极地参与作者所讲述的事件和感受，因为我们不得不从一连串的衬托细节中来挖掘有意义的性格和行为，正如在现实生活中，我们努力从随意的变动不居的一系列事件中搜寻意义一样。这就是小说通常引导读者进行的那种参与，它让我们感觉我们接触的不是文学，而是生活本身的原材料，因为原材料即时地反映在主人公的思想中。

以前的书信写作传统不大会鼓励这种叙事方式。例如，约翰·利利的《尤弗伊斯》（1579）也是一部典型的通过书信讲述故事的作品。不过为了兼顾他那个时代的文学和书信传统，利利的重点在于推出新的修

---

① 原著脚注：The Everyman and many other editions do not reprint the prefatory matter of the novels, nor the important Postscript of *Clarissa*. Quotations here are from the Shakespeare Head Edition (Oxford, 1930).

② 原著脚注：*Letters*, ed. Mallam, p. 24.

辞方式，而人物及其行为则退居非常次要的位置。然而到了《帕梅拉》时代，大多数文学大众很少关注优雅的修辞传统，他们只是为了与朋友分享自己的日常思想和行为才使用信件。事实上，对于家常书信体的推崇，为理查逊提供了一个按照个人经历调好音量的麦克风。

理查逊使用的书信写作传统本质上是女性化的，从文学的角度来看是业余的。这一事实也有助于他破除散文的传统规范，代之以一种全新的风格，而这种全新风格最适合体现他的叙事方式对心理活动的关注。就像他运用许多其他风格一样，在运用这种风格时，他比平时更清醒地意识到自己的文学目的，甚至运用得更加得心应手。在《克拉丽莎》中，他至少有一处强烈暗示，自己的文学风格绝对比那些受过古典教育的作家的文学风格更优越，更适合他的特殊写作目的。他通过安娜·豪告诉我们说："只有学者"才会经常"用隐喻来粉饰他们的作品，他们装腔作势，华而不实，长篇大论。对他们而言，崇高的不是情感而是措辞"，别的作家则"陷在古典的泥沼里搜肠刮肚，东拼西凑，却从不知道怎样展现自己真正的才华"。①

另一方面，理查逊自己的信函以及他笔下受教育程度较低的女性的信函就比较朴实，也更加自然，一切都是为了表达作者在写作那一刻所涌现出来的内心想法。这可以从理查逊的真实信件及其小说的虚构信件中得到证实。例如，在他写给布兰德舍弗夫人的信中就有这样一段话：

又是一个他喜爱的人，不过敬畏有加——嘘！笔啊，你还是歇歇吧！

制止得非常及时。要不，我在何处才能搁笔呢？这位女士——要忍受这么矫揉造作的话题，多难啊！可是我必须忍受。这个人指望不上了——还是继续吧！今晚不再说话。②

这种写作方法完全摈弃了奥古斯都的散文③模式，不过这正是理查

---

① 原著脚注：Clarissa，IV，495.
② 原著脚注：Correspondence，I，clx.
③ 奥古斯都统治下的拉丁文学全盛时期大约在公元前43年至公元18年之间。——译者注

第六章　个人经历和小说

逊成功记录内心冲动和拘谨这种戏剧性场面的必要条件。

在小说中，理查逊的语言在于集中表达他笔下的人物在同样的情境中书写时可能会使用的语言，其中有一个鲜明的特征，那便是他善于使用流行单词和短语。例如，在《帕梅拉》里，我们可以读到诸如"胖脸"，"他本来会更好"以及"你用一根羽毛就可以击倒我"① 这样的口头语——既不优雅也不辛辣，都是喜剧或讽刺剧中不经常使用的，却又让人联想起这本书的道德和社会氛围。然而，理查逊最具特色的语言创新是他的词汇，他在这方面的目标也是为了创造一种文学载体，以便更精确地记录心理过程。例如，一位匿名小册子的作者就抱怨理查逊"新造了许多单词和短语，比如格兰迪森的'沉思地'，塞尔比大叔的'谨小慎微'，以及其他各种各样的语汇"，他担心这些表达方式可能会"经过未来词典编纂者的辛苦劳作"而被"编撰成一本词典"。② 实际情况是，这些特殊词汇之前就有人使用过，尽管理查逊完全有可能是自己独创的。无论如何，这两个单词表明理查逊独特的文学倾向："沉思地"表明它是作者准确记录人物情感色彩的一种需要，而"谨小慎微"是一个有用的速记词，表明不同程度的拘谨对人物内心世界的主宰。

有趣的是，切斯特菲尔德勋爵似乎已经意识到，理查逊违背语言规范与他着眼于一种新的文学目标之间有一定的关系。他将理查逊作品中那些未受过教育的人物的"闲谈"与作者"在绘画和启迪心灵方面的丰富知识与技巧"联系在一起，认为理查逊"甚至创造了一些词语，表达那些细微的令人钦佩的内心活动"。③ 不足之处是，切斯特菲尔德勋爵并没有具体说明是哪些词语。不过我们可以引用理查逊创造的三个词来支持他的观点："分娩使最轻浮的人变得'母性十足'"④，这证明需要

---

① 原著脚注：I, 356, 6, 8.

② 原著脚注：*Critical Remarks on Sir Charles Grandison, Clarissa and Pamela...By a Lover of Virtue*, 1754, p. 4. Shenstone parodied Richardson's neologisms in the passage cited above, which contains the first use of 'scrattle' recorded in the O. E. D.

③ 原著脚注：*Letter to David Mallet*, 1753; cit. McKillop, *Richardson*, p. 220.

④ 原著脚注：*Familiar Letters on Important Occasions*, 1741, Letter 141; the first reference given in the O. E. D., also by Richardson, is from Grandison.

用一个单词来表达整个复杂的心理过程；《克拉丽莎》为我们提供了第一个有文字记录的有关"性格"① 的用法，意思是"个体特征"②，这比其单数形式的现代用法要早得多；而《查尔斯·格兰迪森爵士》为我们提供了"女子品性"③ 这个词，它的确是"塞尔比先生的一个特殊而富有表现力的词汇"④。

因此，书信形式可以说为理查逊提供了一个通往心灵的捷径，激励他尽可能准确地表达他在内心世界所发现的东西，尽管这样做让传统的文学界人士感到很震惊。然而结果是，他的读者发现他的小说完全捕捉到了他们内心相同的感受，将他们带入一个虚构的世界，那里的人际关系多姿多彩，比他们提供给理查逊写作的日常生活中的人际关系更加亲密，更加愉悦。事实上，作者和读者依然在继续这种倾向和兴趣，因为正是这些倾向和兴趣最初确立了《帕梅拉》叙事模式的基本形式，即崇尚家信写作的风格。

III

无论是在舞台上还是通过口头叙说，都会丧失书信形式那种亲密隐秘的效果。印刷是达到这种文学效果的唯一媒介，它也是现代城市文化唯一可能的交流方式。亚里士多德认为，理想的城市应该不超过公民可以在一个会场办理事务的规模⑤，超过了这个规模，文化就不再是口头的了，那时候写作就成为主要交流手段。后来随着印刷术的发明⑥，出

---

① 原文用的是 personalities 这个词。
② 原文用的是 individual traits 这个词语。
③ 原文用的是 femalities 这个词。
④ 原著脚注：*Grandison*, VI, 126.
⑤ 原著脚注：*Politics*, Bk. VII, ch. 4, sects. ii - xiv.
⑥ 最早的木版印刷是公元 220 年前在中国出现的。印刷技术后来的发展包括毕昇在 1040 年左右发明的活字印刷和德国人约翰内斯·古腾堡（Johannes Gutenberg）在 15 世纪（1440—1448）发明的印刷机。——译者据维基百科注

现了现代城市化的典型特征,刘易斯·芒福德称之为"纸张造就的伪环境",即"可见和真实的事物……只是那些转移到纸上的东西"。①

新媒体的文学价值确实难以分析,不过有一点是清楚的,即所有的主要文学形式最初都是口传的,即使在印刷品出现后很长一段时间,口头表演依然影响着各种文学形式的目标和惯例。例如,在伊丽莎白时代,不仅诗歌,就连散文创作也要考虑通过人的声音来表演的适用性问题。与通过古老的口头表演来满足恩客(赞助者)的趣味相比,最终以印刷形式出版的文学作品反倒成了相对次要的事情。直到新闻业兴起之后,才出现了一种完全依赖于印刷的新的写作形式,而小说可能是唯一与印刷媒介发生实质性关联的文学体裁。因此,我们的第一位小说家本人又是印刷商,这再适合不过。

理查逊凭借他的老本行来制造他特有的文学效果,这点也引起F. H. 威尔考克斯(F. H. Wilcox)的注意:"理查逊作品的印刷形式",他指出,"证明他十分忠于事实。没有哪位英国作家如此深谙标点符号的文学潜力……并以此来表现实际对话中的曲折变化和节奏。"② 理查逊得心应手地运用斜体、大写字母以及表示不完整句子的破折号,这些都有助于通过文字转换手段来传达对现实的真实印象,尽管许多同龄人肯定会说这只是因为他不能熟练驾驭常规的文学风格而已。事实上,他们的观点也许可以从《克拉丽莎》中两种非常突兀的印刷手法上得到证实:为了表现女主人公在谵妄状态中断断续续的情感迸发,他模仿她发狂一般涂抹在页面不同角落的残缺诗行,而洛弗莱斯最终的呼喊"以此赎罪吧!"是用超大字号印刷的。③

不仅如此,理查逊还以别的更重要的方式充分利用他的媒介资源。作为一种文学交流方式,印刷品具有两个完全非人格化的特点,不妨称之为印刷品的权威和印刷品的假象,这两种特点赋予小说作者巨大的叙

---

① 原著脚注:*Culture of Cities*,pp. 355-357.
② 原著脚注:"Prévost's Translations of Richardson's Novels",*Univ. California Pubs. in Modern Philology*,XII (1927),p. 389.
③ 原著脚注:*Clarissa*,III,209;IV,530.

事灵活性，因为它们使得作者能够毫不费力地从公众声音调整为个人声音，从证券交易所的现实转为白日梦的现实。

印刷品的权威——认为所有印出来的东西肯定是真实的——很早就确立了。如果奥托里古斯的歌谣是印刷出来的，那么莫普萨就相信"它们肯定是真的"①。在《堂吉诃德》里，旅馆老板对传奇故事也持同样的信念。② 对读者而言，印刷品是人类正确无误的标本——在这里面没有必要证明自己是值得信任的演员、游吟诗人或演说家，它是一个世人都看得见的物质现实，而且比所有人都长寿。印刷品没有哪怕是最完美的手稿所具有的个性、差错以及个人特质，印刷品更像是一道超越人性的法令，获得社会的普遍认可，部分原因是因为国家和教会对印刷品印制的指示，这使得印刷媒介变得神圣不已。至少就本能而言，在我们获得足够经验变得明智之前，我们不会怀疑印刷品里的东西。

显然，笛福就充分利用了印刷品的这种权威，他的故事采用新闻和报道的方法，完全摒弃主观色彩，从历史的视角叙述事件。报纸的本质就是假装客观，以免读者会问"这是谁编造的？"

由于具有彻底透析读者主观生活的能力，印刷品的客观性和权威性得到进一步增强。这种机械制作出来的在页面上完全相同的信件，当然比任何手稿更加客观，不过同时读者可以更加无意识地阅读。我们不再意识到我们面对的是印刷的页面，我们会全身心投入小说所描写的幻觉世界中去。这种效果还会因为这一事实而进一步增强：我们阅读时通常是独自一人，这本书暂时就是我们个人生活的一种延伸，是我们口袋里或者枕头下面收藏的私人物品，它讲述的是一个亲密的在日常生活中从没人会大声说出来的世界；这个世界以前只在日记、忏悔录或者家信中得到表达，它是专门表达给一个人的，无论是给作者本人、牧师抑或是亲密朋友。

对于作者和《帕梅拉》或《克拉丽莎》的读者来说，小说表现模式的私密性是必不可少的。正如他自己所说的那样，很可能是由于心理原

---

① 原著脚注：The Winter's Tale，Act IV，sc. iv.
② 原著脚注：Part I，ch. 32.

第六章　个人经历和小说

因,理查逊只能成为一名"被编辑的个性遮蔽在背后"的作者。① 而对于读者来说,他们普遍认为一个群体做出的反应往往与同一群人单独做出的反应完全不同,理查逊非常清楚这一点。尊敬的卢恩博士怂恿克拉丽莎在法庭上指控洛弗莱斯强奸了她,她非常现实地回答:"在法庭上,我的一些请求不会对我有多少好处……要是在法庭外面,一群严肃的听众私下听了,可能会对他产生极大的愤慨。"如果仅仅概括事情的要点,可能意味着克拉丽莎是自作自受,但如果对她的情感和抱负有充分的了解,并且确信洛弗莱斯也完全了解这些情况且认识到他的罪过的严重性,我们才能理解故事的本质。这一点在安布罗斯上校举办的精彩舞会场景中得到了进一步验证。在舞会上,洛弗莱斯被一个社会团体所接受,其中很多成员都是克拉丽莎的朋友,他们都知道他对她的所作所为,甚至安娜·豪也无法公开站出来根据她内心的真实想法勇敢地指责他。②

理查逊之所以依赖小说的表现模式,最重要的原因自然是他对人类生活经历中最隐秘的方面即性生活的关注。至少在西欧的舞台上,从不会大胆地表现性行为,然而在他的小说中,理查逊却可以呈现出许多此类东西。要是换作其他形式,这些东西是受众无法接受的,因为至少他们在公众场合的行为被日益强化的清教主义的道德禁忌严格控制着。

《克拉丽莎》就是一个极为典型的例子。理查逊客观匿名的角色使他可以将自己内心想象的东西投射到一个神秘的隔壁房间里去,借助于印刷品的隐秘性和匿名性,读者可以将自己置身于钥匙孔背后,在不为人知的情况下偷窥、见证强奸的准备、尝试以及整个实施过程。读者和作者都没有违反任何规范,他们与曼德维尔的贞洁女孩所处的情境一模一样,她的例子就体现了在公开场合和私人场合对性截然不同的两种态度。她在公众场合表现羞怯,很容易恼羞,但是"在同一个贞洁女孩的隔壁房间里,如果确信没有人会发现她,就算不是倾听,她也会听他们

---

① 原著脚注：*Correspondence*, I, lxxvi
② 原著脚注：*Clarissa*, IV, 184, 19-26.

谈话，不管他们说得多么猥亵下流，她也丝毫不会脸红"①。具有讽刺意味的是，有人指责《克拉丽莎》有些场面"过火"，超越了"体面所能允许的尺度"，理查逊似乎用类似的理由为自己辩护。他要么自己写，要么鼓动厄本先生在《绅士杂志》上写道："一个有教养的女士在众人面前……可能不能容忍实际发生或在舞台上出现这些情景，可是在私密空间她可能不会觉得这样做有什么不妥。"②

因此，印刷机器提供了一种文学媒介，公众态度对它进行的审查远没有对舞台那么敏感，它本质上是一种更适合交流个人情感和幻想的媒介，它带来的影响在小说的后期发展中非常明显。在理查逊之后，许多作家、出版商和流通图书馆运营商开始从事大规模小说创作，只是为了给白日梦提供机会。这至少是柯勒律治在其《文学传记》里令人难忘的一段文字中表达的观点：

> 至于流通图书馆的热心读者，我不敢恭维他们以阅读的名义消磨时间或者说打发时间的行为。倒不如把它称之为一种可怜的白日梦，在这个梦里，梦想家的思想除了为自己提供慵懒和一点多愁善感之外别无其他。梦想所需要的所有材料和意象的剂量由外部通过印刷所制作的暗箱提供，它会临时修复、反映并传递一个癫狂者变动不居的幻象，以便为一百个其他荒芜的大脑增添人性成分，这些大脑患有相同的恍惚症或者丝毫没有常识和明确目的……③

印刷品在理查逊本人和他的读者之间提供了一种个人渠道。假如我们认为他从这种渠道获得的主要优势是向读者呈现他自己的白日梦，而不是描写那些由于审查制度而无法公开呈现的行为，这对他是不公平的。尽管人们对理查逊的"钥匙孔观察生活"谈论得很多，但毫无疑问，即使他这样做是为了实现不健康的目的，他对这种方法的间或使用也为文学领域的大胆探索、为开辟全新的个人经验领域打下了重要的基

---

① 原著脚注：'Remark C', *Fable of the Bees*, I, 66.
② 原著脚注：Cit. Dobson, *Richardson*, pp. 100 - 101.
③ 原著脚注：Ed. Shawcross, 1, 34, n.

础。我们必须记住，毕竟这种说法本身只是一个贬义的隐喻形式。另一位献身于研究内心生活的伟大学者是亨利·詹姆斯，他正是利用这一隐喻表达了他对作者客观性和超脱性立场的信念。在他看来，小说家在虚构小说这间房子里所扮演的角色，如果不是一个钥匙孔偷窥者，至少也是一个"窗外观察者"①。

IV

由此看来，许多社会和技术变革的结合使理查逊能够比以前的小说家更加充分、更加有说服力地展示人物内心生活，表现人际错综复杂的关系。反过来说，这样做在读者和人物之间引发了一种更深刻更彻底的身份认同。原因显而易见：我们认同的不是行动和情境，而是情境里面的人物，以前从未有过这样的机会，可以毫无保留地让我们进入虚构人物的内心生活，这些是理查逊的《帕梅拉》和《克拉丽莎》里的书信意识流所呈现给我们的。

理查逊的小说在他那个时代广受欢迎就非常清楚地表明了这一点。例如，理查逊在《帕梅拉》"序言"中转载了亚伦·希尔的一封信，信中描写他读这本书时如何依次转化为里面的所有人物："时不时地，我会变成瑞士人科尔布兰德，但是无论我的脚步迈得有多大，在这个角色中，我永远逃脱不了朱克斯太太的影子，她常常让我彻夜难眠。"② 而爱德华·杨认为《克拉丽莎》是"他最后的恋人"③。狄德罗④的话表明，在法国，理查逊的人物也被认为是完全真实的人。据他在《赞美理

---

① 原著脚注：See Prefaces, *Portrait of a Lady*, *Wings of the Dove*〔*Art of the Novel*, ed. Blackmur (London, 1934), pp. 46, 306〕.
② 原著脚注：*Pamela*, 2nd ed., 1741, I, xxx.
③ 原著脚注：Richardson, *Correspondence*, II, 18.
④ 德尼·狄德罗（Denis Diderot, 1713—1784），法国启蒙思想家、唯物主义哲学家、文学家、美学家和翻译家，百科全书派的代表。他最大的成就是以20年之功主编《百科全书，或科学、艺术和工艺详解词典》，此书是18世纪启蒙运动的最高成就之一。——译者据维基百科注

查逊》(*Éloge de Richardson*,1761)中讲述,他读《克拉丽莎》时会情不自禁地为女主角呼喊:"不能相信他!他在骗你!不要跟他去,他会毁了你!"阅读快结束时,他"感觉就像跟一起生活了很久的朋友告别那样难舍难分"。读完小说,他"突然感到像是被抛在一边似的,心里空落落的"。确实,这种经历令人精疲力竭,后来他的朋友们看到他,不清楚他是生病了,还是失去了一位朋友或亲人。①

当然,在某种程度上,身份认同是所有文学必须具备的特征,这就如同在现实生活中一样。人是一个"扮演角色的动物",他无数次走出自我,融入别人的思想和情感,在形成自己个性的过程中才能成为人。② 所有的文学显然都离不开人把自己投射到其他人及其情境之中的这种能力。例如,亚里士多德的净化理论就假定观众在某种程度上认同悲剧人物,但如果观众不服用同样剂量的盐水,他们的灵魂怎么可能得到净化呢?

然而,就像小说之前的其他文学形式一样,希腊悲剧本身就包含许多限制身份认同的元素。表演戏剧的公共环境、主人公的高贵以及他多舛的命运,这些都提醒观众他们观看的不是生活而是艺术,是与他们日常生活体验截然不同的艺术。

小说则不然。它在本质上并没有那些限制身份认同的元素,因而更加具有影响读者意识的绝对力量,足以解释一般小说形式的独特优点和缺点。一方面,它在探索个性和人际关系方面具有无与伦比的微妙手法,这些在最伟大的小说家的作品中比比皆是。劳伦斯指出,"小说的巨大价值"在于它"贯穿我们的同情意识流,可以引导它流向新的地方……带领我们的同情心远离死去的东西……揭示生活中最隐秘的地方"。③ 另一方面,正是基于相同的影响意识的力量,小说远不是为了提高人们的心理意识和道德意识,而是很有可能成为广受欢迎的供应商,为读者提供

---

① 原著脚注:*Œuvres*, ed. Billy (Paris, 1946), pp. 1091, 1090, 1093.
② 原著脚注:On this see G. H. Mead, *Mind, Self, and Society* (Chicago, 1934), especially pp. xvi – xxi, 134 – 138, 173, 257.
③ 原著脚注:*Lady Chatterley's Lover*, ch. 9.

第六章　个人经历和小说

间接感受性经验的机会,使他们青少年时期的愿望可以得到实现。

理查逊在小说传统中享有独一无二的地位,因为是他率先开启了这两个方面①。每一个发现都富有反讽意味,因为它适合各种不同的用途。但是在这些截然相反的用途中,有一种特别彻底的反讽,理查逊就在他的第一部作品中将这种反讽运用到他的文学发现中。正如切尼在写给理查逊的信中提到的那样,圣保罗"像一个虔诚的基督徒和有教养的人那样"禁止这类事情,他写道:"你私下里做的那些事情,讲出来就是一种耻辱。"从这个意义上来看,《帕梅拉》就是对圣保罗嗤之以鼻的事情进行了非常精彩的心理研究和宣传。②

切尼是在暗示菲尔丁在《沙米拉》中极力指责《帕梅拉》之所以大受欢迎,是因为它对性刺激的间接描写。有趣的是,这一指控是由托马斯·蒂柯特克斯特在第一封信中提出来的。信中惟妙惟肖地戏仿阿伦·希尔赞美理查逊的话,说理查逊完全有本事把读者"代入"小说角色中。蒂柯特克斯特写道:"……如果我把书放下来,它还是跟着我,它终日萦绕在我的耳旁,让我彻夜浮想联翩。书的每一页都充满魔力。——哦!哪怕在我这样讲述的时候,我也能感受到一种激情。我觉得此时此刻我就能看到铅华散去的帕梅拉。"

菲尔丁的嘲讽并非空穴来风。例如,《帕梅拉》里面的一些场景比薄伽丘《十日谈》里面的还要火爆,尽管乍看上去很难理解为什么会这样,但这实在是辜负了理查逊的良苦用心。原因之一自然是理查逊和他那个社会十分看重性的私密性。在薄伽丘的作品中,男女主角自由表达他们的性感受,以口头形式将他们的行为讲述给各色人等,没有人会感到非常震惊,他们甚至会感到兴奋。可是在理查逊的世界里,情况则大不相同,围绕性生活展开的这些秘密意味着B先生的一举一动比薄伽丘对性行为本身的描写更能让读者感到震惊,也更富有吸引力。

另一个原因很可能在于理查逊的描写表面看来无可挑剔——劳伦斯

---

① 原文 both these directions 所指不明,应该是指前段所言小说在探索个性和人际关系方面具有无与伦比的微妙手法以及它为读者提供间接感受性经验的机会。——译者注

② 原著脚注：*Letters to Richardson*，pp. 68 - 69.

曾形象地说，理查逊将"印花布外衣下面的纯洁与内衣下面的骚动"①合二为一。那些赞美《帕梅拉》的道德主义者很可能会注意到丹尼斯的论点，即"目前某些人对于下流话如此害羞，对于性爱却如此钟爱，这是大错特错的。因为它粗鲁，令人震惊，所以下流话的危害性莫过于此。可是性爱是一种激情，十分符合堕落天性的各种冲动，一旦被激活，而且常常被表现出来，色情的感觉就会不知不觉潜入（并危害）最纯洁的心灵"②。确实有理由相信，理查逊本人不会意识不到这种矛盾，他轻蔑地评价劳伦斯·斯特恩说："他的作品有一种情有可原的情况，由于作品过于粗俗，因此想煽情也难。"③ 即使对薄伽丘，他可能也会说同样的话。我们也许可以这样回答他：没有什么比《帕梅拉》的一些段落更粗俗更"煽情"的了。

理查逊的色情场面之所以比薄伽丘作品里面的更加火爆，仅仅是因为他所涉及的主人公的感情更加真实。我们无法知道《十日谈》里面的角色，因为那只是呈现生动情景必不可少的手段，但我们却了解理查逊的人物角色，他详尽描写人物对每一次事件的反应，让我们也参与到帕梅拉每每表现出来的激动人心的情感跌宕之中。

然而，对《帕梅拉》以及它所开创的中篇小说传统的非议，可能并不是因为它里面的色情成分，而是因为它为古老的传奇故事骗术赋予了一种新的力量。

当然，《帕梅拉》的故事是灰姑娘主题的现代变体。正如两位女主角的原型职业所暗示的那样，两个故事基本上都是对普通家庭单调乏味的生活和渺茫前景的一种补偿。《帕梅拉》的读者将自己置身于女主角的位置，得以将无聊、非人化的现实世界变成一种令人欣喜的模式，其中的每个元素都被转化为某种令人兴奋、钦佩和热爱的东西，这就是传奇故事的魅力。在理查逊的小说中，到处都能看到这种源于传奇故事的

---

① 原著脚注：'Introduction to These Paintings', *Phoenix*, ed. MacDonald (London, 1936), p. 552.
② 原著脚注：'A Large Account of Taste in Poetry', *Critical Works*, I, 284.
③ 原著脚注：*Correspondence*, V, 146.

第六章 个人经历和小说

痕迹。从帕梅拉的名字，即锡德尼①的《阿卡迪亚》里面公主的名字，到她提出在大自然中寻求掩蔽之所，"像冬天的鸟儿一样，以野蔷薇和山楂果为食"②，这些都在宣示田园女主角摆脱经济和社会现实束缚而获得的自由。不过，这个传奇故事有点与众不同，因为其中仙女般的教母、王子和南瓜被道德、富裕的乡绅和一辆真正的六驾马车所取代。

这无疑是很好的理由，说明理查逊为什么会忘记他自己的作品与他所嘲笑的传奇故事相差无几，因为二者都给予读者完全相同的满足感。然而除了他自己的小说，理查逊难得赞许别人创作的虚构小说。他的注意力主要集中在开发一种前所未有的更为精细的小说表现技巧上面，因此他很容易忽略运用这种技巧所表达的内容。他没有意识到，他实际上将自己的叙事技巧用来重新创造白日梦一般的伪现实主义，摆出一副大获全胜的逼真架势，俨然他已经克服了各种障碍，获得了与各种期待截然相反的胜利。然而究其实质，这种胜利与任何传奇故事一样不可信。

将传奇故事与形式现实主义相结合来表现外在行为与内心情感，这是解释流行小说巨大魅力的一个基本公式——它通过文学作品来满足读者的传奇愿望。小说对背景的介绍如此完整、对每分每秒涌现出来的思想和情感的描写如此细致全面，以至于它将实质上只是为了满足读者不切实际的梦幻之谀变成了不折不扣的事实。由于这个原因，流行小说自然很容易受到严厉的道德谴责，而童话故事或传奇故事就不存在这样的问题。流行小说假装成别的东西，再加上理查逊在主观方向上为形式现实主义注入了一种新的力量，使之在不知不觉间比以前的小说更加混淆了现实与梦想之间的差别。

当然，混乱本身并不新奇，至少自《堂吉诃德》以来就是如此。但是，如果要看清小说所产生的效果，我们不妨将《堂吉诃德》同与之旗鼓相当的经典作品《包法利夫人》做一比较，那么小说形式注重行为和

---

① 锡德尼（Sir Philip Sidney，1554—1586），英国诗人、廷臣、军人，其作品有传奇故事《阿卡迪亚》、《牧歌短剧》、《五月女郎》、十四行诗《爱星者和星星》以及文学评论《诗辩》等。——译者据维基百科注

② 原著脚注：*Pamela*，I，68。

背景的现实主义描写以及高度关注人物情感生活的特点就显得十分明显。堂吉诃德毕竟是个疯子,传奇中的扭曲导致他的行为荒诞不经,这在每个人眼里、最后也在他自己眼里都是显而易见的。而艾玛·包法利对于现实以及她自己在现实中的角色的认识虽然也被扭曲了,可是无论她自己还是其他人都不这么认为,因为这种扭曲主要存在于主观领域,而且尝试实施这些扭曲的想法并不像塞万提斯的主人公那样会与现实发生直接冲突,她看错的不是羊和风车,而是她自己以及她的人际关系。

小说能够深入内心生活,具有比传奇故事更普遍、更持久、更难逃避或更难估价的影响力,艾玛·包法利不自觉地赞许小说的这种影响方式。事实上,就这种影响而言,文学的质量并不是最重要的。无论是好是坏,小说对个人经验的影响力使之成为影响现代期望和抱负的主要力量。正如德·斯达尔夫人所说:"即使最纯洁的小说也有邪恶,因为它告诉我们太多关于感情的秘密。要是看过小说什么都不记得,我们就什么也体验不到。反过来说,所有内心的秘密都暴露无遗,因为古人永远不会把他们的灵魂作为小说的主题来写。"[①]

小说重点关注个人经历和人际关系,这个发展过程与一系列的悖论密切相关。读者对文学描写虚构人物情感最真切的身份认同,居然是利用印刷品最非人化、最客观、最公开的交流媒介品质来实现的,这当然是一种悖论。更具悖论色彩的是,在郊区,城市化进程促发了一种比以往更隐蔽更缺少社交的生活方式,同时也催生了一种文学形式,它比以往的文学形式更关注个人生活而不是公众生活。最后,同样具有悖论色彩的是,这两种倾向居然能够联合起来催生一种明显最具现实主义特征的文学体裁,使之能够比以往的任何文学形式更彻底地颠覆心理现实和社会现实。

但是小说也有重大的启迪意义,因此我们也很自然地对这一文学类型本身及其社会背景抱有复杂的感情。对这个问题所有疑点最具代表性、最全面的表征,也许可以从理查逊所开创的表现形式的巅峰之

---

① 原著脚注:*De l'Allemagne*,p. 84.

第六章 个人经历和小说

作——詹姆斯·乔伊斯的《尤利西斯》中去寻找。在文字誊录意识状态方面,没有哪本书能够超越它,也没有哪本书比它更依赖印刷媒介来达到其目的。而且正如刘易斯·芒福德所指出的那样,它的主人公是个十足的城市意识的象征符号,反刍着"报纸和广告的零星内容,生活在地狱里,那里充斥着未能满足的欲望、模糊不清的愿望、令人绝望的焦虑,病态异常的强迫行为和令人沮丧的空虚"①。利奥波德·布鲁姆也颇有代表性,作为一位读者,他醉心于诸如《罪孽的糖果》这类中篇小说所提供的具有认同作用的性能力,他与妻子的关系本来就马马虎虎,有点变味儿,因为两个人都沉溺于同样的爱好,也沉溺于其中的陈词滥调。还有,布鲁姆是典型的城市人,他虽然不属于任何一个社会群体,但在表面上参与很多群体,然而没有一个群体能够给他提供他所渴望的那种情深意笃的理解和稳定的人际关系。他的孤独使他想象着他从斯蒂芬·迪达勒斯身上找到了民谣和白日梦中所说的神奇帮手,找到了大卫·辛普尔所寻找的"真正的朋友"。

布鲁姆身上没有丝毫的英雄气概,无论怎样看都毫无出众之处。乍看起来,很难理解为什么有人把他作为写作的对象。大概只有一个可能的原因,即一般小说赖以存在的原因:尽管我们可以对布鲁姆说三道四,但如果我们可以清醒判断的话,他的内心生活比荷马作品中原型人物的内心生活更加丰富多彩,妙趣横生,自然更能意识到自身及其人际关系的存在。在这一点上,利奥波德·布鲁姆也是我们所关注的各种倾向的最典型代表,而理查逊无疑是他的精神同类,因此必须以同样的理由来解释理查逊,甚至以同样的理由来为他辩护。

---

① 原著脚注:*Culture of Cities*,p. 271.

第七章　小说家理查逊：《克拉丽莎》

1741年年初，理查逊向阿伦·希尔解释说，他写《帕梅拉》是希望该作"能够开启一种新的写作类型"①。他的表态比菲尔丁次年在《约瑟夫·安德鲁斯》(*Joseph Andrews*)"序言"中的表态还要早一些，说明理查逊与笛福不同，是一位自觉的文学开创者。

他创作《克拉丽莎》肯定不是出于偶然的想法。早在1741年，他就在脑海里构想故事情节，实际创作过程经历了相当长的一段时间，从1744年开始直到1749年才出版最后一卷。毫无疑问，在《克拉丽莎》里，理查逊创造了一种文学结构，一种将叙事模式、故事情节、人物性格和道德主题融为一体的结构，因而跟《帕梅拉》相比更加彻底地解决了小说依然面临的主要的形式问题。因为《克拉丽莎》差不多有一百万字的篇幅，几乎可以肯定地说是最长的英语小说，因而理查逊有充分的理由这样宣称："尽管作品很长，然而里面没有一句离题的话，没有一段插曲，任何一点反思都是由主题自然生发出来的，是为主题的连贯服务的。"②

---

① 原著脚注：*Correspondence*, I, lxxiii-lxxiv; on its date see McKillop, *Richardson*, p. 26, n.

② 原著脚注：McKillop, *Richardson*, p. 127.

第七章 小说家理查逊:《克拉丽莎》

I

理查逊在《克拉丽莎》中运用的书信形式比他在第一本小说中运用的书信形式更适合表现人际关系。在《帕梅拉》中,只有一组主要的书信往来,是在女主人公和她父母之间展开的。这样一来,B先生的观点就没有直接得到表现,我们所看到的帕梅拉的形象完全是单方面的。这就形成了与《摩尔·弗兰德斯》中很相似的关键问题:女主人公对她自己性格和行为的解释有多少是可接受的?确实,这种对比可以继续进行下去,因为理查逊基本上只有一个述说者,即帕梅拉本人。这不仅意味着作者自己偶尔不得不以编辑的身份介入,解释诸如帕梅拉怎样从贝德福德郡来到林肯郡这样的事情,而且更重要的是,这种做法也意味着书信惯例本身被逐渐瓦解,书信实际上变成了"帕梅拉的日记",因此小说后半部分的叙事效果与笛福小说里的自传体回忆录效果不相上下。

然而,在《克拉丽莎》中,书信叙事方式承担起整个故事的叙事重任,因此,正如理查逊在其附录中所言,这是"戏剧性而非历史性的叙事"。这种方式与戏剧最主要也是最明显的区别就在于人物不是通过说话而是通过写信来表达想法的。这一点确实非常重要,也完全符合故事发生在内心和主观层面的戏剧性冲突这一特征。这种冲突也证明理查逊组织叙事结构的方式是合理的,即"在两个贞洁的女子……和两个崇尚自由生活的绅士之间既具有双重性又各自独立的通信"①。这种形式上的基本划分既是对性别角色二元对立的一种表达——这是理查逊主题的核心,又是对人物真诚的自我觉醒之重要情境的一种表达。倘若是男女混合通信,那么这种自我觉醒就会受到阻碍。

因此,使用两个平行的书信系列具有很大的优势,不过同时也造成相当大的困难,因为不仅许多动作必须分别重新叙述,而且往往是重复

---

① 原著脚注:Preface, *Clarissa*. On this subject see A. D. McKillop, 'Epistolary Technique in Richardson's Novels', *Rice Institute Pamphlet*, XXXVIII (1951), 36-54.

叙述，更何况两组不同的信件和答复还有分散读者注意力的风险。好在理查逊在处理叙事顺序时尽量减少这样的弊端，有时候几个主角对同一事件的态度如此不同，以至于我们丝毫不会有重复的感觉。可是在另一些时候，他以编辑的身份介入，解释某些信件被删减或缩短的原因。顺便说一句，这种干预仅限于说明原信件是怎样被处理的，而《帕梅拉》里面的干预则是作者充当叙述者的角色，因此两者有着实质性的不同。

理查逊解决叙事问题的主要方法就是为我们提供一方或另一方的大量书信，把这些创作出来的主要单元组织起来，让这些叙事行为和叙事方式之间的重要关联自然地显露出来。例如，一开始，克拉丽莎和安娜·豪之间的书信占据了前两卷的大部分篇幅。只有当她们的角色和背景充分确立之后，在克拉丽莎迈出致命性的一步，将自己置于洛弗莱斯的掌控之下之后，男主角才开始通信往来，并且马上在信中充分表明克拉丽莎的处境有多么危险。故事的高潮引发了另一个非常有效的对应点：洛弗莱斯简短承认了强奸罪，可读者却不得不经历数百页的痛苦期望，才能听到克拉丽莎用只言片语讲述这件事及其之前发生的事情。那时候，她的死亡已经迫在眉睫，促使作者对书信模式再次进行重大调整。于是大量关心、赞美和对克拉丽莎充满焦虑之情的信件打破了僵化的书信组织模式，而洛弗莱斯则变成一个越来越孤独的人物，最终由一名贴身法国男仆报告他的死亡。

尽管理查逊处理主要书信的基本结构简洁明了，可他还是采用各种辅助手段，以防这种简洁变得过于浅显和单调。首先，男性和女性属于两个完全不同的世界，他们的书信形成鲜明的对比，而在各自的信件中，又有性格和气质的不同。他将克拉丽莎的忧心忡忡、谨小慎微与安娜的痛快淋漓、口若悬河并置在一起，让洛弗莱斯的拜伦式情绪变化与贝尔福德日益清晰的书信要旨相互映衬。为了进一步表现不同人物的口吻，他还会时不时引入新的书信作者，例如克拉丽莎那壮实笨重的叔叔安东尼、洛弗莱斯的文盲仆人约瑟夫·莱蒙、迂腐可笑的学究布兰德等。或者他会安排一些对照性的故事情节，例如详尽描写辛克莱太太去世时精神和肉体的惨象，还有表现洛弗莱斯在虚伪场合参加社交的喜剧

第七章 小说家理查逊:《克拉丽莎》

效果等。

与一般人的看法恰恰相反,理查逊具有相当的幽默天赋,很多幽默效果是他在无意识中制造的,而《克拉丽莎》中自然不乏这样的例子。我们不妨看一下这封信:克拉丽莎告诉她在剑桥读大学的兄弟说,她"实在抱歉,因为我有理由这样说,经常听人说你那不受控制的激情配不上你所受的文科教育"①。不过小说中也有很多令人难忘的有意为之的幽默,如菲尔丁在寡妇贝维斯身上发现了"很多真正的喜剧力量"②。特别是在书的中心部分,人物及其迥然不同的标准和假设相互影响,产生了非常生动辛辣的讽刺效果。举一个简单的例子就足以说明这个问题。克拉丽莎在辛克莱夫人的客厅里用完晚餐后,她还没有弄清楚这里的真实情况,洛弗莱斯就索然无味地说出了克拉丽莎以赞许的口吻对萨莉·马丁的评价,她说放荡的萨莉·马丁设想着与一个纺织商人联姻:"马丁小姐详细谈论过婚姻以及她的卑贱仆人,她的话很有道理。"③ 这样的评论加剧了克拉丽莎慈悲无知的悲剧色彩,让我们领略到整个场景的讽刺意味,一种基于这样一个事实的讽刺意味:恰恰是洛弗莱斯不无嘲讽地写信给贝尔福德,把克拉丽莎的赞赏态度"合情合理"地告诉了他。

理查逊在调控叙事节奏方面也显示出出色的技巧。例如,准备时间很长的强奸事件却报道得如此简短,令人震惊,它的强烈冲击力随之变得缓慢下来,在凝重而恐怖的气氛中回荡。这种巧妙安排交替出现,并与行为本身的要旨相结合,产生了一种典型而奇特的文学效果。理查逊的缓慢节奏传递了一种轻微抑制的持续紧张感,沉着的、几乎是队列行进式的叙事节奏突然陷入残酷或歇斯底里,这本身就展现了《克拉丽莎》所描绘的世界的完美形式。在这个世界里,压抑人性的陈规和与生俱来的虚伪在表面上暂时——只是暂时——受到它所激发却又掩盖的秘

---

① 原著脚注:I, 138.
② 原著脚注:This letter to Richardson was discovered by E. L. McAdam, Jr., and was published by him in 'A New Letter from Fielding', *Yale Review*, XXXVIII (1948), 304.
③ 原著脚注:II, 221.

密暴力的威胁。

理查逊的人物表现与他的书信写作技巧一样细致而娴熟。他在"后记"中写道:"书中的人物多样自然,个性鲜明,前后连贯,始终如一。"他这样说不无道理,所有重要人物都有完整的描写,不仅包括他们的身体和心理状况,还包括他们以前的生活、家庭人脉以及人际关系。在"由贝尔福德先生撰写的结局"中,理查逊承认他对所有戏剧人物负有责任,简要交代他们后来的职业,这才结束他的叙述,以此开启了后来的小说惯例。

确实,许多现代读者发现克拉丽莎太好了,而洛弗莱斯太坏了,二者都有些令人难以置信。然而,理查逊同时代的人可不这么认为。根据理查逊在"后记"中的叙述,读者这样一边倒让他十分恼怒。他们一方面谴责女主人公的"爱情太冷漠,太傲慢,有时甚至很有挑衅性",另一方面却屈服于男主人公放荡不羁的魅力。理查逊对格兰杰小姐感叹道:"哦,真是不可思议,我遇到的洛弗莱斯的崇拜者比克拉丽莎的还要多。"① 尽管事实上他已经在原文中添加了脚注,强调洛弗莱斯的残酷和奸诈。读者对理查逊的主角所持的截然不同的态度一直持续到19世纪。例如,巴尔扎克在1837年还认为,问题总有两个方面,所以这种现象再正常不过,他甚至用一种无疑是修辞性夸张问道:"谁能在克拉丽莎和洛弗莱斯之间做出选择呢?"②

另一方面,理查逊的主要意图无疑是想将克拉丽莎塑造成女性美德的楷模。他在"序言"中明确指出,克拉丽莎是"作为女性的典范来写的",这就在我们和女主人公之间设置了相当大的障碍。当我们得知克拉丽莎懂一点拉丁语,拼写能力突出,甚至能教"四则运算"时,我们发现很难不对她抱有敬畏之心。克拉丽莎按部就班地分配时间,她的这种做法似乎很荒谬,要是她偶尔在书信娱乐上多花一点时间,超过每天规定的三个小时而错过做慈善,她会写下"耽搁了慈善访问多少多少小

---

① 原著脚注: Cit. McKillop, *Richardson*, p. 205.
② 原著脚注: *Les Illusions perdues* (Paris, 1855), p. 306.

第七章 小说家理查逊:《克拉丽莎》

时"之类的记录。克拉丽莎的感慨让我们感到很满足:由于失足,她再也不能去"探访我那些贫穷邻居的屋舍,不能为男孩子们布置功课,不能为稍微大点的女孩子们交待一些注意事项"。我们希望更加诚实地坦承人类的弱点,而不是像安娜·豪那样只承认她的朋友不擅长作画。①

对于理查逊同时代的人来说,这些事情似乎并没有什么可笑的。他们那个时代的阶级差距十分巨大。那个时候女人的地位依然低下,因此一旦她们在智力方面取得一点成就,都会成为人们钦佩的正当理由;那个时候,慈善仪式通常是恩人和蔼地展示其排场的机会。甚至克拉丽莎管理她的时间所表现出的那种刻板细心,尽管怎么看都有些极端,但也可能被广泛赞同,将其视为对现存清教主义倾向的一种赞赏性图解。

理查逊关于时间和阶级的理想,再加上他那个时代盛行的文学观点的局限(要发挥艺术的说教功能,就要将角色表现为一种典范,不管这种典范是恶行或美德)非常有助于解释克拉丽莎性格中很多令人难以置信或者不近人情的地方。无论如何,这样的辩解只适合书中的一小部分内容,即在开始尤其是结尾部分,她的朋友们对待死亡讣告的虔诚心态让她为之动容。在大部分叙事中,我们的注意力从她的完美才干转向她的错误判断所带来的悲剧性后果——由于判断错误,她在洛弗莱斯的陪伴下离开父母的住所。不仅如此,他的深度心理描写(假如需要,作为小说家的理查逊可以让作为行为指导书籍作者的理查逊保持沉默)清楚地表明,这种错误判断本身正是克拉丽莎的美德造成的。她自嘲道:"我这么渴望被人当成一个楷模!这是我的那些虚情假意的爱慕者灌输到我脑子里的虚荣心!成了我自己德行中不可动摇的一部分。"的确,理查逊极其客观地将他的女主角的毁灭同她为了实现上述性改革运动的努力目标联系起来。克拉丽莎终于意识到,她之所以落入洛弗莱斯之手,是由于她精神上的虚荣心让她相信"我可能成为上帝手中谦卑的工具,去感化一个人,在我看来,他心底里具有足够的理性,完全可以感化"。②

说到克拉丽莎,理查逊显然想把这个人物塑造成一个道德楷模。然

---

① 原著脚注:IV,494,496,507;III,521;IV,509.
② 原著脚注:II,378-379;III,335.

而在很大程度上,他的这种强烈倾向被他的另一种同样强烈(如果不是更强烈的话)的倾向所抵消,即通过想象将人物投射到更为复杂的心理和文学世界当中。理查逊对洛弗莱斯的刻画也有类似的说教倾向过于明显的缺陷。例如,理查逊拒绝按照狭隘道德主义者的要求在洛弗莱斯的其他罪行中增加无神论这一条罪行。他的理由是,如果他这样做,克拉丽莎甚至都有可能不会把洛弗莱斯当作求婚者来考虑。① 不过,针对洛弗莱斯性格的争议是另外一回事情,我们反感的不是他那种典型的邪恶,而是他性格中矫揉造作、过于自我和用情专一的品质。毫无疑问,理查逊脑海里想到的是尼古拉斯·罗威(Nicholas Rowe)的《花言巧语的忏悔者》(*Fair Penitent*)(1703)里面的人物罗萨里奥(Lothario)②,他也想到过他认识的几位真实人物。他"一直""用心……倾听男人们大肆吹嘘,也用心……倾听女人们尽力掩饰和伪装"③,这样一来,他创作出来的角色自然不像是真实的人,倒像是各种放荡个性特征的综合体,而这肯定是理查逊个人观察和大量阅读剧本的结果。

然而,不可否认的是,尽管洛弗莱斯的性格中有人为合成的成分,但正如我们将要看到的那样,其中也有很多其他令人信服的富有人性的因素。和克拉丽莎的情形一样,如果我们了解一点当时的社会环境,就可能大大减少对理查逊作品可信度的粗暴指控。18世纪的浪荡子与20世纪的大不相同。在洛弗莱斯那个时代,公立学校尚未对贵族浪荡子实施节制令④,也没有板球和高尔夫球为闲暇男性提供发泄过剩精力的渠道。玛丽·沃特利·蒙塔古夫人告诉我们,理查逊1724年创作洛弗莱斯的原型之一可能就是沃顿公爵菲利普,他是一个"豪侠委员会"的核心人物,委员会的策划者们"每周定期会面三次,商讨如何推动并利用

---

① 原著脚注:Postscript.
② 原著脚注:See H. G. Ward, 'Richardson's Character of Lovelace', *MLR*, VII (1912), 494–498.
③ 原著脚注:*Correspondence*, V, 264.
④ 原著脚注:On this interpretation of the character see H. T. Hopkinson, 'Robert Lovelace, The Romantic Cad', *Horizon*, X (August 1944), 80–104.

第七章 小说家理查逊：《克拉丽莎》

那方面的幸福"。① 还有许多其他证据表明，如果当时贵族中有人对追求对象用情专一，那绝对是例外而非常规的做法。许多年轻人与韦斯顿乡绅的不同之处仅仅在于他们偏爱没有封闭季节的围猎活动，他们的猎物是人和女性。

《克拉丽莎》的道德主题饱受批评，这与作品的人物塑造情形有点相似。不过毋庸置疑的是，正如标题所述，理查逊创作《克拉丽莎》的目的要比创作《摩尔·弗兰德斯》的明确得多，它的完整标题是《克拉丽莎，或者一位年轻女士的历史：理解个人生活中最重要的问题，特别揭示父母和子女在婚姻问题上的失策可能造成的种种困扰》。故事的情节就证实了这一说法：双方都错了——父母试图将索尔姆斯强加于他们的女儿，而女儿则接受另一位求婚者的殷勤并跟他离家出走。结果双方都受到了惩罚——克拉丽莎死了，她的父母追悔莫及，紧跟着步入坟墓。而命运带给她姐姐的是一个不忠实的丈夫，带给她弟弟的是一个没有预期财产却引来"一桩命案"的妻子，这是他们罪有应得的惩罚。

然而在"后记"里，理查逊提出了一个更宏大的道德主张。考虑到他"无法在讲坛上如愿，就需要借助于其他权宜之计"，他决定"尽微薄之力"来改造这个异教时代，并"以流行娱乐的幌子悄悄植入……基督教的伟大教义"。至于这个崇高的抱负能否实现，尚有待严肃的拷问。

问题的症结在于克拉丽莎的死。理查逊在"后记"中毫不客气地批评以前的悲剧，指出"那些悲剧诗人……很少让他们的主人公……在临死之前展望未来的希望"。他则恰恰相反，让他引以为豪的是，他的做法"完全符合基督教的教义，即他不是要急于摆脱受罪的美德，而是要等到苦尽甘来时再去赞美它"。他接着继续讨论诗歌正义理论，大量引述艾迪森在《观察家》中发表的有关这类主题的文章。② 针对这些，B. W. 唐斯③指出，理查逊只不过是延续了《帕梅拉》的"美德有报"

---

① 原著脚注：*Letters and Works*，I，476-477.
② 原著脚注：No. 40.
③ 布赖恩·韦斯特戴尔·唐斯（Brian Westerdale Downs，1893—1984），英国文学学者、语言学家。——译者注

这一主题，唯一的区别是他推迟了"回报"的时间，而且"用不同于物物交换的货币"来支付美德。实际上，理查逊只是"用超验审判替代了现世审判"而已。①

从美学的角度来看，尽管超验审判比《帕梅拉》乃至许多18世纪的作品中所主张的现世审判更加令人满意，因为这些作品试图把悲剧模式与圆满结局结合起来，但是必须承认的是，理查逊充其量只有一点浅薄的宗教理念，正如一位作家在《折中评论》(*Eclectic Review*，1805)上所做的简短评论那样："他对于基督教的看法既笼统又晦涩。"② 另一方面，如果摈弃所有基督教艺术（或者说神学）的典范——在这样的典范中，某种形式的超验回报的作用极其强大——那么典范就所剩无几，特别是在18世纪以后。无论是因为他表达了他那个时代自鸣得意的虔诚，还是因为他未能扭转基督教关于来世的普遍认知倾向，或是因为他未能改变悲剧主人公之死所带来的普遍影响，我们都不能过分强烈地谴责理查逊。

无论如何，克拉丽莎之死传达了一种极为强烈的悲凉感和失败感，再加上她面对死亡时所表现出来的那种刚毅，作者实际上已经做得很成功了。他在死亡的恐怖与庄重之间建立了一种真正的悲剧性平衡，这种平衡揭示了一种更高层次的想象力元素，它远远高于理查逊在"后记"中为之大加辩护的末世论的空洞元素。然而在这里，现代读者似乎又遇到了一个难以克服的障碍，即描写克拉丽莎之死的每个细节诸如尸体的防腐处理以及遗嘱的执行过程都交代得如此翔实。我们必须承认这个障碍的现实情况：作者将近乎三分之一的篇幅用于描写女主角的死亡，这无疑有点过分。不过另一方面，理查逊如此强调克拉丽莎的死，也许可以从历史和文学的角度来解释。

清教主义向来反对在教堂举行任何形式的喜庆节日，但是只要是涉及死亡和葬礼，它也认可旷日持久的仪式甚至情感放纵。于是，葬礼安排的范围越来越大，场面越来越隆重，到了理查逊时代，葬礼的排场达

---

① 原著脚注：*Richardson*, p.76.
② 原著脚注：I (1805), 126.

第七章 小说家理查逊：《克拉丽莎》

到了空前的程度。① 因此，《克拉丽莎》中对我们来说似乎是虚假的旋律，却再次证明无论是好是坏，理查逊都充当了他那个时代主旋律的共鸣板。顺便提一句，在这方面，他为之充当共鸣板的旋律从金字塔一直回响到 20 世纪的洛杉矶公墓。

实际上，《克拉丽莎》的后半部分属于传统悠久的葬礼文学。J. W. 杜雷伯②表明，葬礼挽歌是清教徒为诗歌做出的一项特别贡献③，临终感想则经常作为福音小册子单独发表。渐渐地，这两种亚文学类型发展成为一种更加大众化的文学趋势，用以表现与死亡和葬礼有关的所有思想和情感。正是在《克拉丽莎》出版前后十年间，布莱尔的《墓地》(1743)、爱德华·杨的《关于生命、死亡及永恒的夜思》(1742—1745)、赫维广为流传的《墓地沉思录》(1746—1747) 等作品见证了这一运动的鼎盛景象，其中最后两部正是由理查逊印刷出版的。④

与死亡有关的神学著作也是当时最畅销的书籍，其中包括德雷林考特的《论死亡》，笛福的《维尔夫人的幽灵》通常就是与这本书一起出售的。毫无疑问，理查逊的部分打算就是再写一部关于死亡和葬礼行为的指导书。他写信给布兰德舍弗夫人，希望她将《克拉丽莎》与杰里米·泰勒的《神圣的生和神圣的死：规则和仪式》一起摆放在她的书架上。⑤ 他会很高兴地得知，崇尚德雷林考特、谢洛克以及其他关注死亡主题作家、位于东霍斯利街的杂货商托马斯·特纳在 1754 年的信中就赋予他这种地位："我妻子给我朗读了克拉丽莎·哈洛小姐葬礼的动人场面。"他在结尾写道："哦，愿至高无上的神垂恩于我，让我优雅地生

---

① 原著脚注：See H. D. Traill and J. S. Mann, *Social England* (London, 1904), V, 206；H. B. Wheatley, *Hogarth's London* (London, 1909), pp. 251 - 253；Goldsmith, *Citizen of the World*, Letter 12.

② 约翰·威廉·杜雷伯（John William Draper, 1811—1882），美国科学家、作家。——译者注

③ 原著脚注：*The Funeral Elegy and the Rise of English Romanticism* (New York, 1929)，especially pp. 3, 82, 269.

④ 原著脚注：William Sale, Jr., *Samual Richardson, Master Printer* (Ithaca, 1950), pp. 174 - 175, 218 - 221.

⑤ 原著脚注：*Correspondence*, IV, 237.

活,临终时也能有一场她那样的葬礼。"①

之所以如此强调死亡,大概是基于这样一种信念:让人们懂得只有相信来世,才能战胜对死亡的恐惧,这是对决与日俱增的思想世俗化的一种最有效的方式。至少在正统观念看来,只有死亡而不是嘲笑才是对真理的考验。这是杨的《夜思》的主题之一。理查逊本人就在杨的《原创作品猜想》中塞进了这样一个故事:艾迪森将一个年轻的不信教者叫到床边,让他"看看基督徒是怎样平静地死去"②。对我们来说,克拉丽莎如此关注自己的棺材,这种看似病态的做作似乎证实了她圣徒一般的刚毅,令人打心底里叹服。在她那个时代,新门监狱的囚犯在被处决前的最后一个礼拜天要跪倒在他们的棺材旁边,聆听牧师向他们宣讲"死刑布道"③。

那么对于他同时代的人来说,理查逊重视葬礼的描写,似乎不无道理,我们也许只能试着像欣赏一批巴洛克式④纪念雕塑那样来欣赏它,忘记那平庸得令人窒息的象征意义,只留意它那精雕细琢和坦然自信的表现方法。同时,我们必须认识到,理查逊如此重视女主角之死,也有着深刻的文学原因。我们需要很长的时间才能忘记克拉丽莎所经历过的那些悲惨场景,但最后记住的却是她最后的光辉,即莫登上校打开棺材的瞬间她脸上依然露着"甜蜜的微笑"。只有经过非常详尽的描写,我们才能充分理解贝尔福德所说的"在同样可怕而感人的时刻,善良和邪恶的心灵之间有着无限巨大的差异"。克拉丽莎悲惨而平静地走到了生命的尽头,还要求贝尔福德转告洛弗莱斯"我多么幸福地死去。我希望他的最后时刻也像我这样度过"。⑤ 然而,洛弗莱斯的下场却出人意料

---

① 原著脚注:*Diary*, ed. Turner (London, 1925), pp. 4 – 5. Turner's reaction was exactly the one which Richardson hoped to inspire (see *Correspondence*, IV, 228).

② 原著脚注:Young, *Works*, 1773, V, 136; A. D. McKillop, 'Richardson, Young, and the Conjectures', *MP*, XXII (1925) 396 – 398.

③ 原著脚注:Besant, *London Life in the Eighteenth Century*, pp. 546 – 548; the scene is depicted in Ackermann's *Microcosm of London*, 1808.

④ 巴洛克风格,17至18世纪早期流行于欧洲的一种艺术风格,其气势雄伟、装饰华丽的特色反映在建筑、绘画和音乐等艺术上。——译者据维基百科注

⑤ 原著脚注:IV, 398, 327, 347.

第七章 小说家理查逊:《克拉丽莎》

的突然,他在决斗中被克拉丽莎的堂哥杀死。可是理查逊对于克拉丽莎则从容不迫地重点描写,刻意让克拉丽莎的死看上去是一种富有意志的行为,她不是匆匆屈服于人类的死亡命运,而是与已经接纳她的上天通力合作,上演了一场惊艳的大戏。

II

在《克拉丽莎》中,理查逊解决了小说形式方面的许多问题,并将新形式与当时最高的道德水准和文学水准联系起来。的确,虽然书信写作方法不像笛福的叙事方法那样节奏明快,那样简明扼要,但是《克拉丽莎》和《摩尔·弗兰德斯》不同,它是一部严肃连贯的文学艺术作品。理查逊的同时代人,无论国内还是国外,几乎都认为《克拉丽莎》是迄今为止这一体裁最伟大的典范。塞缪尔·约翰逊博士称理查逊是"在这条文学道路上显露光辉的最伟大的天才",他认为《克拉丽莎》堪称"世上第一本展示人类内心知识的书"。① 卢梭 1758 年在《致阿朗伯特的信》(Lettre à d'Alembert)中写道:"没有人用任何语言写过一部能与《克拉丽莎》相媲美的小说,甚至连与之接近的都没有。"②

虽然这不是现代人的观点,但是并不能证明这些观点就是错误的。不可否认的是,与笛福的作品相比,或者与理查逊同时代的伟大作家的作品相比,当时的道德和社会风尚强加给《克拉丽莎》的影响要强烈得多。因此,《克拉丽莎》就不怎么适合现代读者的胃口。我们看到,今天的读者往往以嘲弄的口吻看待笛福的道德说教,而菲尔丁、斯摩莱特和斯特恩原本就是喜剧作家或讽刺作家,他们用不着强求我们以同样的方式接受他们的价值标准。由于这个原因,再加上《克拉丽莎》冗长的篇幅,以及理查逊偶尔在道德和风格方面会表现出俗不可耐的倾向(在

---

① 原著脚注:*Johnsonian Miscellanies*, ed. Hill, II, 190, 251.
② 原著脚注:Cit. McKillop, *Richardson*, p. 279.

伟大的小说家当中，也许只有德莱塞①和他有相似之处），第一部小说形式的杰作居然没有赢得当时本来唾手可得的赞美，即便是在今天，它依然有资格享有这样的赞美。

之所以说它有资格享有这样的地位，主要是因为理查逊对他那个时代和他那个阶级的呼声做出了积极回应，这在很大程度上使得《克拉丽莎》不怎么适合当今读者的口味。不过在某种意义上，理查逊的呼应却成就了《克拉丽莎》，使得它比18世纪的其他小说更具现代意义。理查逊凭借丰富的想象，积极关注新的性观念所引发的一系列问题，全身心探索个人和主观方面的人类经验，最终创作出这部作品。小说主人公之间的关系体现了广泛的道德冲突和社会冲突，冲突的规模和复杂程度让它以前的小说都望尘莫及。在《克拉丽莎》之后，人们一直得等到简·奥斯汀或者司汤达出场之后，才能看到可以与之媲美的作品。他们的作品在小说自身机制的促动下得到了更加自由而全面的发展。

正如人们经常注意到的那样，理查逊痴迷于阶级差异。这也许不是自觉自愿的，他似乎更像是将敏锐的阶级差异感与早期清教徒的某种道德民主思想相结合，最终形成了如 G. M. 杨所表达的那种维多利亚式观点："伟大的分界线……区分的就是……受人尊敬的人和其他所有人。"②也许由于这样的双重性，《帕梅拉》对阶级问题的处理非常不到位：一方面对上流社会的放荡行为愤慨不已，另一方面女主人公对 B 先生的社会地位无限景仰，两者之间显得极不协调。然而在《克拉丽莎》中，也许是因为男女主人公之间的社会差距没有《帕梅拉》里面那样明显，理查逊不仅有效地表达了社会冲突，而且也有效地表达了它的道德内涵。

克拉丽莎和洛弗莱斯都出身富裕的地主贵族阶层，并且都与贵族沾亲带故。但是，哈洛一家的贵族亲戚只是母亲这一边的，无论怎样，他们跟洛弗莱斯的叔叔 M 勋爵或是他那有着贵族头衔的同父异母的妹妹

---

① 西奥多·德莱塞（Theodore Dreiser，1871—1945），美国现代小说的先驱和代表作家，被认为是同海明威、福克纳并列的美国现代小说的三巨头之一，以探索充满磨难的现实生活著称。——译者据维基百科注

② 原著脚注：*Last Essays*（London，1950），p. 221.

第七章　小说家理查逊:《克拉丽莎》

们无法相提并论。正如克拉丽莎尖刻讽刺的那样,哈洛家的"心愿"就是"建立一个家庭……这常常是……富有家庭所推崇的一种观点,即能够让这样的家庭满足的只有地位和头衔"。怀有这一野心的主要是独生子詹姆斯:如果家族财富能够集中在他一个人身上,再加上他那两个无子嗣的叔叔的财富,那么他的巨大财富和随之而来的政治利益"可能使他有资格期望成为贵族"。① 然而,洛弗莱斯向克拉丽莎的求爱对这一目标的实现构成了威胁。洛弗莱斯的期望更高,詹姆斯担心他叔叔们可能会将他们的部分财产从他手里转移给克拉丽莎,以此来促成这桩婚事。由于这个原因,他本人对洛弗莱斯充满敌意,再加上他担心妹妹可能在争夺贵族冠冕的过程中胜过他而心生妒忌,詹姆斯便利用一切可能的手段,让家人迫使克拉丽莎嫁给索尔姆斯。索尔姆斯非常有钱,但是出身卑微,只要能攀上这桩高贵的姻亲,他不可能期望克拉丽莎会拿出更多的嫁妆,除了她祖父赠予的已经属于她的那部分遗产。对于詹姆斯来说,这笔损失无论如何都避免不了。

因此故事一开始,克拉丽莎就被置于忠于阶级还是忠于家庭这种复杂的矛盾冲突之中。索尔姆斯是崛起的中产阶级典型,十分令人不爽。克拉丽莎不无鄙夷地评论说,他"……生下来是个穷光蛋,现在成了拥有巨大财富的暴发户",浑身的臭毛病,只知道唯利是图。他完全没有社交风度或学识修养,他的身体令人反感,而且单词拼写一塌糊涂。洛弗莱斯则恰恰相反,他似乎拥有克拉丽莎在她那个环境中所缺少的品质:他是一个慷慨的房东,还是一个"喜欢读书、擅长判断且品位高雅的人"。② 而且他追求克拉丽莎主要不是受经济利益的驱动,而是出于对克拉丽莎的美貌和才学由衷的爱慕。作为一个潜在的情人,他大大胜过那些围绕在哈洛家庭周围的男性——不仅胜过索洛姆斯,而且也胜过她以前的追求者以及安娜·豪的相当温顺的崇拜者希克曼。因此,我们有充分理由相信,洛弗莱斯首先意味着一个妙招,可以帮助克拉丽莎逃离哈洛家族生活方式的羁绊,解除她被迫嫁给索尔姆斯的燃眉之急。

① 原著脚注: I, 53-54.
② 原著脚注: I, 59, 166, 12.

然而，事情的进展很快就表明，洛弗莱斯实际上更加危险，直接威胁着克拉丽莎的自由和自尊，其中的原因也与他的社会关系密切相关。问题的关键就在于他那种贵族风格的放荡不羁和对婚姻的玩世不恭，同时他也对一般中产阶级的道德态度和社会态度抱有相当的敌意。正如他所说的那样，克拉丽莎的贞操观对他是极大的"性刺激"，必须把她的贞操观看作是她那个阶级道德优越感的一种表现。他评论说："要不是为了贫穷和中等阶级，这个世界很可能早就被天火毁灭了。"他已经诱骗糟蹋了一个名叫贝特顿小姐的姑娘，她来自一个富裕的商人家庭，"一心想着跻身新的贵族行列"。他对克拉丽莎的爱之所以变了味，原因之一是他决心为自己的阶级赢得更大的胜利，借此报复曾经侮辱过他的哈洛一家。他鄙视这一家人，说"每个老年人都记得"这一家子是"从粪堆里蹦出来的"。①

克拉丽莎没有盟友，这一点也情有可原，因为她是新个人主义所有自由和积极力量的英雄代表，尤其是与清教主义密切相关的精神独立的英雄代表。因此，她必须与所有反对实现新观念的力量进行斗争，包括同贵族制度、父权制家庭制度甚至与清教主义发展紧密相关的经济个人主义进行斗争。

家庭专制性质是造成克拉丽莎悲剧的原因。她父亲的所作所为超越了一家之长的权利范围：他不仅要求她放弃洛弗莱斯，而且还硬要她嫁给索尔姆斯。这个要求她必须拒绝，她给她叔叔约翰写了一封有趣的信，其中列举了女性在婚姻选择中绝对不能放弃的东西，她的结论是："要不是为了她深爱的男人，年轻女孩不应被迫做出这么多的牺牲。"②

由于经济个人主义毫无节制的支配，哈洛家族的父权专制主义进一步加剧，克拉丽莎两头受气。她的哥哥姐姐之所以对她有敌意，主要是由于他们的祖父只允许她继承他的财产。他这样做自然没有顾及长子的继承权，也忽视了他的孙子詹姆斯是唯一可以继承家族姓氏的亲人这样一个事实。相反，他选择了年轻的孙女克拉丽莎，这纯粹是出于个人偏

---

① 原著脚注：II，491，218，147；I，170.
② 原著脚注：I，153.

心,也就是基于个人理由而不是基于家庭关系。同时,詹姆斯仇恨传统的嫁妆制度,这更加剧了克拉丽莎的困境。"女儿们,"他喜欢这样说,"是为其他男人的餐桌养育的鸡。"他都不敢想象,为了养育这么一只鸡,"家庭财产竟然得遭受额外的损失"。①

家庭威权与经济个人主义态度联手,不仅剥夺了克拉丽莎做出选择的自由,而且还导致家人蓄意残酷地对待她。他们之所以这样对她,用安东尼叔叔的话来说,是因为她宁可选择"一个小有名气的嫖客,也不愿选择一个只认得钱的男人"②。通过这些情节,理查逊旨在表明,僵化的中产阶级道德及其对物质利益至高无上的追求,把他们变成了隐蔽而又伪善的虐待狂。理查逊圈子里的另一名成员简·科利尔也认可这种观点。她的《论巧妙折磨的艺术》(1753)是一项针对上流社会家庭生活中轻度迫害现象进行的早期研究,她在文章中评论说:"老哈洛喜欢在克拉丽莎身上堆满金钱、衣服、珠宝等等,尽管他知道她希望从他那里得到的不过是慈爱的眼神和和善的话语。"③

有一幕完美地表现了这种迫害情景。克拉丽莎因为不听话被关在她自己的房间里,她姐姐阿拉贝拉和姨妈来看她,阿拉贝拉假装不明白克拉丽莎为什么不愿意谈论为她和索尔姆斯的婚礼订制的嫁妆,以此来折磨克拉丽莎。克拉丽莎这样描述当时的情景:

> 我姐姐趁姨妈站在窗前背对着我们沉思的当儿,利用这个机会更加野蛮地侮辱我。她走到我的衣柜跟前,捧起母亲送给我的几段布料,拿到我跟前,铺在我身旁的椅子上。她拿起一段,放在她的袖子和肩膀上比画着,接着又比画第二段。她就这样闹腾着,表面上却极为平静,说话悄悄的,不让姨妈听到她的声音:"克拉里,这件多漂亮,这么好看!我建议你就穿这个吧。我要是你,就用这个做新婚之夜的睡衣,用这个做第二套礼服!亲爱的,你难道不打算订制一套新衣服配祖母送给你的宝石吗?还是说你想穿索尔姆斯

---

① 原著脚注:I, 54.
② 原著脚注:I, 160.
③ 原著脚注:p. 88.

先生准备送给你的新礼服炫耀呢？他说要在礼品上砸两三千英镑呢，孩子！宝贝儿，你会打扮得多么雍容华贵！怎么了？亲爱的，不要急嘛……"①

克拉丽莎摆脱了家庭的压迫，没想到斗争却转移到个人层面。即便在这个层面上，她也处于十分不利的地位。她是为了自己的自由而不是出于对洛弗莱斯的爱才离开自己的家的，这一事实深深地刺伤了洛弗莱斯的自尊心。而导致两个人分手的主要问题，即婚姻问题，给她制造了种种特殊困难。就洛弗莱斯而言，同意结婚就等于是让克拉丽莎轻松获胜，就意味着"一个大男人成了她的战利品，而不是她成为他的战利品"。因此，洛弗莱斯费尽心机竭力使她的爱"自然而然地表现出来"，这样就能充分展示他的男性魅力。只是这一招并没有让他如愿，他担心"她会认为没有我她也能幸福"，于是使用暴力，以为至少家庭压力和公众舆论会迫使她留在他身边。②

洛弗莱斯无所不用其极地利用克拉丽莎的一切劣势，这就意味着克拉丽莎所面对的依然是家长制的暴政问题，即各种压迫女性的势力阻止她们享有正当的与男性平等的权利。正如理查逊在描写贝尔福德讨论《花言巧语的忏悔者》时所暗示的那样，克拉丽莎的确与罗威的女主人公卡莉丝塔从事着同样的事业，并与她一起诘问：

> 为什么我们
> 生就高尚的灵魂，却非得宣示我们的权利，
> 摆脱他们强加给我们的邪恶的顺从
> 还得争取一个主宰全世界的平等王国？③

然而，克拉丽莎与卡莉斯塔不同，因为她是纯洁无罪的，所以最终可以用各种精神武器征服她的洛萨里奥④。起初，洛弗莱斯声称自己是

---

① 原著脚注：I，235-236.
② 原著脚注：II，426-427；III，150.
③ 原著脚注：Act III, sc. i.
④ 洛萨里奥（Lothario）是塞万提斯的《堂吉诃德》（1605）和尼古拉斯·罗威的《花言巧语的忏悔者》（1703）里面的人物，在此指放荡的洛弗莱斯。——译者注

第七章 小说家理查逊：《克拉丽莎》

"真正的犹太人",认为"女人没有灵魂",但他最终完全承认以前从没想到的一个事实,即克拉丽莎经受了各种艰难困苦的考验,她的表现让他心服口服:"她令人心服口服……她的灵魂比我的高尚。"① 他尝试用以前对付其他女性时屡试不爽的手段来征服她,最后的结果却出乎意料,他第一次不得不面对这样一个事实:个体毕竟是一个精神实体,而克拉丽莎是比他更优秀的个体。

因为,从某种意义上来说,克拉丽莎的胜利其实与她的性别无关,这种胜利所期待的是个人主义社会所需要的那种新的内在的道德约束,而康德后来成为这种道德约束的哲学代言人。康德提出的类型规则是基于这样一种前提:"因为人的本性决定他就是寓于自身的目的……所以绝不能仅仅把他当作手段来使用。"② 就像利用其他人一样,洛弗莱斯利用克拉丽莎来满足他对于自己的社会地位、自己的性别、自己的才智的自豪感。在世人眼里,克拉丽莎起初是个失败者,因为她没有把其他人当作手段来利用。但是她最终证明,人格具有内在的不可侵犯性,是任何个人和机构都摧毁不了的。认识到这一点真的吓着洛弗莱斯了,正如他所承认的那样:"在我结识克拉丽莎·哈洛小姐以前,最令人惊讶的是,在我掌控她之前,我从不知道男人有什么可害怕的,也不知道女人有什么好怕的。"③

假如理查逊就此驻笔,那么《克拉丽莎》就和后来那些根据清教传统描写女性个人主义悲剧的作品没有什么两样,譬如乔治·艾略特的《米德尔马契》和亨利·詹姆斯的《淑女画像》。这三部小说揭示了现代社会中那些敏感女性的期望与她们所面对的现实之间几乎无法弥合的差距,也揭示了任何既不愿被他人当作手段来利用、也不愿把他人当作手段来利用的人所面临的困境。然而理查逊如此关注性的问题,这就使得他对这一主题的处理更加直白,更加大胆,甚至更加富

---

① 原著脚注:II, 474; III, 407.
② 原著脚注:*Fundamental Principles of the Metaphysic of Morals* (1785), in *Kant's Critique of Practical Reason and Other Woks*, trans. Abbott (London, 1898), p.46.
③ 原著脚注:III, 301.

有启发性。

除了具有其他特征之外,克拉丽莎还是新女性最完美的体现,是女性矜持的典范。在她与洛弗莱斯的关系中,这是一个关键因素。洛弗莱斯工于心计,想通过求婚让克拉丽莎放弃矜持,然而她拒绝这样做。有一次她这样问:"难道他一开尊口,我就得听他的吗?"还有一次,洛弗莱斯刻薄地问,她是否介意推迟几天,等 M 勋爵方便参加的时候再举行婚礼?她出于"适当的礼节"被迫回答道:"不,不,你不能认为我会觉得有什么理由非得这么匆忙。"结果连安娜·豪都觉得克拉丽莎"过分讲究,过分矜持"了,她极力怂恿克拉丽莎"放下架子,消除他的疑虑"。不过,理查逊在脚注中指出,"像她内心这么矜持的人,遇上像他这么刻薄傲慢的人,不可能做出其他反应"。事实上,洛弗莱斯也完全了解这一点,正如他对贝尔福德解释的那样:"我相信从来没有哪个人像这位小姐这么真实、矜持、内敛……这是最让我放心的。"①

克拉丽莎和洛弗莱斯之间的僵局之所以拖延这么久,整个过程变得更加丑陋更加令人绝望,主要是由于社会强加给女性的禁忌——被追求时不能表达自己的真情实感。实际上,理查逊非常客观,甚至让洛弗莱斯质疑这种习俗的全部根由:他想弄明白,在婚事方面,女人究竟应不应该真的为"任性、刻意的拖延"感到自豪?他指出:"难道她们矫揉造作的矜持不显得没有教养吗?难道她们不是默默地承认自己期望成为婚姻中最大的赢家吗?她们以拖延为荣,其中就有自我克制的因素。"②

洛弗莱斯本身就是男性刻板形象的代表,与之相对,女性的礼数就是一种自我防御。例如,他认为"被动性别"那种虚伪的羞涩证明了他暴力手段的合理性。他写道,"要征得一个羞涩女子的同意,那是残酷的",他甚至从安娜·豪的观点中为自己的行为找借口,因为豪认为"我们女性最好是由粗暴、任性的人来对付"。克拉丽莎认为还有一个更重要的问题悬而未决,她觉得一个"羞涩的女人"应该"与众不同,希望与一个谦和的男人同结连理",譬如淡定稳重的希克曼。然而洛弗莱

---

① 原著脚注:II, 28, 312, 156; I, 500; II, 156, 475.
② 原著脚注:II, 457.

第七章 小说家理查逊:《克拉丽莎》

斯却更精明:"我保证",女人不会真正渴望拥有这样的情人——一个"处男"。他不无机智地说,如果一个贤淑女子嫁给一个浪荡子,她还可以"期望得到她所需要的信任";(要是嫁给一个本分男人)"她就不得不将本分男人和她自己看作是两条平行线,尽管两个人并肩而行,却永远无法相交。"①

洛弗莱斯本人像英国王政复辟时期戏剧中的那些浪荡子和主人公一样,他崇尚的是一种堕落的浪漫爱情。作为保皇党所持性态度的代表人物,他凸显的是这一历史角色,他对性的态度与以克拉丽莎为代表的清教徒对性的态度截然对立,同按照习俗做出的婚姻安排相比,性激情被提升到一个不同的更高的层面。因此,尽管美丽贤淑的克拉丽莎·哈洛几乎让他考虑"放弃荣华富贵的生活,去过受约束的生活",但是他渴望的是"说服她与他一起过他所说的荣华富贵的生活"。为了这种生活,他甚至会保证"绝不娶其他任何女人",但是他们的幸福绝不能受到婚姻习俗的侵扰。②

这至少是他的计划:按照自己的想法先得到她,等他的个性和行为准则占了上风,以后总有可能娶她为妻。"如果我真的和她结了婚,人们不就觉得我无罪了吗?"他这样问。"那算什么伤害呢?教会随便举行一场仪式,不就修补好了吗?最终以婚姻收场的那些灾难故事不都是幸福的吗?"③

按照一般人的观点,洛弗莱斯也许和克拉丽莎一样,接近大多数人的观点,他的态度可以从《帕梅拉》的故事中找到一些支撑。不过,理查逊现在的心情要严肃得多,正如他在"序言"中所说的那样,他这次决心要挑战"那种危险却又被普遍接受的观念,即回头的浪子是最好的丈夫"。因此他增加了这样一幕,当克拉丽莎服用鸦片剂神志不清的时候,洛弗莱斯乘机强奸了她。这也许是本书最难以服人的事件,却达到了好几个重要的道德和文学目的。

---

① 原著脚注:III, 214; II, 147, 73, 126; III, 82.
② 原著脚注:I, 147; II, 496.
③ 原著脚注:III, 281.

首先①，最明显的是为了达到理查逊的说教目的，强奸事件将洛弗莱斯完全排除在任何荣誉概念的范畴之外，并揭示了浪荡子隐藏在温文尔雅的外表下面的所有野蛮行径。洛弗莱斯自己意识到了这一点，还假惺惺地诅咒自己听信了辛克莱夫人一伙的馊主意。当然，这并不是他出于良心上的谴责，而是承认他的彻底失败。正如他所说，在他的眼中"使用暴力不会取胜，因为意志无法征服"②，因为在世人眼里，正如约翰·丹尼斯玩世不恭地评论的那样："悲剧中的强奸是一曲对女性的赞歌……因为……女性……是应该保持清白的，是应该未经她的同意而取悦的，而那个被认为十恶不赦的恶棍则宣称是女性的魅力使他情不自禁，才干出了如此恐怖的暴力行径。"③

一旦洛弗莱斯发现事情与他预期的完全相反，绝不是什么"一朝征服……永远征服"，克拉丽莎就能够证明他的关于女性行为准则的观点多么荒诞不经，并用这样一句著名的话反击他："像你这样的卑鄙小人，永远不可能让我成为你的妻子。"克拉丽莎把自己心里的荣誉看得比世人眼里的名誉还要重，她认为女性行为准则绝不是虚伪的摆设。按照洛弗莱斯的设想，他的"那些无所不能的花招"可以"把我对哈洛小姐干的所有坏事都变成对洛弗莱斯夫人所做的善良的仁义之举"，他的如意美梦被彻底颠覆，他于是沦为"为美德而爱美德的确凿证据"。④

如果一切到此为止，那么对于这部鸿篇巨著而言，《克拉丽莎》里面的冲突可能过于简单了。然而实际上，情况还要复杂得多，问题也麻烦得多。

弗洛伊德表明，由于现代性行为规则的人为性质，（社会成员）往往倾向于隐瞒事实，含蓄委婉，自我欺骗甚至欺骗他人。⑤ 在《帕梅拉》里面，这种自欺产生了讽刺性效果，读者可以将女主人公的虚假动

---

① 作者用 First，却没有后续的 Second、Third 等。——译者注
② 原著脚注：II，398.
③ 原著脚注：*Critical Works*，II，166
④ 原著脚注：III，318，222，412，222.
⑤ 原著脚注：' "Civilised" Sexual Morality and Modern Nervousness'，*Collected Papers* (London，1924)，II，77.

第七章 小说家理查逊:《克拉丽莎》

机同她透明的、然而大体上无意识的目的放在一起进行对比。在《克拉丽莎》里面,女主人公对性的感觉也不甚了解——实际上并不是她不诚实,而是被其他人解读为完全缺乏自我认识,这种状态成为推动故事情节朝戏剧性方向发展的一个重要组成部分,从而加深并拓展了故事的显性含义。

约翰逊在评论克拉丽莎时指出:"总有一些让她比真理更喜欢的东西。"① 不过安娜·豪公正地指出,就女性与男性之间的交流而言,这种表里不一是由两性行为规则强加给女性的。她说如果一个女子写信向"一个惯于欺骗的男人,甚至是向一个秉性古怪的男人吐露心声,那不明摆着让他占她的便宜吗?"② 然而真正悲剧的是,这种行为准则也使得克拉丽莎向安娜·豪甚至向自己的意识隐瞒了她内心真实的性感觉,前几卷所描写的主要的心理紧张正是由于这一事实造成的,这也是约翰逊尤其钦佩理查逊的地方。③ 克拉丽莎的书信,再算上洛弗莱斯的少量书信,是引人入胜的研究对象,但是我们绝不能假设书信里面陈述的全部都是真相。我们看到,也许约翰逊钦佩他的原因之一就是理查逊认为男人的"灵魂赤裸裸地"流露在他的书信里面,不过他同时也清楚,"没有……哪种交流方式比书信往来更便于使用谬论和诡辩手段"。④

作品的前几卷里有很多类似这样表里不一的无意识对比,这些对比表达了这样一个事实,即安娜认为克拉丽莎爱上了洛弗莱斯,她不相信克拉丽莎的私奔完全像她所说的那样,是偶然的,不是自愿的。克拉丽莎和洛弗莱斯的婚事一拖再拖,安娜·豪甚至认为有必要写信给克拉丽莎:"除了逃离这个房子,逃离这个地狱般的房子,你还能做什么!噢,真希望你的内心会让你逃离这个男人!"的确,洛弗莱斯得到了这封信,克拉丽莎自己也逃脱了。然而哪怕读到一半的时候,每个读者心里还是对这种情况疑惑不解。我们完全有理由怀疑克拉丽莎不明白自己的感

---

① 原著脚注:*Johnsonian Miscellanies*,I,297.
② 原著脚注:III,8.
③ 原著脚注:*Johnsonian Miscellanies*,I,282.
④ 原著脚注:'Pope',*Lives of the Poets*,ed. Hill,III,207.

受,以至于洛弗莱斯怀疑她"出于女性的羞涩才否认对他的爱",这也并非完全没有道理。①

随着故事的发展,克拉丽莎本人逐渐意识到这一点。很早时候,她给安娜写信时说起洛弗莱斯,不明白"是什么冲昏了我的头脑,如此诡异地支配着我的笔?"她与安娜·豪辩论她对洛弗莱斯的真实态度,终于怀疑她原先打算帮助洛弗莱斯改过自新的愿望实际上可能是个幌子,掩盖了一些不怎么纯洁的动机。"人多么奇怪,多么不完美!"她心里想。"但是这里的自我,是我们做事想问题的根本,它大大地误导了我们。""有一回你写道,"她对安娜·豪承认说,"他那种性格的人我们女人绝对不会不喜欢,不过我认为(不管怎样)他并不是我们非得喜欢的人。"她不否认她"可能喜欢过洛弗莱斯先生,胜过其他任何男人";她不否认安娜嘲笑她没有"留意心跳"的情景,这话可能有一定的道理。她承认,"无论我们喜欢还是不喜欢,都要听从理性的指引",这个原则并不像她想象的那么容易恪守。她自己认识到爱上洛弗莱斯是一个"活该受罪的过错"。之所以说活该受罪,因为"对所爱对象没有某种纯正的动机,这样的爱到底算什么呢?"然而正如她所意识到的那样,"爱与恨"不是"你情我愿的激情",因此,尽管没有充分表露自己的感受,她承认安娜"觉察"到了她对洛弗莱斯的感情:"我必须说是'觉察'?"她问安娜,接着不无颓丧地补充道:"除了'觉察'还能说什么呢?"②

在整部小说中,克拉丽莎在越来越深刻地了解自己,同时也在越来越深刻地了解洛弗莱斯的邪恶骗术。洛弗莱斯对克拉丽莎的虚情假意与他在书信中披露的谎言和骗术之间有着巨大的差距。与之相比,克拉丽莎书信中表现出的些许保留和困惑根本就微不足道。男性行为准则允许他在追求异性时可以毫无信义和廉耻之心,甚至对此直言不讳。正如贝尔福德所指出的那样,"我们的廉耻观和一般人心目中的廉耻观是两码事",洛弗莱斯的廉耻观就是他"从没有对男人撒过谎,也从没有对女人说过实话"。通过这些发现,我们认识到,相对于男人为达到其目的

---

① 原著脚注:III;11,I,515.
② 原著脚注:I,47;II,379,438-439;I,139;II,439.

第七章 小说家理查逊：《克拉丽莎》

所使用的那些无耻手段而言，那种让克拉丽莎过于谨慎的行为准则似乎还不够谨慎。但是，如果克拉丽莎奉行的行为准则导致了她愚昧无知，将她置于洛弗莱斯的掌控之中，至少这些行为准则并不是有意的欺骗。因此，洛弗莱斯被迫清楚地看到，由于克拉丽莎不可能"堕落到欺骗和撒谎的地步，不，哪怕是为了拯救她自己"，那么贝尔福德的断言"这不是一场公正的审判"就一点都没有错。①

于是，由性行为准则造成的有意识和无意识的诡辩使得理查逊创造了一种让人心理上感到震惊的发现模式，这种模式在本质上与《帕梅拉》的模式极为相似，尽管女性的自欺与男性的欺诈之间形成一种更加持久而强烈的对比。不过，理查逊对性冲动所呈现出来的无意识形式的探索比前人走得更远。洛弗莱斯和克拉丽莎之间的关系已经体现了一系列相当复杂的二元性，他又为这种复杂关系增加了另一层意义，这些意义也可视为无意识领域对性别角色二分法最终的、无疑也是病理的一种表达方式。

表达性别关系的意象体现了理查逊思想的基本趋势。洛弗莱斯把自己幻想成一只扑向最高猎物的鹰，贝尔福德称他"像豹子一样凶残"，安娜则把他比作一只鬣狗。狩猎的比喻确实反映了洛弗莱斯性观念的全部内容。例如，他写信给贝尔福德："孩提时代，我们捕捉小鸟；长大以后，我们追逐女性。也许我们通过两者依次体验我们好色凶残的本性。"接着，他洋洋得意地描绘鸟儿被捕获时"一点一点被降伏的迷人过程"，他也希望能够这样降伏克拉丽莎。他最后说："说真的，杰克，人性中的野蛮比我们通常了解的要多得多。"但是，杰克已经意识到了这一点，或者至少了解洛弗莱斯的为人，他因此这样回答："你最高兴玩弄、折磨那些你最喜欢和控制的动物，不管是鸟类还是牲畜。"

毫无疑问，虐待狂是18世纪男性角色观念的一种终极形式，它迫使女性扮演并且只能扮演猎物的角色。用洛弗莱斯的另一种比喻来说，男人是一只蜘蛛，而女人命中注定就是那只被蜘蛛网捕捉的苍蝇。②

---

① 原著脚注：II, 158; IV, 445; III, 407; II, 158.
② 原著脚注：II, 253; IV, 269; II, 245-249, 483, 23.

自理查逊以来，有关性生活的这种概念已在文学史上留下了辉煌的篇章。马里奥·普拉茨①将《克拉丽莎》视为"受迫害少女主题"的开端。这个主题由德·萨德继承下来，在浪漫主义文学中发挥了重要作用。② 后来，这种性关系图景以一种较为温和的形式在英国逐渐形成。维多利亚时代的想象充斥着残酷好色的男性对于女性无休止的攻击，夏洛特·勃朗特和艾米丽·勃朗特通过女性清教主义的想象，分别将罗切斯特和希思克利夫刻画为集可怕的兽性与残忍的智性于一身的男性原型，这同样是一种病态的表现形式。

和有虐待倾向、性欲亢奋的男性相对的是有受虐倾向、无性欲的女性。在《克拉丽莎》中，这一观念既融于与女主人公有关的意象中，也融于关键行为所隐含的意义中。至于意象，再明显不过的是，象征克拉丽莎的不是玫瑰花而是百合花：洛弗莱斯有一次将她看成是"枝干半折的百合花，顶端由于沉重的晨露而摇摇欲坠"，克拉丽莎后来也吩咐用"刚从茎秆上摘下来的白色百合花"来装饰她的陪葬瓮。③ 在行为方面，克拉丽莎由于服用鸦片剂失去知觉而被洛弗莱斯强奸，这本身可以看作是女性作为被动受害角色的最终结果，它表明只有当女性的精神不在场的时候，男性的动物性才能达到其目的。

即使这样，克拉丽莎还是得死。显然，对女性而言，性交就意味着死亡。虽然理查逊的意图不是很清楚，但值得注意的是，在《帕梅拉》里面，他对无意识的象征意义已有相当清晰的认识。在女主人公对 B 先生心存戒惧的时候，她想象他像一头双眼充满鲜血的公牛一样追逐她。后来出现了幸福转机，她适时地梦见雅各的天梯。④ 耐人寻味的是，克拉丽莎在私奔之前竟然梦见洛弗莱斯刺伤了她的心。她是这样叙述的：他"把我扔进一个深深的坟墓中，是事先挖好的，里面有两三具半腐烂

---

① 马里奥·普拉茨（Mario Praz，1896—1982），出生于意大利的艺术和文学评论家，也是英国文学学者。他最著名的作品《浪漫的痛苦》（*The Romantic Agony*）是对 18 世纪末至 19 世纪末欧洲作家的色情和病态主题的全面调查。——译者据维基百科注
② 原著脚注：*The Romantic Agony*, trans. Davidson (London, 1951), pp. 95-107.
③ 原著脚注：III, 193; IV, 257.
④ 原著脚注：*Pamela*, I, 135, 274.

第七章 小说家理查逊:《克拉丽莎》

的尸体,他用双手将尘土覆盖在我身上,然后用脚踩实"①。从本质上讲,这个梦是她惧怕洛弗莱斯的一种恐惧心理的表达,而且也含有这样一层色彩:性交是一种毁灭。

这种关联在故事的后半部分反复出现。尽管克拉丽莎惧怕洛弗莱斯,可她还是跟他走了。后来,他的意图变得越来越明显,她好几次把刀子或剪刀递给他,让他杀了她。洛弗莱斯这样描述其中的一次经历:"她情绪很激动,袒露着一段迷人的脖子,'这儿,这儿',这个悲痛欲绝的美人说,'让你尖厉的怜悯刺进来吧'。"毫无疑问,克拉丽莎下意识地招惹了性侵和死亡,一旦性侵发生了,双方都明白它的等价物就不可避免。洛弗莱斯宣称:"恋情结束了,克拉丽莎还活着。"——好像人们期待的是相反的结果似的。后来,克拉丽莎叮嘱说,如果洛弗莱斯非要"看到她像他曾经看见过的死一般的模样,那我就满足他无耻的好奇心吧"。②

从某种意义上来说,克拉丽莎所说的即将到来的死亡是她自己最初受虐幻想的一种结果:既然性交无异于死亡,她又遭到洛弗莱斯的玷污,她的自尊心所要求的预期后果如期而至。正如医生所说的那样,她的衰竭显然不是身体上的问题,而是"心病"③ 所致。至于为什么她的命运不是其他的结局,对于其中隐蔽的无法更改的原因,作者并没有加以说明。但是这一事实本身确凿无疑:任何别的结局都将证明她内心深处的自我一直是错误的。

当然,这并不是她死亡的唯一原因,可以说她的死因非常复杂。例如,它与理查逊的观点非常吻合:就像洛弗莱斯所说的那样,克拉丽莎宁可选择死亡,也不愿承受被玷污的重负,尽管那"只是象征性的侵犯"而已。④ 然而还有更深一层的意义,克拉丽莎不能面对的并不是洛弗莱斯所做的事情或世人的看法,而是她感觉自己并非毫无过错。

---

① 原著脚注:I,433.
② 原著脚注:III,238,196;IV,416.
③ 原著脚注:II,468.
④ 原著脚注:III,242.

克拉丽莎在遭受强奸后精神崩溃,她写下的一段文字最清楚地表达了她的这种想法:

> 一位女士十分喜爱一头幼狮或是一头小熊,我忘了是哪一种——要么是一头熊或者一只虎崽,我相信是这样。在它很小的时候,有人把它当礼物送给她。她亲手喂养它,极其温柔地抚养这个邪恶的幼崽,时常和它玩耍,毫不害怕或者担心会有危险……可是记着接下来发生的事情:最后,不知道怎么回事,大概是没有满足它饥饿的胃口,或者什么时候惹它不高兴了,它恢复了本性,突然扑到她身上,把她撕成碎片。那么请问,这怪谁呢?怪野兽还是怪那位女士?当然怪那位女士!因为她所做的是违背天性的,至少是违背特性的,而它所做的则完全是出于它的本性。①

洛弗莱斯是个男人,他只是做了意料之中的事,而克拉丽莎和他调情也是出于天性。回过头来看,她也许还记得安娜·豪嘲笑她说过的话:"我无论如何也不会爱上他。"安娜以讽刺的口吻祝贺她"成为我所听说的第一个女人,心甘情愿将那只狮子——爱情——变成一条巴儿狗"。这样酸楚的回忆等于是提醒她错在她自己,而且还可能使她内省并瞥见这样一个事实——即使是她,也没有超越洛弗莱斯有关"性与自然"的那些"可耻"的弱点。② 既然有这样的信念毒害她的思想,那种想从肉体中解脱出来的愿望就变得不可抗拒,她必须不折不扣地践行圣保罗在《罗马书》中说过的话:"我喜欢上帝依照精神的人制定的法则,但是我发现我的肉体中还有一种法则,它与我的精神法则相抵触……啊,我这个可怜的人!谁能把我从这死亡的躯体中解救出来?"

从历史的角度来看,克拉丽莎的悲剧似乎清楚地反映了清教徒的精神实质及其惧怕情欲的综合后果,这些后果往往遏制性冲动,不让它超越孤独和受虐的范围。弗洛伊德和贺拉斯都赞同这样的观点:你可以用长柄叉把人的天性撵走,但是它总是要回来的。顺便提一句,这种见解

---

① 原著脚注:III,206.
② 原著脚注:I,49;III,476;see also II,420.

第七章 小说家理查逊：《克拉丽莎》

理查逊并不陌生，因为洛弗莱斯引用过它。因此，克拉丽莎的情殇应该是一种暗示：情欲冲动已被导向各种不同的方向，这不足为奇。她在为即将到来的死亡做准备的过程中，从每一个细节中获得一种一反常态的感官愉悦，这主要是因为她感觉即将去见天国的新郎："比起去见尘世间的丈夫，我准备得更充分"，她声称"没有哪位新娘准备得像我这样充分。婚礼服装都已经买好了……是新娘穿过的最舒适最合适的服装"。不过，面对即将来临的死亡，她所表现出的喜悦也有很强的自恋成分。贝尔福德说，她为自己的棺材选择的"主图案是一条戴着花冠的蛇，尾巴衔在嘴里，形成一个环形，这是一种永恒的象征"——毫无疑问是永恒的象征，不过同时也是一种永无止境的自我毁灭的情欲的象征。①

关于《克拉丽莎》中心理病理学方面的细节及其含义，人们可能有不同的见解，但至少有一点毋庸置疑：这是理查逊想象力的一个努力方向，他在这方面展示出卓越的洞察力，深入探究众所周知的头脑无意识和潜意识推理过程。从强奸发生后的情节以及克拉丽莎写给洛弗莱斯语无伦次的信中，我们都可以找到进一步的证据，菲尔丁因此称赞这封信"超越了我所读过的任何作品"②。理查逊同时代的另一位称赞者狄德罗特别指出，探索心灵深处的奥秘是理查逊的强项。从狄德罗自己对《拉摩的侄儿》（*Le Neveu de Rameau*）主题的处理手法来看，他的这一评价相当权威。狄德罗说，正是理查逊"高举着火把深入洞穴，教导人们学会如何辨别那些隐藏在善良背后、急于表现自我的那种微妙而不纯洁的动机。是他揭开洞口厚重的帷幕，让隐藏在里面的摩尔人③暴露无遗"④。这自然是我们探索《克拉丽莎》的本质，而丑陋的摩尔人便是潜意识生活中最可怕的现实，他们隐藏在最善良的心灵深处。

这样解释意味着理查逊的想象力并不总是与他的说教目的同步而

---

① 原著脚注：II, 99; IV, 2, 303, 256-257.
② 原著脚注：'New Letter from Fielding', p. 305.
③ 历史学家认为，摩尔人是一个阶级和文化的统称。尽管非洲摩尔人占大多数，摩尔人这一概念其实并没有人类学和民族学上的意义。"摩尔人"一词在欧洲使用很广泛且略带贬义，一般指穆斯林，特别是西班牙或北非的阿拉伯人或柏柏尔人。——译者据维基百科注
④ 原著脚注：*Œuvres*, ed. Billy, p. 1091.

行，这当然并非完全不可能。那位世俗主教端庄的仪态和慢条斯理的声音是理查逊思想的重要组成部分，但并非全部。由于理查逊的主题是现实生活中的真实现象，所以很可能需要非常安全的道德外表，再加上印刷品的匿名特点以及某种自以为公正的诡辩倾向，才能安抚他内心的审查意识，让他的想象力得以自由地表达他对其他经验领域的浓厚兴趣。

这些过程不仅出现在理查逊对克拉丽莎的描写中，也出现在他对洛弗莱斯的描写中。理查逊对他笔下浪荡子的心理认同也许比他自己所了解的还要深刻得多，这一点从洛弗莱斯的这段话里面可以看出蛛丝马迹："是不是每个浪荡子，不对，是不是每个人，都能像我这样坐下来，把所有进入他脑海或者心底的东西都写下来，然后坦率真诚地进行自我谴责呢？那我得十恶不赦才能保持镇定自若！"在别的地方，洛弗莱斯在性生活方面的想象力异常活跃，这无疑表明他的创作者心甘情愿与他合作，其意愿远远超出了文学责任的范畴。例如，洛弗莱斯计划对安娜·豪进行报复，不仅要强奸她，而且为了同样邪恶的目的准备劫持她的母亲，这是一种可怕而荒谬的幻想。如果说这只是为了实现理查逊的说教目的，那么这样的幻想就完全没有必要。①

然而，从美学的角度来看，理查逊无意识的心理认同所产生的最终效果似乎合情合理。小说原本的构思方案存在不足之处，即洛弗莱斯那么残忍和幼稚，因此难以与克拉丽莎之间形成一种可持续发展的心理交互模式。理查逊于是为他的主人公的性格赋予一些心理色彩，以此来缩小他们之间的差距，这样有助于缓解他们之间明显完全对立的矛盾。他暗示克拉丽莎的内心深处有其病态的一面，以此来弱化克拉丽莎的完美。尽管这一暗示实际上强化了她的故事的悲怆色彩，却在某种程度上使她更加接近洛弗莱斯的世界。同时，他也让我们感到，正如他的女主人公的美德并非毫无瑕疵一样，他笔下的恶棍虽然恶迹斑斑，却有令人怜悯之处。

---

① 原著脚注：II, 492, 418-425.

第七章 小说家理查逊:《克拉丽莎》

洛弗莱斯的名字无论在读音上还是在词源上都是"无爱"① 的意思,而他的行为准则也就是浪荡子的行为准则,这使得他对自己最深层的情感视而不见,就像克拉丽莎的行为准则也让她看不清自己深层的情感一样。从一开始,他的性格的某一方面一直在努力公开体面地表达他对克拉丽莎的爱,而且几乎每次都能如愿。克拉丽莎也确实意识到他本性里面的这种潜流,她告诉他:"你一定在压制着某种强烈的情感!你的心肠多么可怕,多么缜密和冷酷!谁能具有你时不时表现出来的那种深沉的感情,谁能具有偶尔从你的唇间流露出来的那种柔情蜜意,却能如此镇定自若地压制这种情感,掩盖既定的目的和预谋的计划?你啥时候都这样。"②

理查逊如此划分洛弗莱斯有意识的邪恶和自我抑制的善良,为小说的叙事方式提供了又一个形式对称的范例,这一点无不令人欣喜。因为就像克拉丽莎起初不知不觉爱上洛弗莱斯、后来终于看清他实际上不配她的爱一样,洛弗莱斯起初也充满了爱恨交加的感觉,渐渐地全身心地爱她,尽管他的所作所为导致她不可能回报他的爱。如果克拉丽莎能早一点了解自己的感情,而不是起初对自己的性意识懵里懵懂,而后又视之为洪水猛兽,那么她本来有可能按照自己的心愿与洛弗莱斯结为连理。同样,如果洛弗莱斯知道并愿意承认他性格中那些温文尔雅的成分,那么他就不会失去克拉丽莎。

然而,结局不可能是这样的。之所以不可能,是因为除了导致克拉丽莎自杀的那些因素之外,还有一些其他原因——两个人不同的行为准

---

① 原著脚注:See Ernest Weekley,*Surnames* (London, 1936), p. 259. Names are often a guide to unconscious attitudes, and those of Richardson's protagonists tend to confirm the view that he secretly identified himself with his hero—Robert Lovelace is a pleasant enough name—and even unconsciously collaborated with Lovelace's purpose of abasing the heroine: 'Clarissa' is very close to 'Calista', Rowe's impure heroine; while Harlowe is very close to 'harlot'. This verbal association seems to be on the verge of consciousness in a letter of Arabella's to Clarissa: she tells her that James will treat her 'like a common creature, if he ever sees you', and then, referring to her doubts as to whether Lovelace will ever marry her, adds in a frenzy of contempt: '... this is the celebrated, the blazing Clarissa—Clarissa *what*? *Harlowe*, no doubt! —And Harlowe it will be, to the disgrace of us all.' (II, 170 – 171.)

② 原著脚注:III, 152.

则对他们各自的命运造成了巨大的破坏，使他们各自拥有一种无法让两人相爱的心理态度，而这种态度在肉体与灵魂之间竖起了一道不可逾越的屏障。克拉丽莎宁死也不承认情欲，而洛弗莱斯不可能让她爱上他，因为他也做出了同样绝对却完全相反的划分：如果他希望"证明她究竟是天使还是女人"，那么克拉丽莎别无选择，只能做出她所做的选择，从肉体上否认她的女性特征，用洛弗莱斯的话来说，证明"她真的冷若冰霜"。同时，对他而言，灵魂救赎的唯一可能性在于否定对自己的幻想，他的幻想实质上是对虚幻的性意识的一种反映，就像克拉丽莎的幻想一样。"如果我不是工于心计，"他在内心反省的那一时刻写道，"我不过就是个普通人。"但是，他的确像克拉丽莎一样，深深地沉迷于对自己的先入之见，无法改变自己。他与克拉丽莎的僵局已定，正如他自己所承认的那样："有她我怎么办，或者没有她我怎么办，我一点都不知道。"①

因此，对于洛弗莱斯来说，死亡也是他唯一的出路。虽然他的结局不是自杀，但也类似于克拉丽莎的死亡，因为从某种意义上来说，他死亡的部分原因是他自寻的，而且他曾经在梦里得到过这样的警告。在那个梦里，他想最后拥抱克拉丽莎，却看到穹苍洞开，把她接纳上去，只剩下他独自一人，脚下的地面突然沉陷，他跌入了深不可测的地狱。这个梦证实了他的无意识预感，不过这是在他赎罪之后，向刺杀他的莫登上校承认的，他承认他的结局是自寻的，并祈求克拉丽莎的在天之灵给予他怜悯和宽恕。②

一段恋情就这样结束了。就像神话和传说中的旷世恋人一样，至少这种爱情超越了死亡。克拉丽莎和洛弗莱斯就像特里斯坦和伊索尔德或罗密欧和朱丽叶一样，命中注定是相生相依。然而，理查逊笔下不幸的恋人终究未成眷属，他们的终极障碍是主观的，其中一部分是无意识的，这完全符合小说的主观视角。社会命运通过各种心理力量操纵个人命运。毫无疑问，这些力量终究是大众化的，是社会性的，因为主角之

---

① 原著脚注：II, 208；III, 190, 229.
② 原著脚注：IV, 136, 529.

第七章 小说家理查逊:《克拉丽莎》

间的差异代表着他们各自所处的社会阶层在更高层面上所持有的态度和道德冲突。由于这种冲突完全被内化了,因此冲突本身表现为不同个性之间甚至同一个性的不同部分之间的斗争。

这就是理查逊的胜利。甚至他的故事情节和人物角色中那些明显令人难以置信的说教成分或时代特征,甚至其中的强奸情节以及克拉丽莎对于死亡时间不合情理的选择,都被置入一种更加宏大的、在形式和心理上无限复杂的戏剧模式中。正是这种将简单情节不断丰富和复杂化的能力使理查逊成为一位伟大的小说家。这也表明小说终于成为一种成熟的文学体裁,其形式资源不仅能够支持理查逊对他的主题不断展开丰富的想象,而且使他能够摆脱平淡无味、先入为主的说教,进而使他能够对人物进行深入的刻画,通过他们的经历来揭示人类生活中各种含混不清的可怕现象。

第八章　菲尔丁和小说的史诗理论

由于《帕梅拉》为《约瑟夫·安德鲁斯》(*Joseph Andrews*) 的创作提供了原动力，所以菲尔丁对于小说兴起的贡献不可能像理查逊的那样直接。正因为这个原因，我们接下来对他的讨论就没有那么广泛深刻。但是无论如何，他的作品提出了截然不同的问题，因为他的作品中的独特元素更多是源于新古典文学传统而不是源于社会变革，所以这本身可以看作是对我们眼下提出的基本论点的某种挑战。例如，如果《汤姆·琼斯》的主要特征实际上是奥古斯丁时代文坛独立发展的结果，如果这些特征后来成为一般小说的典型特征，那么很显然，社会变革在促进这种新形式兴起的过程中所具备的决定性意义就很难得到证实。

菲尔丁著名的"散文喜剧史诗"模式无疑让这种观点更加具有某种权威性，即小说绝不是现代社会独特的文学表现方式，它本质上是一种古老而又备受推崇的叙事传统的延续。这种观点无疑得到了足够广泛的重视，值得我们认真思考，尽管重视的方式相当笼统而且不成体系。很显然，由于史诗是第一例规模宏大而且十分严肃的叙事形式，因此用这个名称来指称所有包含此类作品的普遍性范畴就是顺理成章的事情。从这种意义上来说，小说可以说是史诗性质的。我们也许可以走得更远，

第八章 菲尔丁和小说的史诗理论

就像黑格尔那样,将小说视为对史诗精神的一种体现,这是一种受现代平淡无奇的现实概念影响的史诗精神。① 然而显然可以肯定的是,实际的相似性具有理论和抽象的性质。因此,如果要充分利用这种相似性,就得忽略这两种形式所特有的大部分文学特征。史诗毕竟是口语体的诗歌形式,它通常表现的是历史人物或传说人物为了大众的利益所取得的非凡伟业,这些人物所从事的是集体事业而非个人事业,而这些就不是小说能够叙说的。

当然,这些也不是笛福或者理查逊的小说能够叙说的。但他们偶尔对史诗所做的评论有助于阐明小说和史诗这两种文学体裁在社会和文学方面所表现出来的差异,因此我们先来简要了解一下笛福和理查逊对于这个主题的看法,然后讨论菲尔丁的史诗类比概念,继而探讨他怎样看待史诗为他的小说所做的贡献。

I

除了在"不朽的维吉尔的……准确判断力"和荷马"更旺盛、更丰富的创造力和想象力"之间做过一番相当传统的对比②,笛福总体上对史诗持一种随意贬低的态度:"无须阅读维吉尔、贺拉斯或荷马的作品,也可以轻而易举地了解大众骚乱、个人龌龊以及党派纷争的后果",他在《评论》(1705)③ 中这样写道。在 1711 年的小册子《重罪条约》(*The Felonious Treaty*) 中,他还告诉我们说,围攻特洛伊只是为了"拯救一个妓女"④。针对海伦的这种观点并不少见,然而笛福将整个问题归结为一种简单的道德判断,其精辟程度让我们意识到,既然道德考量在中产阶级文学观中占据首要地位,那么这就很可能会大大削弱古典

---

① 原著脚注:See *The Philosophy of Fine Art*, trans. Osmaston (London, 1920), IV, 171.
② 原著脚注:*The Life of Mr. Duncan Campbell* (Oxford, 1841), p. 86.
③ 原著脚注:No. 39 (1705).
④ 原著脚注:p. 17.

文学的声誉。笛福谴责"那些早就被戳穿的……下流的拉丁语作家提布卢斯、普罗佩提乌斯①以及其他人"②，他哀叹"希腊人除了普鲁塔克③，就没有一个道德主义者"④。他的观点可以看作是进一步承认道德考量削弱文学声誉这一倾向。

笛福不仅否认荷马是道德主义者，而且明确指责他是一个不合格的历史学家。这是因为笛福对文学的兴趣几乎完全由他对事实的狂热欲望所左右，而荷马的作品如果按照事实资料库的价值来判断，显然具有严重缺陷，一般的口头文学传统也是如此。这个观点最早出现在1704年的《风暴》"序言"中，而后笛福在1726年出版的《论文学》中进一步阐述了这一点。

所谓文学，笛福认为就是写作。他的整体观点是，写作艺术是摩西赐予我们的神圣礼物，它使人不至于"最腐败地、毫无节制地滥用传统"。这种传统也就是原始的"关于人与物的口述历史"，它往往把历史变成"寓言和传奇"，把"恶棍"变成"英雄"，把"英雄"变成"神"。荷马就犯了这个大忌，他的作品是无可替代的历史文献："如果没有荷马的吟唱"，我们对"围攻特洛伊城的故事"就一无所知。然而不幸的是，"即便是现在，我们很难搞清楚它究竟是一段历史，还是那位民谣歌手为了挣一个便士而编造的寓言故事"。⑤

最后这句话重申了笛福对荷马最持久的观点。蒲柏翻译出版《奥德赛》，未承认其他合作者布鲁姆⑥和芬顿⑦的贡献，由此引发一场争论，笛福也加入论战，上述观点就是他在论战中提出来的。鉴于《苹果蜂杂

---

① 提布卢斯（Tibullus，约前55—前19），拉丁诗人、挽歌作家。普罗佩提乌斯（Propertius，约前50—15），古罗马屋大维统治时期的挽歌诗人。——译者据维基百科注
② 原著脚注：*Mist's Journal*，April 5，1719，cit. William Lee，*Daniel Defoe*（London，1869），II，31.
③ 普鲁塔克（Plutarch，约46—120），罗马传记文学家、散文家，他用希腊文写作。——译者注
④ 原著脚注：*Essay upon Literature*（1726），p. 118.
⑤ 原著脚注：pp. 115，17，115，117.
⑥ 威廉·布鲁姆（William Broome，1689—1745），英国学者、诗人。——译者注
⑦ 芬顿（Elijah Fenton，1683—1730），英国诗人。——译者注

第八章　菲尔丁和小说的史诗理论

志》唐突之语大行其道且不分青红皂白，笛福认为单单把蒲柏挑出来攻击是荒谬的，因为自荷马以降，所有的作家都是剽窃者：

> ……我熟悉的一位快乐哥们向我保证说，我们的荷马仁兄本人也犯过同样的剽窃罪。你一定记得，这位荷马仁兄是雅典一位又老又瞎的民间说唱艺人，他走遍那一带，也走遍希腊各地，挨家挨户吟唱他的歌谣。唯一的区别就是，他的歌谣通常是他自己编的……但是，我的朋友说，随着时间的推移，这个荷马有了一点小名气，也挣了点钱，也许比诗人应得的还要多，他渐渐变得懒惰狡诈，于是找来一个名叫安德罗尼库斯的斯巴达人，还有一个 S-l 博士，一位雅典的哲学家，为他创作歌谣。两个人都是非常出色的诗人，不过没有荷马本人那么有名。这俩人又穷又饿，几个小钱就能打发掉。实际上，我们的诗人自己并没有做多少事，只是以自己的名义出版、出售他的歌谣，就好像是他本人创作的一样。于是，他拿到了大量订单，而且收益不菲。①

笛福如此描写绘荷马，确有先例可循——法国的多比奈克②和佩罗③、近代英国的本特利④和亨利·费尔顿⑤，都把荷马史诗看作是一个游吟诗人的诗集。⑥ 不过，把荷马说成是剽窃者和成功的文学企业家，似乎只是笛福为了应付辩论的应景之作。他将所有文学作品都贬低为文学的商业等价物，这种策略是经过深思熟虑的。这样做不仅贬低了史诗和奥古斯丁时代的文化声望，而且还将伟大的文学家贬低到格拉布街那

---

① 原著脚注：July 31，1725；Defoe's two letters on the topic are reprinted in Lee（Ⅲ，410-414）。
② 多比奈克（Abbé d'Aubignac François Hédelin，1604—1676），法国作家和牧师。——译者注
③ 夏尔·佩罗（Charles Perrault，1628—1703），法国诗人、作家，以其作品《鹅妈妈的故事》而著称。——译者注
④ 理查德·本特利（Richard Bentley，1662—1742），英国古典学者、评论家和神学家。——译者注
⑤ 亨利·费尔顿（Henry Felton，1840—1909），英国神职人员、学者。——译者注
⑥ 原著脚注：See Donald M. Foerster，*Homer in English Criticism*（New Haven，1947），pp. 17-23，28。

些潦倒文人的水平。笛福本人曾经也被这样轻蔑地贬低过。

笛福对荷马还有一条重要的非议，他说荷马听信了他那个时代异教徒的观点。他在《魔法体系》（1727）中得出的一个结论是，"希腊人是世界上最迷信鬼神的人，他们迷信的程度比波斯人和迦勒底人更甚"，他们的宗教文学被魔鬼的"地狱杂耍"给败坏了，因为魔鬼不断在"复杂恐怖的偶像崇拜狂想曲"里"插话"。① 在他的另一部作品《鬼怪的历史与现实》（1727）中，笛福考察了荷马和维吉尔关于鬼怪的论述，不无轻蔑地总结道："何等高深的废话！里面连篇累牍的废话就是要调和事物，就是要按照基督教的基本原则，让任何普通人无法直接看见的东西变得直观可见。"②

对于古人不合理不道德的偶像崇拜，笛福表现出难以掩饰的不耐烦，我们还是就此打住，放过笛福，这样再合适不过。荷马本来可以成为最有价值的历史考据的源泉，但是一方面由于他本人根深蒂固的歌谣情结，另一方面由于希腊文明顽强的迷信痼疾，他把"希腊人的战争……从现实唱进了虚构小说……"③ 要是特洛伊有一位真正的新闻记者，那该多好！

II

理查逊性格谨慎，人们不期望他会像笛福那样口无遮拦，或者对其他人有不逊之词。不过有两个小小的例外④，我们从他的小说和书信中可以看出他对史诗抱有类似的敌意。

正如我们所期望的那样，理查逊之所以反对史诗的英雄体裁，主要是反感它所表现的风俗和道德风貌。在写给布兰德舍弗夫人的信中，他

---

① 原著脚注：Oxford，1840，pp. 226，191，193.
② 原著脚注：Oxford，1840，pp. 171 - 174.
③ 原著脚注：p. 22.
④ 原著脚注：See Postscript, *Clarissa*, and *Grandison*, I, 284.

第八章 菲尔丁和小说的史诗理论

直言不讳地抨击史诗。很显然，是布兰德舍弗夫人首先写信和他讨论史诗，才引发了他抨击史诗的言论：

> 我钦佩你关于凶残好斗的《伊利亚特》的观点。学者们，尤其是明智的学者们，假如敢于发声，敢于反对千百年来对它的赞美，我相信荷马至少有可能会点头赞许。尽管这首史诗非常高雅，可我还是担心它对世世代代造成了无穷的危害。因为在很大程度上，正是源自《伊利亚特》以及它的复制品《埃涅阿斯纪》①所描绘的那种野蛮精神，从古至今激励着那些比狮子老虎还凶残的斗士们毁坏这个世界，让它血流成河。②

这番批评并非理查逊首创。蒲柏曾经写道，荷马作品中"最令人震惊"的就是"他在《伊利亚特》里面过于突出那种残酷血腥的场面"。③很显然，在史诗中战争是"必不可少的，并非作为点缀"④，可战争的道德世界所代表的价值观让爱好和平的社会成员感到陌生，因此得不到他们的欢迎。理查逊则更加直率，他指出《埃涅阿斯纪》造成"无穷的危害"，这种说法在本质上很有新意。继他之后，布莱克⑤的谴责更加具有普遍意义："正是古典作品让欧洲战乱不断，荒凉无限。"⑥

史诗为恶人提供了各种行为典范，树立了危险的榜样，这是理查逊一贯的观点。在《查尔斯·格兰迪森爵士》里面，夏洛特夫人几乎一字不漏地重复理查逊借助布兰德舍弗夫人的信所表达的观点，只是她批判

---

① 《埃涅阿斯纪》（*Aeneid*）是诗人维吉尔于前29—前19年创作的史诗，它叙述了埃涅阿斯在特洛伊陷落之后辗转来到意大利，最终成为罗马人祖先的故事。史诗共9 896行，分12卷。按故事说，可以分成前后两部分，各6卷。也有人把它分成三部分，各4卷。——译者据维基百科注

② 原著脚注：*Correspondence*, IV, 287; the letter is undated but was probably written in 1749.

③ 原著脚注：Note, *Iliad*, IV, 75, cited by Foerster, *Homer*, p. 16.

④ 原著脚注：H. M. and N. K. Chadwick, *The Growth of Literature* (Cambridge, 1936), II, 488.

⑤ 威廉·布莱克（William Blake, 1757—1827），英国诗人、画家，浪漫主义文学代表人物之一。——译者注

⑥ 原著脚注：In 'On Homer's Poetry' (c. 1820); *Poetry and Prose*, ed. Keynes (London, 1946), p. 583.

的范围更广:

> ……男人和女人互相欺骗。但是在很大程度上,我们可能要感谢诗人们,是他们让我们看到了这种欺骗的迷人之处。我讨厌所有诗人,难道不是他们点燃了最邪恶的激情吗?说到史诗,尽管亚历山大是个疯子,但是如果没有荷马,他会疯成这样吗?史诗作者难道不正是通过宣扬虚假的荣誉、虚假的荣耀、虚假的宗教,弘扬暴力、谋杀、掠夺和破坏吗?①

正如英雄悲剧的准则一样,史诗的虚假荣誉准则是为男性和贵族服务的,它具有异教徒的好战特性,因而是理查逊无法接受的。理查逊的小说主要致力于抨击这种意识形态,并用一种截然不同的意识形态来取而代之。理查逊的意识形态是内在的、精神的,不分阶级或性别,只要有遵守道德的意愿,人人皆可有之。

理查逊对这种新型英雄主义最完美的呈现就是他的《查尔斯·格兰迪森爵士》。他在"序言"中写道,这部作品离不开朋友们的鼓励,他们坚持要他"把真正的光荣人格和行为展示给公众看"。该作重点关注涉及新旧荣誉准则的一个关键的社会问题,那便是决斗。虽然格兰迪森爵士是一位令人敬佩的剑客,但是他坚决反对决斗这种野蛮行为,所以拒绝接受挑战。理查逊在"结束语"中非常坚定地为格兰迪森辩护,他重申女主人公哈里特·拜伦(Harriet Byron)对旧有准则的批判:"邪恶的'荣誉'这个词,完全是谋杀!……绝对是责任、善良、虔诚、宗教的对立面……"②理查逊指出"'荣誉这一观念'显然是荒唐有害的",他坚持认为迎接决斗的挑战无异于接受"礼貌的谋杀请柬",每个信奉基督原则的人都应该拒绝,因为"真正的英勇是在不利条件下坚持履行所有的责任"。

就像《帕梅拉》和《克拉丽莎》一样,《查尔斯·格兰迪森爵士》里面的很多其他内容也印证了这一观点,即理查逊的小说是基督教和中产阶级护教士们长期以来抵抗异教徒和崇尚武力价值观运动的巅峰之作。

---

① 原著脚注:VI,315.
② 原著脚注:Grandison,I,304;see also Clarissa,IV,461-463.

第八章 菲尔丁和小说的史诗理论

斯蒂尔想知道"为什么在我们的想象当中,异教徒昂首阔步,而基督徒却鬼鬼祟祟?"① 作为一种解决方案,笛福曾经提议,真正检验勇气的标准是要"敢于做好人"②。理查逊为这种勇敢做出了榜样,不过荷马所崇尚的积极外向的理想与理查逊自己生活方式之间的冲突,也许在他写给海摩尔小姐的信中表达得最清楚,这也是他对自己长期在郊区伏案生活的一种反思:"在这样的世界里,对于感情丰富的心灵来说,满足就是英雄主义!"③

仅仅厌恶英雄美德这一条也许已经足以让理查逊拒绝将史诗作为一种文学典范。不过他对史诗的抵制可能还有许多其他方面的原因。

在18世纪上半叶,人们越来越意识到荷马的世界与现代世界之间的巨大差异。托马斯·布莱克韦尔④最准确地表达了这种倾向,他在《论荷马的生活和写作》(1735)中比以往任何人更为详尽地回答了这个广受争议的问题:为什么后世的诗人无法达到《伊利亚特》或《奥德赛》这样的水准。布莱克韦尔的主要论点是,荷马从他的社会环境中获得了得天独厚的诗歌优势,这一优势在18世纪的英国是无法复制的。荷马生活的时代是由野蛮行为向定居且闲散的商业文明过渡的时期,荷马十分享受那种"靠劫掠赢得精神和勇敢声誉"的自然英雄主义文化氛围,而且荷马的听众也不是来自"奢华的大都市的居民",而是那些头脑简单崇尚武力的乡下人,他们最喜欢听"他们祖先的勇敢精神"。⑤

布莱克韦尔在三个方面进行了对比,这三个方面都与史诗和小说之间的差异密切相关,特别是与理查逊进行文学创新的基础条件紧密相关。布莱克韦尔写道,首先,荷马的诗"适合为一群人朗读或者吟唱,不适合私下阅读或者印成书供人品读"。其次,"自然淳朴的希腊人……从不掩饰他们的感情",正因为这一点,布莱克韦尔喜欢他们胜过喜欢他同时代

---

① 原著脚注:*The Christian Hero*, ed. Blanchard (London, 1932), p. 15.
② 原著脚注:*Applebee's Journal*, August 29, 1724, cited from Lee, III, 299–300.
③ 原著脚注:*Correspondence*, II, 252 (July 20, 1750).
④ 托马斯·布莱克威尔(Thomas Blackwell, 1701—1757),古典学者、历史学家,苏格兰启蒙运动的主要人物之一。——译者据维基百科注
⑤ 原著脚注:2nd ed., 1736, pp. 16, 123.

的人，因为后者"虽然文雅却具有双重性格"。最后，由于史诗刻画"的行为举止更加自然"，因此，假如当代作家想要"写出阳春白雪一般的诗歌"，就必须"对（他的）日常生活方式懵懂无知"，而且史诗的读者必须将自己投射到他可能认为不寻常和不愉快的人和情景当中去。因此，纵然布莱克韦尔对荷马充满热情，他还是不得不得出这样的结论：尽管他的恩主"可能会因缪斯女神的沉默而感到遗憾，但我相信伯爵您也会赞同这样的观点：我们也许永远成不了英雄诗的恰当主题"。①

布莱克韦尔的观点足以解释为什么史诗在当时的读者中受欢迎的程度远远不及小说的原因。例如，理查逊1744年出版亚伦·希尔的《基顿，一部史诗》时就建议他不要"在书名中用'史诗'这个词，因为成百上千的人看到这个书名，也不懂您对'史诗'这个词所下的高雅定义"②。由此可以推断史诗多么不受欢迎。史诗之所以不被待见，肯定与这个事实有关：阅读史诗意味着不断努力排除对日常生活的正常期望，而小说的创作恰恰离不开这样的期望。艾迪森曾经在《观察家》中说过，读荷马的作品，你很容易感觉是"在阅读另一个物种的历史"③。而伏尔泰在其早期作品《论史诗》（1727）中就特别对比分析了他那个时代的读者阅读《伊利亚特》和德·拉·法耶特夫人的《扎伊德》时所采取的截然不同的方式："很奇怪，也很真实，在那些最有学问、最虔诚的上古崇拜者中间，几乎没有一个人在阅读《伊利亚特》时会产生女性读者阅读《扎伊德》时的那种渴望和狂喜的感觉。"④

喜欢《扎伊德》和《帕梅拉》的女性读者发现，她们不仅很难认同荷马作品里的人物，而且也会对他对待女性的态度感到震惊。布莱克韦尔告诉我们，希腊男人并不会因为"他们的自然欲望"而感到羞耻⑤，就像詹姆斯·麦克弗森⑥后来所评论的那样："在所有的古代诗人中，

---

① 原著脚注：pp. 122, 340, 24, 25, 28.
② 原著脚注：*Correspondence*，I, 122.
③ 原著脚注：No. 209.
④ 原著脚注：Florence D. White, *Voltaire's Essay on Epic Poetry: A Study and an Edition* (Albany, 1915), p. 90.
⑤ 原著脚注：*Enquiry*, p. 340.
⑥ 詹姆斯·麦克弗森（James Macpherson, 1736—1796），苏格兰诗人。——译者注

第八章　菲尔丁和小说的史诗理论

荷马对女性最没有仪式感。"① 荷马的这种可耻粗俗的做法让理查逊更有理由反感史诗。值得注意的是，理查逊对史诗的抨击是由一位女性笔友引起的，而且他也主要通过他的女性角色表达他抨击史诗的观点。例如，在《查尔斯·格兰迪森爵士》里面，哈里特·拜伦坚决支持基督教史诗和弥尔顿的主张，却极力反对荷马，她援引艾迪森在《观察家》上面发表的文章和"令人敬佩的迪恩先生"的文字来支持她的观点。另一方面，荷马即使能够得到支持，也是极具破坏力的支持，诸如得到老学究沃尔顿先生的那种赞美，或者是那种针对巴内维尔特小姐这种女性的鲁莽、大男子主义的羞辱之词等。拜伦小姐用理查逊给布兰德舍弗夫人写信时使用的那种惊恐口吻向塞尔比小姐这样描述巴内维尔特小姐："阿喀琉斯——野蛮的阿喀琉斯让她着迷不已。"② 也许更具毁灭性的是，在《克拉丽莎》中，对臭名昭著的洛弗莱斯的惩罚也是给他身上粘上史诗的羽毛。③ 他用维吉尔的例子来证明他对待克拉丽莎的方式无可厚非，他这样问贝尔福德："既然维吉尔能得到狄多女王的原谅，难道我就不能得到哈洛小姐的宽恕吗？"他厚颜无耻争辩的理由是，他对"哈洛小姐的义务甚至还不到埃涅阿斯对迦太基女王的一半"，那么"既然埃涅阿斯是忠厚的，为什么洛弗莱斯就不忠厚了呢？"④

18 世纪晚期的一位散文家马丁·舍洛克（Martin Sherlock）评论道，理查逊的"不幸之处在于他不了解古人"⑤，这是一种普遍认同的观点。可事实恰恰相反，至少在他的文学独创性方面。尤为重要的是，晚年的理查逊成了一位坚定的厚今薄古者。他在爱德华·杨的《论独创性作品——致〈查尔斯·格兰迪森爵士〉作者的一封信》（1759）一书中所扮演的角色，就清楚地表明了这一点。A.D. 麦克基洛普（McKil-

---

① 原著脚注：*Temora, an Ancient Epic Poem* (1763), p. 206, n.; cited by Foerster, *Homer*, p. 57.

② 原著脚注：*Grandison*, I, 67 – 86.

③ 古代欧洲的一种私刑就是给受刑人全身涂上熔化的柏油，再粘满羽毛。——译者据维基百科注

④ 原著脚注：*Clarissa*, IV, 30 – 31; see also II, 424; IV, 451.

⑤ 原著脚注：In *Lettres d'un voyageur anglais* (1779), trans. Duncombe, cit. John Nichols, *Literary Anecdotes of the Eighteenth Century* (1812), IV, 585.

lop）指出①，杨在辩论中反对古典文学的价值，这其中少不了理查逊的影响。《论独创性作品》中有一段很著名的文字，实际上出自理查逊之手，表明他也意识到这场争论中的个人利害关系：

> 毕竟，最早的远古人在独创问题上没有什么值得大说特说的，因为他们不可能成为模仿者。而现代作家可以做出选择，因此他们选择的能力就至关重要。他们可以在自由的天地里翱翔，也可以在简单模仿的松软桎梏中前行。正如大力士赫拉克勒斯寻欢作乐是合情合理的，坚持模仿也有许多合情合理的理由。赫拉克勒斯选择做英雄，因此才会永垂不朽。②

理查逊的目的虽然秘而不宣却显而易见。他是一个独创者，有意抛弃先前的模式，不像荷马那样懵懂随意。的确，这位新文学的大力神是一位事后勇士，因为没有证据表明他在完成《克拉丽莎》的创作之前认真关注过古典模式。不过，我们必须接受理查逊的部分辩解：让他名垂青史的独创性，无论是偶然的还是必然的，与他忽视现存文学模式、偏爱形象生动地表现生活的意识有关，也与他的那些非常规却极为恰当的写作方法有关。正是这些方法使他可以直接自由地表达这种意识。

Ⅲ

与笛福和理查逊不同，菲尔丁浸淫在古典传统中，尽管他一点也不盲从规则，但是他强烈地意识到人们的文学品位很混乱，需要采取严厉的措施加以规范。例如，他在《考文特花园期刊》中提出，"一个作家只有读过并理解了亚里士多德、贺拉斯和朗吉努斯③的原作，才有资格

---

① 原著脚注：'Richardson, Young, and the Conjectures', *MP*, XXII (1925), 393–399.
② 原著脚注：Young, *Works* (1773), V, 94.
③ 卡修斯·朗吉努斯（Cassius Longinus, ? —273），著名希腊修辞学家和哲学家，曾担任泽诺比娅女王（Zenobia）的顾问，在奥莱里安（Aurelian）攻克巴尔米拉（Palmyra）后，他因为支持泽诺比娅女王被处死。其作品有残篇传世。——译者据维基百科注

第八章 菲尔丁和小说的史诗理论

涉足文学批评"①。他认为要保护虚构小说的新领地,尤其需要具备类似的资质,以此来抵制乔治·艾略特曾经贬低虚构小说的雄辩说法——"纯粹是左撇子低能者的入侵。"他在《汤姆·琼斯》中提到,那些希望写出"这种历史作品"的人,一个基本的先决条件就是要有"相当的学问"②,这样的学问自然包括拉丁语和希腊语方面的知识。

因此,在他的第一部小说作品《约瑟夫·安德鲁斯》(*Joseph Andrews*,1742)中,菲尔丁尽可能恪守古典批评传统,竭力向自己、也向文学同仁证明他这样做的合理性,这也完全符合他一贯的主张。至于需要从哪个方向来证明这种合理性,也没有太多疑问。以前的许多小说家和小说评论家,尤其是17世纪法国传奇故事的作者都认为,任何以叙事形式模仿人类生活的作品,都应尽可能遵从亚里士多德及其无数阐释者为史诗定制的规范。菲尔丁显然完全自觉地认同这一观点。③

在序言的开头,他颇以一种居高临下的姿势指出:"英语读者对于传奇故事的看法可能与这位仅有几本薄书的作者的看法有所不同……鉴于此,不妨在这里谈谈这类作品,因为我不记得此前有人曾用我们的语言做过此类尝试。"接着,他继续写道:

> 史诗,也包括戏剧,分为悲剧和喜剧。史诗之父荷马为我们创立了这两种体裁的写作模式,尽管后者的写作模式完全遗失了。亚里士多德告诉我们,戏剧的喜剧模式和荷马的《伊利亚特》的悲剧模式相仿……
>
> 进一步说,因为这部史诗有可能是悲剧性的,也有可能是喜剧性的,我不会贸然断定说它既可以是诗歌也可以是散文,尽管它缺少一种韵律特征——一种评论家论述史诗组成部分时常常列举的一种特征,但如果一部作品包含了其他所有的组成部分,譬如寓意、情节、人物、情感和措辞,单单缺乏韵律,我认为将其归为史诗似

---

① 原著脚注:No. 3 (1752).
② 原著脚注:Bk. IX, ch. 1.
③ 原著脚注:See René Bray, *La Formation de la doctrine classique en France* (Paris, 1927), pp. 347-349; Arthur L. Cooke, 'Henry Fielding and the Writers of Heroic Romance', *PMLA*, LXII (1947), 984-994.

乎是合乎情理的。至少没有哪位评论家认为它适合其他种类的文学，或者赋予它一个特定的名称。

菲尔丁在这里欲将其小说"归类"为史诗体裁，他的论点难以服人。毫无疑问，《约瑟夫·安德鲁斯》的确具有亚里士多德所说的史诗的六个组成部分中的五个，但是从某种意义上来讲，很难想象有哪种叙事作品是不包含"寓意、情节、人物、情感和措辞"的。

即使具有这五个元素，也并不能给菲尔丁以充分的理由，让他可以令人信服地阐明散文史诗和法国传奇故事之间的区别：

> 因此在我看来，坎布雷大主教的《忒勒玛科斯历险记》①似乎与荷马的《奥德赛》一样，也属于史诗体裁。的确，与其将它与那些毫无相似之处的体裁混为一谈，还不如给它冠以史诗的名称，这样更公平更合理，尽管它在一个方面与之有所不同。通常被称为传奇故事的都是些大部头作品，例如《克莱莉娅》(*Clelia*)、《克里奥佩特拉》(*Cleopatra*)、《阿斯特拉伊》(*Astrae*)、《卡桑德拉》(*Cassandra*)、《伟大的赛勒斯》(*Grand Cyrus*)，以及其他不胜枚举的作品。据我理解，这些作品几乎既无教益又无乐趣。

可以看出，菲尔丁区分费内隆的《忒勒玛科斯历险记》和法国英雄传奇故事时所依据的完全是他自己提出的"教益或乐趣"这一新标准，这显然属于个人价值判断问题，因此很难融入一般的分析体系。因此，当菲尔丁进一步区分他自己的"散文喜剧史诗"与严肃史诗及其散文类作品时，他并没有采用这一标准，这一点也不奇怪。相反，他运用亚里士多德的标准来区分庄严模式和喜剧模式。按照他的这种方式来划分，所有法国传奇故事都与《奥德赛》和《忒勒玛科斯历险记》属于同一类体裁：

> 所以说，喜剧传奇就是一部散文体的喜剧史诗。正如严肃史诗不同于悲剧，喜剧传奇也不同于喜剧，它有时候是严肃庄重的，有

---

① 《忒勒马科斯历险记》(*The Adventures of Telemachus*)，作者弗朗索瓦·费内隆 (François Fénelon, 1651—1715) 是法国天主教神学家、诗人和作家，该书于1699年首次出版。小说中几乎不加掩饰地攻击法国君主。——译者据维基百科注

第八章 菲尔丁和小说的史诗理论

时候却是轻松滑稽的。它的情节更广泛更全面,包含的事件范围更广,因而人物类型更多,在寓意和情节方面也与严肃的传奇故事不相同。它展现的是下层人物的行为举止,而严肃的传奇故事则为我们展现的是高高在上的人物的行为举止。最后,在情感和措辞方面,喜剧传奇保留了滑稽可笑的东西,扬弃了壮美的成分。

菲尔丁就这样结束了他在《约瑟夫·安德鲁斯》"序言"中对史诗所做的批判性类比。很显然,他论述的全部核心就是"喜剧"一词,"序言"中六分之五的篇幅都在阐述他关于"滑稽可笑"的看法,而史诗类比自然不可避免地被搁在了一边。由于荷马的《马吉特斯》(Margites)已经失传,而喜剧史诗只是在《诗学》中略有提及,因此菲尔丁欲将其小说置于与古典学说等量齐观的地位,既不可能得到文学同行的支持,也不可能得到理论先例的支持。

在考虑史诗类比对小说所产生的实际影响之前,也许应该指出,以上所述几乎涵盖了菲尔丁关于散文喜剧史诗的全部观点。《约瑟夫·安德鲁斯》是一部意图混杂的草作,起初模仿的是《帕梅拉》,继而追随塞万提斯的写作风格,这也许暗示读者不必过分看重它的"序言",因为"序言"里并没有真正概括出完整的虚构小说理论。正如菲尔丁本人所说,它仅仅包含了"几点非常简略的暗示",而"散文喜剧史诗"这一表述只是这样的一个暗示而已。尽管菲尔丁在给妹妹萨拉·菲尔丁的《大卫·辛普尔》(David Simple)(1744)所写的"序言"中简要提及过散文喜剧史诗,后来又称《汤姆·琼斯》(1749)是"英雄历史散文诗",或是"散文喜剧史诗作品"①

---

① 原著脚注:Bk. IV, ch. 1; Bk. V, ch. 1. It is interesting, incidentally, to observe that these references occur early; after the first six books of *Tom Jones* Fielding changes over to a more completely dramatic method, as W. L. Cross points out (*History of Henry Fielding*, II, 179). Further evidence for believing that Fielding did not take the epic analogy seriously enough to explore the critical issues fully is afforded by the fact that he took no account either of Aristotle's mention of the form of literature which represented men 'as they are in real life' (*Poetics*, ch. 2), which would presumably be the category into which *Amelia* at least would fall, or of the contemporary controversy as to whether an 'epic in prose' was not a contradiction in terms [see H. T. Swedenberg, *The Theory of the Epic in England*, 1650—1800 (Berkeley and Los Angeles, 1944), pp. 155, 158-159].

的标本，但在后来的作品中他并未发展或完善他的早期表述。他此后真的极少关注他的这些观点。

IV

菲尔丁希望推出的是史诗的一种滑稽变体，因此他至少无缘模仿史诗的两个组成部分，即人物和情感。在《约瑟夫·安德鲁斯》或者《汤姆·琼斯》中，英雄人物和崇高思想显然没有立足之地。不过，史诗情节的某些元素适合他的目的，史诗的措辞他也可以以一种滑稽的形式加以利用。

毫无疑问，就情节而言，差异肯定大于相似之处，滑稽人物几乎不可能做出英勇的行为。鉴于史诗情节是基于历史或传说，所以菲尔丁不得不编造故事。因此，他能做到的充其量就是在改变内容的同时保留史诗情节的一般特征。最好的例子也许就是《汤姆·琼斯》。《汤姆·琼斯》的情节具有史诗品质，因为它至少呈现出整个社会的全景，不像理查逊的故事情节那样只是详细呈现出其中一个社会群体的面貌。

尽管《汤姆·琼斯》结构宏大内容多变，很符合当今"史诗"一词的主要内涵，但这毕竟主要是规模意义上如此而已，并不能因此证明菲尔丁借鉴了史诗的创作标准。不过，菲尔丁至少通过另外两种更加明确的方式，将史诗情节所独有的特征转变为喜剧语境，说白了就是他对惊喜效果的运用和滑稽的英勇战斗场面的引介。

在新古典主义理论中，人们普遍认为史诗的情节体现为两个要素——逼真和惊奇。如何让这两种水火不容的要素水乳交融，这让文艺复兴时期的批评家们绞尽了脑汁，许多法国传奇故事作家也都兜售过他们的诡辩论述。菲尔丁在《汤姆·琼斯》第八卷引言中就抨击了这个问题。他一开始便为荷马作品中令人难以置信的插曲进行辩解，理由是荷马"为异教徒写作，对异教徒来说，诗歌寓言就是表达信仰的文章"。即使这样，菲尔丁还是情不自禁地希望荷马能够了解并遵从贺拉斯的原则，

第八章　菲尔丁和小说的史诗理论

"尽可能少地"引入超自然因素。菲尔丁继续说，无论如何，史诗作家和真正的历史学家比小说家更善于将不太可能的事件表现得煞有介事，因为他们记录的是已知的"公开事件"，而"我们写的是小人物……没有那么大的名气，没有众所周知的证据，没有任何资料可以支持和证实我们所创作的作品"。他总结说小说家"不仅受制于可能性，而且也受制于或然性"。

随后，菲尔丁认为，（小说）这一新体裁要比史诗或传奇故事更注重逼真效果。他承认，因为"伟大的诗歌艺术是真理与虚构的结合之作，为的是化惊奇为可信"，所以就不该"一味迁就读者的怀疑态度"，以至于只能表现那些"陈旧迂腐、司空见惯甚至粗俗不堪的角色或者事件，就像大街上或者家里随处可见或者报纸家事栏目里随时可以看到的那类人物或者情节"。菲尔丁以此来证明注重逼真的合理性。

将其置于具体语境当中，菲尔丁所说的"惊奇"之意就一目了然：他主要是指一系列的巧合，像汤姆·琼斯先后遇到捡起索菲亚手袋的乞丐，看见她从路上走过的开心的安德鲁，还有为她带了一段路的向导等。笼统地说来，他主要指的是男女主人公在前往伦敦的旅程中擦肩而过却素昧平生的巧合。菲尔丁十分珍视这样的表现手法，因为这些表现手法将整个叙事编织成一个非常清楚明了而妙趣横生的形式结构。但是，尽管这样并置人物与事件非常贴切，不像荷马或维吉尔作品中常用超自然干预对故事的真实性造成明显破坏那样，但可以肯定的是，这样的表现手法意味着对文学顺序的操控并不能表现正常的生活进程，反而往往会危及文学叙事的真实性。因此就小说而言，即使菲尔丁不露神色地向神奇信条做出让步，这也以另一种方式证实了布莱克韦尔在《论荷马的生活和写作》中提出的近代史诗作家所遇到的困境："惊奇和神奇是史诗体裁的灵魂。然而，在一种井然有序的状态下能发生多少惊奇的事情呢？我们几乎不可能感到惊讶。"[①]

在他的小说情节中，菲尔丁对史诗模式模仿最多的是滑稽的英勇战

---

① 原著脚注：p.26.

斗场面，这既不同于形式现实主义的旨意，也不同于他那个时代的生活。要么因为事件本身根本就不可能发生，例如约瑟夫·安德鲁斯与追赶帕森·亚当斯的一群猎犬的搏斗就是这样的情形①；要么因为对事件的叙述使我们偏离事件本身，而去关注菲尔丁处理事件的方式及其所涉及的与史诗相似的情节。《约瑟夫·安德鲁斯》中的一个插曲实际上就是这样的，《汤姆·琼斯》②中的摩尔·西格瑞姆在那场著名的墓地里的战斗更是如此。在教堂举行礼拜后，村里的暴民殴打怀孕女孩的场面本身绝非一件有趣的事，只有菲尔丁的滑稽写作手法，即他所谓的"荷马风格"，才能让他在描写这样的事件时保持喜剧格调。可以肯定的一点是，如果菲尔丁将我们的注意力完全集中在参与者的行为和感受上，那么不光是这个情节，还有其他一些情节都是绝对不可接受的。即便如此，至少值得怀疑的是，如果莫尔·西格瑞姆的墓地打斗场面出自像菲尔丁这么仁慈的作家之手，这难道不会让理查逊对史诗的好战倾向产生非议吗？

菲尔丁追随荷马风格，这本身就暗示了他对史诗模式的模棱两可的态度。如果不是因为有"序言"，我们完全有理由将《约瑟夫·安德鲁斯》看作是对史诗写作套路的一种模仿，根本不会将它看作是一位计划以史诗写作套路为基础来创作新体裁的作家的作品。即使我们考虑到"序言"，菲尔丁的小说还是反映了他那个时代模棱两可的态度。他那个时代的文学尤其钟情于滑稽可笑的英雄主义，这无疑揭示了这样一个事实：当时的文学与它所钦佩的史诗世界已经相去甚远。

确实，在《约瑟夫·安德鲁斯》"序言"里，这种矛盾的根源一目了然。菲尔丁暗中承认，直接模仿史诗有悖于对"自然"的模仿。他说尽管他采用的措辞是"戏仿或滑稽模仿"，那不过是为了"娱乐""古典读者"而已，但在情感描写和人物塑造方面，他"用心排除"这种手法，因为他的主要目的"仅限于对自然的表达，通过真实模仿自然，我们可以……向理性读者传达所有的乐趣"。当然，采用这种双重态度的

---

① 原著脚注：*Joseph Andrews*, Bk. III, ch. 6.
② 原著脚注：*Tom Jones*, Bk. V, ch. 8.

第八章　菲尔丁和小说的史诗理论

困难就在于，像菲尔丁这般崇尚亚里士多德的作家，他肯定十分清楚文学作品的任何组成部分实际上都不可能当作一个独立的实体去处理。例如，他在《汤姆·琼斯》中指出，"要征服每个读者"，无须采用"各种比喻、描写和其他形式的诗意修饰，只须通过精彩地叙述朴素的事实即可"。但是他接着告诉我们，一旦作品中引入女主角，就要求"我们以最庄重的方式以及所有其他适当的手段来提升写作风格，以激发读者的崇敬之情"①。且看他在接下来的一章《崇高之于我们的简短提示以及对索菲亚·韦斯顿小姐的一番描述》的开头是怎么说的："让每一声粗重的喘息都安静下来吧，愿狂风这个异教徒之主用铁链将喧闹的北风神波瑞阿斯的四肢牢牢锁住。"很显然，菲尔丁实现了他的"诗意修饰"，不过也付出了相当可观的代价：索菲亚永远不会摆脱如此矫饰的语言，或者至少永远不可能完全脱离这种语言所引发的讽刺态度。

每当菲尔丁的一贯叙事风格被他的史诗风格所打断，读者对于角色或情节真实性的信任程度也会随之下降。这无疑突出了这样一个事实，即形式现实主义常规构成了一个不可分割的整体，而语言常规是其中不可分割的一部分，或者正如他同时代的蒙博多勋爵（Lord Monboddo）所说的那样，菲尔丁抛弃自己"简单熟悉"的风格无疑损害了"叙事的可能性，这种叙事的可能性原本应该通过对现实生活和行为习惯的……模仿进行认真考察"②。

V

菲尔丁的最后一部小说《阿米莉亚》在道德目的和叙事方式方面十分严肃，它忠实于史诗模式，但表现方式不同。他没有参照散文喜剧史诗的套路，也没有模仿滑稽的英雄事件和史诗般的措辞，而是代之以维

---

① 原著脚注：Bk. IV, ch. 1.
② 原著脚注：*Of the Origin and Progress of Language* (Edinburgh, 1776), III, 296 - 298.

吉尔的《埃涅阿斯纪》的模式。他在《考文特花园期刊》中宣称,《埃涅阿斯纪》"是一部杰出的典范之作,我在作品中有所借鉴"①。布斯也是一名退役士兵,关于他与马修斯小姐在新门监狱的插曲是参考了埃涅阿斯和狄多在山洞里的爱情。乔治·舍伯恩②还概述过其他一些略显相似的情节。③

需要指出的是,这种类比所涉及的不过是一种叙事隐喻,它有助于作家发挥自己的想象力,找到适合自己观察生活的方式,但却丝毫不减小说字面的真实性,因而读者无须了解这种类比也能欣赏《阿米莉亚》。但要欣赏菲尔丁早期小说中的滑稽片段,则必须了解这样的类比。鉴于这些原因,《阿米莉亚》可以说是最能体现史诗对菲尔丁产生过积极影响的一部作品。正是在这一点上菲尔丁有了最杰出的继任者。但凡论及小说与史诗的关系,T. S. 艾略特总会夸张地说,詹姆斯·乔伊斯在《尤利西斯》中所运用的史诗类比方式"具有科学发现的价值"④,并声称"此前任何人从未在这样的基础上创作过一部小说"。他这样说显然对菲尔丁有失公允,因为毫无疑问,菲尔丁已经在其作品中运用了类似的一些思想片段。

继《阿米莉亚》之后,菲尔丁继续摈弃他早期的文学观点。他渐渐明白,他此前将矫揉造作当作滑稽喜剧的唯一表现手法是不对的。随着他的道德观变得日益严肃,他甚至发现他早期最钟爱的两位喜剧作家阿里斯托芬⑤和拉伯雷也有很多不足之处。⑥ 同时,他对史诗的态度也发生了变化,这种变化在《里斯本航海日记》的"序言"中表现得淋漓

---

① 原著脚注:No. 8 (1752).

② 乔治·舍伯恩(George Sherburn,1884—1962),哈佛大学教授,18世纪文学研究学者。——译者注

③ 原著脚注:'Fielding's *Amelia*: An Interpretation', *ELH*, III (1936), 3-4.

④ 原著脚注:'*Ulysses*, Order and Myth', *Dial*, 1923; quoted from *Forms of Modern Fiction*, ed. O'Connor (Minneapolis, 1948), p. 123.

⑤ 阿里斯托芬(Aristophanes,约前446—前386),古希腊喜剧作家,被看作古希腊喜剧尤其是旧喜剧最重要的代表人物,有"喜剧之父"之称。相传他写了44部喜剧,现存《阿卡奈人》《骑士》《和平》《鸟》《蛙》等11部。——译者据维基百科注

⑥ 原著脚注:See *Covent Garden Journal*, Nos. 10 and 55 (1752).

第八章　菲尔丁和小说的史诗理论

尽致：

> 但实际上，《奥德赛》《忒勒玛科斯历险记》以及其他所有同类作品对于我在这里准备的航海写作而言，就等于传奇故事之于真实的历史事件，前者是后者的干扰者和腐蚀者。我绝不认为荷马、赫西俄德①以及其他古代诗人和神话作者抱有不纯动机，有意歪曲和混淆上古时代的记载。但可以肯定的是，他们的确产生了这样的影响。对我来说，我必须承认，如果荷马用朴实的散文而不是用那种世代称颂的皇皇史诗的形式记载他那个时代的真实历史，我会更尊重他、更爱他，因为尽管我怀着极大的钦佩和惊喜的心情阅读他的诗，但我还是感觉阅读希罗多德②、修昔底德③和色诺芬④的作品能给人更多的乐趣和满足。

这番论述一定要放在它的语境当中去理解。要记叙18世纪的里斯本海上航程，《奥德赛》显然不是理想的蓝本。尽管如此，将《忒勒玛科斯历险记》和《奥德赛》跟传奇故事相提并论，这彻底颠覆了菲尔丁在《约瑟夫·安德鲁斯》中提出的观点。一方面是这两部作品，另一方面是"真实的历史"，两者之间的对比远远超出一篇"序言"的解释范围，菲尔丁显然难以在这么短的篇幅内说明他所提倡的写作类型。他指出，荷马和其他"原创诗人"的创作方式破坏了历史真相，他的这个观

---

① 赫西俄德（Hesiod），古希腊诗人，可能生活在公元前8世纪，被称为"希腊说教诗之父"。从前5世纪开始，文学史家就开始争论赫西俄德和荷马哪位更早，今天大多数史学家认为荷马更早。——译者据维基百科注

② 希罗多德（Herodotus，约前484—前425），公元前5世纪古希腊作家，他把旅行中的所闻所见以及波斯阿契美尼德帝国的历史记录下来，著成《历史》一书，成为西方文学史上第一部完整流传下来的散文作品。——译者据维基百科注

③ 修昔底德（Thucydides，约前460—前400），古希腊历史学家、思想家，以《伯罗奔尼撒战争史》传世，该书记述了公元前5世纪斯巴达和雅典之间的战争。因为修昔底德对于史料搜集和因果分析方面的严谨态度，故被称为"科学历史"之父。他还被称为政治现实主义学派之父，该学派认为个人的政治行为以及国家之间关系的后续结果最终是由恐惧和自身利益的情绪所介导和构建的。——译者据维基百科注

④ 色诺芬（Xenophon，前431—前354），雅典人，苏格拉底的学生，军事家、文史学家，他以记录当时的希腊历史、苏格拉底语录而著称，著有《远征记》《希腊史》《回忆苏格拉底》等。——译者据维基百科注

点与笛福的观点非常接近。他认为荷马等人之所以这样做,原因相当有趣:"他们发现,自然界相对于他们的横溢才华来说过于朴实无华,假如不通过虚构的故事来夸大事实,他们的才华就没有用武之地。特别在这样一个时代,人们的习惯过于简单,不可能有多少多姿多彩的东西,因此那些平庸的作家如果想从中选取什么多样化进行创作,无疑是徒劳无功的。"

于是,菲尔丁最终发现,他自己的社会就提供了充分的兴趣和多样性,从而使一种新的文学体裁成为可能,这种文学体裁能够一心一意地引导读者,使他们能比以往更仔细地观察"自然"和现代"行为风俗"。他自己的文学创作肯定是朝着这个方向发展的。正如人们常说的那样,菲尔丁的《阿米莉亚》比他以前的作品更接近理查逊深入表现家庭生活的那种写作风格。尽管菲尔丁没有活到能够再写一本小说来体现他的重新定位,但毫无疑问的是,他已经认识到他早期运用的史诗类比导致他明显背离诚实的历史家这一角色,使他没法真实记录那个时代的生活——顺便说一句,他是在为《汤姆·琼斯》史诗式措辞所做的讽刺性辩护中含蓄地表达了这一认识。按照他的解释,之所以要采用史诗性措辞,是为了防止把他的努力"看成是一位(现代)历史学家所做的工作"。①

同时,我们也不能夸大史诗类比对于菲尔丁早期小说的影响。他把《汤姆·琼斯》称作是"一部历史",习惯性地将他的角色描述为历史学家或传记作者的角色,其职责是忠实地表现他那个时代的生活。菲尔丁关于这一角色的见解确实不同于笛福或理查逊的,不过这种差异主要表现为新古典传统在各个方面对他的作品所产生的普遍影响上面,而不是表现在他对史诗的尝试性模仿上面。事实上,从《汤姆·琼斯》的具体情况来看,他借鉴的主要是戏剧而不是史诗。与其说这是因为他的主要批评依据,即亚里士多德的《诗学》主要关注的是戏剧而不是史诗,还不如说是因为菲尔丁本人在尝试创作小说之前就已经是一位有着十多年创作历史的戏剧家。《汤姆·琼斯》的情节精彩连贯,肯定不是效仿荷

---

① 原著脚注:Bk. IV, ch. 1. On this see Robert M. Wallace, 'Fielding's Knowledge of History and Biography', SP, XLIV (1947), 89-107.

第八章 菲尔丁和小说的史诗理论

马或维吉尔的结果，也不见得是受益于亚里士多德的主张："史诗和悲剧一样，应该以戏剧原理为基础来建构它的故事情节。"① 很显然，这样的情节是菲尔丁这位笔耕不辍的戏剧作家经验的产物。顺便提一句，菲尔丁小说的其他一些特征，例如以牺牲某种真实为代价的巧合和发现却给人以惊喜，极有可能也是从戏剧而不是从史诗中继承过来的。甚至很早以前，他的许多剧本中就已经出现了滑稽嘲讽的英雄元素，例如《汤姆·苏姆——一桩悲剧》（1730）。

有人不禁会问，为什么散文喜剧史诗的类型像乔治·舍本所说的那样，如此"令小说评论家着迷"呢？② 毫无疑问，这种类型最吸引像皮考克笔下的方利厄特博士③这样的人，他们出于习惯"谨慎而独特地排斥新观念，除非是那些源自毫无艺术特点、朴实无华的作品或是古典作品的观念"④。这或许是一点线索，说明为什么菲尔丁能够发明这一类型，以及这一类型为什么后来能够火起来。

在 1742 年，小说依然是一种声名欠佳的文学形式。或许菲尔丁觉得，如果借助于史诗的声望，他的第一部小说体裁的创作有可能会赢得文人学士们的青睐，否则就可能是另外的情形。在这样做的时候，菲尔丁实际上是沿袭了一个世纪前法国传奇故事家的做法。他们也在"序言"中声称与史诗有着千丝万缕的联系，这类声明与其说是在精辟地分析作品所达到的成就，还不如说是在试图安抚他们自己以及读者对于这种尚未受到推崇的文学体裁的焦虑。即使在我们这个时代，这种试图将散文体小说的不洁气味排出大雅之堂的努力依然没有停止。不过即便如此，小说将注定获得它的地位。而 F. R. 利维斯⑤称之为"作为戏剧诗

---

① 原著脚注：*Poetics*, ch. 23
② 原著脚注：Fielding's *Amelia*, p. 2.
③ 方利厄特博士（Dr. Folliott）是托马斯·洛夫·皮考克（Thomas Love Peacock, 1785—1866）的第六部小说《科罗切特堡》（*Crotchet Castle*）中的人物，该书于 1831 年首次出版。——译者据维基百科注
④ 原著脚注：Carl van Doren, *Life of Thomas Love Peacock* (London, 1911), p. 194.
⑤ 弗兰克·雷蒙德·利维斯（Frank Raymond Leavis, 1895—1978），英国文学评论家，其职业生涯的大部分时间在剑桥唐宁学院度过，后来在约克大学任教。——译者据维基百科注

歌的小说"似乎是一种类比，其目的是努力将小说伪装成古代尊贵的一员，走私到文学批评的万神殿里。

然而与此同时，菲尔丁和利维斯的小说类型与主要的诗学形式产生了关联，这个事实意味着他们努力将这一体裁置放到尽可能崇高的文学语境中来审视。这样一来，小说的创作和批评显然可以从中获益。的确，菲尔丁以史诗模式来考虑他的叙事手法，他从中得到最大的好处就是他可以按照最崇高的文学形式所要求的那样，以热情、严肃的态度进行创作。

除此之外，史诗对于菲尔丁的影响很可能微乎其微，主要还是消极影响，而且史诗对小说后期传统的作用也不是很大。就像埃瑟尔·索恩伯里（Ethel Thornbury）在她的专著中所说的那样，将菲尔丁称为"英语散文史诗的奠基人"①，无异于赋予他一个无法生育的父亲的称号。即使是菲尔丁最忠实的追随者，譬如斯摩莱特、狄更斯和萨克雷②，他们都没有模仿他作品中不多的史诗写作手法。但是正如我们看到的那样，"散文喜剧史诗"绝不是菲尔丁最吸引我们注意力的一种主张，它的主要功能是要借此表明一种文学成就的最高标准，在他走上全新的小说创作道路时，他希望将这一标准谨记于心。这一主张自然不会成为 18 世纪"制作史诗的又一种食谱，因为这样的食谱不胜枚举"。就此而言，我们是幸运的，因为至少就文学而言，妙方会害命，怀旧可救生。

---

① 原著脚注：*Henry Fielding's Theory of the Comic Prose Epic*. Madison，1931，p. 166.

② 威廉·梅克比斯·萨克雷（William Makepeace Thackeray，1811—1863），是与狄更斯齐名的维多利亚时代英国小说家，他最著名的作品是《名利场》等。——译者据维基百科注

第九章 小说家菲尔丁：
《汤姆·琼斯》

关于菲尔丁和理查逊小说各自优点的争论，甚至比文学本身产生了更有趣的结果。尽管20世纪左右菲尔丁的支持者几乎完全把持着这一阵地，但这种争论一直持续到今天。① 争论之所以如此充满活力，主要是因为问题涉及的范围之广和种类之多，不仅关乎两种小说之间的对立，而且也关乎两种生理和心理构成之间的对立，更是两种社会、道德以及生命哲学之间的对立。不仅如此，这个争议还涉及代言人的优势，他对理查逊的支持立场虽然坚定却自相矛盾，长期以来不断激起菲尔丁的支持者的反对。菲尔丁的支持者们无不惊讶地发现，约翰逊博士虽然代表的是新古典主义的权威声音，却如此强烈地诅咒在生活和文学中最后一次全面体现出来的奥古斯丁精神。②

一直以来，解决最后这个难题的一个办法就是建议不要把约翰逊博

---

① 原著脚注：See, for example, Frank Kermode, 'Richardson and Fielding', *Cambridge Journal*, IV (1950), 106 – 114; and, for a detailed account of their literary reputations, F. T. Blanchard, *Fielding the Novelist: A Study in Historical Criticism* (New Haven, 1926).

② 原著脚注：See Robert E. Moore, 'Dr. Johnson on Fielding and Richardson', *PMLA*, LXVI (1951), 162 – 181.

士的态度太当回事,因为这里面含有友谊和人情的成分——理查逊曾帮他摆脱过一场债务官司。然而,约翰逊的评论通常并未受到这类因素的干扰,而且这种假设无论如何都与事实相违背,因为他既热情地支持理查逊的小说,同时也毫不留情地指出他的缺点。关于这一点,我们从他对理查逊不留情面的挖苦中就能窥见一斑:理查逊"不会安心地顺着名誉的溪流航行,他渴望品尝每次划桨时激起的浪花的味道"①。

因此,我们应该认真考虑约翰逊的喜好,尤其要考虑他在不同场合重申自己批评观点的一致性。根据博斯韦尔②的记载,约翰逊认为"菲尔丁的人物与理查逊的人物的全部差别"就在于"表现行为的人物"与"表现自然的人物"之间的差别。"表现行为的人物"的排名自然要低得多,因为约翰逊认为表现行为的人物尽管"非常有趣……但是肤浅的读者都能看懂他们。而表现自然的人物就大不相同,读者必须潜入人类心灵的深处才能读懂他们"。关于理查逊与菲尔丁之间的差别,约翰逊打过一个令人难忘的比方,他说:"他们的差别之大,就像一个人知道表是怎么制造的,而另一个人只会读出表盘上的时间"。③ 特拉勒夫人④表达了同样的观点,不过她的说法更加直白难听:"理查逊采撷了生活的精华……而菲尔丁只是满足于捡些外壳。"⑤

这个本质区别不仅没有偏离文学批评的传统方法,而且还可能不露声色地达到了文学批评的目的,因为理查逊"潜入人类心灵的深处"的基础是他对个体心理状态的细腻描写,这种描写要求在刻画人物性格时关注细微的特征,因此与传统的新古典主义偏重一般性和普遍性的做法背道而驰。毫无疑问,约翰逊在理论预设上坚决主张新古典主义,因为他经常宣称诗人"绝不能只盯着一个物种与另一个物种之间那些微不足

---

① 原著脚注:*Johnsonian Miscellanies*,ed. Hill,I,273-274.

② 詹姆斯·博斯威尔(James Boswell,1740—1795),苏格兰人旅行者、新闻工作者,著有《约翰逊生平》。——译者注

③ 原著脚注:*Life of Johnson*,ed. Hill-Powell,II,48-49.

④ 赫斯特·特拉勒(Hester Thrale,1741—1821),威尔士出生的日记作家、作家和艺术赞助人。其日记和书信是研究塞缪尔·约翰逊和18世纪英国生活的重要信息来源。——译者据维基百科注

⑤ 原著脚注:*Johnsonian Miscellanies*,ed. Hill,I,282.

第九章 小说家菲尔丁:《汤姆·琼斯》

道的纤细差别"①。然而,在小说的可操作性前提这一点上,他的观点显然不同,因为他责备菲尔丁不愿关注这些细微的差别。例如,他告诉特拉勒夫人:"菲尔丁可以描绘一匹马或一头驴,但他从来达不到描绘一匹骡子的水平。"②

如此看来,约翰逊特立独行的文学敏感性至少可以证实第一章所论述的新古典主义理论与小说形式现实主义之间相对立的一个要素。对于约翰逊的文学理论与其实践判断之间的差异,我们无须大惊小怪,因为任何教义在实际应用中都会出现模棱两可的现象,特别是当它被运用于原本不是为它设计的领域时。无论如何,约翰逊的新古典主义并不是如此简单的一件事情(新古典主义也是如此)。他背离自己惯常坚持的原则,这毫无疑问给我们提供了又一个例证,充分说明他的文学洞察力如此犀利,他的真知灼见无可辩驳,以至于后来的文学批评不得不以他的阐述作为出发点。换句话说,要对这两位最早的小说大师进行任何比较,自然都得从约翰逊奠定的这一基础入手。

I

《汤姆·琼斯》和《克拉丽莎》在主题上具有足够的相似性,两部小说中紧密关联的几个平行情景有助于我们具体说明小说家菲尔丁和理查逊在写作方法上的差异。例如,两部作品都向我们展示了这样的情景:女主人公都很反感父母为她们选择的求婚者,却不得不接受他们献殷勤,且两本书里也都因为女儿拒绝嫁给这样的求婚者引发了父女冲突。

我们先看菲尔丁怎样描写索菲亚·韦斯顿与可恶的布里菲尔见面的情景:

---

① 原著脚注:*Rambler*, No. 36 (1750); see also *Rasselas*, ch. 10.
② 原著脚注:*Thraliana*, ed. Balderston, I, 555.

> 布里菲尔先生很快就到了，韦斯顿先生随即起身离开，让两个年轻人单独在一起。
>
> 接着是将近一刻钟的沉默。这位绅士本来应该先开口说话，却有点不合时宜地害羞拘谨。他好几次张口说话，可是话到嘴边又咽了回去。最后，他神情紧张，嘴里冒出一堆牵强附会的恭维之词。而她一直低眉垂眼，半欠着身子，客客气气地、一个音节一个音节地应答他。布里菲尔对女性毫无经验，又不乏自负，以为她的姿态等于是含蓄地同意了他的求婚。为了结束再也无法忍受的场面，索菲亚起身离开房间，他却以为她的这些举动仅仅是因为害羞，于是他安慰自己：他很快就有机会得到她更多的陪伴。
>
> 想着成功在望，他难免有些得意，至于像浪漫的恋人所渴望的那样完全彻底地拥有对方的心这样的想法，却从未在他的脑子里闪现过。她的财富和她的身子是他渴望的唯一目标，他毫不怀疑这些很快就会为他所有，因为韦斯顿先生一门心思想着这门婚事，他也很清楚索菲亚对她父亲百依百顺，而且如果有必要，她父亲甚至会更加严厉地要求她……①

从结构上讲，这段情景有赖于一种典型的喜剧表现手法，即由于第三方之间的误解，一个角色完全不清楚另一个角色的意图——韦斯顿乡绅经不起那个不可理喻的韦斯顿太太的误导，以为索菲亚爱的是布里菲尔而不是汤姆·琼斯。也许是因为必须保持这种误解，有关角色之间没有实际交谈，也很少有个人情感的交流。相反，菲尔丁以全知全能的作者的身份，把我们带入布里菲尔的头脑之中，带入支配其头脑的种种卑鄙想法之中。同时，菲尔丁一贯充满讽刺的语调向我们暗示布里菲尔这个角色自身有着很大的局限性：我们无须担心他会占有索菲亚的财产或是她本人，因为尽管他被设定为一个小人，却是喜剧中的那种小人。

布里菲尔误解了索菲亚的沉默，导致喜剧情节进一步复杂化，因为他给韦斯顿乡绅的印象是他求婚成功了。韦斯顿立刻向女儿恭喜，他女

---

① 原著脚注：Bk. VI, ch. 7.

第九章 小说家菲尔丁:《汤姆·琼斯》

儿当然不知道父亲也是蒙在鼓里的:

> 索菲亚见父亲这么开心,她感到莫名其妙(平时偶尔也会迸发出一阵温情,这对他来说并不罕见,但这回却比平时格外热情),不过她认为要表明她的真实想法,再没有比此刻更好的机会了,至少就布里菲尔先生而言,她充分预见到必须尽快把事情和盘托出。因此,她先感谢乡绅父亲对她的疼爱,接着以无以言表的温柔表情说:"我的爸爸会不会如此善良,以他的索菲的幸福作为他最大的快乐?"听了这话,韦斯顿郑重发誓,并且吻了女儿一下,向她保证他绝对会的。接着,她握住父亲的手,双膝跪地,诚挚而热情地表达对他的感情和孝心,然后恳求他不要让她成为天底下最不幸的人,不要强迫她嫁给一个她讨厌的男人。"亲爱的父亲,我求求您,"她说,"既是为我好,也是为您好,因为您真好,您亲口说过您的幸福取决于我的幸福。""怎么?什么?"韦斯顿说,疯了一般地盯着她。"哦,父亲,"她继续说,"不光是您可怜的索菲的幸福,还有她的生活,她的性命,都取决于您是不是同意她的请求。我不能和布里菲尔先生一起生活。强迫我结这个婚就等于是让我去死。"——"你不能和布里菲尔先生一起生活?"韦斯顿先生质问道,"不,真的,我不能,"索菲亚回答道。——"那就去死吧,遭天杀的,"他喊道,把她从身边推开……"这门亲事我决心已定。你要是不同意,我一分钱也不会给你,绝不!我哪怕看到你快要饿死在街上,也不会拿出一点面包来接济你。这就是我的决心,你给我想清楚。"随即,他猛地抽开身子,她的脸撞到了地上,整个人匍匐在那里,他旋即径直冲出房间,把可怜的索菲亚独自一个人扔在那里。

菲尔丁的主要目的当然不是通过言语和行为来揭示人物性格。譬如,我们不能就此推断说索菲亚对父亲如此不了解,以至于还奢望通过讲道理让父亲接受她的请求。菲尔丁之所以告诉我们为什么索菲亚决定把实情直接告诉父亲,是因为他的主要目的显然是为了强化接下来逆袭场面的戏剧性效果。同样,我们也不能把韦斯顿对女儿的威胁——"绝不!

我哪怕看到你快要饿死在街上，也不会拿出一点面包来接济你"——看作是他的措辞或情感特征，这是任何情节剧中类似场景的平常话语，并不是某位惯于爆粗口的萨默塞特郡乡绅特有的行话。换作是其他的场合，他就不会迸发出如此幼稚粗暴的想象力。要说索菲亚和韦斯顿的对话完全不符合其人物身份，那也是夸张之谈。但毫无疑问，这样的对话是为了充分烘托剧情的逆转，而不是为了让我们见证现实生活中父女会面的真实场景。

不完全依赖物理和心理细节的描写来渲染情景，这是菲尔丁实现其喜剧目的的一个根本条件。菲尔丁必须弱化我们对索菲亚命运担惊受怕的程度，并让我们放心地得知，我们正在目睹的不是真正的痛苦，而是纷扰多变的喜剧情节中的常规痛苦，以便我们在最终的幸福结局中可以获得更大的愉悦，同时无须消耗不必要的泪水。事实上，菲尔丁以这种外在的、不容分辩的方法来表现人物性格，这似乎是他的喜剧目的得以实现的必要条件。菲尔丁绝对不能将注意力集中在索菲亚的感情或者任何其他不相干的问题上，以免影响读者对误解和矛盾对立面的即时关注。

理查逊描写克拉丽莎和索尔姆斯见面的情节也让我们见识到另一种截然相反的目的和方法。见面前，她的女仆汉娜暗中提醒她，家里人已经为她相中了结婚的对象。克拉丽莎在写给安娜·豪的信中这样描述道：

> 今天早上，我下楼去吃早餐，心里忐忑不安……希望有机会求求我的母亲，希望她能够替我想想，我想在她回到她房间后去找她。但不幸的是，那个恶心的索尔姆斯正坐在我母亲和姐姐中间，一副踌躇满志的样子！但是，亲爱的，你知道，要是你不爱一个人，他做什么事情你都觉得讨厌。
>
> 如果那个坏蛋一直坐着不动，那倒还好。可是这个驼背宽肩的家伙偏偏要站起来，向一把椅子走去，那张椅子正挨着为我摆好的那把椅子。
>
> 我把椅子挪到一边，仿佛是不让它挡着我，然后坐到我的椅子

第九章 小说家菲尔丁:《汤姆·琼斯》

上,我相信我的动作有些粗鲁,我脑海里全都是我听到的那些话。

然而,这不足以让他气馁。这家伙是个非常自信的人,他真是个大胆之徒,眼睛直盯着你看!真的,亲爱的,这个人真的非常自负!

他把我挪过的那把椅子拉得离我很近,丑陋笨重的身躯坐在椅子上,竟然压到了我的裙箍上。我很生气(我说过了,我脑海里全都是我听到的那些话),坐到另一把椅子上。我承认我没有控制好自己,让我哥哥和姐姐有机可乘,我敢说他们正好逮着这个把柄。不过,我想我不是故意要这么做,我实在是忍不住,我不知道我在做什么。

我看到父亲很不高兴。生气的时候,没有哪个人的脸色像我父亲的那样难看。克拉丽莎·哈洛!他大声喊道——接着就这么戛然而止。父亲!我颤抖着说,屈膝行礼(因为我当时还没有再次落座),一边把我的椅子挪到那家伙跟前坐下来——我能感觉到我的脸涨得通红。

倒茶,孩子,我慈爱的妈妈说,坐到我身边,宝贝,倒茶。

我高兴地坐到那个男人刚刚离开的椅子上。被母亲这样溺爱地派了个活儿,我很快就恢复了常态。吃早餐的过程中,我无话找话地问了索尔姆斯先生两三个问题。要不是为了讨好父亲,我绝对不会那样做。不听话就得收拾!我姐姐歪过头来,对我悄声说话,俨然一副胜利者的姿态,口气不无讥讽,不过我没理她。

我母亲极其仁慈和蔼,有一阵子我问她喜不喜欢这茶……

这些都是小事儿,亲爱的,尽麻烦你呢。不过小事是大事的头,你很快就知道了。

在平常的早餐时间结束之前,我父亲和母亲起身离开,父亲告诉我母亲他有话要跟她说。接着我姐姐和我姨妈(她原本和我们在一起的)都走开了。

我哥哥装出一副很受委屈的样子,我很能理解,不过索尔姆斯却茫然不知。最后我哥哥从座位上起来说,妹妹,我给你看个好玩的东西,我去给你拿来。然后他走了,随手把门关上。

  我明白这一切是为了什么。我站了起来,这个男人也站了起来,哼哼唧唧正准备说话,迈开八字脚摆出向我走过来的架势(真的,亲爱的,这家伙我怎么看怎么讨厌!)。我说,我要去我哥哥那里拿样东西,不想麻烦他送过来。我屈膝行礼:您的仆人,先生。这家伙喊了两次,小姐,小姐,看上去真像个傻瓜。我不想再说话,径直离开。可是我哥哥就像天色那样冷漠,居然和姐姐一起在花园里散步。显然他把他那宝贝留给了我,压根儿就没想着给我看什么好玩的东西。①

  这段话体现了理查逊截然不同的现实主义特征。克拉丽莎在描述"今天早上"发生的事情时,其详细程度尽可能像她知道安娜希望听到的"那样细致入微"。只有这样,理查逊才能将现场的物理现实真实地呈现出来:一家人用早餐的情景,为了些许小事钩心斗角的样子,以及所有琐碎的家庭日常生活细节,这些都是戏剧的主要表现内容。如果不是使用书信形式,理查逊就无法获得用言语表达思想和情感的优势,更不可能对此进行理性的分析。像克拉丽莎这样在困境中,在家庭战场上与家长暴政展开搏斗的时候,搏斗之后撕裂的情感一次次涌现又一次次不断回流的时候,这种场景最能体现理查逊书信体的优势。如此一来,我们从中得到的感受就与从菲尔丁作品中得到的感受截然不同。可以说我们从菲尔丁的描写中看到的是他对整套喜剧模式生动而客观的呈现,而在阅读理查逊的描写时,我们却情不自禁地完全认同克拉丽莎的意识——当她回想起这一幕的时候,她的神经依然会打战,她想都不敢想,自己怎么会一会儿不自觉地反抗,一会儿又因为紧张无可奈何地顺从。

  由于理查逊的叙事顺序是以深度探索主人公对经验的反应为基础的,因此其中包含的许多细微的感情色彩和性格特征是《汤姆·琼斯》中所没有的。在《汤姆·琼斯》里面,除了让我们理解索菲亚如此行事

---

  ① 原著脚注:I,68—70.

第九章 小说家菲尔丁：《汤姆·琼斯》

的正当理由之外，菲尔丁再没有做更多的尝试——他所描写的那种场景，几乎符合任何年轻敏感的女孩子的行为。而理查逊的书信手法，再加上克拉丽莎和安娜之间的亲密关系，使得他能够超越这一点。他不仅借助于书信传达出很多信息，加深了我们对克拉丽莎整体道德形象的理解，而且也把这种道德形象表现得更为具体。她颤抖着说——"真的，亲爱的，这个人真的非常自负"；她轻蔑地评价姐姐的干预——"我没理她"；她承认自己卷入烦乱的家庭争斗——她后悔离开索尔姆斯的椅子，"让我哥哥和姐姐有机可乘"。所有这些刻画人物的细节自然会被那些认为理查逊是一位擅长塑造"理想"角色的作者的人忽略。当然，克拉丽莎意志坚强，性格坚韧，这对于像她这样没有经验的年轻女性来说也很正常。她冒失任性，与姊妹斗气平分秋色；她也远非清纯圣洁的理想人物，而是善于搬弄是非之人，她极尽挖苦之能事，称索尔姆斯先生是一件"好玩的东西"。她也绝不是一个空泛抽象的角色。我们看不出索菲亚对布里菲尔有着怎样的身体反应，我们却可以看出克拉丽莎对索尔姆斯的反应非常强烈——对他"丑陋笨重的身躯"有一种本能的性排斥。

还有一个简短的场景，与《汤姆·琼斯》中的第二个选段极为相似，这个场景通过对物理、心理甚至生理的一连串描写来细致地交代相同的人际关系背景。在与母亲单独谈了两次之后，克拉丽莎面临着家人的最后通牒，她母亲来到她屋里等她的回话：

268

> 就在这时，我父亲来了，他神情严肃，让我不寒而栗。尽管痛风使他痛苦不已，但他还是绕着我的屋子走了两三圈。我母亲沉默不语，她刚一看到他，父亲就对母亲说：
> 亲爱的，你离开好长时间了。晚餐快准备好了。你所要说的话必须局限在很小的范围内。当然，也没有多少要你做的事情，除了宣布你的意愿，也是我的意愿——也许你说还要做各种准备工作。快点下来吃饭——把女儿也带下来，如果她还配得上这一名称的话。
> 然后他就下去了，他的眼睛盯着我，表情非常严肃，我都不敢

对他说一句话，甚至好几分钟都不敢对我母亲说话。①

同样是描写父亲的残忍，理查逊和菲尔丁的方式截然不同。韦斯顿乡绅的残忍带点下意识的夸张成分，而哈洛先生则是普通人的样子，后者无情决绝的神态似乎更加令人深信不疑，仅通过他拒绝和克拉丽莎说话就已经表现得淋漓尽致。我们自己在情感上完全被带入克拉丽莎的内心世界，因此父亲冷漠凝视的那一瞬间也可能在我们内心深处引起一种情感共鸣。但菲尔丁通过身体姿态和言辞夸张的手法来表现韦斯顿乡绅的狂怒，就很难达到同样的效果。

II

然而，通过进一步的分析可以看出，约翰逊在比较理查逊和菲尔丁时，似乎并没有直接指出哪一位更擅长心理描写，而是将对比的基础建立在二人完全相反的文学意图上面。按照他的说法，菲尔丁意欲在整个文学结构中将人物置于极为次要的位置，这就使得他将理查逊所采用的表现手法排除在外，而这些手法完全适合理查逊截然不同的目标。《汤姆·琼斯》处理情节的方法也许最能清楚而全面地说明他们之间的分歧所隐含的意义，因为他的手法全面反映了他的社会、道德和文学观念。

菲尔丁的情节尽管有些累赘，例如牵强附会地插入"那山之人"（The Man of Hill）的故事，甚至最后几本书还给人一种仓促和混乱的感觉②，但从他处理情节的手法来看，他对于非常复杂的结构有着非常精当的控制能力，这充分证明柯勒律治的著名颂词是多么精辟："菲尔丁是多么出色的大师！说真的，我认为《俄狄浦斯王》（*Oedipus Tyrannus*）、《炼金术士》（*Alchemist*）、《汤姆·琼斯》是迄今为止结构最完

---

① 原著脚注：I，75 – 76.
② 原著脚注：For a full account see F. H. Dudden, *Henry Fielding* (Oxford, 1952), II, 621 – 627.

第九章 小说家菲尔丁:《汤姆·琼斯》

美的三部作品。"①

我们一定会问:因为什么而完美呢?这种完美当然不是表现在人物性格和人际关系的探索方面,因为这三部作品情节的重点都在于巧妙地揭示一种外部宿命的安排。在《俄狄浦斯王》中,主人公的性格与他过去的行为所造成的结果相比,就显得微不足道,而他过去的行为本身早在他出生之前就已经成为一个必然发生的预言。在《炼金术士》中,菲斯(Face)和萨托尔(Subtle)这两位人物完全是约翰逊用以实施他所构想的一系列阴谋诡计的理想工具,而《汤姆·琼斯》的情节则兼具这两种特征。在索福克勒斯②的作品中,主人公的实际出生日期是关键秘密,准备得非常缜密,在整个故事情节中充满各种暗示,及至最终披露出来时,故事中所有的主要事件都进行了重新排序。在约翰逊的作品中,最后也是通过揭示罪恶和欺骗的复杂模式来实现这样的重新排序的。

这三种情节在另一个方面也颇为相似:它们的基本方向都是对规范的一种回归,因此本质上都有一种静态的特质。在这一点上,情节无疑反映了三位作者的保守立场。以菲尔丁为例,他的保守立场可能与这一事实有关,即他不像笛福和理查逊那样属于商人阶层,而是属于乡绅阶层。正如我们在前文所看到的那样,笛福和理查逊的小说情节则动态地反映出他们那个阶层的观念趋势。例如,在《摩尔·弗兰德斯》里面,金钱具有一定的自主力量,在每个关键时刻都决定着人的行为。另一方面,在《汤姆·琼斯》和《炼金术士》中,金钱扮演的是这样一种角色:正面角色要么拥有金钱,要么被赐予金钱,要么暂时失去金钱;只有反面角色才会不择手段地获取金钱或保留金钱。这也就是说,金钱实际上是一种有用的情节表现手段,并没有任何操控意义。

另一方面,在《汤姆·琼斯》中,出生占有非同寻常的地位。作为情节中的一个决定性因素,它几乎等同于笛福作品中的金钱或是理查逊

---

① 原著脚注:Cit. Blanchard, *Fielding*, pp. 320 - 321.
② 索福克勒斯(Sophocles,约前497—前406),古希腊剧作家,是古希腊悲剧的代表人物之一,和埃斯库罗斯、欧里庇得斯并称古希腊三大悲剧诗人。——译者据维基百科注

作品中的美德。通过强调出生,菲尔丁自然反映了他那个时代社会思想的总体主张,即社会基础不仅是而且也应该是一个阶级体系,每个阶级都有它自己的能力和责任。例如,菲尔丁热衷于讽刺上流社会,这不应该看作是他对平均主义倾向的一种表达,而是对他那坚定的阶级信念的一种颂扬。的确,在《阿米莉亚》中,他甚至都说过这样的话:"在各种各样的自豪感当中,没有哪一种比地位更适合基督教教义。"① 不过他所说的地位当然只是贵族的地位。在《汤姆·琼斯》中,菲尔丁也写道,"胸襟坦荡"是一种品质,他"在出身低微且很少受过教育的人身上很难见到"这样的品质。②

阶级定位是《汤姆·琼斯》不可或缺的一部分。汤姆可能觉得自己不幸,认为自己是出身卑微的弃儿,没有资格娶索菲亚为妻,但他并没有质疑将他们强行分开的这种预设是否合理。因此,菲尔丁的情节就是在不破坏社会秩序基础的前提下让两个有情人终成眷属。要达到这个目的,只能披露琼斯先生虽然是个私生子却属于上流社会这个秘密。然而,对于洞若观火的读者来说,这并不见得是一个惊喜,因为汤姆杰出且"坦荡的胸怀"已经暗示了他的优越门第。因此,那位苏联评论家最近将这个故事看作是无产阶级英雄③的胜利,他不仅忽略了与琼斯的出生有关的事实,而且也忽略了出身对人物性格的持续影响。

菲尔丁的保守立场解释了《汤姆·琼斯》和《克拉丽莎》在情节方面所存在的另一个更普遍的差异:理查逊描写的是社会强加于个人的苦难,而菲尔丁则表现的是个人如何成功地适应社会,这就意味着情节与人物之间具有截然不同的关系。

在《克拉丽莎》里面,个人在总体结构中必须享有优先权,理查逊只是将几个个体人物汇集在一起,让他们之间的亲密关系形成引发各种连锁反应的必要条件,然后再让这些反应行为形成一种动能,不断推动

---

① 原著脚注:Bk. VII, ch. 10.
② 原著脚注:Bk. IX, ch. 1. See also A. O. Lovejoy, *The Great Chain of Being* (Harvard, 1936), pp. 224, 245.
③ 原著脚注:A. Elistratov, 'Fielding's Realism', in *Iz Istorii Angliskogo Realizma* [On the History of English Realism] (Moscow, 1941), p. 63.

第九章　小说家菲尔丁：《汤姆·琼斯》

所有的角色改变自己以及自己和他人之间的相互关系。而在《汤姆·琼斯》中，社会及其所代表的更广泛的秩序必须享有优先权，因此情节的功能就是实现物理变化而不是化学变化。情节就好比磁铁一样，把由于偶然事件和人类缺陷而随机脱离轨道的每一个个体粒子吸到一起，让它们回归各自的位置。在此过程中，粒子即人物本身的构成并未发生改变。情节的作用就是要揭示更为重要的事实，揭示所有人类粒子都受宇宙中某种看不见的终极力量的控制这一事实，无论这种力量是隐性的还是显性的。

这样的情节反映了新古典主义普遍运用的一种文学策略。就像创造一种力量场能够使我们看到磁力的普遍定律一样，作家的首要任务就是要让我们能够在人类的生活场景中看见普遍秩序的运作原理，揭开自然艺术的神秘面纱，一如蒲柏所描写的那样："从不犯错的大自然，神圣明亮，是一道清晰、永恒、照彻寰宇的光芒。"

以这种更加宽广的视角来表现人物，显然减少了对任何特定个体本质和行为的依赖，而这些本质和行为的主要兴趣点就在于能够显示自然的伟大模式。这一点体现了菲尔丁塑造人物形象的不同方面，不仅包括他将人物进行个性化处理的程度，也包括他对人物主观生活、道德提升以及人际关系的关注程度。

菲尔丁刻画人物的主要目标虽然很明确，但也很有限：他将人物纳入各自适合的范畴，只要能够做到这一点，他尽量不去赋予人物一些鲜明的辨识特征。他关于"发明"或"创造"的概念是这样的："迅速而睿智地深入探索我们所有思考对象的实质。"① 在实践中，这意味着一旦给人物贴上某个标签，作者接下来的唯一任务就是确保人物的话语和行为始终保持一致，正如亚里士多德在《诗学》中所说的那样，"人物"是"用来揭示道德目的的"，因此"不能揭示道德目的的言语就……无法表现人物"。② 所以，帕森·萨普尔牧师必须永远温顺才行。③

---

① 原著脚注：Bk. IX, ch. 1.
② 原著脚注：Ch. 6, No. 17.
③ "Parson Supple must never cease to be supple." 人名采用音译，句意采用意译。——译者注

由此可见，菲尔丁并不想将人物个性化。奥尔沃西的名字已经足以清楚地显示他的类别，而汤姆·琼斯这个名字是由英语中两个最常见的名字组合而成。这样的组合旨在告诉我们，我们必须根据创造者的目的将它看作是一般意义上"人"的代表①，因为它显示的"不是人，而是风俗；不是个体，而是物种"。

在过去的几个世纪里，"风俗"一词的范围大大式微。毫无疑问，这是由于在很多领域个人主义不再要求思想和行动必须保持一致的缘故。因此，"表现风俗的人物"这个短语已经没有多大意义。只要把它和理查逊"表现自然的人物"作一对比，也许就会一目了然。正如B. W. 唐斯（Downs）所指出的那样，与其说理查逊的文学目标是在表现人物，即表现个人心理和道德构成中的那些稳定要素，毋宁说是在表现性格。②他并不是在分析克拉丽莎，而是通过一份完整而详尽的行为报告来呈现她的全部存在状况，我们只有完全参与她的生活，才能完整地定义她的身份。另一方面，菲尔丁的目的是分析性质的：他感兴趣的不是在任何特定的时间、任何特定的人脑中精确地配置各种动机，而是有助于确定个体的道德和社会种类的那些特征。因此，他凭借对人类行为和"风俗"的普遍知识来研究每个角色，至于任何纯粹的个人，在他看来并没有多少类型价值，也不用深入探究深层的东西。正如约翰逊所指出的那样，之所以说菲尔丁提供给我们的是外壳，那是因为通常只要看看表面就足以识别标本，行家无须分析内核。

菲尔丁主要采用外在手段来塑造人物，他这样做还有许多其他原因，尤其是文学、社会和哲学层面的原因。首先，他如果采用相反的方法就会有悖礼数，正如菲尔丁的表姐玛丽·沃特利·蒙塔古夫人所说的那样，如果理查逊的女主人公"直接说出她们的想法"，那是非常没有教养的表现，因为"思想和身体一样，都需要遮羞布"。③ 正如我们所看到的那样，避免以亲密而坦诚的手法刻画人物个性，也符合古典传统的整体风格，

---

① 原著脚注：*Joseph Andrews*，Bk. III, ch. 1.
② 原著脚注：*Richardson*，pp. 125 - 126.
③ 原著脚注：*Letters and Works*，II, 291.

第九章　小说家菲尔丁：《汤姆·琼斯》

毕竟关于自我意识的哲学问题直到亚里士多德之后过了六个世纪，才在普罗提诺①的作品中开始受到关注。②最后，从菲尔丁对布里菲尔和索菲亚的处理手法中就可以看出，他的喜剧目的本身也需要一种外部方法，而且非此不可。因为假如我们对作品中的人物产生一种认同，我们就不会有心情去欣赏整部喜剧努力营造的那种幽默效果，而为了达到这种效果，人物只能是喜剧里面滑稽可笑的参与者。有人说过，只有对善于思考的人而言，生活才只是一部喜剧，所以喜剧作家绝不会让我们一边看着人物在他的矫正棒下痛苦地蜷曲蠕动，一边去体验那一次次鞭挞的滋味。

在任何情况下，菲尔丁都公开甚至有意夸张地说，他拒绝深入人物的心灵，他一般会给出这样的理由："我们的职责是陈述事实，至于探究事实背后的原因，那是那些更有天赋的人的事情。"我们已经注意到，他对布里菲尔和索菲亚的理性决定叙述得比较多，而对于他们的情感则言之甚少。在这一点上，菲尔丁颇为清醒，他曾经不无讥讽地谈论过布里菲尔："探究他的内心深处，对我们来说是一种邪恶的念头，就像一些流言散布者喜欢打探朋友最隐秘的事情一样，动不动翻人家的壁橱和衣柜。这样做的目的只有一个，那就是向世人晾晒人家的寒碜和卑微。"同样，索菲亚第一次得知汤姆喜欢她，菲尔丁叙述她的感受时这样为自己辩解："至于她目前的思想状况，我遵守贺拉斯的原则，既然不可能描绘得惟妙惟肖，那就索性不去写它了。"③

菲尔丁回避主观层面的描写，完全是有意为之，不过这并不意味着这样做就没有缺陷，尤其当重要人物的情绪达到高潮时，缺陷就会异常明显。柯勒律治虽然很欣赏菲尔丁，但是他也指出，没有什么比索菲亚和汤姆·琼斯和解之前的对白"更生硬更不自然的了，语言要生气没生气要精神没精神，整个情景极不协调，完全缺乏心理真实"④。可实际上，菲尔丁只是为我们呈现了一个陈腐老套的喜剧场面：男主人公情绪激动的

---

① 普罗提诺（Plotinus, 205—270），罗马新柏拉图派哲学家。——译者注
② 原著脚注：See A. E. Taylor, *Aristotle* (London, 1943), p. 108.
③ 原著脚注：Bk. II, ch. 4; Bk. IV, chs. 3, 14.
④ 原著脚注：Cit. Blanchard, *Fielding*, p. 317.

深情忏悔是为了和受尽冤屈的女主人公对那位居心不良、毫无真情可言的求婚者的强烈鄙视之间形成同样强烈的情绪对比。当然，索菲亚很快就接受了汤姆，如此突然而又未做任何解释的逆转让人惊讶不已：虽然这种结局被赋予了一定的喜剧色彩，但却让现实生活中的情感付出了代价。

在《汤姆·琼斯》中，这种虚情假意俯拾皆是。例如，主人公被从奥尔沃西家里赶了出来，我们看到"……他即刻陷入巨大的痛苦之中，撕扯着自己的头发。换作平常，他的这些动作只有在极度愤怒和绝望的时候才会表现出来"。后来，他把索菲亚的分手信"读了一百遍，亲了一百遍"。① 菲尔丁用这样的陈腐夸张之词来表现角色的情感强度，凸显了他为自己的喜剧方法所付出的代价：这样一来，他就无法以令人信服的方式不断深入角色的内心世界。而一旦需要展示人物的情感生活，他只能通过外部手段，通过人物夸张的肢体动作来实现他的写作目的。

菲尔丁没有令人信服地描绘人物的内心生活，这就意味着他们心理成长的可能性非常有限。例如，汤姆·琼斯的性格虽然有一定的进步，但只是非常一般的那种成长过程。汤姆早年轻率莽撞，不谙人情世故，浑身充满年轻人的那种野性，这些缺点导致他的失宠，并被逐出奥尔沃西的家门，随后在沿途以及伦敦备受挫折，而且不可挽回地失去了索菲亚的爱。与此同时，他的优良品质，他的勇气、荣誉和仁慈——这些在开始时略有交代，最终一起将他从不幸的深渊中解救出来，并为他重新赢得周围人的爱和尊重。虽然他的不同品质是在不同时间凸显出来的，不过这些品质本来一直就有，只是菲尔丁没有将我们带进汤姆的内心世界罢了，以致我们束手无策，只能相信菲尔丁的暗示：他的主人公能够通过从经验中学到的智慧来克服自己的弱点。

菲尔丁有关人性的静态观念实质上遵循的是古老的亚里士多德的观点。实际上，那个时代的大多数哲学家和文学评论家都恪守这种观点。②

---

① 原著脚注：Bk. VI, ch. 12.

② 原著脚注：See Leslie Stephen, *English Thought in the Eighteenth Century* (London, 1902), II, 73–74; R. Hubert, *Les Sciences sociales dans l'Encyclopédie* (Paris, 1923), pp. 167 ff.

第九章 小说家菲尔丁:《汤姆·琼斯》

当然,这是一种非历史性的人物观,菲尔丁在《约瑟夫·安德鲁斯》里面断言,他的人物"源于生活",不过他又补充说,小说中这位特定的律师"不仅活着,而且四千年来一直如此"。① 这种观点的逻辑是,如果人性本质上是稳定静止的,则无须详细描述任何个体自身充分发展的每一个具体过程,这些过程对道德之躯而言只能起到临时、肤浅的改良作用,而道德之躯则自出生之日起就已经注定不会有什么改变。这也正是汤姆和布里菲尔成长的前提:尽管他们同母异父,由同一位家庭教师在同一家庭抚养长大,但从一开始,他们各自的成长方向就已经安排好了,无法更改。

这与理查逊的做法之间又一次形成全然不同的对比。我们对克拉丽莎心理发展的感知主要源自这样一种表现方式:随着她的经验越来越丰富,她对自己过去的认识不断加深,人物和情节也就变得越加密不可分。汤姆·琼斯则完全不同,他根本不了解自己的过去,他的一些举动让人感到很不切实际,因为这些举动似乎总是对情节中出现的刺激做出的一种自发反应,而情节一直是受作者操控的,我们感觉不到他的这些举动是在兆示一种不断发展变化的道德生活。例如,汤姆刚接受了贝拉斯顿夫人的 50 英镑,便立刻对奈廷盖尔(Nightingale)开始他那番著名的性伦理说教,这不得不让人感到惊讶。② 这样说并不意味着这两种行为在本质上是相互矛盾的——汤姆的伦理观的基础是:宁肯对别人造成伤害,也不能不恪守自己的伦理准则。但是,假如作者给我们一些暗示,表明汤姆的确意识到自己所说的话和他过去的所作所为自相矛盾,那么他说话的时候可能就不会那么一本正经,就会更加令人信服。当然,构成汤姆本性的各个方面实际上很少彼此相悖,因为将这些方面关联在一起的介质只有一个——他过去的全部行为都是通过个人意识表现出来的。但菲尔丁并没有让我们进入这种意识,因为他认为个人性格是由各种稳定、独立的行为倾向以某种特殊的方式组合而成的,而不是从过去的经验中产生出来的。

---

① 原著脚注:Bk. II, ch. 1.
② 原著脚注:Bk. XIV, ch. 7.

出于同样的原因，《汤姆·琼斯》里面的人际关系也是相对次要的。如果有一种独立于个人及其相互关系的控制力量，如果他们的性格天生不变，那么菲尔丁就没有理由密切关注他们相互之间的感情，因为这些并不能起到决定性作用。关于这一点，索菲亚和布里菲尔之间的一幕就表现得很典型，它表明《汤姆·琼斯》的整体结构要求在结尾到来之前，角色之间绝不能有效沟通，因此布里菲尔必须误解索菲亚，奥尔沃西绝对不了解真实的布里菲尔，汤姆绝对不知道布里菲尔的真实本性，他也不能向奥尔沃西或索菲亚做出合理的解释。由于菲尔丁的人生观及其总体文学目标，他不可能让故事情节服从于探索人际关系的需要。他需要有一种精心设计的、包含骗局和惊奇的对立结构。要是人物之间彼此可以交流思想，将命运掌握在他们自己手中，那菲尔丁就不可能实现他自己的创作目的了。

因此，在《汤姆·琼斯》里面，情节和人物处理手法之间的关联是绝对存在的。情节具有优先权，它不仅要错综复杂，而且要具备不断推进故事发展的要素。菲尔丁为了实现情节与人物之间的关联，他在一个核心情节（本质上就像《克拉丽莎》中的基本要素那样简单）上叠加一系列非常复杂的相对独立的次要情节和插曲，这些情节和插曲本质上都是围绕主题展开的一些戏剧变体。这些相对独立的叙事单元构成一系列相关事件，而该书外在的形式顺序方面的安排显然是在暗示这一系列事件所表现出来的那种缜密和对称：《汤姆·琼斯》不同于笛福和理查逊的小说，它被细分成长短不一的结构单元，大约有二百来章，共分18卷，这18卷又均分成三组，各组六卷，分别论述主要人物的早期生活、伦敦之旅以及到达伦敦之后的活动。

由于这种叙事结构极端多样化，所以菲尔丁就不可能在同一个场景或角色上着墨过多。例如，在引述的那几段话中，他没有像理查逊那样对克拉丽莎和索尔姆斯见面的情景进行细致描写。他将大部分时间花在消除最初的误会上，而且场景的规模不外乎刻画一个诡计多端的伪君子、一个陷入困境的少女和一个狂暴的父亲。但是，即使作者充分关注过索菲亚的感情，这种关注也很快就会终止，因为他需要处理随之而来

第九章 小说家菲尔丁:《汤姆·琼斯》

的场景。韦斯顿乡绅气冲冲地冲出房门之后,我们也离开了索菲亚,无法长时间了解她所遭受的苦难。因此在下一章中,我们很快就不再关注索菲亚与汤姆·琼斯的分手场面,因为菲尔丁宣称"……我相信我的一些读者会认为这一幕篇幅过长,并且被完全不同性质的情景打断,因此我们且听下回分解"①。

这是《汤姆·琼斯》中典型的叙事模式:作者在评论中毫不掩饰这样一个事实,即他的目的并不是让我们完全沉浸在他的虚构世界中,而是通过有趣的场景和角色对照来展示他发明的独特的创作手法。快速切换是菲尔丁喜剧风格的特质,新的一章总会为人物带来新的环境,或者在相似的场景中呈现不同的人物,以此来进行讽刺性对比。此外,他还通过各种各样的手段(通常章节标题就是重要的提示),让我们不断注意到这样一个事实:本书的核心凝聚力不在于人物及其相互关系,而在于高度自主的知识结构和文学结构。

这样做的效果及其与菲尔丁处理人物的方式之间的关系可以通过一个简短的场景加以概括。当汤姆听说奥尔沃西的病情有所好转之后,他在"一片极其怡人的小树林"中散着步,思索着命运何等残酷地将他和心爱的索菲亚拆散:

> 只要能得到你,哪怕你的全部家产只有一件破布衣服,世上再也不会有哪个男子值得我去羡慕!即使是赛尔加西亚最标致的美女,佩上印度群岛所有的珠宝,在我眼里照样一文不值!可是我又何必提及其他女人呢?要是我的眼睛温柔地顾盼他人,我的双手会将眼珠从我的头颅里抠出来。不,我的索菲亚,假如残酷的命运将我们永远分开,我的灵魂将只爱你一个人,我内心深处将永远保留你的倩影。
>
> 说到这里,他一跃而起,看见的——不是他的索菲亚——不,也不是身着华丽盛装被选入土耳其皇帝后宫的赛尔加西亚姑娘……而是莫利·西格里姆。汤姆和她经过一番谈判(谈判内容被菲尔丁

---

① 原著脚注:Bk. VI, ch. 8.

略去了），然后躲进"树林深处去了"。①

这个场景中最难令人信服的就是它的措辞，它的话语风格显然不是我们所期待的汤姆·琼斯说话的风格，可是这样的文体风格自然是为了实现菲尔丁的直接目的，即通过人类懦弱的行动和猥琐而雄辩的口才来戏剧性地揭露人类话语的豪迈之情和浪漫的虚假之意。汤姆·琼斯只是菲尔丁借以表达他对恋人海誓山盟的怀疑态度的一个媒介，因此他必须让汤姆·琼斯戏仿田园传奇故事中的夸张语言，以便借此来凸显接下来将要发生的完全不同于田园世界的路边偶遇。菲尔丁并没有停下来详细描写汤姆从索菲亚的浪漫情人摇身一变成为莫尔的热情追求者的心理过程。他的做法正好应了"行动胜于雄辩"这句俗语。行动必须非常沉默，必须紧跟冠冕堂皇的言辞。

这个情节与小说总体结构之间的关系也很典型。将性放在人类生活中一个适当的位置，这是菲尔丁的小说结构所表达的一个主题。这次偶遇巧妙地说明愣头青的矛盾心理，表明汤姆尚未达到成年人在道德上自我节制的境界。因此，这个场景不仅在一般的道德和理性体系中发挥着作用，而且也与情节的总体运作密切相关。因为汤姆的过失，他最终被奥尔沃西赶了出去，他不得不经历苦难，而这些经历却是为了让他最终更能配得上索菲亚。

同时，菲尔丁处理场景的方法也很典型，无论是当时还是事后，他都不会详细描写汤姆的感情。如果过多地关注主人公的不忠，就会冲淡菲尔丁在这一情节中所要实现的主要喜剧意图。因此，他以这样的方式操纵场景，不让我们像在普通生活中那样去关注它。喜剧，尤其是精心创作的喜剧，通常会对心理解释做出这样的限制，这种限制适用于表现上述场景中布里菲尔的险恶用心和索菲亚的痛苦煎熬。奥尔沃西突然患病又得以康复，这导致汤姆出现判断失误，而这个情节必须用相同的视角来审视。我们绝不能纠缠于奥尔沃西分不清感冒和致命疾病这个显而易见的事实，因为我们无须弄清楚他究竟是一个令人无法忍受的抑郁病患

---

① 原著脚注：Bk. V, ch. 10.

第九章 小说家菲尔丁:《汤姆·琼斯》

者还是一个不懂得选择合适医生的患者。奥尔沃西的病只是一种"外交冰冻",我们不会从中推断出任何东西来,除非菲尔丁改变他的叙事策略。

如此说来,《汤姆·琼斯》似乎在普遍意义上例示了一个相当重要的小说原则,这个原则便是情节的重要性与人物的重要性成反比。这个原则含有一个有趣的推论:将叙事组织成一个广泛而复杂的形式结构,并且往往将主角变成被动的主体,这样就会有更多的机会引出各种补偿主角的次要人物。因为要赋予人物更多的角色,叙事计划会变得更加复杂,不过这样做并不影响对次要人物的处理。

柯勒律治似乎正是依据这个原则及其推论来对比《汤姆·琼斯》和菲尔丁笔下的人物的。他认为《汤姆·琼斯》主角之间的场景切换给人一种"生硬不自然的感觉",而菲尔丁笔下的次要人物例如"马夫、房东、女房东、女仆则更真实更快乐或者更幽默"。[①] 这些次要角色所拥有的心理个性刚好能够满足他们现身的那些场合的需要。例如,一旦昂诺尔夫人(Mrs. Honour)不再担负主要叙述者的责任,她就可以设法让韦斯顿家解雇她,她的手段既有喜剧色彩,又有社会洞察力,而且极为独特。[②] 再例如,汤姆·琼斯或索菲亚离家出走的方式也被赋予一种戏剧色彩,却没有人对于这种针对人物的曲解和可信度提出任何质疑。

从菲尔丁到斯摩莱特再到狄更斯,他们的作品大多数都是情节复杂的喜剧小说,基本上都遵循这样一个模式:创作的重点是放在次要人物身上,至少因为他们并不深度参与故事情节的制作,而汤姆·琼斯、罗德瑞克·兰顿和大卫·科波菲尔这样的主要角色并不是十分令人信服,因为他们的性格与他们所扮演的角色之间几乎没有直接的关系,而且他们的行为所涉及的某些情景暴露了他们的某些弱点或者愚蠢,甚至背离了作者赋予他们的实际意图。

另一方面,这类小说也许是这种体裁中最为典型的。由于使用了一种截然不同的情节,这类小说达到了其他文学形式无法复制的效果。从

[①] 原著脚注:Cit. Blanchard,*Fielding*,p. 317.
[②] 原著脚注:Bk. VII, Ch. 7.

斯特恩到简·奥斯汀再到普鲁斯特和乔伊斯，亚里士多德式的情节大于性格的优先权已经完全被颠倒了，取而代之的是一种全新的形式结构。在这种形式结构中，情节仅仅试图体现生活中的普通过程，情节的发展完全取决于角色及其关系的发展。正是笛福，尤其是理查逊，为这种传统提供了原型，正如菲尔丁为相反的传统提供了原型。

III

约翰逊对菲尔丁小说最著名的批评与小说的基本技巧有关。不过从他自己的观点来看，很有可能主要还是针对小说所表现出来的道德缺陷而言的。在他出版的著作中，只有一处谈及菲尔丁，还不过仅仅是暗示而已。在《随笔》(1750)中，约翰逊抨击"熟悉的生活史"所产生的效果，那就是将那些邪恶的主人公描绘得魅力十足，以至于"我们对他们的过错都不会感到厌恶"。他的这番话显然是针对《罗德瑞克·兰顿》(1748)和《汤姆·琼斯》而说的①，他后来确实对汉纳·莫尔说过，他"几乎不知道有哪部作品比《汤姆·琼斯》更低俗"②。另一方面，他盛赞《克拉丽莎》，理由是"理查逊凭借一己之力教我们同时懂得尊敬和憎恨，使得善意的怨恨压倒了一切发自智慧、优雅和勇气的仁慈，最终让主人公也迷失在反派人物的角色里"③。

到了今天，我们发现很难像约翰逊那样厌恶汤姆·琼斯的道德观念，我们也可能会对理查逊有失公允，不假思索地把他以及他的女主人公关于女性贞操的言行理解为他的好色或她们的虚伪，然而事实可能并非如此。相反，我们必须公正地看到，《汤姆·琼斯》中也有许多违反道德的东西，理查逊对其所持的态度比任何清教道德主义者的态度还要宽容。例如，笛福和理查逊就不遗余力地谴责酗酒，可是汤姆·琼斯在

---

① 原著脚注：No. 4.
② 原著脚注：*Johnsonian Miscellanies*，II, 190.
③ 原著脚注：'Rowe', *Lives of the Poets*, ed. Hill, II, 67.

第九章　小说家菲尔丁：《汤姆·琼斯》

奥尔沃西康复后高兴不已，喝得酩酊大醉，菲尔丁对此没有表现出任何反感。毫无疑问，正是这种有失检点的行为后来导致主人公被逐出家门，而菲尔丁对此唯一的直接评论是幽默的按语："酒后吐真言。"①

然而，无论是《汤姆·琼斯》的道德模式还是它的批评者们的反对意见，最为关键的还是性方面的问题。菲尔丁当然并不是在放任他的主人公的放纵行为，汤姆本人也承认他在这方面一直"有过错"。但是整部小说的普遍倾向肯定是值得谴责的，因为它把不贞行为仅仅看作是一种小罪。例如，即便是善良的米勒夫人似乎也让人觉得她是在文过饰非，她向索菲亚求情，说汤姆"自从……在城里见过你以后从未对你有过一次不忠行为"②。

在菲尔丁的作品中，无论是汤姆·琼斯还是其他人物，他们在性方面的过失显然没有像理查逊所希望的那样得到严厉的惩罚。即使在《阿米莉亚》里面，虽然布斯的通奸行为比汤姆·琼斯遭受指控的任何过错都要严重，虽然菲尔丁对布斯的处理更为严厉，但最终还是让他免受惩罚。因此，福特·马多克斯·福特③的指责不无道理："菲尔丁，在一定程度上还包括萨克雷，这些家伙假装如果你是一个放荡的酒鬼、好色之徒、肆意挥霍者或者咸猪手，那么你最终总能找到一个乐善好施的叔叔、一个隐名埋姓的父亲或是一个大恩人，他们会把数以万计的金币、无数财产和美艳可爱的女子慷慨地赐予你——这些家伙是国家的危险，是极其拙劣的情节制造者。"④

当然，福特有意忽视了菲尔丁积极的道德意图，也忽视了他以牺牲公正为代价来制造喜剧情节、追求圆满结局的总体趋势。菲尔丁本人长期以来一直被视为浪荡子，直到学界涤除了他同时代的流言蜚语对他的

---

① 原著脚注：Bk. V, ch. 9.
② 原著脚注：Bk. XVIII, ch. 10.
③ 福特·马多克斯·福特（Ford Madox Ford, 1873—1939），英国小说家、诗人、评论家、编辑。——译者注
④ 原著脚注：*The English Novel from the Earliest Days to the Death of Conrad* (London, 1930), p. 93.

诋毁，校正了他的第一位传记作家墨菲[①]对他雪上加霜的错误指控之后，他的文学成就才得到公正的认可。事实上，菲尔丁和理查逊一样，也是一位道德主义者，只是属于另一种不同的类型而已。他认为，美德绝不是按照大众的意愿压制本能的结果，它本身是一种向往善良或仁慈的自然倾向。在《汤姆·琼斯》中，他试图表现这样一个主人公：他拥有善良的心，精力充沛却又缺乏深思熟虑——心地善良的人尤其如此，特别容易犯错甚至犯罪。因此，为了实现他的道德目标，菲尔丁必须表现善良的心在其成熟和了解世界危险的过程中如何受到许多危险因素的威胁。与此同时，为了不显得他是在替主人公开脱，他还必须证明，尽管汤姆的道德过失是他在道德成长过程中可能的甚至是必经的阶段，但是这并不意味着他的品质是邪恶的。甚至汤姆·琼斯无忧无虑的野性也被赋予一种豪爽的品质，而克拉丽莎以自我为中心的那种冷漠的美德就缺乏这种品质。因此，故事的圆满结局所表现的远非福特所宣称的那样是一种道德和文学上的混乱困境，相反，它实际上表现的是菲尔丁道德和文学逻辑的巅峰境界。

虽然菲尔丁和理查逊都是道德主义者，但两人的叙事观点却截然不同，所产生的效果也不相同，十分鲜明地凸显了两人之间的差异。理查逊注重个体，在他的笔下，无论是德行还是恶行，他都处理得赫然醒目，并且都通过情节来表达这样的含义。而另一方面，由于菲尔丁处理的人物太多，情节过于复杂，因此他不可能像理查逊那样重视单一个体的美德或恶行。

除了情节趋势，作为一个道德主义者，菲尔丁的部分意图便是将每一种现象都纳入更大的视野之中。例如，性的美德和性的恶行被置于一个更加宽广的道德视野之中，但这样做的效果并不能总是让那些提倡性改革的人感到满意。菲尔丁相信并且希望能够表明，某些婚姻的动机可能比最遭人唾弃的放荡不羁的行为还要邪恶。我们且以布里菲尔为证，他的"目的绝对像那句俗话所说的一样，就是通过婚姻剥夺一位小姐的

---

① 亚瑟·墨菲（Arthur Murphy，1727—1805），律师、记者、演员、传记作家、翻译家和剧作家，出生在爱尔兰，在伦敦长大并居住。他是18世纪下半叶最受欢迎的喜剧作家之一，偶尔使用化名查尔斯·兰杰（Charles Ranger）。——译者据维基百科注

第九章 小说家菲尔丁：《汤姆·琼斯》

财产"。他也知道，道德对滥交的愤慨未必是真正热爱美德的结果。比如在这段话里，我们被告知，"把所有粗俗下流的姘妇、把所有衣衫褴褛的妓女都从屋里赶出去，这是每个人都能够做到的事情。我的女房东绝对严格地恪守这一原则，而她的那些衣冠楚楚的尊贵客人们也十分有理由期待她这么做"。① 在这里，菲尔丁的斯威夫特式温和使我们想起了经常与自鸣得意的美德联系在一起的残酷和不公，然而思想狭隘的道德主义者可能会透过这番讽刺十分震惊地看到，他们非但没有谴责那些"衣衫褴褛的妓女"，甚至可能对她们暗生同情。

因此，菲尔丁试图拓宽我们的道德观念，而不是加强对放荡行为的惩罚。但与此同时，作为传统的社会道德的代言人，他对性道德的态度毫无疑问是规范性的。正如博斯韦尔所言，这样的态度并不是要"鼓励一种极不自然且极不现实的美德"②，而是像莱斯利·斯蒂芬所说的那样，它实际上是"有理性的人通常用来支配其行为的一种准则，而不是他们所标榜的处世信条"③。也许亚里士多德的"中庸之道"④ 在一定程度上能够颠覆严格的道德准则，而菲尔丁作为一位出色的亚里士多德主义者，他几乎是在暗示布里菲尔的过于纯洁跟汤姆的过于放荡一样糟糕。

约翰逊本人毕竟是一位拘泥于道德准则的人，他之所以认为《汤姆·琼斯》是一部污浊的作品，还有另外一个原因。如果只是为了在观众和参与者之间保持良好的幽默气氛，喜剧通常需要在人物动作和观众情感之间有一定程度的共谋关系，但若是在普通生活中，我们就不可能会如此宽容这种关系。在《汤姆·琼斯》中，最显著的例子也许是菲尔丁那老于世故的超级幽默，它常常让我们相信性违规只能说是荒唐，根本算不上是邪恶。

举例来说，关于菲茨帕特里克夫人的退场，作者是这样说的："她

---

① 原著脚注：Bk. XI, ch. 4；Bk. IX, ch. 3.
② 原著脚注：*Life of Johnson*, ed. Hill-Powell, II, 49.
③ 原著脚注：*English Thought in the Eighteenth Century*, II, 377.
④ 亚里士多德的中庸之道：道德行为是两个极端之间的平均值——一端是过度的，另一端是不足的。在这两个极端之间找到适度的位置，人的行为才是道德的。——译者据维基百科注

住在城镇富人区，颇有声望，是一位出色的经济学家，她的开销是她财政收入的三倍，竟然从不欠债。"① 作者必须让菲茨帕特里克夫人忠于她的个性，但必须让她有一个幸福的结局。虽然她的收入来源令人怀疑，我们猜也能猜出来，但菲尔丁并没有对此表示厌恶，因为他不想破坏他在结尾与读者最后一次会面的欢乐气氛。

当然，在其他情况下，菲尔丁对于性这一经久不衰的喜剧资源的幽默就更为显山露水。例如，在《乔纳森·王尔德传》(*Jonathan Wilde*) 中，船长问主人公"有没有一点点基督的怜悯之心，竟然会在大风暴中强奸一个女人？"② 还有在《汤姆·琼斯》中，索菲亚问昂诺尔夫人："昂诺尔，要是有人破坏你的贞洁，你是否会向他开枪？"昂诺尔夫人的反驳可谓至理名言："肯定的，小姐……我们的贞操非常珍贵，尤其对我们这些可怜的仆人来说，这是我们的立身之本，正如身体可能也会这么说：我绝对讨厌枪支。"③ 当然，菲尔丁在这方面的幽默与他对待一般道德问题的幽默一样具有泛化倾向。我们绝不能忘记，即使是最正直的愤怒，也可能有基本的逻辑谬误，或者说人类即使忠诚于美德，也可能会事后反悔。然而，一旦我们默认菲尔丁的大部分幽默，这就意味着我们也默认现代意义上所谓的"胸怀宽广"往往与性有关，这也是在部分地放大菲尔丁的同情心。正是这一点使得他的小说在整体上吸引我们。实际上，爱好有益于健康的下流话对于视性为洪水猛兽的人类来说，是其道德教育必不可少的一个组成部分。这至少是喜剧的经典角色，而菲尔丁也许是最后一位延续了这一传统的伟大作家。

IV

对大多数现代读者而言，受非议的并不是菲尔丁的道德观，而是他

---

① 原著脚注：Bk. XVIII, ch. 13.
② 原著脚注：Bk. II, ch. 10.
③ 原著脚注：Bk. VII, ch. 7.

第九章 小说家菲尔丁:《汤姆·琼斯》

的文学观。他认为自己的角色就像是一位向导,他不满足于把我们带到"造物主大舞台的幕后"①,他认为必须把那里的一切都给我们解释清楚。然而,以作者身份进行的这种干预往往会损害其叙事的真实性。

菲尔丁对《汤姆·琼斯》的个人干预始于他为尊敬的乔治·利特尔顿写的一篇献词。必须承认,这篇献词有力地说明约翰逊对他的这种写作模式所下的定义再合适不过,即"向恩主奴颜婢膝的献词"。菲尔丁在作品正文中多处提到他的其他恩主,其中有拉尔夫·艾伦和哈德威克大法官,还有菲尔丁希望赞美的其他熟人,包括他的一位外科医生约翰·兰比先生,以及各色各样的旅店老板。

如此赘述的结果自然损害了小说虚构世界的魅力。然而对于小说营造的自主世界而言,主要干扰却是来自菲尔丁的介绍性章节,其中包括文学和道德随笔,甚至更多的是他在叙述过程中为读者频繁穿插的讨论和旁白。毫无疑问,菲尔丁的做法将他带向了与理查逊完全相反的方向,将小说转变成一种社会形式,甚至是一种社交性质的文学形式。菲尔丁将我们带入一个魔圈,里面不仅有虚构的人物,而且还有他的朋友、他以往最喜欢的诗人和道德主义者。的确,他对读者和人物几乎一样关注,他的叙事不是我们通过钥匙孔窥见的那种私密剧情,而是在某个路边小旅馆听一位和蔼可亲的言说者讲述一系列回忆故事。路边小旅馆可以说是他讲述故事的最佳公共场所。

菲尔丁在小说中采取的这种路径与他的主要意图非常吻合,能够制造一种疏离效果,使我们无法完全沉浸在角色的生活之中,也使我们对角色行为中所蕴含的深层含义失去了警觉。这种深层含义是菲尔丁以无所不知的报幕人的身份揭示出来的。另一方面,菲尔丁的干预显然干扰了任何形式的叙事幻觉,突破了几乎所有的叙事先例,首先是突破了荷马创立的叙事先例。亚里士多德称赞荷马"本人说得很少",他要么保持一个超然的叙述者的姿态,要么是某个人物模仿者的姿态。②

虽然很少有读者不喜欢那些章节序言或菲尔丁的有趣旁白,但是这

---

① 原著脚注:Bk. VII, ch. 1.
② 原著脚注:*Poetics*, chs. 24, 3.

些话语确实损害了叙事的真实性。正如理查逊的朋友托马斯·爱德华兹①所说,"我们每时每刻都看到"菲尔丁在进行"个人干预",而理查逊则是"故事本身"。② 因此,尽管菲尔丁对角色喋喋不休的旁白以及他处理情节的方式在英国小说界开创了颇受欢迎的先例,他却因此受到大多数现代评论家的批评,这一点毫不奇怪。例如,福特·马多克斯·福特就抱怨说:"从菲尔丁到梅瑞狄斯③,英国小说家没有一个人在乎你是否相信他们创作的人物。"④ 让亨利·詹姆斯感到震惊的是,特罗洛普和其他"有成就的小说家"都通过"题外话、括号或旁白"的方式承认他们的小说"仅仅是虚构故事"。詹姆斯接着提出小说家创作时应该遵循的核心原则,这一原则与上述形式现实主义的固有原则非常相似。詹姆斯说,特罗洛普以及任何一位赞同他的观点的小说家

> 都承认,他叙述的事件并未真正发生过,而且他可以根据读者最喜欢的方式对叙事方向加以调整。我承认,如此背叛小说家的神圣职责,对我来说似乎是一种可怕的罪行。我认为他应该为此道歉,特罗洛普让我感到十分震惊,吉本⑤或麦考利可能也会让我感到震惊。这意味着小说家不应该像历史学家那样专心致志地探究真实(我所说的真实自然是指小说家所接受的那种真实,不管是有着什么样的前提的真实),因为探究真实一下子就让他丧失他所有的立足之地。⑥

菲尔丁"寻求真实"的意图自然毋庸置疑。他确实在《汤姆·琼斯》中说过:"我们决心从头至尾让真理的方向指引我们的笔。"但是他

---

① 托马斯·爱德华兹(Thomas Edwards,1779—1858),威尔士作家和词典编纂家,著有《威尔士语拼写分析》和《英语和威尔士词典》。——译者据维基百科注
② 原著脚注:McKillop, *Richardson*, p. 175.
③ 乔治·梅瑞狄斯(George Meredith,1828—1909),维多利亚时代的英国小说家和诗人,曾七次获得诺贝尔文学奖提名。——译者据维基百科注
④ 原著脚注:*English Novel*, p. 89.
⑤ 爱德华·吉本(Edward Gibbon,1737—1794),英国历史学家。——译者注
⑥ 原著脚注:'The Art of Fiction' (1884); cited from *The Art of Fiction*, ed. Bishop, p. 5.

第九章 小说家菲尔丁:《汤姆·琼斯》

也许低估了表现真实与保持读者的"历史信念"之间的联系,至少《汤姆·琼斯》结尾时的一段话就是这样暗示的。他宣称,他宁愿让他的主人公被绞死,也不愿通过不自然的方式让他摆脱烦恼,"因为我们宁可说他是在泰堡被绞死的(很可能是这样),也不愿丧失我们的诚信或者辜负读者的信任"。①

在《汤姆·琼斯》引发的主要批评中,有一部分可以从菲尔丁对自己的创作现实所持的讽刺性态度找到答案。总体来讲,这是一本非常真实的书,用罗纳德·萨蒙·柯兰②的话来说,绝对看不出来它的真实性是以小说的形式"表现"出来的。③ 通过他的人物或人物行为,我们无法得出有关菲尔丁道德品质的感人印象,倒是在他作为地方行政官、在最不利的个人条件下为人类进步英勇斗争的事件里,甚至从他的《里斯本航海日记》中,我们都能获得这样的印象。如果仅仅根据小说来分析,很显然我们有关尊严和慷慨的点滴印象主要来自菲尔丁本人在小说中的插话。毫无疑问,这说明他的这种创作技巧还不够完善,无法凭借性格和行动来表达更宏大的道德意义,只能借助于某种情节介入模式和直接的编辑评论来传达道德意义。正如亨利·詹姆斯所指出的那样,汤姆·琼斯"拥有如此丰富的'生活',就喜剧效果和讽刺应用而言,几乎可以说他很有思想"。几乎,但不完全是,因此"他的作者——**他本人确实**具有深刻的思想——(应该)为他并围绕他进行深刻的思考,以便我们透过菲尔丁美好古雅的道德主义的芳香气息去理解他……"④

当然,所有这一切并不是说菲尔丁不成功。《汤姆·琼斯》绝对实至名归,早期一位匿名仰慕者称赞这部作品"整体上……是迄今出版的最为动人的一部书"⑤。然而,这是一种非常个性化的不可替代的成功。

---

① 原著脚注:Bk. III, ch. 1; Bk. XVII, ch. 1.
② 罗纳德·萨蒙·柯兰(Ronald Salmon Crane, 1886—1967),文学评论家、历史学家、书目学家,芝加哥学派的奠基人。——译者注
③ 原著脚注:'The Concept of Plot and the Plot of *Tom Jones*', *Critics and Criticism: Ancient and Modern* (Chicago, 1952), p. 639.
④ 原著脚注:Preface, *The Princess Casamassima*.
⑤ 原著脚注:*Essay on the New Species of Writing Founded by Mr. Fielding*, 1751, p. 43.

菲尔丁的技巧过于折中，难以成为小说传统的永久性元素，因为《汤姆·琼斯》只有一部分是小说，还有许多其他成分——传奇故事和喜剧，偶尔还有杂文。

另一方面，菲尔丁背离形式现实主义规范，这就非常清楚地表明新的文学体裁必须要面对的极其重要的本质问题。笛福的作品，某种程度上还有理查逊的作品，当它们不厌其烦地声称字面意义的真实性时，却往往掩盖了这样一个事实：如果小说要获得与其他文学体裁平等的地位，就必须与整个文明的价值传统联系起来，用现实主义的评价方式来弥补现实主义的表现方式。柯勒律治认为，作为作家，理查逊稍逊于莎士比亚，巴堡尔德夫人问他有何根据，柯勒律治回答说"理查逊只是有趣而已"①。这样整体评价《克拉丽莎》的作者，的确对他不公平，不过这表明现实主义表现方式具有一定的局限性：它让我们完全沉浸在角色及其行为的现实之中。至于这样做是否会更明智，还有待商榷。

菲尔丁为小说体裁带来了甚至比叙事技巧更重要的东西，即通过小说的人物和行为展现一种关注人类事物的智慧。他的智慧也许不是最高级的，就像他钟爱的卢西恩的智慧一样，有点随和，有时甚至有点机会主义的倾向，但在《汤姆·琼斯》的结尾，我们感到，通过他的这种智慧，我们不仅接触到了关于虚构人物的有趣叙述，而且还接触到大量令人振奋的建议和挑战，这些几乎都是与人类生活息息相关的话题。不仅如此，这种振奋还来自一个真正了解人类现实的头脑，他无论过去还是现在从未欺骗过自己，从未欺骗过他的角色，也从未欺骗过整个人类。菲尔丁在努力为新体裁注入某种莎士比亚式美德的时候，虽然过于偏离形式现实主义，未能开启一种富有生命力的传统，但是他的作品始终提醒我们，如果新体裁要挑战旧的文学形式，就必须找到一种新的表达方式，这种方式不仅可以表达令人信服的生活印象，也可以表达对生活的理智评价，而要做出这样的评价，就必须超越笛福或者理查逊借以观察人类事物的视野。

---

① 原著脚注：Cit. Blanchard, *Fielding*, p. 316.

第九章 小说家菲尔丁:《汤姆·琼斯》

因此,尽管我们赞同约翰逊关于钟表的比喻,可是我们必须认识到这样的比喻不仅不公平,而且容易引起误解。毫无疑问,理查逊固然带领我们更加深入地了解人类机器的内部运转情况,但是菲尔丁肯定有权反驳说,自然界除了个人意识以外还有许多其他机器。也许菲尔丁还可以表达他的委屈:约翰逊显然疏忽了这样一个事实——菲尔丁致力于探索一个更加宏大的同样复杂的机制,亦即整个人类社会的机制。这也是一种文学主题,它甚至比理查逊的文学主题更符合菲尔丁和约翰逊认同的古典主义世界观。

第十章　现实主义和后续传统：后记

自理查逊和菲尔丁已降，小说在文学界扮演着越来越重要的角色。在1700年至1740年之间，平均每年出版小说仅约7部，在1740年之后的30年间，平均每年增加到20部左右，到了1770年至1800年间，出版量翻了一番。① 但小说数量上的增加与质量上的提升毫不匹配。18世纪后半叶出现的小说并没有多少内在价值，尽管偶尔也有少数有趣的作品。例如，一些见证当时生活的作品，或是感伤主义和哥特式恐怖小说等各种逃离现实倾向的文学作品，就属于这一类。这时候的大部分小说非常直白地显示出文学退化所带来的压力。之所以如此，是因为书商和流通图书馆经营者竭尽全力满足阅读大众的阅读需求，而阅读大众对作品不加鉴别，沉醉于轻松易读而又煽情的浪漫遐想之中。

不过，也有几位超越这种平庸甚至拙劣水平的小说家，例如斯摩莱

---

① 原著脚注：These figures, presented with the greatest possible reserve, were compiled from A. W. Smith, 'Collections and Notes of Prose Fiction in England, 1660—1714', *Harvard Summaries of Dissertations*, pp. 281-284, 1932; Charlotte E. Morgan, *The Rise of the Novel of Manners*, 1600—1740 (New York, 1911), p. 54; Godfrey Frank Singer, *The Epistolary Novel* (Philadelphia, 1933), pp. 99-100; Andrew Block, *The English Novel*, 1740—1850, *a Catalogue...* (London, 1939).

第十章 现实主义和后续传统：后记

特、斯特恩和范妮·伯尼。作为社会记者和幽默作家，斯摩莱特有许多优点，但是除了《汉弗莱·克林克尔探险记》（1771）以外，他所有小说的主要情节和总体结构都有明显的缺陷，因此他不可能在小说传统中扮演非常重要的角色。斯特恩则完全是另外一种情况，尽管他非凡的文学独创性赋予他的作品一种完全个性化、更不用说是古怪的品质，但他唯一的小说《项狄传》（*Tristram Shandy*，1760—1767）提供了非常富有启发性的方案，解决了他的前辈们提出的主要的形式问题。之所以如此，是因为斯特恩一方面找到了一种方法，可以将理查逊的现实主义表现方式同菲尔丁的现实主义评估方式相结合，另一方面他又表明二者塑造人物的内在和外在方法之间并不存在必然的对立。

斯特恩的叙事模式非常注重形式现实主义的各个方面：详细叙述时间、地点和人物；关注自然逼真的情节顺序；他独创的一种文学风格能够用最准确的语言和韵律形象地表现所描述的对象。这样一来，《项狄传》中的许多场景就具有一种活生生的真实感，能够将笛福短小精悍的暗示和理查逊对人物瞬时出现的思想、情感和姿态的细微表现结合起来。的确，作者对于现实主义表现手法如此精通娴熟，如果将他的成就用来实现小说的一般目的，那么斯特恩可能会成为 18 世纪最伟大的小说家。当然了，《项狄传》与其说是一部小说，还不如说是对小说的滑稽模仿。凭借驾轻就熟的技巧，斯特恩对小说这种新体裁新近才开发使用的许多叙事方法加以讽刺。

他的讽刺意向特别集中在主人公身上。斯特恩遵循形式现实主义的命名惯例，准确无误地告诉我们他的角色是如何命名的，以及命名本身象征着人物会有怎样不幸的命运。即便如此，可怜的项狄仍然是个难以捉摸的人物。也许是因为哲学教导他，个人身份并不像人们普遍认为的那样是个十分简单的问题：代理主教问他"那么你是谁？"，他只是回答"别把我搞糊涂了"①，从而简明扼要地表达了休谟对《人性论》主题所持的怀疑观点。② 然而，斯特恩的主人公之所以反复让人捉摸不透，主

---

① 原著脚注：Bk. I, ch. 9；Bk. VII, ch. 33.
② 原著脚注：See Bk. I, pt. 4, sect. vi.

要是因为他的作者在处理形式现实主义最基本的问题即叙事的时间维度时反复无常。

《项狄传》的主要时间顺序依然与当时的哲学思潮一脉相承,将叙述者意识中的联想思绪作为叙事的时间基础。由于头脑中所发生的一切都是现时性的,所以斯特恩就可以用理查逊"生动的现在时态表现方式"把某些场面逼真地描绘出来。同时,由于项狄讲述的是自己对"生活和见解"的故事,斯特恩还可以调用笛福在自传回忆录中所采用的那种更加久远的时间视角,他也采用了菲尔丁独创的时间处理技巧,将虚构的情节置于外部时间框架之中。例如,他可以让项狄家族的历史年表与托比叔叔参加弗兰德斯战役①的历史日期保持同步。②

然而,斯特恩并不满足于用这些方法巧妙地处理时间问题,他进而将文学与现实之间一一对应的终极现实主义前提推向逻辑极限。他提出要在小说和读者的阅读体验之间建立一种绝对的时间对等关系,让主人公醒着的一小时成为读者阅读一小时的材料。这当然是一个不得不放弃的计划,因为项狄要记下自己一个小时的经历,花费的绝对不止一个小时,所以他写得越多,我们就读得越多,实现我们共同的目标的希望就越渺茫。

因此,斯特恩大体上比以往或此后任何时候更加拘泥于形式现实主义对时间的要求,以一种荒谬的形式还原小说形式本身。然而与此同时,由于他巧妙地颠覆了小说的正当目的,所以在作者去世后,《项狄传》最近又成为热门话题。斯特恩对小说的时间处理非常灵活,预示着将叙事行为从时间顺序的专横桎梏中解脱出来的一种趋势,这一趋势在普鲁斯特、乔伊斯和弗吉尼亚·伍尔夫的笔下成为一种现实。因此,作为现代派的先驱,斯特恩在19世纪20年代再次赢得批评界的青睐。不仅如此,当代哲学现实主义最伟大的倡导者罗素还以《项狄传》为范本撰写了关于时间问题的文章,并以斯特恩的喜欢无限退化的主人公的名

---

① 弗兰德斯战役(Flanders Campaign)指自1695年围攻那慕尔(Siege of Namur)开始的一系列战斗。——译者注

② 原著脚注:See Theodore Baird, 'The Time Scheme of *Tristram Shandy* and a Source', PMLA, LI (1936), 803–820.

第十章 现实主义和后续传统:后记

字为他的悖论命名。①

斯特恩在《项狄传》中处理时间维度的方法含有另一层至关重要的意义,即他奠定了一个技术基础,使之能够把现实主义的表现形式与现实主义的评估形式结合起来。像菲尔丁一样,斯特恩也是一位学者和才子,他同样渴望拥有充分的自由来评论小说中的情节,或者是评论其他任何事情。不过,菲尔丁是通过损害叙事的真实性才获得这种自由的,而斯特恩则通过简单巧妙的权宜之计,将自己的思考植入主人公的思想之中,因而他无须做出任何牺牲就可以达到完全相同的目的。这样一来,他就可以把令人费解的典故归咎于联想过程,暗示这是联想过程中不可避免的糗事。

菲尔丁的现实主义评价方式并不仅仅是通过直接评论来实施的,他也将叙事顺序组织成有效的通常是形成相互讽刺和映衬的场景,让场景之间再形成鲜明对照,这样他的评价也就随之变得清晰明了。尽管往往免不了给读者一种突兀的感觉,但是斯特恩可以把故事讲得令人眼花缭乱,却丝毫无损叙事的真实性,因为每次转折都是主人公精神生活的一部分,这种精神生活自然与时间顺序关系不大。这样一来,斯特恩就可以按照自己喜欢的顺序排列小说元素,而无须对场景和角色进行任意更改。如果是在菲尔丁的作品中,这类更改就不可避免。

然而,斯特恩完全像自由使用时间维度那样对待这种自由,这就使得他组织小说的原则最终不再是普通意义上的叙事原则。斯特恩掌握了这种技巧,无须牺牲叙事的真实性就可以实现现实主义评价的目的,但其终极含义大体上还是负面的。当然了,即使在斯特恩虚构的小说情境中,这一点也不可能会有异议。尽管我们有理由期待一个作家遵循一定程度的秩序,但是我们几乎没有理由期待项狄的思想活动会遵循这种秩序。

总体而言,斯特恩的叙事方法与小说主要传统之间的关系比所表现出来的还要密切。我们可能会觉得他没有与理查逊和菲尔丁的方法之间

---

① 原著脚注:*Principles of Mathematics* (London, 1937), pp. 358 – 360.

达成一种和解，反而是颠覆了他们的方法。然而不容置疑的是，他至少是沿着他们开启的叙事方向进行创作的。他在《项狄传》里延续了这种风格，并且把它扩展到主题和人物塑造方面，尽管他的方式有点似是而非。例如，斯特恩的一个主题就与理查逊的核心思想非常相似：托比大叔和克拉丽莎一样，体现的是18世纪理想善行的概念；同时，菲尔丁对理查逊的批评也甚为含蓄，因为菲尔丁将斯特恩通过男性来体现性美德的做法与韦德曼寡妇眼中的那个恶棍洛弗莱斯放在一起进行对比。在人物塑造方面，《项狄传》非常个性化地将理查逊和菲尔丁各自强调的重点结合起来。从表面看来，由于主人公的意识是情节发生的场地，因此似乎应该将斯特恩归类为主张用内在、主观的方法表现角色的典型代表，这种内在和主观的方法通常伴随着细腻的个性描写。然而实际上，尽管作者在描述故事主要人物的行为时通常会刻意关注他们思想和行为的每一次曲折变化，但从根本上来说，这些人物本身属于一般的社会类型和心理类型，这一点很符合菲尔丁的分类方式。

另外，《项狄传》表明，作者有权利要求，如果对他的小说所呈现的生活画面进行评价，绝对不能减损其表面的真实性。同样，塑造角色的内外部手段之间并没有绝对的分水岭。这个问题具有相当重要的普遍意义，因为这种绝对区分"自然角色"和"风俗角色"的倾向是18世纪的一种表现形式，这种倾向将小说中的"现实主义"等同于重视社会而非个体，并且将那些探索人物内心世界的小说家视为游离于主流现实主义传统之外的小说家。不可否认的是，区别人物塑造方法十分重要，同时也不难理解，法国现实主义文学视角就深刻地影响了我们对现实主义这个术语的认识。我们甚至会认为，如果巴尔扎克是一位"现实主义者"，那么我们就得用别的术语来形容普鲁斯特。但是，如果我们还记得叙事方法的这些差异只是侧重点的差异而非类型方面的不同，而且这些叙事方法都是为形式现实主义或表象现实主义的共同目标服务的（如上所述，二者总体上都是小说体裁的典型特征），那么小说传统的基础连续性就会变得更加清晰。

从认识论的角度来看，这个特别的批评问题有一个极其相近的对应

第十章　现实主义和后续传统：后记

词——二元对立。值得注意的是，自现代哲学现实主义的创始人笛卡尔提出二元论问题以来，二元论就成为过去三个世纪思想界的一个特色概念。二元论与现实主义这两个哲学问题之间的确是紧密相关的，因为17世纪的哲学认识论有一个明显的倾向，即将注意力集中在个人头脑如何认识自身外部的事物这个问题上。但是，尽管二元论夸大了看待现实的不同方式之间的对立，但实际上还不至于完全排斥现实，不管是自我现实还是外部世界的现实。同样，尽管不同的小说家对意识的内在和外在对象给予不同程度的重视，但他们从未完全拒绝过任何一方。相反，他们探究的基本条件是由叙事的二元对等性决定的，即由个体与环境之间的关系的性质决定的。

在小说家的主观取向与外在取向之间，笛福似乎占据着非常中心的位置。笛福在小说中对形式现实主义的运用使个体自我和物质世界获得了更多的现实性，远远胜过以前的虚构小说。的确，他的叙事视角亦即自传回忆录的视角，似乎非常适合反映内在世界与外在世界之间的一种张力。这个事实表明，如果恰当运用笛卡尔对感知性个体自我的观点，就有可能更加清晰地描绘外部世界和内心世界。

当然，后来的小说家采用截然不同的方法来表现这种二元性。有意义的是，即使那些自理查逊以来一直强调主观和心理方向的人，他们也在开拓形式现实主义的可能性和社会摹形这两个方面做出了巨大的贡献。例如，在普鲁斯特的贡献中，就有一份有关笛卡尔自省的文献。这份自省文献就像叙述者回忆自己的内心世界一样，清晰地揭示了第三共和国的外部世界。亨利·詹姆斯获得的技术性胜利则可以看作是一种巧妙操控这个二元对立的结果。阅读他后来的小说时，读者会沉浸在一个或多个角色的主观意识中，并站在一个有意选择的不利的观察点上斜着探视或讽刺性地揭示外部社会现实的各种乱象，如对金钱、阶级和文化的疯狂，这些都是主观经验的终极决定因素，几乎不会引起当事人的注意，只有读者在读完故事后才会恍然大悟。乔伊斯的《尤利西斯》在许多方面代表了小说发展的巅峰，因而也是处理二元对立问题的巅峰之作。在最后两卷中，作者对莫莉·布鲁姆的白日梦以及她整理登记丈夫抽屉里各种物件的生动描写，就是根据主客观二元对立的思路来调整叙事方式的典型代表。

斯特恩的例子，以及哲学二元论的类比，似乎为这种观点提供了依据，即理查逊和菲尔丁的小说叙事方法有两大主要区别，但这些区别所展示的绝不是两种截然相反的不可调和的小说表现形式，而是两种对比强烈的解决方案，针对的是贯穿整个小说传统的问题。实际上，这两种方案之间的明显差异可以和谐地统一起来。可以说只有实现这种和谐，小说体裁本身才能走向全面成熟。简·奥斯汀之所以在英国小说传统中享有如此显赫的地位，很有可能就是因为她成功地解决了这个问题。

在这方面，还有其他方面，简·奥斯汀继承了范妮·伯尼的衣钵。范妮·伯尼本人绝不是一位不起眼的人物，正是她将理查逊和菲尔丁各自的才华对小说产生的巨大影响结合起来。两位女性作家都效法理查逊——就是那位在《查尔斯·格兰迪森爵士》中把家庭冲突表现得不是那么激烈的理查逊——用一种细腻的手法表现日常生活。同时，范妮·伯尼和简·奥斯汀也效法菲尔丁，对叙事材料采取更加超然的态度，以一种喜剧和客观的视角来评论叙事材料。正是在这方面，简·奥斯汀的艺术才华得到了充分体现，她放弃扮演叙述者角色，既不当笛福那样的回忆录作者，也不当理查逊那样的书信体作者——这很可能是因为这两个角色使得评论和评估的自由度难以把控——而是以真诚的作者身份，按照菲尔丁的方式讲述自己的故事。简·奥斯汀虽然改变了动辄发表议论的叙述者的角色，不过她十分审慎，所以基本上没有影响到其叙事的真实性。她对人物及其内心状态的分析、她对动机和情境的讽刺性并置，其尖锐程度绝不亚于菲尔丁，但这些分析和并置看上去并不像是出自一位喜欢干预的作家之手，而是出自严肃而非人化的、同时深刻洞悉社会和人类内心世界的某种精神之手。

同时，简·奥斯汀灵活改变她的叙事视角，不仅为读者提供了编辑式的评论，而且还像笛福和理查逊那样尽可能在心理上接近人物的主观世界。在她的小说中，通常总有一个人物，其意识被赋予一种默认的特权，其精神生活比其他人物描写得更加完整。例如，在《傲慢与偏见》

第十章　现实主义和后续传统：后记

(1813)中，故事基本上是从女主人公伊丽莎白·班内特的角度讲述的。不过，这个身份总是被叙述者的另一个角色牵制着（叙述者同时还扮演一个冷静分析者的角色），这样读者就不至于失去对小说整体的批判意识。同样的叙述视角在《艾玛》（1816）中运用得炉火纯青。这部小说不仅保留了菲尔丁传达社会整体感的独特优点，而且还结合了亨利·詹姆斯的某些才能，即将小说主要的结构置于人物不断增强的意识之中，再让人物来讲述故事，随着读者对故事叙述者的复杂个性和情境的认识不断增强，小说结构的连续性随之得以实现。奥斯汀呈现艾玛·伍德豪斯内心世界的手法很有一种逐渐展开的戏剧特色，这与詹姆斯呈现梅西·法朗吉或者兰姆伯特·斯特雷特内心世界的做法很相像。

总之，必须看到，简·奥斯汀的小说为这两个普遍的叙事问题找到了最成功的解决方案，而理查逊和菲尔丁为这两个问题仅仅提供了部分答案。简·奥斯汀不仅能够将现实主义的表现形式和现实主义的评论形式的优点融为一体，而且还将表现人物的内在手段和外在手段的优点融为一体。她的小说真实而不累赘，既有对社会的睿智评论，却没有谎言或者杂文作者的喋喋不休；又有社会秩序感，却没有牺牲人物的个性和自主权。

简·奥斯汀的小说也代表了18世纪小说在其他许多方面所取得的最高成就。尽管她的小说主题与笛福、理查逊和菲尔丁的主题存在一些明显的差异，但仍然在很大程度上继承了他们三位特色鲜明的主题风格。例如，比起笛福来，简·奥斯汀更能直接面对经济个人主义和中产阶级为了改善其社会地位而引发的一系列社会和道德问题；她效仿理查逊，以婚姻尤其是女性在婚姻中的合适角色为基础来创作小说；她针对社会体系规范描绘的终极画卷与菲尔丁的很相似，尽管她将其运用于人物以及人物处境时通常会更加严肃，更加注意区别对待。

简·奥斯汀的小说在另一种意义上也具有代表性。正如我们所见，女性在文学舞台上扮演着越来越重要的角色，她的小说正是对于这一过程的一种反映。虽然18世纪的小说大多数是由女性撰写的，但是长期以来，这个论断所凭借的事实纯粹是一种数量上的优势。简·奥斯汀完成了范妮·伯尼开创的事业，并在一个更为重要的方面向男性特权提出了挑战。她的例子表明,女性的敏感性在某种程度上更适合揭示人际关系的复杂性,因此她们在小说领域具有真正的优势。女性之所以在人际关系领域具有越来越强的控制力,其原因颇费口舌,难以细述,不过约翰·斯图尔特·密尔①的话可能道出了个中原委:"女性从社会中获得的所有教育都给她们灌输了这样一种思想:与她们联系在一起的那些个体,是她们承担责任的唯一对象。"② 至于这一点与小说之间的联系,自然毋庸置疑。例如,亨利·詹姆斯在一篇审慎节制、别具特色的颂词中就间接暗示道:"女性是细致耐心的观察者。可以说,她们的鼻子紧贴生活的纹理,她们用个人技巧来感知现实,她们的观察记录在千百部令人赏心悦目的书卷中。"③ 在更为广泛的意义上,詹姆斯还将现代文明中"小说极其显赫的地位"与"女性态度中极其显赫的地位"相提并论。④

在简·奥斯汀、范妮·伯尼和乔治·艾略特的作品中,女性视角的优势也超越了社会视野的限制,这种限制直到现在依然存在,依然与女性视角发生着关联。同时,在阅读小说的大众当中,女性读者占据主导性地位,这一点无疑与小说形式赖于立足的弱点和虚构性特质不可避免地联系在一起。这种形式往往将其心理和心智辨别的运作领域限制在任意选择的、为数不多的人类情境中。除少数几位作家以外,这种限制影响了自菲尔丁以来所有的英语小说作品,其限制的方面包括经验框架和社会应允的态度等。

因此,无论是在叙事方法还是社会背景方面,18 世纪初期的小说家与其主要的继承者之间都存在一种真正的连续性。这样看来,尽管我

---

① 约翰·斯图尔特·密尔,也译作约翰·斯图尔特·穆勒(John Stuart Mill,1806—1873),英国著名哲学家和经济学家,19 世纪很有影响力的古典自由主义思想家。——译者据维基百科注

② 原著脚注:*The Subjection of Women* (London,1924),p. 105.

③ 原著脚注:'Anthony Trollope', *Partial Portraits* (London,1888),p. 50. One comparative study of conversations showed that 37 per cent of women's conversations were about persons as against 16 per cent of men's [M. H. Landis and H. E. Burtt,'A Study of Conversations', *J. Comp. Psychology*,IV (1924),81 - 89].

④ 原著脚注:'Mrs. Humphry Ward', *Essays in London* (London,1893),p. 265.

第十章　现实主义和后续传统：后记

们不能确切地定义18世纪的小说流派，但如果采用一种更加宽广的视野，将这个时候的小说家与先前的小说家或国外的当代作家进行比较，我们就能看到他们形成了一种文学运动，其中的成员具有很多共同之处。对于19世纪初期的小说评论家来说，这种纽带关系不言自明。例如，哈兹利特[1]就认为，理查逊、菲尔丁和斯特恩极为相似，因为他们前所未有地忠实于"真实的人性"。[2] 这种家族式相似性在国外看得更清楚。乔治·圣兹伯里指出，在整个18世纪的法国，文学与小说中的生活之间的关系依然非常疏远，非常刻板[3]，因此自18世纪中叶已降，英语小说这一体裁就轻而易举地获得了至尊地位，其中的代表人物有菲尔丁、斯特恩，尤其是理查逊等。狄德罗甚至希望能找到某个新名称，用以区分理查逊的小说和法国本土的"传奇小说"。[4] 事实上，与国外的同时代作家相比，理查逊和菲尔丁显得更加现实，因此对于许多法国和德国读者而言，这两位作家之间的巨大差异就显得无关紧要。[5]

法国作家一方面证明18世纪英国小说的至尊地位，另一方面还对这种现象做出解释，他们的解释实质上与上述社会变革同小说形式兴起之间的各种关系基本吻合。因此，作为在更大的社会背景下对小说进行的首次重要研究，德·斯达尔夫人的《从文学与社会制度的关系论文学》(*De la littérature, considérée dans ses rapports avec les institutions sociales*，1800)已经论及我们本次研究的许多要素[6]，而德·博

---

[1] 威廉·哈兹利特（William Hazlitt，1778—1830），英国散文家、戏剧和文学评论家、画家、社会评论家和哲学家，被认为是英语史上最伟大的评论家和散文学家之一。——译者据维基百科注

[2] 原著脚注：See Charles I. Patterson, 'William Hazlitt as a Critic of Prose Fiction', *PMLA*, LXVIII (1953), 1010.

[3] 原著脚注：*History of the French Novel* (London, 1917), I, 469.

[4] 原著脚注：*Œuvres*, ed. Billy, p. 1089.

[5] 原著脚注：See, for example, L. M. Price, *English Literature in Germany* (Berkeley and Los Angeles, 1953), p. 180.

[6] 原著脚注：See especially Part I, ch. 15: 'De l'imagination des Anglais dans leurs poésies et leurs romans'.

纳尔德①似乎是第一位使用"文学是社会的表现"这一术语的评论家，他在《论文体和文学》（Du style et de la littérature，1806）中描绘了一幅极为相似的图景，用以揭示英语小说公认的占有杰出地位的历史原因。他理所当然地认为，小说在本质上是关于个人生活和家庭生活的作品，因此在一个十分注重家庭生活且在高雅文学中被描绘得十分拙劣的商业资产阶级的城市社会里，家庭体裁的文学形式能够大获成功，这一点再自然不过。②

　　法国文学的路径从另一方面证实了社会因素和文学因素的重要性，这些因素同早期英国小说发展之间的关系本文已经进行了论述。在法国，只有在法国大革命③将法国中产阶级推向社会和文学权力的地位之后，由巴尔扎克和司汤达开启的法国小说才迎来了它的第一个全盛时期。而英国资产阶级早在一个世纪之前，在1689年英国光荣革命时期就已经获得了这种地位。在欧洲小说传统中，假如巴尔扎克和司汤达比任何18世纪的英国小说家享有更高的声望，一部分原因是他们享有更加有利的历史条件：不仅因为他们所关注的社会变革同英国相比得到了更加富有戏剧性的表达，而且还因为在文学方面他们除了受益于他们的英国前辈之外，还受益于文学批评的气候，这种气候比新古典主义时期更有利于形式现实主义的发展。

　　当前的部分论点是，小说与一般文学形势和知识形势之间的关系远比人们通常所认识的要密切得多，法国第一批伟大的现实主义作家与浪漫主义之间的紧密联系就是一个很好的例子。当然，浪漫主义的特点是强调个人主义和独创性，这二者首次在小说中得到了表达。许多浪漫主义作家在表达自己的观点时极力抨击古典主义批判理论中那些对形式现实主义有害的元素。例如，华兹华斯在《抒情歌谣集》"序言"（1800）

---

① 路易斯·德·博纳尔德（Louis de Bonald，1754—1840），是几本极富原创性的政治哲学著作的作者，对现代社会学思想产生了深远影响。——译者据维基百科注
② 原著脚注：Œuvres complètes（Paris，1864），III，col. 1000.
③ 法国大革命（French Revolution，1789年5月5日—1799年11月9日）是法国经历的一段社会激进与政治动荡时期，对于法国以及欧洲的历史产生了深刻而广泛的影响。——译者据维基百科注

中宣称，作家必须密切"关注其表现对象"，必须用"人们的真实语言"表现普通人的生活经验。而法国作家同文学传统的决裂在《埃尔纳尼》（*Hernani*，1830）中得到了最富戏剧性的表达，在这部作品中，维克多·雨果公开蔑视那些限制文学表现方式的神圣法则。

　　这些都是18世纪初期的小说家提出的一些更为宏大的文学视野。与简·奥斯汀、巴尔扎克和司汤达相比，笛福、理查逊和菲尔丁在表现技巧方面确实有相当明显的弱点，但从历史的角度来看，他们具有两方面的重要价值：一个显而易见的价值是，他们为创立主宰过去两个世纪的文学形式做出了重大贡献；同样重要的一个价值在于这样一个无可争辩的事实，即他们本质上都是独立的创新者，他们各自的小说为这种普遍形式提供了三种个性鲜明的形象，相当完整地概括了此后小说传统的多样性本质。当然，他们也对我们提出了更为绝对的要求。跟其他任何文学体裁相比，也许只有小说才能让生活质量来弥补艺术缺陷。毫无疑问，与许多后来拥有更加成熟的创作技巧的小说家相比，笛福、理查逊和菲尔丁为自己赢得了更加经久不衰的文学声誉，他们完整而令人信服地表达自己对于生活的感受，这一点弥足珍贵，对此我们深表谢意。

索引*

书名不是按照常规单独建立索引,而是跟在作者姓名之后;小说人物、编辑、编撰人、著作版次以及现代期刊则不是依此建立索引。

Aaron R. I., *The Theory of Universals*, 12 n.

Ackermann, Rudolph, *Microcosm of London*, 218 n.

Addison, Joseph, 29, 52, 61, 151, 171; death-bed speech, 218; *Guardian*, 169, quoted, 43; *Spectator*, 36, 216, quoted on Homer, 246, on London, 178

Adventurer, The, quoted, 58

Aeschylus, 23

Aesop, 163

Alchemist, The, 269

Aldridge, A. O., 'Polygamy and Deism', 147 n.; 'Polygamy in Early Fiction...', 147n.

Allen, Ralph, 285

Allestree, Richard, author (?) of *The Ladies' Calling*, quoted, 144

Amory, Thomas, *Life of John Buncle*, 147

Anderson, Paul B., 'Thomas Gordon and John Mottley, *A Trip through London*, 1728', 180 n.

Applebee's Journal, quoted, 53, 77-8, 241, 244

Apuleius, *The Golden Ass*, 33

Aristophanes, 256

Aristotle, 15, 79, 156, 168, 201-2, 248, 249, 250, 254, 271, 273, 274, 280, 283; *Metaphysics*, 21 n.; *Poetics*, 250, quoted, 19, 107, 251 n., 257, 271, 286; *Politics*, 196, quoted, 87; *Posterior Analytics*, 16 n.

Arnold, Matthew, 43, 176

Astell, Mary, *A Serious Proposal to the Ladies*, 145

Aucassin and Nicolette, 33

Auerbach, Erich, *Mimesis: The Representation of Reality in Western Literature*, 79

Augustanism, 28-30, 52, 194, 260; and see under Critical tradition, Neo-classicism

Austen, Jane, 130, 145, 185, 220, 280, 301; place in the tradition of the novel, 296-9; *Emma*, 297; *Northanger Abbey*, 163; *Pride and Prejudice*, 297

---

* 索引中的页码是英文版原书页码,即本书边码。

索引

Austen-Leigh, R. A., 'William Strahan and His Ledgers', 37 n.

Authorship in the eighteenth century, 52-9, 99, 101, 290, 298-9

Autobiography, 191, 209, 292; in memoir, compared to epistolary, form, 192-3; and Puritanism, 75; imitated in Defoe's novels, 100-1, 107, 295; difficulties of, as formal basis of *Moll Flanders*, 113-17; *Robinson Crusoe* as autobiographical, 90-1

Bachelors, 146-7

Bachelor's Soliloquy, The, quoted, 147

Bacon, Francis, *Advancement of Learning*, 62

Baird, Theodore, 'The Time Scheme of *Tristram Shandy* and a Source', 292 n.

Balzac, Honoré de, 27, 30, 180, 294, 300, 301; *Les Illusions perdues*, quoted, on Clarissa, 212; *Le Père Goriot*, 27, 94 (Rastignac)

Barbauld, Mrs. Anna Laetitia, 83 n., 288; 'Life' prefixed to her edition of Richardson Correspondence, quoted, on Defoe and Richardson, 175-6, on Richardson as realist, 17

Baxter, Reverend Richard, 103; on prose style, quoted, 102; *Reliquiae Baxterianae*, quoted, 102

Behn, Aphra, 19, 33

Beloff, Max, *Public Order and Public Disturbances 1660-1714*, 178

Bennett, Arnold, 133

Bentley, Richard, 241

Berkeley, George, Bishop of Cloyne, 18; *Three Dialogues Between Hylas and Philonous*, quoted, 16

Bernbaum, Ernest, *The Mary Carleton Narratives, 1663-1673*, 106

Besant, Sir Walter, *London Life in the Eighteenth Century*, 182 n., 218 n.

Bible, The, 76

Biography, 191-2; Defoe's regard for, 107; rogue biographies and *Moll Flanders*, 106, and see under Autobiography

Bishop, John Peale, on *Moll Flanders*, error in dating, 129; praise of, 118

Black, F. G., *The Epistolary Novel in the Late Eighteenth Century*, 191n.

Blackwell, Thomas, *Enquiry into the Life and Writings of Homer*, 245-6 253

Blair, Robert, *The Grave*, 217

Blake, William, 'On Homer's Poetry', quoted, 243

Blanchard, F. T., *Fielding the Novelist: A Study in Historical Criticism*, 260 n. quoted, 269, 273, 279, 288

Block, Andrew, *The English Novel, 1740-1850. A Catalogue...*, 290 n.

Boccaccio, *Decameron*, compared to *Pamela*, 203-4

Bolton, Robert, Dean of Carlisle, *Essays on the Employment of Time*, quoted, 46

De Bonald, *Du style et de la littérature*, 300

Bonar, James, *Theories of Population from Raleigh to Arthur Young*, 147 n.

Books, output of, 36-7; prices of, 41-3

Booksellers, concentrated in London, 178; literary influence of, 53-9, 290; power and status of, 52-5

Boswell, James, as writer of confessional autobiography, 75; *Life of Johnson*, quoted: Boswell on Fielding as moralist, 283; Johnson's comparison between Fielding and Richardson, 261; Johnson's views on marriage, 164

Botsford, J. B., *English Society in the Eighteenth Century*, 147 n.

Bradford, Governor William, *History of Plymouth Plantation*, 82

Bradshaigh, Lady Dorothy, 246, 247; letters from Richardson to, 217; quoted, 183-4, 194, 243

Bray, René, *La Formation de la doctrine classique en France*, 249 n.

Brontë, Charlotte, *Jane Eyre*, 231

Brontë, Emily, *Wuthering Heights*, 231

Brooke, Henry, *Collection of Pieces*, quoted, 165

Broome, William, 241

Bunyan, John 19, 26, 33, 80, 83, 84; *Grace Abounding*, 75; *Life and Death of Mr. Badman*, 19, 31, quoted, 143; *The Pilgrim's Progress*, 24, great popularity of, 50

Burch, Charles E., 'British Criticism of Defoe as a Novelist, 1719-1860', 132 n.

Burke, Edmund, on size of reading public, 36

Burnet, Gilbert, *History of His Own Time*, 20

Burney, Fanny, 290; and Jane Austen, 296, 298; and feminine point of view, 299; *Diary*, quoted, 43

—307

Burridge, Richard, *A New Review of London*, 180 n.
Burtt, H. E., and Landis M. H., 'A Study of Conversations', 298 n.
Butler, Bishop Joseph, 18
Butler, J. D., 'British Convicts Shipped to American Colonies', 96 n.

Calvin, John, 75, 160
Calvinism, 73-6, 85, 90-2
Camus, Albert, *La Peste*, 133
Capital, modern industrial, and Robinson Crusoe, 60-70
Carlson, Lennart, *The First Magazine*, 52 n.
Carlyle, 'Burns', quoted, 33
Carpenter, Edward, *Thomas Sherlock*, 36 n., quoted, 179
Carter, Elizabeth, 145
Cary, Joyce, *Herself Surprised*, 118
Cassandra (La Calprenède), 250
Cassirer, Ernst, 'Raum und Zeit', *Das Erkenntnisproblem*..., 24 n.
Cave, Edward, and *Gentleman's Magazine*, 51-2
Cervantes, *Don Quixote*, 85-6, 133, 197, 205, 251
Chadwick, H. M., and N. K., *The Growth of Literature*, 243 n.
Chambers, Ephraim, *Cyclopaedia*, 55
Chapone, Mrs., 153; *Posthumous Works*, quoted, 58
Characterisation, in formal realism, 18-27; in Defoe, 71, 76, 78, 88, 90-92, 108-18, 124-5; in Fielding, 264-5, 270-6, 278-80; in Richardson, 168-71, 211-15, 218-19, 225-9, 231-8, 266-8, 270, 272, 275
'Characters of nature' and 'characters of manners', 261, 272, 294
Chaucer, Geoffrey, 14, 33; *Franklin's Tale*, 137; *Troilus and Criseyde*, 160, 171
Chesterfield, Lord, Letter to David Mallet, quoted, 195
Cheyne, Dr. George, Richardson defends *Pamela* to, 152; *Letters of Doctor George Cheyne to Richardson, 1738-1743*, quoted: on booksellers, 54, 57; on Richardson's 'nervous hyp', 184, on indecencies in *Pamela*, 202
Cibber, Colley, 157
Circulating libraries, 52, 55, 145; Coleridge quoted on their devotees, 200; and the novel, 290; rise of, 42-3

Clare, John, 39
Clark, Alice, *Working Life of Women in the Seventeenth Century*, 142 n.
Clark, G. N., *The Later Stuarts, 1660-1714*, 24 n.
Clarke, Lowther, *Eighteenth Century Piety*, 143 n.
Class, social, and literary genre, 79, 158-9, 165-7; and Puritanism, 77, 166; and sexual ideology, 158-9, 162-3, 165-7, 220-4; in Defoe, 78, 114-15, 121, 131, 240, 269; in Fielding, 269-71, 275; in Richardson, 165-7, 213, 220-4, 238, 244-5, 269; and see under Middle-class
Clelia (Madeleine de Scudéry), 250
Cleopatra (La Calprenède), 250
Cobbett, William, *Parliamentary History*, 150 n.
Coleridge, Samuel Taylor, 93; on *Robinson Crusoe*, 119-20; quoted: 26; on circulating libraries, 200; on *Faerie Queene*, 23; on Richardson, 288; on *Robinson Crusoe*, 78; on *Tatler* and *Spectator*, 163; on *Tom Jones*, 269, 273, 279
Collier, Jane, *Essay on the Art of Ingeniously Tormenting*, quoted, on Clarissa, 223, on spinsters, 145
Collier, Jeremy, *Short View of the Profaneness and Immorality of the English Stage*, 158-9, quoted, 162-163
Collins, A. S., *Authorship in the days of Johnson*, 36 n.; *The Profession of Letters*, 36 n.
Congreve, William, *The Way of the World*, 169
Cooke, Arthur L., 'Henry Fielding and the Writers of Heroic Romance', 249 n.
Corbett, Sir Charles, bookseller, 53
Covent Garden Journal, The, quoted, 255
Cowper, William, 147
Crane, R. S., 'The Concept of Plot and the Plot of *Tom Jones*', quoted, 287
Criminality, and individualism, 94-96; and secularisation, 128; in *Moll Flanders*, 110-15
Critical Remarks on Sir Charles Grandison, Clarissa and Pamela, quoted, 172, 182, 194-5
Critical tradition, classical and neoclassical: and the booksellers, 52-59; and formal realism, 14-30, 33, 285-6, 301; and the novel, 30, 205-206, 301; and Defoe, 49, 57-8, 99, 101, 240-2; and Fielding, 54, 56, 58, 239, 248-50, 257-9, 260-2, 268-275, 285-9; and

Richardson, 49, 57-8, 176, 193-5, 219, 242-8
Cross, Wilbur L., *History of Henry Fielding*, 20 n., 25 n., 55 n., 251 n.
Croxall, Reverend Samuel, *A Select Collection of Novels and Histories in Six Volumes*, quoted, 49

Dante, *Divina Commedia*, 79
D'Aubignac, 241
Davenant, Charles, 146
Davis, A. P., *Isaac Watts*, quoted, 56
Du Deffand, Madame, quoted, on *Pamela*, 153
Defoe, Daniel, 9, 12, 15, 20, 27, 28, 52, 60-134 *passim*, 135, 141, 159, 175, 185, 186, 189, 192, 208, 209, 219, 248, 256, 257, 269, 270, 280, 281, 288, 291, 292, 296, 297, 298, 301; and biography, 90-1, 100-1, 106-7; personal character, 90; confusion of material and spiritual values, 73, 82-3, 118-19; and the critical tradition, 33, 57-8, 240-2; and devotional literature, 50; his heroes, 78; and individualism, 57, 62, 65-92; as Londoner, 180-3, 186; use of milieu, 26; his names, 19, 20, 105; on old maids, 144; on oral tradition, 241; and personal relationships, 65-70, 92, 109-12; his plots, 14, 104-8; his prose style, 29, 30, 100-4; and reading public, 49-50, 57-9; his formal realism, 11, 17, 32-4, 74, 84-5, 104, 129-31, 175; his religion, 75-6, 77-8; his reputation, 93, 132-4, 242; and sex, 67-9, 114, 159, 161, 165; and social classes, 40, 59, 65, 76-80, 114-15, 121, 131, 240, 269; and time, 24, 116-17; on writing, 57, 99, 241

    Criticism of:
        by Mrs. Barbauld, 175-6; by John Peale Bishop, 118, 129; by Camus, 133; by Coleridge, 93, 119-20; by Dickens, 68; by Bonamy Dobrée, 126-7; by E. M. Forster, 108, 133; by D. H. Lawrence, 185; by F. R. Leavis, 93; by Malraux, 133; by William Minto, 93; by Clara Reeves, 93-4; by Rousseau, 86; by Mark Schorer, 93; by Leslie Stephen, 93, 103, 108; by Reed Whittemore, 128; by Virginia Woolf, 93, 120, 133

    Works:
        Applebee's Journal, quoted: on literature as a trade, 53; on Marlborough's funeral, 77-8; on Pope's *Homer*, 241; on true courage, 244

Augusta Triumphans, 180-1
Captain Singleton, 63, 65
The Case of Protestant Dissenters in Carolina, quoted, 73
Colonel Jacque, 63, 65, 78, 94, 96; quoted, 165
The Complete English Tradesman, quoted, 143; editor of 1738 edition quoted, 57; editor of 1839 edition quoted, 186
The Dumb Philosopher, quoted, 73
An Essay upon Literature, 240-1
An Essay upon Projects, 145
The Family Instructor, 50, 66
The Felonious Treaty, quoted, 240
The History and Reality of Apparitions, quoted, 242
A Journal of Plague Year, 94
Life of Mr. Duncan Campbell, quoted, 107, 240
Memoirs of a Cavalier, Preface, quoted, 104
Mist's Journal, quoted, 240
Moll Flanders, 11, 19, 26, 29, 93 134 passim, 188, 208, 215, 219; heroine's character, 108-11, 112-15, 116-18, 124-5, 132, 179, 186, 188; and economic individualism, 63, 65, 66, 111-12, 114-15, 124-5; inconsistencies in, 98-9, 112, 116-17; irony in, 97-8, 118 130; and love, 109-12, 121, 165; and marriage, 116-17, 143; possible models for, 106-107; moral aim of, 98, 115-118, 123 -6, 131-2; narrative method in, 96-104, 130-1; and Defoe's other novels, 93-96; personal relationships in, 108-12, 133-4; plot of, 99-100, 104-8, 112, 131-2; point of view in, 116-18, 126-7, 131-2; psychology in, 108-15, 123; and urban outlook of heroine, 179; quoted, 66
A Plan of the English Commerce, 66
The Poor Man's Plea, quoted, 158
Religious Courtship, 155
A Reply to a Pamphlet, Entitled 'The Lord Haversham's Vindication of His Speech...', quoted, 90

The Review, 40; influence of on Defoe's development, 103-4; quoted, 63, 67, 103, 161, 240

Robinson Crusoe (in general, or the trilogy as a whole), 17, 19, 62-92 passim; as autobiographical, 90; characterisation in, 71, 76, 78, 88, 90-2; and dignity of labour, 73-4; and economic individualism, 63-71; and economic specialisation, 71-2; moral and spiritual issues in, 76-83, 90-1, 128; as myth, 85-9; and personal relationships, 64-71, 88-92, 111; price of, 41, 81; and Puritanism, 74-8, 80-5; and secularisation, 80-5, 128; serialised, 42; similarities to *Moll Flanders*, 93-6

The Life and Strange Surprising Adventures of Robinson Crusoe, success of, 89; quoted, 63, 68, 69, 70, 71, 72, 87

Farther Adventures..., 89; quoted, 66, 68, 69

Serious Reflections during the Life and Surprising Adventures of Robinson Crusoe, 69, 70 n., 89-92, 120; quoted, 80-1, 82, 89, 90, 91

Roxana, 19, 63, 65, 93, 94, 105; quoted, 142

The Shortest Way with Dissenters, 126-7

The Storm, 240; quoted, 103

A System of Magic, quoted, 242

The True-Born Englishman, Preface, quoted, 99

A True Collection.., quoted, 125

The True Relation of the Apparition of Mrs. Veal, 103, 217

De la Mare, Walter, *Desert Islands and Robinson Crusoe*, 66

Delany, Mrs. Mary, 142, 183; *Autobiography and Correspondence*, quoted, 160

Delany, Dr. Patrick, 160; *Reflections upon Polygamy*, quoted, 148

Deloney, Thomas, 183

Dennis, John, quoted: on imagery, 29; on love and bawdy, 203; on rape in tragedy, 227-8

Dent, Arthur, *Plain Man's Pathway to Heaven*, 80

Descartes, 12, 15, 16, 18, 91; his dualism, 295; *Discourse on Method*, 13; *Meditations*, 13

Dickens, Charles, 259; *David Copperfield*, 280; quoted, on Defoe, 68

Dickson, F. S., on *Tom Jones*, 25 n.

Diderot, *Éloge de Richardson*, 299, quoted, 201, 235; *Le Neveu de Rameau*, 235

Dignity of labour, 72-4

Division of labour, 44-5, 71-2

Dobrée, Bonamy, 'Some Aspects of Defoe's Prose', quoted, 126-7

Dobson, Austin, *Samuel Richardson*, 150 n., 199 n.

Doddridge, Philip, *Diary and Correspondence*, 51 n.

Dodsley, Robert, 53

Don Juan, 85-6

Donne, John, 61

Donnellan, Mrs. Anne, letter comparing Fielding and Richardson, quoted, 184

Don Quixote, 85-6

Dostoevsky, 30; *Brothers Karamazov*, 84; *The Idiot*, 133

Downs, B. W., *Richardson*, 272, quoted, 184, 216

Draper, John W., *The Funeral Elegy and the Rise of English Romanticism*, 217

Dreiser, Theodore, 180, 219

Drelincourt, Charles, 218; *On Death*, 217

Dryden, John, 61, 79

Dualism, in philosophy and the novel, 294-7

Duck, Stephen, 39; *Poems on Several Occasions*, quoted, on education, 39

Dudden, F. H., *Henry Fielding*, 269 n.

Dunton John, *The Ladies' Mercury*, 151; *The Night Walker: or, Evening Rambles in Search after Lewd Women*, 128

Duranty, 10

Durkheim, *De la division du travail social*, 89; 'La Famille conjugale', 139

Ebeling, Herman J., 'The Word Anachronism', 23

Eclectic Review, The, on Richardson, quoted, 216

Economic individualism, see under Individualism

Education, 37-40

Edwards, Thomas, on Fielding and Richardson, quoted, 286

Eliot, George, 299; *Middlemarch*, 225; as Puritan, 85; quoted, 248

Eliot, T. S., '*Ulysses*, Order and Myth', quoted, 255-6

Elistratov, Anna, 'Fielding's Realism', 270

Elledge, Scott, 'The Background and Development in English Criticism of the Theories of Generality and Particularity', 17 n.

Engels, quoted, 178 n.

Ephesian matron, 10

Epic, and the novel, 239-39; and see under Defoe, Fielding, Homer and Richardson

Epistolary form, see under Letter writing

Essay on the New Species of Writing Founded by Mr. Fielding, quoted, 20, 287

Euphues, 193

Euripides, 135

Evans, A. W., *Warburton and the Warburtonians*, quoted, 83

Fabliau, 10

Family, the, 139-41, 178, 222; in Defoe, 50, 65-7, 110, 155; in Richardson, 215, 220-4

Faust, 85-6

Felton, Henry, 242

Female Spectator, The, 151

Female Tatler, The, 151

Fénelon, archbishop of Cambrai, *Télémaque*, 249-50, 256

Fenton, Elijah, 241

Fielding, Henry, 9, 11, 20, 54, 55, 58, 93, 133, 146, 184-5, 219, 248-259, 261-89 passim, 290, 292, 296, 299, 300, 301; his characterisation, 264-5, 270-6, 278-80; and class, 269-71, 275; on commercialisation of letters, 54, 56; and the epic analogy, 248-59; on Fénelon's Télémaque, 249-50, 256; his humour, 281, 284; use of milieu, 27; and mock-heroic, 253-255, 257-8; as moralist, 280-8; his names, 19-20, 271-2; and neoclassicism, 248-9, 254-3, 257, 258, 260, 272-3, 288-9; his prose style, 29-30, 254-5, 257, 264, 268, 274; his realism of assessment, 288-9, 290-1, 293; his formal realism, 253, 256, 257, 294, 296, 297, 298; compared to Richardson, 260-89; on Richardson's Clarissa, 211, 235; on his Pamela, 25, 168-70; and sex, 277-9, 281-4; time in, 25

Criticism of:
by Boswell, 283; by Coleridge, 269, 279; by Mrs. Donnellan, 184; by Thomas Edwards, 286; by Anna Elistratov, 270; in Essay on the New Species of Writing Founded by Mr. Fielding, 20, 287; by Ford Madox Ford, 281-2; by Henry James, 287-8; by Johnson, 260-1, 280-1; by D. H. Lawrence, 185; by Monboddo, 255; by Richardson, 188; by Leslie Stephen, 283

Works:

Amelia, 180, 251n.; and *Aeneid*, 255-6; names in, 20; treatment of sexual problems in, 281; quoted, 56, 270

The Covent Garden Journal, 178 n., 256; quoted, 58, 248, 255

Jonathan Wilde, quoted, 284

Joseph Andrews, 208, 239, 256; comic epic in prose, 248-51; mock-heroic in, 253-4; Millar's price for, 55; quoted, 272

Journal of a Voyage to Lisbon, 287; 'Preface', preferring 'true history' to epic, 256-7

Shamela, 152, 168-9, 170, 202-3; quoted, 25, 153, 171

Tom Jones, 11, 144, 169, 215, 239, 260-89 passim; as comedy, 279, 282-4; and drama, 257-258; and epic, 251-3; irony in, 254-5, 263; use of milieu, 27; type names in, 20; narrative method, 276-8; plot of, 251-3, 268-71, 276, 278-80, 282-3; prose of, 29-30, 253-255; point of view in, 252-4, 285-8; publication of, 42; time scheme in, 25; quoted, 248, 251, 257

Tom Thumb, a Tragedy, 258

The True Patriot, quoted, 54

Preface to Sarah Fielding's *David Simple*, 251

Fielding, Sarah, *David Simple*, 186, 207, Fielding's Preface to, 251; *Ophelia*, quoted, 169

Filmer, Sir Robert, 150; his *Patriarcha*, 140

Flaubert, 10, 30, 130, 191; *Madame Bovary*, 205

Foerster, Donald M., *Homer in English Criticism*, 242 n., 243 n., 246

Ford, Ford Madox, *The English Novel from the Earliest Days to the Death of Conrad*, quoted, 281-2, 286

Forde, Daryll, joint-editor, *African Kinship Systems*, 139

Fordyce, James, *Sermons to Young Women*, quoted, 171

Forster, E. M., 133; *Aspects of the Novel*, 94, 108, 129, quoted, 22; *Howard's End*, quoted, 185

Forster, John, *Life of Charles Dickens*, quoted, 68 n.

Freud, Sigmund, 234; '"Civilised" Sexual Morality and Modern Nervousness', quoted, 228

Frye, Northrop, 'The Four Forms of Fiction', quoted, 22

Furetière, 11, 33

Galsworthy, John, 133

Gay, John, *The Beggar's Opera*, 95; *Trivia*, 180 n.

Generality, as opposed to particularity, in Fielding, 261, 264, 271-3; and see under Particularity

Gentleman's Magazine, The, 51-2; quoted, 145, 199

George, Mary D., *London Life in the 18th Century*, 41 n., 46, 182 n., 186 n.

Gibbon, Edward, 286

Gilboy, E. W., *Wages in 18th Century England*, 41 n.

Gildon, Charles, *Robinson Crusoe Examin'd and Criticis'd*, 69; quoted, 41, 81

Globe theatre, 42

Goethe, 176

Golden Ass, The, 33

Goldsmith, Oliver, 65, 95; *Citizen of the World*, 150, 217 n.; 'The Distresses of a Hired Writer', quoted, on commercialisation of literature, 53-4; *Enquiry into the Present State of Learning*, 56, quoted, on effect of bookseller's patronage, 56; 'Essay on Female Warriors', 147 n.; *The Good Natur'd Man*, quoted, 44; *The Traveller*, quoted, on individualism, 64

Gosling, Sir Francis, bookseller and banker, 53

Graham, Walter, *English Literary Periodicals*, 167 n.

Grainger, Miss, letter from Richardson to, quoted, 188, 212

Grand Cyrus, The (Madeleine de Scudéry), 250

Granville, George, *The She-Gallants*, quoted, 163

Gray, Thomas, 147

Green, T. H., 'Estimate of the Value and Influence of Works of Fiction in Modern Times', quoted, 22, 31, 51, 71

Gregory, Dr. John, *A Father's Legacy to His Daughters*, quoted, 169

Grew, Nehemiah, 146

Griffith, D. W., film-director, 25

Griffith, Mrs. Elizabeth, *Lady Barton*, quoted, 43

Grimmelshausen, 33

Grub Street, 54-7, 242

Grub Street Journal, The, quoted, 52

Guardian, The, 169; quoted, 43, 48-9, 157

Gückel, W., and Günther E., 'D. Defoes und J. Swifts Belesenheit und literarische Kritik', 70 n.

Günther, E., see under Gückel, W.

Habakkuk, H. J., 'English Land Ownership, 1680-1740', 41 n.; 'Marriage Settlements in the Eighteenth Century', 143 n.

Haller, William, *The Rise of Puritanism*, quoted, 82

Haller, William and Malleville, 'The Puritan Art of Love', quoted, 155

Hamlyn, Hilda M., 'Eighteenth Century Circulating Libraries in England', 43 n.

Hammond, J. L., and Barbara, *The Town Labourer, 1760-1832*, 39 n.

Hardwicke, Lord Chancellor (Philip Yorke), 149, 150 n., 285

Hardy, Thomas, 30

Harman, Thomas, *Caveat for Common Cursitors*, 106

Harrison, Frank Mott, 'Editions of Pilgrim's Progress', 50

Hasan, S. Z., *Realism*, 12 n.

Hayley, William, *Philosophical, Historical and Moral Essay on Old Maids*, 145

Haywood, Eliza, *The Female Spectator*, 151; *History of Miss Betsy Thoughtless*, 180, quoted, 159

Hazlitt, William, 299; *Lectures on the English Comic Writers*, quoted, on Richardson, 34

Head, Richard, 33

Heal, Ambrose, *The Numbering of Houses in London Streets*, 182 n.

Heberden, Dr., 152

Hegel, 176; *Philosophy of Fine Art*, 239

Heliodorus, Aethiopica, 28

Hemmings, F. W. J., *The Russian Novel in France, 1884-1914*, 83-4

Herodotus, 256

Hervey, James, *Meditations among the Tombs*, 217

Hesiod, 257

Highmore, Miss Susanna, letters of Richardson to, quoted, 152, 162, 245

Hill, Aaron, 246; letters to Richardson, quoted, 174, 201; letter from Richardson to, quoted, 208, 246

Historical outlook, of modern period and of novel, 21-4

Hobbes, Thomas, 16, 174; *Elements of Law*, 62 n.; *Leviathan*, quoted, 18, 128

Hodges, Sir James, bookseller, 53

Homer, 33, 41, 79, 286; Blackwell on, 245-6; Defoe on, 240-2; Fielding on, 249-56; Richardson on, 242-8; *Iliad*, 240, 245, 246, 249; *Margites*, 250; *Odyssey*, 68, 207, 241, 245, 249, 250, 256

Hone, Joseph, *Life of George Moore*, quoted, 137

Hopkinson, H. T., 'Robert Lovelace, The Romantic Cad', 214 n.

Horace, 240, 248, 252, 273; quoted, 234

Hornbeak, Katherine, 'Richardson's Aesop', 163 n.

Hubert, René, *Les Sciences sociales dans l'Encyclopédie*, 275 n.

Huet, *Of the Origin of Romances*, quoted, 49

Hughes, Helen Sard, 'The Middle Class Reader and the English Novel', 35 n.

Hugo, Victor, *Hernani*, 301

Hume, David, 18; 'Of Polygamy and Divorces', 147 n.; 'On the Populousness of Ancient Nations', 144 n.; *Treatise of Human Nature*, 291, quoted, 21, 92

Hutchins, John H., *Jonas Hanway*, 144 n.

Hutton, William, 39

Identification, 191-2, 200-7, 297; of Defoe and *Moll Flanders*, 113-16, 126-7; of Richardson and Lovelace, 235-6

Individualism, 60, 132-4, 141-2, 150, 177, 224-5, 301
economic: 60-74, 82-3, 178; and the family, 66-70, 140; and marriage, 138-46; in Defoe, 61-71, 86-87, 94-6, 114-15; in Fielding, 269; in Richardson, 222-3
feminine: 142-6, 222-5
philosophical: 13-15, 18, 21, 26, 62, 141, 225

Irony, in the novel, 130; in Defoe's *Moll Flanders*, 118-30; in Fielding, 254-7, 263, 287, 293; in Richardson, 211, 228; in Sterne, 291-4

James, Henry, 200, 295-6, 297; on formal realism, 286; *The Ambassadors*, 297; 'Anthony Trollope', 20, quoted, 298; 'The Art of Fiction', quoted, 286; 'Mrs. Humphry Ward', quoted, 299; *Portrait of a Lady*, 200, 225; *The Princess Casamassima*, Preface, quoted, on *Tom Jones*, 287; *Wings of the Dove*, 200; *What Maisie Knew*, 297

Jeffrey, Francis, quoted, on Richardson, 175

Johnson, E. A. J., *Predecessors of Adam Smith*, quoted, 146

Johnson, Dr. Samuel, 51, 146, 164; compares Fielding and Richardson, 260-3, 268, 272, 280-4, 289; on Fielding, 260; on *Tom Jones*, 280-281; on letter-writing, 191, 229; on novels, 280; on Richardson's character, 260; on Richardson's genius, 219; on *Clarissa*, 219, 228-9, 281; in *Adventurer*, quoted, 58; *Dictionary*, 55, quoted, 164; *Lives of the Poets*, 55, quoted, 37, 41, 229; 'Preface to Shakespeare', quoted, 26; *Rambler*, quoted, 261; sayings quoted, 88, 157, 162, 191

Johnson on Shakespeare, ed. Raleigh, 26 n.

Johnson, Thomas H., joint editor of *The Puritans*, quoted, 75

Jones, M. G., *The Charity School Movement*, 38 n., 39 n.

Jonson, Ben, 61, 79, 269; *The Alchemist*, 269

Journalism, 196-8, 206; Defoe and, 103-4, 197-8; development of, in eighteenth century, 50-2, 71

Joyce, James, 32, 280, 293; *Ulysses*, 206-7, 255, 296

Judges, A. V., *The Elizabethan Underworld*, 95 n.

Kalm, Pehr, *Account of His Visit to England*, quoted, 45, 72, 186-7

Kames, Lord, *Elements of Criticism*, quoted, 16-17

Kant, Immanuel, *Fundamental Principles of the Metaphysic of Morals*, quoted, 225

Kany, Charles E., *The Beginnings of the Epistolary Novel in France, Italy, and Spain*, 191 n.

Keach, Benjamin, 80

Kermode, Frank, 'Richardson and Fielding', 260 n.

King, Gregory, *Natural and Political Observations and Conclusions upon the State and Condition of England*, 140, 190, quoted, 40

Knight, Charles, *Popular History of England*, quoted, 149

Knights, L. C., *Drama and Society in the Age of Johnson*, 140 n.

Knox, John, 160

Krutch, Joseph Wood, *Comedy and Conscience after the Restoration*, 159 n.

La Calprenède, 28, 33; *Cassandre, Cléopâtre*, 250

Lackington, James, bookseller, 39; *Confessions*, quoted, 37; *Memoirs*, quoted, 47

Laclos, Choderlos de, *Les Liaisons dangereuses*, 30

Ladies' Library, The (Steele), 151

Ladies' Mercury, The (periodical), 151

Lady's Calling, The, quoted, 144

La Fayette, Madame de, 30, 85; *La Princesse de Clèves*, 30; *Zaïde*, 246

Lamb, Charles, on Defoe, quoted, 34

Landis, M. H., and Burtt H. E., 'A Study of Conversations', 298 n.

Lannert, Gustaf, *Investigation of the Language of 'Robinson Crusoe'*, 101 n.

Laslett, T. P. R., Introduction, Filmer's *Patriarcha*, 140 n.

Law, William, *A Serious Call to a Devout and Holy Life*, 152, quoted, 158

Lawrence, D. H., quoted, on the novel, in *Apropos of Lady Chatterley's Lover*, 185, in *Lady Chatterley's Lover*, 202; on personal relations, quoted, 185; and Puritanism, 85; on Richardson, quoted, 203

Lawrence, Frieda, 'Foreword', *The First Lady Chatterley*, quoted, 137

Leake, James, bookseller, 52

Leavis, F. R., 258; *The Great Tradition*, on Defoe, quoted, 93

Lecky, W. E. H., *History of England in the Eighteenth Century*, 180 n.

Lee, William, *Life and Writings of Daniel Defoe*, quoted, 53, 77-8, 240, 241, 244

Leisure, increase of, 43-7; and letterwriting, 189; and *Pamela*, 47, 161-162; and *Robinson Crusoe*, 70-1

Lesage, 11

L'Estrange, Sir Roger, 163

Letter-writing, 198; development of familiar letter-writing in England, 187-91; literary tradition of, 176, 193-6; use of, by Richardson, 191-6, 208-11, 266-7

Lintot, Bernard, bookseller, 53

Lintot, Henry, bookseller, 53

Literacy, 37-40

Locke, John, 12, 16, 18, 24, 29, 31, 64, 102, 150; *Essay Concerning Human Understanding*, quoted, 15, 21, 28, 30, 65, 102; *Two Treatises of Government*, 62, quoted, 64, 141

London, 189; growth of, 177-80; Defoe and, 59, 180-3, 185, 186; Fielding and, 184-5; Richardson and, 181-7; and see under Urbanisation

Longinus, 248

Loos, Anita, *Gentlemen Prefer Blondes*, 118

Los Angeles, 217

Love, 135-73, 202-7, and 220-38 *passim*; classical attitude to, 135-6; and individualism, 156-7; and marriage, 136-8, 164-7, 168-71; and the novel, 136-8, 148-9, 154, 164-7, 172-3, 238; romantic, 135-138, 155-6, 167-8

Lovejoy, A. O., *The Great Chain of Being*, 270 n.

Lover, The (periodical), quoted, 159

Lucian, 288

Lukács, *Die Theorie des Romans*, quoted, 84

Lyly, John, 19, 28; *Euphues*, 193

Lyttleton, Lord George, 285

McAdam, Jr., E. L., 'A New Letter from Fielding', quoted, 211, 235

McKillop, Alan D., 'Epistolary Technique in Richardson's Novels', 209 n.; 'The Mock-Marriage Device in *Pamela*', 150 n.; 'Richardson, Young and the *Conjectures*', 218 n., 247; *Samuel Richardson: Printer and Novelist*, 47 n., 55 n., 152 n., 153 n., 162 n., 174 n., 187 n., 195 n., 202, 208 n., 212 n., 219, 286 n.

Macaulay, Thomas Babington, 286; *Literary Essays*, quoted, 51

Machin, Ivor W., his dissertation, 'Popular Religious Works of the Eighteenth Century: Their Vogue and Influence', 50 n.

Macpherson, James, *Temora*, quoted, 246

Magnae Britanniae Notitia, quoted, 141

Maitland, F. W., quoted, 61

Malraux, André, *Les Noyers de l'Altenburg*, quoted, 133
Mandelslo, J. Albrecht von, *The Voyages and Travels of...*, 88
Mandeville, Bernard, *Fable of the Bees*, quoted: on education, 39; on marriage, 171; on public and private attitudes to bawdy, 199; on verbal prudery, 163
Manley, Mary de La Rivière, 19; *New Atalantis*, 157; *Power of Love*, quoted, 157 n.
Mann, Elizabeth L., 'The Problem Of Originality in English Literary Criticism, 1750-1800', 14 n.
Mann, William-Edward, *Robinson Crusoë en France*, 7 n.
Mannheim, Karl, *Ideology and Utopia*, quoted, 87
Marivaux, Richardson and, 192
Marlborough, Duke of, Defoe's obituary of, quoted, 77-8
Marlowe, Christopher, 131-2
Marmontel, 119
Marriage Act (1754), 149-51
Marriage, crisis of, in eighteenth century, 142-8; and economic individualism, 138-40, 142-3; and Puritanism, 136-7, 143, 146, 155-160, 166;modern form of, developing, 137-43, 149-51, 164; in Defoe, 143; in Fielding, 262, 283; in Richardson, 220-8, 234
Marshall, Dorothy, *The English Poor in the Eighteenth Century*, 38 n., 143 n.
Marx, *Capital*, quoted, 81; *Communist Manifesto*, quoted, 178 n.; *Notes on Philosophy and Political Economy*, quoted, 70
Masochism, in *Clarissa*, 232-4
May, Geoffrey, *The Social Control of Sex Expression*, 156 n.
Mayhew's Characters, ed. Quennell, quoted, 111
Mead, G. H., *Mind, Self, and Society*, 201 n.
Mead, Margaret, *Sex and Temperament*, quoted, 162
Meredith, George, 286
Merrick, M. M., *Marriage a Divine Institution*, 150 n.
Merton, Robert K., 'Social Structure and Anomie', 94 n.
Middle class, attitude of, to epic, 243-4; importance of, in reading public, 48-9; increased prominence of, in literature, 61-2; and the novel, 300; Defoe and Richardson as representatives of, 59; and *Moll Flanders*, 114-15
Mill, John Stuart, *The Subjection of Women*, quoted, 298
Millar, Andrew, bookseller, 53, 55
Miller, Perry, 'Declension in a Bible Commonwealth', 81 n.; joint-editor of *The Puritans*, quoted, 75
Milton, John, 14, 80, 155, 160, 246; *Paradise Lost*, 137, quoted, 77
Minto, William, *Daniel Defoe*, quoted 93
Mist's Journal, quoted, 240
Moffat, James, 'The Religion of Robinson Crusoe', 76 n.
Molière, *Tartuffe*, 169
Monboddo, Lord, *Of the Origin and Progress of Language*, on Fielding, quoted, 255
Montagu, Lady Mary Wortley, on Grandison, 138, 146; quoted: on gallantry, 215; on intimate selfrevelation, 272; on novels, 44; on *Pamela*, 148; on Richardson, 151; on 'scribbling treaties', 189
Montesquieu, *De l'esprit des lois*, 138
Moore, George, quoted, 137
Moore, John R., 'Defoe's Religious Sect', 85 n.
Moore, Robert E., 'Dr. Johnson on Fielding and Richardson', 260 n.
More, Hannah, 280
Morgan, Charlotte E., *The Rise of the Novel of Manners, 1600-1740*, 290 n.
Morgan, Edmund S., *The Puritan Family*, 146 n.
Morison, Stanley, *The English Newspaper*, 53 n.
Moritz, Carl Philipp, *Travels*, 38
Mornet, Daniel, his unpublished MS. 'Le Mariage au 17ᵉ et 18ᵉ siècle', 138 n.
Mumford, Lewis, *The Culture of Cities*, 178 n., 206, quoted, 187, 196
Muralt, B. L. de, *Letters Describing the Character and Customs of the English and French Nations*, quoted, 44
Murphy, Arthur, 283

Naming of characters, in formal realism, 18-21; in Defoe, 19, 20, 105; in Fielding, 19-20; in Richardson, 19, 20; in Sterne, 291

Nangle, B. C., *The Monthly Review, 1st Series, 1749-1789*, 53 n.

Naturalism, 32; and see under Realism--French literary movement

Needham, Gwendolyn B., her dissertation, 'The Old Maid in the Life and Fiction of Eighteenth Century England', 144 n.; joint author of *Pamela's Daughters*, 144 n., 146 n., 161, 162, 163 n., 170 n.

Negus, Samuel, printer, 37

Neo-classicism, and the general, 16 17, 272-3; and the novel, 260-2, and the structure of *Tom Jones*, 271-2, 274-5; and see under Augustanism, Critical tradition

Neo-Platonism, 16, 273

Newton, Isaac, 24

New Yorker, The, 68

Noble, Francis, and John, booksellers, 55

Novel, the, and the critical tradition, 176, 192-4, 258; and epic, 239-40, 243-59; in France, 30, 299-301; and individualism, 60-2, 71-2, 89; and love, 136-8, 148-9, 154, 164-79 172-3, 238; output of, in eighteenth century, 290; and personal relationships, 66-71; prices of, 41-2; and Puritanism, 74-85, 90; its reading public, 42; and secularisation, 80-5; the term, 10, 299; tradition of, 34, 66, 130-5, 164, 171-3, 174-7, 287-8, 290-301; and see under Realism

Oedipus Tyrannus, 269

Old maids, 144-6, 148

Original London Post, The, 42

Originality, 13-15, 17, 57-9, 134, 247-8

Osborne, John, bookseller, 55

Pareto Vilfredo, *The Mind and Society*, 136

Parsons, Talcott, 'The Kinship System of the United States', 139 n.

Particularity, of background, 18, 21-27; of characterisation, 18-21, 166; in philosophy, 15-17, 21; in Richardson, 266-7; and see under Generality

Pascal, *Pensées*, quoted, 65

Pater, Walter, *Marius the Epicurean*, quoted, 176

Patterson, Charles I, 'William Hazlitt as a Critic of Prose Fiction', 299

Pavlov, 108

Payne, William L., *Mr. Review*, 103 n.

Peacock, Thomas Love, *Crotchet Castle*, 258

Pepys, Samuel, 75; *Diary*, quoted, 128

Perrault, Charles, 241

Personal relationships, and economic individualism, 70, 92, 133-134; and letter-writing, 190; and the novel, 92, 131, 133, 185; and urbanisation, 185-7; women and, 298; in Defoe, 92, 109-12; in Fielding, 263-5, 267, 271, 276; in Richardson, 177, 200-1, 220, 238, 266-7

Petronius, *Satyricon*, 28

Petty, Sir William, quoted, 146

Picaresque novel, 10; Defoe and, 94-96, 130; Fielding and, 288

Pilkington, Laetitia, *Memoirs*, quoted, 157

Place, Francis, 46

Plant, Marjorie, *The English Book Trade*, 37 n., 178

Plato, 21

Plot, of epic and novel compared, 239-40, 251-3; and see under Defoe, *Moll Flanders*; Fielding, *Tom Jones*; Richardson

Plotinus, 273

Plumer, Francis, author (?) of, *A Candid Examination of the History of Sir Charles Grandison*, 157 n.

Plutarch, 240

Point of View, in the novel, 117-18; in Jane Austen, 296-7; in Defoe, 98, 113-18; in Fielding, 285-8; in Richardson, 208-11, 228-31, 235-236, 238

Polygamy, 147-9

Pope, Alexander, 54, 146, 147; *Iliad*, publication of, 41, quoted on Homer, 243; *Odyssey*, Defoe on, 241-2; quoted, 271

Powell, Chilton Latham, *English Domestic Relations 1487-1653*, 150 n.

Powicke, F. J., *Life of the Reverend Richard Baxter, 1615-1691*, quoted on prose style, 102

Praz, Mario, *The Romantic Agony*, 231

Price, Lawrence M., *English Literature in Germany*, 300 n.

Price, Richard, *Observations on the Nature of Civil Liberty*, 36

Print as a literary medium, 196-200, 206

Privacy, increasing domestic, 187-9

Private Experience, and the novel, 174-207; and see under Subjective

Propertius, 240

Proust, 21, 280, 292, 294-5

Psychology, in Defoe, 108-9, 112-15; in Fielding, 264, 270-9; in Richardson, 194-5, 225-38, 275

Puritanism, 60, 213, 231; and death, 217-18; its democratic individualism, 77-80; and marriage, 137, 146, 155-6; and the novel, 74-80, 225; its secularisation, 81-83, 127-8; and sex, 128, 155-68, 172, 234; and subjective direction in literature, 74-6, 177; and Defoe, 75-85, 90-2, 124; and Richardson, 85, 172, 222

Rabelais, 19, 256

Radcliffe-Brown, A. R., joint editor of *African Systems of Kinship and Marriage*, his Introduction quoted, 139

Ralph, James, *The Case of the Authors*, quoted, 54-5; *The Taste of the Town: or a Guide to all Public Diversions*, 180 n.

Rambler, The, Johnson in, quoted, 261; Richardson in, 167

Ranby, John, 285

Ranulf, Svend, *Moral Indignation and Middle Class Psychology*, 124

Reading Public, changes in, 47-8; factors restricting, 37-43; growth of, 37; size, 35-7; tastes of, 48-52; women in, 43-5, 47, 74-5, 148, 151-4, 246-7

Realism, 9-34, 292-301

    of assessment: defined, 288; in Jane Austen, 296-7; in Fielding, 256-7, 288, 290-1; in Sterne, 291-4

    French literary movement: 10-11, 17, 294, 300-1

    formal or presentational: defined, 30-4; and the critical tradition, 14-30, 33, 261, 285-6, 301; elements of, 13-31; and epic, 253; ethically neutral, 117-18, 130; and language, 27-30; powers of, 32-3, 130; and romance, 204-5; in Jane Austen, 296-7; see also under Defoe, Fielding, Richardson

    philosophical: 11-13, 27-8, 31-2, 292, 295

Réalisme (periodical), 10

Reasons against Coition, 157 n.

Reddaway, T. F., *The Rebuilding of London after the Great Fire*, 178 n., 180 n.

Redfield, Robert, *Folk Culture of Yucatan*, 64 n.

Reeve, Clara, *The Progress of Romance*, quoted, 93-4

Reid, Thomas, 12, 18

Rembrandt, 10, 17

Review, The, 40, 103-4; quoted, 63, 67, 103, 161, 240

Reynolds, Sir Joshua, in *The Idler*, quoted, 17

Reynolds, Myra, *The Learned Lady in England, 1650-1766*, 152 n., quoted, 144

Richardson, Samuel, 9, 11, 20, 28, 47, 49, 93, 131, 133, 135-238 passim, 254, 257, 290, 291, 293, 294, 296, 297, 298, 299, 300, 301; and social class, 59, 165-7, 213, 220-4, 238, 244-5, 269; on the classics, 194, 243-8;and the critical tradition, 33, 56, 58-9, 192-195, 247-8; and devotional literature, 50; his didactic purpose, 215-219, 235-6, 238; compared to Fielding, 260-8, 275, 280-3, 287-9; on Homer, 243-8; his humour, 210-11; irony in, 211; use of letter form, 192-6, 208-11, 228-30; as Londoner, 180, 181-5, 190; and love, 135-73, 208-38; and marriage, 137-8, 141, 143-4, 145-51, 156-7, 163-4, 166-7, 171, 204, 220-6; use of milieu, 26-7; his names, 19, 236; narrative method, 175-6, 203-4, 208-11; and the novel form, 202, 208, 219, 301; and originality, 14-15, 58, 194, 247-248; particularity of description, 17, 34; and personal relationships, 177, 200-1, 220, 238, 266; his plots, 14, 135, 153-4, 220, 238; as printer, 52, 57, 196-200; prose style, 29-30, 192-7, 219; and Puritanism, 85, 172, 222; and reading public, 45-50, 57-9, 151-4; his formal realism, 32-4, 57, 153-4, 290-2; his religious views, 216-18; and sex, 154-73, 199, 202-4, 209, 220-238; as suburban, 186-8, 190; and time, 24-5, 191-4; and women readers, 151-4; and Young's *Conjectures on Original Composition*, 218, 247-8

Criticism of:

    by Mrs. Barbauld, 17, 175-6; by Mrs. Chapone, 58; by Coleridge, 288; by Mrs. Donnellan, 184; in *Eclectic Review*, 216; by Thomas Edwards, 286; by Fielding, 25, 168-70, 211, 235; in *Gentleman's Magazine*, 199; by Hazlitt, 34 n.; by Francis Jeffrey, 175; by Johnson, 219, 228, 260-1, 281; by D. H. Lawrence, 203; by Lady Mary Wortley Montagu, 138, 146, 148, 151, 272; by Rousseau, 219; by George Saintsbury, 176; by Martin Sherlock, 247; in *The Tablet*,

168; by Thomas Turner, 217-18

Works:

Clarissa, 19, 24-5, 27, 57, 146, 174, 181-2, 183, 188, 191, 192, 195, 197, 198-9, 201, 208-38 passim, 244, 248, 294; characterisation in, 211-15, 218-219, 225-9, 231-8; compared to Tom Jones, 260-8, 275, 277, 288; composition of, 208; death of Clarissa, 215-19, 232-4; publication of, 42; quoted, 159, 247

Familiar Letters, aim of, 190; quoted, 159, 169, 195

Sir Charles Grandison, 19, 26, 138, 160, 182, 195, 296; quoted, 146, 147, 151, 157, 243-4, 246

Pamela, 11, 17, 19, 26, 29, 47, 55, 135-73 passim, 174, 181, 188, 189, 193, 194, 195, 196, 201-5, 232, 244, 246; characterisation, 168-71; compared to Clarissa, 208-9, 216, 220, 228; and Joseph Andrews, 239; surprising success of, 55; and waiting maids, 47, 143-4, 148

The Rambler, paper in, 167

Riedel, F. Carl, Crime and Punishment in the Old French Romances, 136 n.

Rivington, Charles, bookseller, 55

Robinson, Howard, The British Post Office: A History, 189 n.

Robinson, Sir Thomas, quoted, 150

Romances, 11, 28, 41, 136, 165-6; Defoe on, 241; Fielding and French heroic romances, 248-9, 250, 252, 258; Richardson and, 137, 192; Pamela and, 153-4, 165, 204-6

Romanticism, and the novel, 301

Rougemont de, L'Amour et l'Occident, quoted, 137

Rousseau, 75, 87; Émile, quoted, on Robinson Crusoe, 86; Lettre à d'Alembert, quoted, on Clarissa, 219

Rowe, Nicholas, Fair Penitent, and Clarissa, 214, 224

Royal Society, and prose style, 101

Russell, Bertrand, Principles of Mathematics, and Tristram Shandy, 292

Sade, Marquis de, 231; Idée sur les romans, quoted, 84

Sadism, in Clarissa, 223, 231-7

St. Augustine, 156; Confessions, 75

St. Francis of Assisi, 95

St. Paul, 156, 202; Romans, quoted, 234

Saintsbury, George, The English Novel, quoted, on Pamela, 176; History of the French Novel, 299; 'Literature', 54

Sale, Jr., William, Samuel Richardson, Master Printer, 217 n.

Salmon, Thomas, Critical Essay Concerning Marriage, 138 n.; quoted, 159

Salters' Hall controversy, 82

Saussure, César de, A Foreign View of England, quoted, 44

Scarron, 11

Scheler, Max, Versuche zu einer Soziologie des Wissens, 14 n.

Schneider, H. W., The Puritan Mind, quoted, 81

Schorer, Mark, 'Introduction', Moll Flanders, quoted, 93

Schücking, L. L., Die Familie im Puritanismus, 156 n.

Scudéry, Madeleine de, 28; Clélie, Le Grand Cyrus, 250

Secker, Bishop Thomas, later Archbishop, quoted, 179-80

Secord, Arthur W., 'Defoe in Stoke Newington', 85 n.; Studies in the Narrative Method of Defoe, 67 n., 88 n.

Secularisation, in eighteenth century, 82-3; of morality, 128, 156; and the novel, 83-5; of Puritanism, 76, 82-3, 127-8, 156; of reading public, 49; in Defoe, 80-5, 128

Selkirk, Alexander, 70

Sentimentalism, 174-5, 290

Servants, domestic, 47, 143-4, 148

Servius, Commentary on Virgil's Aeneid, quoted, 135

Sex, and individualism, 156-7; and middle class, 158-60; and Puritanism, 128, 155-68, 172, 234; in Defoe, 67-9, 114, 159, 161, 165; in Fielding, 277-9, 281-4; in Richardson, 154-73, 199, 202-4, 209, 20-38

Sexual roles, development of the modern concept of, 160-4; in Richardson's Clarissa, 209-10, 220-222, 224-38; in his Pamela, 160-8, 172; in Sterne, 294

Shaftesbury, 3rd Earl of, 17; Essay on the Freedom of Wit and Humour, quoted, 16

Shakespeare, William, 14, 17, 23, 26, 31, 61, 79, 140, 178, 288; *All's Well that Ends Well*, quoted, 132; *Romeo and Juliet*, 160, 171, 238; *Winter's Tale*, 67, quoted, 197

Shaw, Bernard, *Man and Superman*, quoted, 169

Shebbeare, John, *The Marriage Act* (novel), 150

Shenstone, William, 147; *Letters*, 195 n., quoted, on *Clarissa*, 57, on *Pamela*, 193

Sherburn, George, 'Fielding's *Amelia*: An Interpretation', 255, quoted, 258; 'The Restoration and Eighteenth Century' in *A Literary History of England*, quoted, 164

Sherlock, Martin, on Richardson, 247

Sherlock, Bishop Thomas, son of William, quoted, 179; his *Letter... on the Occasion of the Late Earthquakes...*, 36

Sherlock, William, Dean of St. Paul's, 218

Sidney, Sir Philip, 19, 28; *Arcadia*, 24, 26, 204

Singer, Godfrey Frank, *The Epistolary Novel*, 191 n., 290 n.

Smith, Adam, 663; *Wealth of Nations*, 72

Smith, A. W., *Collections and Notes of Prose Fiction in England, 1660-1714*, 290n.

Smith, John Harrington, *The Gay Couple in Restoration Comedy*, quoted, 163

Smith, Warren Hunting, *Architecture in English Fiction*, 27 n.

Smollett, Tobias, 20, 219, 259, 280, 290; *Humphrey Clinker*, 50, 144, 290, and the life of the town, 180; *Roderick Random*, 280

Societies for the Reformation of Manners, 158

Society for the Encouragement of Learning, 53

Society for the Propagation of Christian Knowledge, 143

Sophocles, *Oedipus Tyrannus*, 269

Space, particularisation of, 26-7

Spate, O. H. K., 'The Growth of London, A.D. 1600-1800', in *Historical Geography of England*, 178 n., 179 n.

Spectator, The, 18, 36, 50-2, 163, 216, quoted, 178, 246

Spengler, Oswald, *Decline of the West*, quoted, 22

Spenser, Edmund, 14, 61; *Faerie Queene*, 23, 137

Spinster, The (periodical), quoted, 145

Sprat, Bishop Thomas, *History of the Royal Society*, quoted, 101

Staël, Madame de, *De l'Allemagne*, quoted, 176, 177, 205-6; *De la littérature...*, 135, 300

Stamm, Rudolph, 'Daniel Defoe: An Artist in the Puritan Tradition', 85; *Der aufgeklärte Puritanismus Daniel Defoes*, 85 n.

Steele, Richard, 52, 61; *The Christian Hero*, quoted, 51, 244; *The Guardian*, quoted, 48-9; *The Ladies' Library*, 151; *The Lover*, quoted, 159; *The Spinster*, quoted, 145; *The Tender Husband*, 144, 152, 180

Stendhal, 94, 132, 220, 300, 301; *Le Rouge et le noir*, 27, 94

Stephen, Leslie, 'Defoe's Novels', 103, quoted, 93, 108; *History of English Thought in the Eighteenth Century*, 35, 275 n.; on Fielding, 283

Sterne, Laurence, 20, 21, 143, 219, 280, 290-4; his characterisation, 294-5; *Tristram Shandy*, 290-4, Richardson on, 203

Stiltrennung, 79, 83, 166-7

Strahan, William, printer, 53; quoted, 37

Subjective, the, in classical literature, 176-7, 205-6, 272-3; development of in modern civilisation, 176-7; and the epistolary form, 190-5; and the novel, 177, 198-200, 202-3, 205-7; in philosophy, 22, 177, 295; and Puritanism, 74-7, 177; and the suburb, 186-7; in Defoe, 74-6, 175, 295; in Fielding, 272-6, 278; in Henry James, 295-6; in James Joyce, 207, 296; in Proust, 295; in Richardson, 167-8, 175-7, 191-3, 204-5, 238; in Sterne, 294

Suburban life, development of, 186-187; Defoe and, 186; Richardson and, 183, 186-9, 206

Sutherland, Edwin H., *Principles of Criminology*, 94 n.

Sutherland, James R., 'The Circulation of Newspapers and Literary Periodicals, 1700-1730', 36 n.; *Defoe*, 70 n.

Swedenberg, H. T., *The Theory of the Epic in England, 1650-1800*, 251 n.

Sweets of Sin, 206

Swift, Jonathan, 29, 146, 147, 283; *Conduct of the Allies*, 36; 'Description of the Morning', 28; *Journal to Stella*, 36 n.; *Letter to a Very Young Lady on Her Marriage*, quoted, 160; 'A Project for the Advancement of Religion and the Reformation of Manners', quoted, 179

Tablet, or Picture of Real Life, The, quoted, 168

Talbot, Miss Catherine, quoted, 187

Tate, Allen, 'Techniques of Fiction', quoted, 27

Tatler, The, 50, 143 n., 163; quoted, 28, 51

Tawney, R. H., *Religion and the Rise of Capitalism*, 73

Taylor, A. E., *Aristotle*, 273 n.

Taylor, Jeremy, *Rule and Exercises of Holy Living and Holy Dying*, 217

Taylor, John Tinnon, *Early Opposition to the English Novel*, quoted, 43

Temple, Sir William, quoted, 143

Texte, Joseph, *Jean-Jacques Rousseau and the Cosmopolitan Spirit in Literature*, 17 n.

Thackeray, W. M., 259, 282

Thomson, Clara L., *Richardson*, quoted, 153, 190

Thomson, James, 147

Thornbury, Ethel M., *Henry Fielding's Theory of the Comic Prose Epic*, quoted, 259

Thrale, Mrs., 191, 261; quoted, 44; *Thraliana*, Johnson quoted in, 88, 162, 261

Thucydides, 256

Tibullus, 240

Tieje, A. J., 'A Peculiar Phase of the Theory of Realism in PreRichardsonian Prose-Fiction', 33 n.

Time, and formal realism, 21-6; and portrayal of inner life, 191-3; in Defoe, 24, 116-17; in Fielding, 25; in Richardson, 24-5, 191-4; in Sterne, 291-3

Tindall, William York, *John Bunyan: Mechanick Preacher*, 75 n.

Tonson, Jacob, and nephews, 53

Tragedy, Richardson on, 215-16

Tristan and Isolde, 238

Troeltsch, Ernst, *Social Teaching of the Christian Churches*, 73, 75, quoted, 74

Trollope, Anthony, 20, 286

Turner, Thomas, quoted, 217-18

Unconscious, the, in Richardson, 202, 228-38

Universals, 12, and see under Particularity

'Mr. Urban' (in *Gentleman's Magazine*), on *Clarissa*, quoted, 199

Urbanisation, in eighteenth century, 177-86, 189, 190-1, 196, 245; and personal relations, 185-7, 190, 206; and private experience, 186-191; and Joyce's *Ulysses*, 206-7; and Richardson, 181-5, 190-1

Utter, R. P., joint author of *Pamela's Daughters*, 144 n., 146 n., 161, 162, 163, 170 n.

Van Doren, Carl, *Life of Thomas Love Peacock*, quoted, 258

Venus in the Cloister; or the Nun in Her Smock, 152

Vicarious experience, 71, 201-7, 290

Virgil, 240, 253; *Aeneid*, 135, 255; Defoe on, 242; Fielding and, 257; Lovelace on, 247

Vogü, Eugène de, 83

Voltaire, *Essay on Epic Poetry*, quoted, 246

Vossius, Isaac, 147

Wallace, Robert M., 'Fielding's Knowledge of History and Biography', 257 n.

Walpole, Horace, 146, 147; quoted, 150

Warburton, Bishop William, quoted, 83

Ward, H. G., 'Richardson's Character of Lovelace', 214 n.

Ward, Ned, *The London Spy*, 157 n.

Watt, Ian P., 'The Naming of Characters in Defoe, Richardson and Fielding', 20 n.

Watts, Isaac, 56, 147; 'The End of Time', quoted, 45; *Improvement of the Mind*, 45

Weber, Max, 73, 90; *Essays in Sociology*, 67 n.; *The Protestant Ethic and the Spirit of Capitalism*, 64 n., 83 n., 89; *The Theory of Social and Economic Organization*, 63, 64 n.

Weekley, Ernest, *Surnames*, 236 n.

Weinberg, Bernard, *French Realism: the Critical Reaction, 1830-1870*, 10 n.

Wellek, René, *The Rise of English Literary History*, 24 n.

Wesley, John, quoted, 56

Westcomb, Miss Sophia, letters from Richardson to, quoted, 188, 190-1 Westminster Assembly, catechism of, 76

Wharton, Philip, Duke of, 215

Wheatley, Henry B., *Hogarth's London*, 217 n.

White, Florence D., *Voltaire's Essay on Epic Poetry: A Study and an Edition*, quoted, 246

Whiteley, John H., *Wesley's England*, 143 n.

Whittmore, Reed, *Heroes and Heroines*, quoted, 128

Whole Duty of Man, The, 152

Wilcox F. H., 'Prévost's Translations of Richardson's Novels', quoted, 196-7

Wilson, Walter, *Memoirs of the Life and Times of Daniel De Foe*, 34 n.

Wirth, Louis, 'Urbanism as a Way of Life', 178 n.

Women readers, 43-5, 47; and epic, 246; and the novel, 151-2, 298-9; Richardson's appeal to, in *Pamela*, 152-4

Woolf, Virginia, 79, 113, 133, 188, 292; 'Defoe', quoted, 93; 'Robinson Crusoe', quoted, 120

Wordsworth, Preface to *Lyrical Ballads*, quoted, 301

Xenophon, 256

Yorke, Philip C., *Life and Correspondence of Philip Yorke, Earl of Hardwick*, 149 n., 258 n.

Young, Edward, on *Clarissa*, 201; *Conjectures on Original Composition*, Richardson's share in, 247-248, quoted, 14, 218; *Night Thoughts on Life, Death, and Immortality*, 217; 'On Women', quoted, 163

Young, George M., *Last Essays*, quoted, 220

Zola, 32, 180

译后记

2020年3月1日,在完成第四稿后的第四天、一个春天的早晨,对着窗子里射进来的阳光,我敲出"译后记"三个字,准备对于此次翻译历程做一番简单回顾和思考。也许应该再等几天才能思考得成熟些,然而时不我待。

一、缘起及作品简介

这本书辗转到我的手里,是一个很偶然的机会。大概是2018年6月28日前后,何畅教授说有一本关于小说方面的经典著作需要找译者,她问我有没有时间翻译,随即推荐我和中国人民大学出版社的刘静老师取得联系。跟刘老师电话联系之后,签约版本往来几次,都十分顺畅。但是当时我手头正在翻译另一本书,一时半会儿还脱不了手。我把情况跟刘老师说了,他说问题不大,一般来说实际交稿的时间比签约的日期要晚些,我才放心了些。我和闫建华教授两人分工,她负责资料收集,我负责初译,她再负责校稿,然后我再负责统稿。此后,我一边继续翻译那本即将完成的书，一边准备这本书的翻译，于 2018 年 8 月 26 日开始翻译，2020 年 2 月 26 日完成四校输入，前后正好一年半时间。

本书的作者伊恩·瓦特（Ian Watt，1917—1999）是斯坦福大学教授。二战期间，他不幸沦为战俘，被迫在缅甸修建铁路。战后从事英国文学研究，多有巨著问世，其中便有《小说的兴起：笛福、理查逊和菲尔丁研究》(*The Rise of the Novel：Studies in Defoe，Richardson and Fielding*，1957，简称《小说的兴起》)，此书被公认为研究英国小说历史的滥觞之作。他的其他作品包括《19 世纪的康拉德》(*Conrad in the Nineteenth Century*)、《康拉德：诺斯托罗莫》(*Conrad：Nostromo*)、《现代个人主义神话：福斯特、堂吉诃德、唐璜和鲁滨逊·克鲁索》(*Myths of Modern Individualism：Faust，Don Quixote，Don Juan and Robison Crusoe*)、《论康拉德》(*Essays on Conrad*)、《论文学的社会功能》(*Essays on the Social Function of Literature*)《蒯河之上的人文学》(*The Humanities on the River Kwai*)、《康拉德批评与"水仙号"上的黑鬼》(*Conrad Criticism and The Nigger of the "Narcissus"*) 以及《文学想象：文选》(*The Literal Imagination：Selected Essays*)，等等。

在作者的众多著述中，《小说的兴起》主要讲述文学领域最具独创性的"发明"，令人信服地阐述了英国小说兴起的历史原因、社会语境、主要特色及其对世界文学的贡献。仅仅在一代人的时间里，三位 18 世纪作家便创造出人类社会有史以来最受欢迎的小说这一文学形式，他们便是《小说的兴起》中集中探讨的笛福、理查逊和菲尔丁。伊恩·瓦特对笛福、理查逊和菲尔丁的经典作品进行了深度而别具一格的解读，探究这几位先锋作者以他们自己独特的方式进行创作的主要原因，解释他们的独创性怎样反映当时英国社会所发生的历史变迁，其中包括中产阶级的崛起和女性读者群的形成等。《小说的兴起》一面世，便成为别开生面、备受欢迎的文学批评佳作，迄今仍然是文学批评界阅读量最大、最令人赏心悦目、最受欢迎的著作之一。如果只看主标题《小说的兴起》，人们可能认为本书是关于所有小说兴起的研究。其实书的全名是

《小说的兴起：笛福、理查逊和菲尔丁研究》，作者明白无误地界定了自己的研究范围，即他探究的是以笛福、理查逊和菲尔丁为代表的英国小说的崛起现象及其背后的动因，并非讨论所有小说的崛起及其推动力量。瓦特指出，英国小说的兴起始于笛福、理查逊和菲尔丁。他主要探讨小说与这三位作家之前的散文小说之间有什么不同，譬如与希腊或者中世纪或者17世纪法国散文小说之间有什么不同。他要考察这些差异背后的原因是什么，这些差异是在何时何地表现出来的。他要挖掘笛福、理查逊和菲尔丁那个时代到底为他们提供了哪些有利的文学条件和社会条件，他们又是通过何种方式成为时代的受益者，最终开创了一种全新的文学形式的。在回答这些问题的同时，他将研究的视野从英国小说拓展到其他国度的小说，带领读者去品味英国小说与其他国家的小说尤其是法国小说之间的差别，以及导致这些差别的社会环境和时代氛围。可以说这既是一本研究英国小说崛起的著作，也是一部探究那个时代文学全景的袖珍式全书。不过，客观地说，本书所说的"小说"是狭义上的小说，而非广义上的小说，几乎仅限于英国小说。因为至少作者未必意识到，也就自然未曾谈及14世纪下半叶至20世纪初在东方文明古国已经达到巅峰的"明清小说"，也未曾谈及世界其他文明的小说，而只涉及法国小说和欧洲一些国家的小说。顺便说一句，这说明我国古代文论译介工作依然任重道远。

既然瓦特教授的《小说的兴起》是如此重量级的一部著作，我们的译本自然不会是第一本，也不会是最后一本。其实，《小说的兴起》国内早有译本。于1992年6月由三联书店出版的译本作为国内首译本，自然有其突出的地位和作用。然而客观地讲，该首译本似乎有较多不足之处，比较明显的就是措辞十分拗口，标点极为随意，表达过于源语化，不少句子几乎读不懂。这里权且摘录几例如下：

第52页："而书商，取代了大人物们，成为天才人物的恩主和军需官。"

第71页："但他遇到葡萄牙船长出价八人六十个金币的机会时，这个犹大第二便不能抵御这桩好买卖的诱惑，终于把修利卖作了奴隶。"

第 85 页:"而《鲁滨逊漂流记》写成的时间正与盐工工会论战[①]同年……"

第 226 页:"……使得小说作为一个提供具有共鸣作用的性经验并满足青年之愿望的大众喜爱的伙食供应商的地位成为可能。"

第 305 页:"或许,不给场面以关于外界和心理方面的全部细节,正是菲尔丁实现其喜剧目的的一个必要条件。"

第 326 页:"菲尔丁试图开拓我们的道德感,而不是加强对于放荡行为的惩罚。"

可以说,类似这样的句子俯拾皆是。从中也许可以看出中国人民大学出版社组织此次重译的必要性。既然是重译,就必须避免继续出现这样令人尴尬的句子,此外必须做到忠实与顺畅,这既是机遇,也是挑战。然而说说容易,做起来难,我在翻译的过程中深深体会到戴着脚镣跳舞的艰辛和不易。至于舞姿是不是很难看,或者说是不是还过得去,只能交由读者去评判了。

二、翻译原则及技术处理

这篇译后记拖了好久。此刻,面对窗外草地上的白雪,我在想,这翻译跟雪会不会有某种关联,哪怕是十分牵强附会的关联?雪的分子式是 H_2O,是由氢元素和氧元素组成的化合物,就像一个文本的实质就是它所表达的信息内涵。雪是叫作水的物质的三态之一,正如文本的文字外形也是其形态之一。当然,文字在源语和目的语,甚至和呈现符号之间的转化要比水在液体、气体和固体三种形态之间的转化复杂多了,否则翻译就太容易太简单了。即便如此,也有"冰冻三尺,非一日之寒"之说,足见转化之不易。不过,这两种现象之间的相似之处就是转

[①] 所谓"盐工工会论战"其实是萨尔特大厅之争(the Salters' Hall controversy)。它指的是发生在 1719 年 2 月的非国教派与圣公会教派之间的争论。——译者注

化必须保持其实质的不变,这也许就是我要谈论的翻译的首要目的,即确保文本在目的语中尽可能传达它在源语中所传达的全部信息,亦即严复所说的"信"。

自严复以来,很多学者提出过很多翻译理论,但至少有一点是基本的共识,那就是好的翻译必须是忠实于原文的。即便是主张翻译即重写或改写、强化译者主体性的文化翻译学派,也承认翻译必须是在源语基础上进行重写或改写。对于原文的忠实始终是翻译工作者、翻译行为、翻译作品不可僭越的一道红线。因此,我倾向于尽可能在忠实的基础上做到通顺,即严复所说的"信""达""雅"的前两者。事实上,"信""达""雅"中的"信"为一个核心标准,而"达"和"雅"似乎可以合而为一。其实翻译的过程就是不断做出选择的过程,有经验的译者往往自觉或不自觉地遵循两个原则,即源语关联原则和译语顺应原则。根据源语关联原则,译者应尽可能充分地向译语读者介绍源语中所蕴含的信息,例如历史传说、文化习俗、风土人情等,扩大译语读者的认知环境,帮助他们以较小的处理努力获取源语的信息,而脚注就是一种很有效的源语关联手段。根据译语顺应原则,译者有较大的自由度,可以操控源语以顺应译语读者的阅读需求,方便他们读懂译文并掌握信息,而调整句序就是一种常见的译语顺应手段。假如能够兼顾忠实和通顺,或者重视源语关联和译语顺应,译文差不多就能够较好地传达原文的信息内涵。例如,在《小说的兴起》第四章有这么一段话,如果仅仅追求忠实,只是按照原文语句的顺序翻译,而不考虑译语是否通顺,不照顾译语读者的阅读需求,结果势必佶屈聱牙,读者定然难得要领。于是,我不得不采取折中的办法,在尽可能忠实原文意旨的基础上,较大幅度地调整句序,以顺应中文的行文规范。具体如下:

That Defoe had very little of the author's usual fastidious attitude to his work, or even of the author's sensitiveness to adverse criticism, is very evident from the terms of his prefatory apology	也许笛福最引以为豪的是他的《真正的英国人》,他在"序言"中为其不完美的诗行致歉。从他的话语中可以看出来,他很少抱有作者对其

for the poetic imperfections of the work of which he was perhaps most proud, *The True-Born Englishman*: '…without being taken for a conjuror, I may venture to foretell, that I shall be cavilled at about my mean style, rough verse, and incorrect language, things I indeed might have taken more care in. But the book is printed; and though I see some faults, it is too late to mend them. And this is all I think needful to say…'

作品应有的那种精益求精的挑剔态度，甚至很少具备作者对于不利批评的那种敏感："……不会有人把我当成魔术师，我可以斗胆预言，我会因为低劣的文风、粗糙的诗句和用词不当而备受指责，我确实应该更加细心才对。然而书已付梓，虽然我发现有一些不足之处，但要修订却为时已晚。我也只能这样说……"

《小说的兴起》是一部十分严谨的理论著作，文中引用了很多文献，作者都通过脚注标明出处："我的大多数学术引用都以脚注方式标注，我希望这样做足以表达我的诚挚谢意。"我在翻译的过程中发现有更多的人物或著作或历史事实等，作者并没有给出脚注，也许他认为这些都是常识性的东西，无须给出出处。但是对于不是以英语为母语的读者来说，这些信息可能会是知识盲点，或者他们对这些信息的记忆不是很清晰，除非他们是这个领域的行家里手。为了方便一般读者了解文本所蕴含的这类信息，我尽可能把一些重要信息以脚注的方式提供给读者。对于研究文学的专业人士来说，他们可能会觉得有些脚注没有必要，甚至太小儿科了。对于那些不想看脚注的读者来说，他们不用在脚注上浪费时间，可以流畅地阅读正文。而对于那些需要了解相关信息的人来说，他们也许可以驻足看看脚注。我把原著脚注和译者脚注都放在脚注里面，其中原著脚注在脚注的开头就用"原著脚注："标注出来，译者增加的脚注则以"译者注"或"译者据维基百科注"或"译者据百度百科注"的形式标注出来，以利辨别。据不完全统计，原著大约有650多个脚注，我自己添加了大约270多个译者注，一共大约920多个脚注。译者注基本上都是检索网络资源择取，然后根据择取的信息翻译成中文的。经过与编辑沟通，我将原著脚注照搬在脚注里，未做翻译，喜欢查阅的读者可以自己检索原汁原味的信息，免得被翻译成中文之后原文信息被改头换面，读者找不到准确信息，反倒造成不必要的麻烦。

标点符号的调整也是一个值得一提的技术细节。因为由原文转换成译文，语言生态彻底改变了，所以标点符号肯定得调整，不可能继续恪守原文的标点符号。当然，如果能够一一对应，那再好不过。但是在实际操作过程中，连词汇、短语、句子结构等都无法做到一一对应，何谈保留原来的标点符号。《小说的兴起》中最明显的特点之一就是瓦特教授喜欢用冒号和分号，然而原文的冒号或分号未必都能够保留下来，我会根据中文的行文需要重新标点。瓦特教授喜欢用单引号而不是双引号，其实我注意到英国很多报刊早就把单引号作为首选引号。《小说的兴起》纸质稿全是以单引号为首选引号，而它的 PDF 版本的脚注则是双引号。我最初想保留他的风格，把单引号作为首选引号，不过后来还是按照中文目前依然流行的习惯，改用双引号为首选引号，不过在脚注里把 PDF 版本转换过来的双引号改为单引号，从而保留了原著的风貌，这是唯一的改动。我添加的脚注都标有"译者注""译者据维基百科注"或"译者据百度百科注"，一来是遵守学术规范，提供文献出处，二来也是表达对于文献贡献者的诚挚谢意。

多年来从事翻译实践和教学，我养成了一个习惯，喜欢把两种语言的文本放在一个表格里对照着翻译或研究。我一般会做一个两列的表格，把原文放在左侧，把译文写在右侧，这样就只需盯着电脑屏幕即可，不必时时翻书，即便原著不在手边，也可以对着电脑工作。这种习惯甚至影响到我的学生，他们做翻译的时候也喜欢这样做。这次拿到翻译任务之后，我把原文 PDF 版本复制拷贝转换成 Word 文档，跟纸质版原文核对一遍，确保没有问题之后，再以章为单位，每章设计一个表格，在电脑上对着表格翻译。这样做一来为了方便，二来为了更好地追求忠实或者等值效果，时时刻刻以双语对照版本的标准来要求自己，来衡量译文，力求译文既能够满足译语读者的要求，同时又能够忠实传达作者的原意。若非如此，翻译的时候可能就比较随意一些，翻译出来的译文可能比较适合译语读者的口味,却有亏于原作者的用意。这就是为什么我们时常看到有的翻译比较精彩,似乎是原作者用中文写出来的,我们会觉得这就是我们要的译文,然而要是找来原文一看,就会发现译者操控的痕迹过于明显,甚至有些过度。这样的翻译对得起译语读者却对不起原作者。当然,如果原作不是十分理想,翻译过程中操控改写的理由自然就比较充分。但是对于一部严肃的经典理论著作而言,翻译的时候就应该十分忠实,在忠实的基础上再做到通顺。只有这样,才可能两边都不得罪。然而,真正实施起来谈何容易。

三、校稿、分享及自我调节

好的稿子是改出来的。如果把一篇文章或一本译著(作品也许同理)的初稿和终稿做一番对比,我们会发现两者的差异其实还是蛮大的。例如,在第三章里有一首诗,是戈德史密斯在《旅行者》(1764)中描写被大肆渲染的英格兰自由的共生现象,我们的第一稿和终稿就相去甚远:

原文	初译	终稿
That independence Britons prize too high,	那种不列颠人看得过高的自立,	不列颠人看得至高无上的那种独立,
Keeps man from man, and breaks the social tie;	让人与人隔离,还颠覆社会关系;	让人与人隔离,让社会分崩离析;
The self-dependent lordlings stand alone,	自我依赖的小贵族们独立于世,	自我独立的新贵们孑立于世,
All claims that bind and sweeten life unknown;	声称要束缚和美化未知的生计;	对束缚和美化生计的所有权利一无所知;
Here by the bonds of nature feebly held,	在这里,大自然的束缚无力,	在这里,大自然的契约变得无力,
Minds combat minds, repelling and repell'd...	思想交锋,排斥他人亦被排斥……	各种思想交锋,排斥他人亦被排斥……

Nor this the worst. As nature's ties decay,	这并非最不如意。自然的纽带乏力，	这还不是最次。随着自然纽带遭到腐蚀，
As duty, love, and honour fail to sway,	责任、爱情和荣誉亦失去影响力，	随着责任、爱情和荣誉失职，
Fictitious bonds, the bonds of wealth and law,	虚构的纽带，财富和法律的关系，仍在聚集力气，尽管你不愿意，还得敬畏不已。	虚构的纽带，财富和法律的纽带不断聚集力量，强迫人们视之如敕。
Still gather strength, and force unwilling awe.		

按照我们之前的分工，我在初译之后，接着做一校，闫建华教授做二校。二校是从"局外人"和"内行人"的角度来把关，自然会发现许多问题，并且做了比较彻底的修改，有些地方甚至做了比较大的调整。二校之后，我再做三校，之后再打印出来在纸质稿上通读校稿，发现一些问题，做一些修改，统一体例和术语，然后再将纸质稿上修改的内容输入电子稿里，这才有了四校或者终稿。即便这样，我也不敢保证里面没有错误。对于自己的译作，我一直谨慎小心，生怕（实际上难免）会有遗漏或者错误。

翻译是枯燥的，有时候也是好玩的。如果偶尔遇到有趣的段落，尽管还没有修饰完美，我也会忍不住热蒸现卖，和好友分享，让他们先睹为快。例如：

……我熟悉的一位快乐哥们向我保证说，我们的荷马仁兄本人也犯过同样的剽窃罪。你一定记得，这位荷马仁兄是雅典一位又老又瞎的民间说唱艺人，他走遍那一带，也走遍希腊各地，挨家挨户吟唱他的歌谣。唯一的区别就是，他的歌谣通常是他自己编的……但是，我的朋友说，随着时间的推移，这个荷马有了一点小名气，也挣了点钱，也许比诗人应得的还要多，他渐渐变得懒惰狡诈，于是找来一个名叫安德罗尼库斯的斯巴达人，还有一个 S-l 博士，一位雅典的哲学家，为他创作歌谣。两个人都是非常出色的诗人，不过没有荷马本人那么有名。这俩人又穷又饿，几个小钱就能打发掉。实际上，我们的诗人自己并没有做多少事，只是以自己的名义出版、出售他的歌谣，就好像是他本人创作的一样。于是，他拿到了大量订单，而且收益不菲。

译后记

再比如：

女性之所以在人际关系领域具有越来越强的控制力，其原因颇费口舌，难以细述，不过约翰·斯图尔特·密尔的话可能道出了个中原委："女性从社会中获得的所有教育都给她们灌输了这样一种思想：与她们联系在一起的那些个体，是她们承担责任的唯一对象。

然而，翻译过程未必一直这样有趣好玩，大部分时间比较枯燥乏味。好在我是个喜欢苦中作乐的人，有时候通过拍照写诗调剂节奏，日子不至于太无趣。粗略算来，自2018年8月26日至2020年2月26日，我一共写过或译过230首小诗。

作为高校老师，翻译基本上是在业余时间进行的。为了随时掌握翻译进度，及时提醒自己是否在按计划完成任务，我一般会在每次开始翻译和结束翻译时用 Word 系统插入起始和中止时间，同时在书页上留下记录，以便事后知道翻译的进度情况。我翻阅书页发现，有一处记着"26天未译一字"。有一次译文中留有这样的记录：

昨晚大概23：40睡觉，一直不能入睡，起床修改一个作业，也就是一个组织结构图，彼时凌晨1：15。我实际上只是把里面的机构名称和人名翻译成了中文。现在是2019年9月24日星期二1时46分，开始翻译。

某天，还有这样一篇文字记录：

今天是最快的一天，大约翻译了4页。暑假前某天翻译过3页，昨天也差不多3页，已经是最快的速度。感觉这一章容易些，翻译起来比较顺手。

译者和他手头的翻译任务有点像两地分居的情侣，如果很长时间无法见面，有机会见面了就多腻歪一会儿。翻译也有点像在市区开车，总是走走停停，停停走走，停的时候比走的时候要多。如果光看行走时候的瞬时速度，感觉一小时就可以开到月球上去。但实际上停车等候的时间太长，所以平均速度就很慢，整体耗时也很长。有时候手头没有事情，就翻译几页。有时候一忙起来，就一连好几天甚至一个月一个字都没有时间翻译。我只能 catch as catch can 了。

四、喜悦、不足、感谢和祝愿

一本书终于被我们从一种文字化成了另一种文字,心中自然喜悦。然而,我们只是给了她一个生命,还没有给她一个户口或者身份,还必须经过编辑的辛劳,给她梳妆打扮一番,由出版社印刷发行,才算是体体面面地把她扶上轿子,让她成为新娘。看着孩子终于长大成人,自立门户,心里自然喜不自胜,个中滋味,凡是认认真真做过翻译的人都能体味得到。

需要指出的是,本书有许多人名和书名,其中有些是比较熟悉的,还有不少我不熟悉的。作者的一些表达方式或用语也比较特殊。为确保术语、关键语汇或表达方式前后一致,我建了一个小型语料库,一边翻译一边更新,并且记下一些术语出现的章次,在最后一遍统稿时再全部核对统一。尽管我十分认真,尽了最大的努力,但毕竟水平有限,因此书中肯定有不少问题,敬请读者批评指正。

要感谢的人很多。我们感谢中国人民大学出版社的刘静、岳娜、赵建荣、胡颖等编辑和工作人员,感谢家人、同事和朋友。你们的理解、你们的鼓励、你们的支持、你们的督促,是我们得以译完这本301页著作的动力。

这会儿又下起了雪,不过附近湖里的冰已经化成水了。"翻手作云覆手雨",水的各种形态之间的转化是分分钟的事情,然而翻译就没有那么容易。唯其如此,方显翻译的价值。这个春天尤其特殊,一种叫作新冠病毒(COVID-19)的恶之花给人类带来了巨大的不幸、牺牲和伤痛,要不是最可敬的医务人员和各行各业人士舍身拼搏,疫情可能会更加严峻。在这样特殊的日子里,我们诚挚感谢医务人员和各行各业的牺牲和付出,真诚祝愿天底下的人都能健康平安。

刘建刚
2020年3月26日
定稿于美国瓦尔普莱索

译后记

全书于 2018 年 7 月 7 日星期六 22 时 2 分（北京时间）开始准备。

2018 年 8 月 26 日星期日 7 时 39 分（北京时间）开始翻译。

2019 年 12 月 5 日星期四 17 时 23 分（北京时间）完成初译。

2019 年 12 月 5 日星期四 20 时 43 分（美国中部时间）开始一校。

2020 年 2 月 1 日星期六 12 时 11 分（美国中部时间）完成一校。

2020 年 2 月 11 日星期二（北京时间）完成二校。

2020 年 2 月 17 日星期一 9 时 35 分（美国中部时间）完成三校。

2020 年 2 月 17 日星期一 10 时 22 分（美国中部时间）开始统稿。

2020 年 2 月 24 日星期一 19 时 16 分（美国中部时间）完成纸质稿四校。

2020 年 2 月 24 日星期一 21 时 16 分（美国中部时间）开始输入四校内容。

2020 年 2 月 26 日星期三 11 时 38 分（美国中部时间）完成四校输入。

The Rise of the Novel: Studies in Defoe, Richardson and Fielding by Ian Watt and afterword by W. B. Carnochan.

The author has asserted his right to be identified as the author of The Rise of the Novel.

Copyright © Ian Watt, 1957

First published as THE RISE OF THE NOVEL by Chatto & Windus, an imprint of Vintage Publishing. Vintage Publishing is a part of the Penguin Random House group of companies.

This edition arranged with Random House UK through Big Apple Agency, Inc., Labuan, Malaysia.

Simplified Chinese edition copyright:

2020 China Renmin University Press Co., Ltd.

All Rights Reserved.

图书在版编目（CIP）数据

小说的兴起：笛福、理查逊和菲尔丁研究／（英）伊恩·瓦特（Ian Watt）著；刘建刚，闫建华译. -- 北京：中国人民大学出版社，2020.8
（当代世界学术名著）
书名原文：The Rise of the Novel：Studies in Defoe, Richardson and Fielding
ISBN 978-7-300-28326-5

Ⅰ.①小… Ⅱ.①伊…②刘…③闫… Ⅲ.①小说史-研究-英国 Ⅳ.①I561.074

中国版本图书馆CIP数据核字（2020）第115446号

当代世界学术名著
小说的兴起
笛福、理查逊和菲尔丁研究
伊恩·瓦特（Ian Watt） 著
刘建刚 闫建华 译
Xiaoshuo de Xingqi

出版发行	中国人民大学出版社			
社 址	北京中关村大街31号	邮政编码	100080	
电 话	010-62511242（总编室）	010-62511770（质管部）		
	010-82501766（邮购部）	010-62514148（门市部）		
	010-62515195（发行公司）	010-62515275（盗版举报）		
网 址	http://www.crup.com.cn			
经 销	新华书店			
印 刷	北京东君印刷有限公司			
规 格	155 mm×235 mm 16开本	版 次	2020年8月第1版	
印 张	21.75 插页2	印 次	2020年8月第1次印刷	
字 数	303 000	定 价	79.00元	

版权所有　侵权必究　印装差错　负责调换